Tempo de Dançar

Patricia Beal

Tradução
Heloísa Leal

Bling!
Romance
Lighthouse Publishing of the Carolinas

TEMPO DE DANÇAR BY PATRICIA BEAL
Published by Bling! Romance
an imprint of Lighthouse Publishing of the Carolinas
2333 Barton Oaks Dr., Raleigh, NC, 27614

ISBN: 978-1-946016-63-8
Copyright © 2017 by Patricia Beal
Cover design by Elaina Lee
Interior design by AtriTeX Technologies P Ltd

Available in print from your local bookstore, online, or from the publisher at: ShopLPC.com

For more information on this book and the author visit: http://www.patriciabeal.com/

Scripture quoatations: "Citações da Bíblia da Sociedade Bíblica Trinitariana do Brasil (ACF), © 1994 1995, 1996, 1997. Novo Testamento © 1979-1997."

Brought to you by the creative team at Lighthouse Publishing of the Carolinas:
Marisa Deshaies, Managing and General Editor
Meghan M. Gorecki, Publishing Assistant to the Managing Editor

Translation: Heloísa Leal

Library of Congress Cataloging-in-Publication Data
Beal, Patricia
A Season to Dance / Patricia Beal 1st ed.

Printed in the United States of America

Elogios para *Tempo de Dançar*

"Leitores que acreditam em recomeços e reviravoltas inesperadas no final feliz vão se encantar com esta história!"

— **Rachel Hauck,**
autora de best-sellers do *New York Times*

"Durante 244 páginas, fui uma bailarina viajando pelo mundo. O livro é não apenas uma história que cativa o leitor, mas uma jornada impactante. Bravo, Sra. Beal!"

— **Nadine Brandes,**
finalista do Christy Award e vencedora do Carol Award

"O romance de estreia de Beal captura todo o drama e o lirismo do balé – fé, vida e amor dançam por toda a história, alcançando um desfecho satisfatório de arrancar suspiros."

— **Katherine Reay,**
autora de *A Portrait of Emily Price*

"O primeiro romance de Patricia Beal é uma história habilmente escrita sobre a jornada de uma mulher em direção à fé e ao amor. *Tempo de Dançar* abençoará cada leitor."

— **Lorraine Beatty,**
autora da série *Home to Dover*

"Mais do que um romance, *Tempo de Dançar* é uma história de amor em camadas que fala ao coração, levando o leitor a embarcar numa viagem pela dança em todo o mundo. Adorei."

— **Teri Wilson,**
autora de *Unleashing Mr. Darcy* e *His Ballerina Bride*

"Patricia Beal escreveu um atraente romance de estreia sobre a graça e a redenção quando a vida toma rumos inesperados."

— **Kara Isaac,**
autora de *Close to You* e *Can´t Help Falling*

"*Tempo de Dançar*, de Patricia Beal, é lindo! A história de Ana, do vazio à redenção divina, mostra o coração de Beal. Como bailarina, adorei me identificar com as descrições realistas da dança e da vida profissional de Ana. E como foi agradável ver, sentir o gosto e o cheiro das experiências na Alemanha! Obrigada por este mergulho comovente no mundo de uma bailarina profissional, suas viagens e a fiel dedicação de Deus a todos nós."

– Katie Briggs,
bailarina

"*Tempo de Dançar* oferece aos leitores uma linda mensagem de perdão e redenção. Uma jornada elegante e graciosa por dois continentes, enquanto uma mulher busca preencher a lacuna no coração causada pela ausência de Deus e finalmente descobre seu próprio tempo de dançar."

– Candee Fick,
autora de *Dance Over Me* e *Catch of a Lifetime*

"Ah, como me levou a reviver minhas temporadas no *Quebra-Nozes*, no papel de Julieta, os anos de rigor na barra. *Tempo de Dançar* é uma história que reúne a graça em todas as suas formas, a busca pelo centro espiritual e um alto teor de romantismo. Obrigada, Patricia Beal!"

– Tosca Lee,
autora de best-sellers do *New York Times*

"Uma doce história romântica permeada pelos temas da graça e da redenção. O pungente romance de Patricia Beal toca gentilmente em nossas mais profundas emoções através de uma variedade de personagens que lembram nossos amigos, parentes e nós mesmos. Como autor cristão e autista que viveu suas próprias batalhas decodificando relacionamentos e as repetidas mágoas de sonhos frustrados, eu me identifiquei totalmente com a voz de Patricia e as lutas de Ana. *Tempo de Dançar* transborda com o luminoso poder do Cristo de curar relacionamentos feridos e renovar todas as coisas. O gracioso estilo literário de Patricia torna a leitura de seu romance de estreia altamente prazerosa, e eu o recomendo entusiasticamente."

– Ron Sandison,
fundador do Spectrum Inclusion e autor de
A Parent's Guide to Autism: Practical Adive, Biblical Wisdom

AGRADECIMENTOS

Em primeiro lugar, nada aconteceu até Jesus aparecer. Obrigada, Senhor. Não creio que exista no mundo outra atividade a um só tempo tão privada e tão dependente de terceiros como o processo de elaboração e confecção de um livro. Essencialmente, *Tempo de Dançar* foi uma caminhada solitária e uma busca pessoal, mas só conseguiu cruzar a linha de chegada graças ao grupo com que Deus me abençoou.

Um agradecimento especial a meu marido, Mike, e a nossos filhos, Logan e Grace. Escrevi o primeiro capítulo do romance em janeiro de 2011, e, depois de mais de seis anos de trabalho duro (incluindo rejeições e reelaborações!), eles ainda me amam e acreditam em mim. Obrigada por não me deixarem desistir, por seu amor e paciência, e por sacrificarem tantos aspectos de seu cotidiano em favor do meu sonho.

Quero também agradecer à minha família da igreja. Sei o que sei hoje graças à Igreja Batista de Hillcrest. Obrigada por me apoiarem com a verdade de Deus, com seu amor e orações. Um agradecimento especial à escola dominical Homebuilders 1 e às cinco mulheres que passaram mais de um ano lendo capítulos revisados e me animando durante um período muito difícil de reelaboração do livro: Sofia Green, Nickie Monroe, Savannah Odom, Nicole Rempel e Ana Risner – eu não teria conseguido sem vocês.

Obrigada à equipe da Bling! Romance/Lighthouse Publishing of the Carolinas por realizar o meu sonho, por me publicar tão lindamente e por divulgar meu romance tão bem. Obrigada especialmente a Marisa Deshaies por fazer a oferta e trabalhar com tanto empenho na adaptação da história ao público cristão. Meghan Gorecki, obrigada por trabalhar com Marisa para editar a história e por me confortar todas as vezes que entrei em pânico durante a reescrita que o desenvolvimento da trama exigiu. Vocês duas foram extremamente pacientes, e o resultado valeu muito a pena. Acho que já lhes disse que chorei durante dois dias quando terminamos, porque *Tempo de Dançar* é exatamente o tipo de livro que passei trinta anos sonhando em escrever algum dia. Obrigada, amigas!

Também gostaria de agradecer à minha divulgadora, Jeane Wynn da Wynn-Wynn Media. Foi só no dia em que você disse sim a *Tempo de Dançar* que parei de me preocupar se o livro seria notado ou não. Ele será notado.

Sou gratíssima ao meu agente, Les Stobbe, cuja oferta de representação foi a primeira coisa que conferiu realidade ao sonho, e ao meu mentor, Jeff Gerke, que me ensinou a escrever para uma (receptiva) plateia de Um. Jeff é também um mestre em reescrita, e burilou a história antes de eu mostrá-la a agentes e editores em 2014. Seus livros sobre técnicas literárias moldaram minha literatura, e já estamos trabalhando juntos no meu segundo manuscrito. Obrigada, Jeff! E agradeço também por me apresentar a Nadine Brandes, que revisou a história antes de os agentes e editores a lerem. Obrigada, Nadine! Você me faz parecer muito melhor do que sou.

Obrigada à minha família da American Christian Fiction Writers. Amo todos vocês! Conheci meu agente e editor na ACFW de 2014, e nunca deixo de aprender e fazer novos amigos a cada conferência. Que alegria fazer parte de um grupo tão saudável. Indivíduos podem ter um dia ruim – eu, pelo menos tenho –, mas, como grupo, irradiamos a luz d'Ele aonde quer que vamos. Que Deus nos mantenha centrados em Cristo e plenos de amor uns pelos outros, por nossos leitores e por nossas jornadas. Um agradecimento especial àqueles que foram particularmente generosos comigo. Talvez vocês se lembrem do que fizeram ou disseram, talvez não, mas eu sempre me lembrarei: Theresa Alt, Amanda Bostic, Kate Breslin, Sara Ella, Penny Nadeau Haavig, Joyce Hart, Linnette Mullin, Tamela Hancock Murray e Carrie Turansky – obrigada.

Obrigada também a toda a equipe da *Writer's Digest*. Assinar a revista há dez anos foi meu primeiro passo na realização do sonho de me tornar uma romancista, e a publicação me ensinou o básico sobre criação, divulgação e profissionalização. Também li vários livros da WD (*The First Fifty Pages* é o meu superfavorito!), ouvi vários tutoriais e recorri ao 2nd Draft Critique Service duas vezes – uma para resenha editorial (obrigada, Gloria Kempton!) e outra para revisão (obrigada, Phyllis Cox!). No dia em que assinei meu primeiro contrato de publicação – para este livro – e expus algumas dúvidas ao meu agente, ele me indicou um excelente artigo para autores iniciantes. De que revista? Adivinharam – a *Writer's Digest*. Obrigada por seu apoio a cada passo do caminho!

Gloria Kempton foi a minha primeira *writing coach*. Obrigada, Gloria! Ainda penso em você sempre que procuro equilibrar as cenas de ação e as sequências, e quando escrevo o primeiro parágrafo de cada capítulo. E, sim, há a questão da busca – eu não me atreveria a esboçar outro enredo sem uma busca depois de tudo que você me ensinou. Obrigada por sua paciência! Você tem razão. Tinha razão o tempo todo.

Aproveitando a oportunidade, gostaria de agradecer a alguns agentes e editores que leram a história antes de eu estar pronta, e cujas avaliações detalhadas ajudaram a me modelar e a dar forma a este romance de estreia. Julie Castiglia, Chelsea Gilmore, Erika Imranyi, Anita Mumm e Katharine Sands – muito obrigada. Erika, a abertura *in medias res* resolveu uma infinidade de problemas – adorei! Sem esse recurso, teria sido obrigada a alterar o enredo, e eu não queria fazer isso, pois tinha a convicção de que estava certo; eu só precisava de uma estrutura que o acomodasse. Você é brilhante!

Kim Stotler foi a minha primeira líder de grupo de crítica (Oficina Literária da Barnes & Noble em Columbus, na Geórgia). Obrigada por seu apoio e sabedoria. Agradeço a todo o grupo. Kim, você leu em voz alta o primeiro capítulo de *Tempo de Dançar* quando tinha acabado de sair da minha cabeça e da impressora, disse que podia ser o começo de algo bom e sugeriu que eu me informasse sobre conferências de escritores. Viu só o que você começou? Obrigada.

Quanto às pessoas mais próximas de mim e da data de publicação – tenho uma dívida de gratidão para com meus primeiros leitores. Muitos leram versões bastante imperfeitas do manuscrito, me ajudaram a preencher lacunas no enredo, a resolver problemas no desenvolvimento dos personagens e, de quebra, ainda encontraram coisas encorajadoras a dizer sobre o trabalho. Anett Bearden, Alisha Coffey, Andrea Garber, Michelle Rapp Hall, Rachel Jenkins, Amber Johnson, Cyndi Appel Kvalevog, Carol McDonald, Stephanie McGregor, Miriam Mitchell, Vanessa Montgomery, Mildred Morgan, Esther Mott e Mary Comptom Smith – muito obrigada.

Um agradecimento especial a Stephanie McGregor por também supervisionar minha pesquisa sobre a doença de Huntington. Stephanie, que faz parte da nossa família da igreja, é uma jovem mãe e esposa de militar. Sua família tem um histórico de doença de Huntington, e ela recebeu o diagnóstico no começo de 2016. Sua coragem e fé me inspiram diariamente, e tenho profunda admiração por você. Obrigada por sua ajuda e por ser quem é

Obrigada também à fantástica "turma do vestiário" – o grupo de leitoras beta que me ajudaram a burilar a versão final: April Root, Anne Prado, J.a. Marx, Jodie Hoklas, Katie Briggs, Kerry Johnson, Mary Compton Smith (segundo round!), Paige Howard Newsom, Savannah Odom (segundo round!), Theresa Alt, Valeria Hyer e Voni Harris. Tenho a maior admiração pelo talento de vocês.

Mais dois parágrafos curtos sobre a pesquisa e concluo. Já dancei em companhias pré-profissionais de todo o mundo, mas nunca cheguei a ingressar em uma companhia profissional. Baseada nesta experiência, na vida de amigos que seguiram carreira e nas pesquisas que fiz, creio que retratei corretamente todos os detalhes da vida de uma companhia de balé. Assumo totalmente a responsabilidade por quaisquer erros que possa haver no romance.

E o mesmo vale para a língua alemã. Cresci em Novo Hamburgo, no Rio Grande do Sul, e vivi na Alemanha duas vezes, mas meu alemão deixa a desejar. Meu filho disse tudo quando, há dois anos, pedi três lanches no drive-thru do Burger King de nosso bairro em Idar-Oberstein: "Vamos ver o que vão nos dar dessa vez." Sei um pouco; pesquisei muito. Quaisquer erros de alemão em *Tempo de Dançar* são exclusivamente meus.

Por fim, obrigada a você, leitor, por me deixar compartilhar esta história com você. Espero que um dia veja as azaleias de Callaway Gardens ao vivo e em cores – ou o Vale do Reno, com seus vinhedos, girassóis e águas cintilando ao sol poente. Talvez viajemos juntos algum dia – quem sabe numa turnê do livro?

Com amor,
Patricia

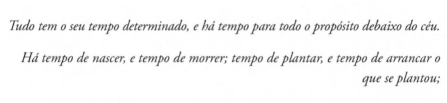

Tudo tem o seu tempo determinado, e há tempo para todo o propósito debaixo do céu.

Há tempo de nascer, e tempo de morrer; tempo de plantar, e tempo de arrancar o que se plantou;

Tempo de matar, e tempo de curar; tempo de derrubar, e tempo de edificar;

Tempo de chorar, e tempo de rir; tempo de prantear, e tempo de dançar.

—Eclesiastes 3:1–4

Para Deus, que não me abandonou nem mesmo quando eu
O abandonei durante meu tempo de escuridão.
E para todos aqueles que ainda tem sede.

Em memória de Sandie Bricker, fundadora do Bling! Romance.

Capítulo 1

*I*sto *é por elas. Pela magia. Por cada jovem sonhadora nesta sala.* Dezenas de rostinhos assombrados lotavam o amplo estúdio enquanto eu me posicionava para fazer o solo da Dança da Fada Açucarada. A companhia e a escola em peso haviam se reunido para o primeiro ensaio oficial da temporada do *Quebra-Nozes*.

Eu já calçara cada um daqueles pares de sapatilhas: já fora rato, soldado, anjo, cada flor, cada comida e cada país. Agora, finalmente seria a Fada Açucarada, o único papel que havia me escapado durante todos aqueles anos. Mas será que valera a pena esperar?

Imagens do primeiro ensaio da Dança da Fada Açucarada a que eu assistira se acenderam diante de meus olhos – um adorado filme mental que meu coração repassava todos os anos quando chegava essa época.

Será que alguma jovem bailarina podia se esquecer da magia de assistir à Fada Açucarada ensaiando seu solo pela primeira vez? Eu nunca me esquecera. Dei uma olhada nas meninas que esperavam sob a forte iluminação do estúdio. Elas também não se esqueceriam.

Esse momento duraria para sempre nas suas lembranças. E eu sabia que, nos próximos três minutos, quase todas estariam pensando: *Essa sou eu algum dia.*

Minha respiração acelerou com as primeiras notas da música, e eu me movi ao som da composição de Tchaikovsky em passos delicados como os sons etéreos da celesta e precisos como o pizzicato do naipe de cordas. As escalas descendentes do clarone pontuavam a variação.

Tchaikovsky escolheu a celesta, um instrumento de teclado novo na sua época, para dar à melodia da Fada Açucarada um som de "gotinhas de água jorrando de um chafariz", a imagem que Petipa, o coreógrafo do balé, havia solicitado. E foi como imaginei a fonte: cintilante, generosa, elegante.

As notas delicadas como um tilintar de sininhos inspiraram os passos deslizantes que se seguiram, e os régios movimentos de braço vieram naturalmente, numa variação compatível com minhas habilidades.

É verdade que, para uma bailarina profissional, vinte nove anos é ridiculamente tarde para fazer o papel da Fada Açucarada pela primeira vez, mas não deixei que isso me desanimasse.

Piqué, retiré, equilíbrio. Por um breve momento tudo parou e minhas pernas formaram o número quatro, uma das poses mais tradicionais do balé. *Novamente: piqué, retiré, equilíbrio. E mais uma vez. Limpo. Equilíbrio. Ótimo. Respire.*

Não, não é o Metropolitan – nem estamos em Nova York. Um palco desses está muito longe da minha realidade. Mas basta ver essas meninas e o brilho em seus olhos para compreender que também quero me lembrar deste momento para sempre.

A Sra. B., professora e dona da companhia, arrebanhou as meninas para o canto direito na frente do estúdio, fazendo com que se espremessem contra os espelhos e as paredes, a fim de deixarem mais espaço livre. Eu precisaria mesmo de todo o espaço que ela pudesse me dar, porque o *manège* no final da variação era um verdadeiro furacão – um *tour de force* insano de vinte e dois giros que ocupava todo o palco.

Últimos passos lentos. Belo arabesque. Com o corpo inteiro apoiado numa das pernas e a outra estendida horizontalmente para trás, avaliei o espaço disponível.

As meninas ainda estavam muito próximas, e eu não poderia ir até o fim. Ou poderia? Não, melhor não arriscar. Mas não havia problema. Ainda poderia deixar o final do solo bem bonito para elas.

Fui me posicionar no canto esquerdo na frente do estúdio e alinhei os ombros para dar início ao grande círculo de voltas. Meu coração batia tão forte e tão rápido que todo o peito vibrava. Aquele segundo que antecede o *manège* da música é o mais longo na vida de uma bailarina.

Por que será que as pausas me deixavam nervosa? Nunca me sentia nervosa em movimento. Mas as pausas eram uma tortura. Preferia mil vezes estar em ação.

Lá vamos nós. Das gotinhas d'água para o dilúvio.

Piqué gira, gira, gira, gira, chainééééééé. Rodopiei tão rápido como um pião de criança, e meu domínio do *spotting* – a técnica da concentração nos pontos focais corretos – me impediu de ficar tonta demais. *Piqué gira, gira, gira, gira, chainééééééé.* Mas, ao contrário de um pião, formava um círculo perfeito ao girar usando todo o espaço disponível – sem pisar em crianças.

A coreografia chegou ao fim com uma diagonal de rápidos rodopios adicionais. *Lá vamos nós. Gira, gira, gira, gira, pá, pá, pá, pá. Mais uma vez, freia, último giro, segue para a quarta, sous-sus.*

Yes!

– Bravo! – A Sra. B. aplaudiu entusiasticamente.

O estúdio irrompeu em vivas e gritos eufóricos.

Tudo girava como um carrossel furioso. Mas apenas sorri. *Valeu a pena esperar.* O estúdio logo pararia de girar. Fiz uma reverência, saboreando a vitória, e fiz questão de olhar em todas as direções – até mesmo para as janelas, lotadas de pais e mães.

Quem dera que o resto de minha vida também parasse de girar.

– Foi encantador, Ana. – A Sra. B já me vira ensaiar antes, mas as apresentações diante de um grupo sempre davam nova força ao meu desempenho. – Você é tão mignon, tão perfeita. Será que consegue ver seus pés além do tutu bandeja?

– Às vezes – respondi, ofegante. Estendi a perna e observei o pé além do tutu cor-de-rosa de ensaio, em forma de sino. Rimos juntas, e apoiei as mãos nos quadris. Meu peito subia e descia, na cadência rápida da respiração.

– Foi maravilhoso. Parabéns. – Os olhos dela brilhavam como seus pequenos brincos de diamante. – No começo, quando fizer os *battus* e *tendus*, mantenha a rotação, sim? – Ela me mostrou a posição final, o corpo esguio e os cabelos negros fazendo-a aparentar muito menos do que seus sessenta e poucos anos.

Fiz duas repetições. Sapatilha de ponta ao tornozelo, dois compassos, perna estendida para fora. Sapatilha de ponta ao tornozelo, dois compassos, perna estendida para fora.

Ela empurrou uma mecha de cabelo para trás da orelha.

– Melhorou.

– OK. – Massageei o ombro esquerdo e o girei para trás duas vezes, a fim de aliviar a tensão que se instalara ali.

– Agora, meninas – ela olhou primeiro para as bailarinas mais novinhas, depois para as adolescentes –, quero que todas tentem dançar como Ana.

Algumas bailarinas sorriram timidamente, outras riram baixinho.

– Sei que não conseguem rodopiar com tanta facilidade como ela, e talvez ainda achem difícil ficar *en pointe*; se fosse fácil, todas as garotas do mundo só andariam na ponta dos pés. Mas tenho certeza de que sorrir vocês sabem.

Várias cabeças balançaram em lenta harmonia, enquanto a Sra. B. caminhava até a caixa de som.

– Quero que mostrem sua empolgação por estarem aqui. Vamos fazer a "Valsa das Flores" novamente com esse espírito. Pode ser?

Doze flores fizeram que sim e correram para suas posições iniciais. Encontrei um cantinho vago perto do piano e comecei a me alongar, vendo as adolescentes valsarem – algumas mais graciosas do que outras, mas todas muito esforçadas.

O estúdio era velho, como os melhores sempre são. O piso de vinil escuro estava arranhado pelos anos de trabalho das sapatilhas, e as barras de madeira, gastas – gastas por centenas de mãos suadas, que haviam apertado seus maiores sonhos.

– Você é tão bonita – sussurrou a menina que fazia o papel de Gota de Orvalho.

– Obrigada. – Abri um sorriso. – Sua variação também está muito bonita.

O rosto dela ficou cor-de-rosa, quase escondendo as sardas.

Uma nova geração estava sonhando agora, mas o estúdio de balé ainda era o que deveria ser: um oásis de civilidade em meio a um mundo em que tudo é permitido.

A Sra. B. se agachou ao meu lado e ficou vendo Jill dançar.

Jill, que não era uma bailarina habilidosa quando eu a conhecera, tinha se tornado uma espécie de protegida minha. Depois de dois meses trabalhando com ela, havia melhorado consideravelmente.

Tínhamos trabalhado a posição dos ombros, da cabeça e do pescoço. Agora seu épaulement se tornara elegante, e os movimentos de braço, fluidos e firmes. Jill parecia feliz e confiante, e esse novo vigor também havia transformado suas pernas, que estavam mais bem definidas e dinâmicas. Agora, ela parecia uma artista. Ela *era* uma artista.

– Você fez um ótimo trabalho com Jill – disse a Sra. B., pousando a mão no meu ombro. – Fico feliz por ter me convencido a dar a ela uma posição na fileira da frente para a valsa.

– Obrigada. – É isso aí, garota!

– Quero conversar com você antes de ir embora. – Ela mexeu no brinco, observando atentamente as bailarinas.

– Tudo bem. – *Não, não quero dar aulas.*

– Melhorou muito, meninas. – Foi novamente à caixa de som e a desligou. – Muito bem, pessoal. Já prendi vocês demais. Obrigada. Agora, quero que todas as solistas passem na sala de costura antes de saírem do estúdio. Stahlbaums, dê um pulo lá também. As outras podem ir para casa.

Peguei minha sacola e me sentei novamente ao lado do piano, para descalçar as sapatilhas.

As bailarinas mais novas correram para os pais, voltando a parecer e a agir como crianças pequenas. Pela ampla janela do estúdio vi uma delas na ponta dos pés fazendo uma *bourrée* do meu solo. Outra estava sentada nas costas do pai, ainda de sapatilhas, e ele segurando firmemente seus pezinhos, enquanto a filhota levantava os braços à quinta posição. Ele rodopiava pela calçada, e ela mantinha a pose. Fiquei observando o *pas de deux* improvisado até os dois desaparecerem no frio dia de outono.

– Também adoro essas meninas. – O comentário da Sra. B. me assustou; não a vira atravessar a sala. – Ter um estúdio é muito mais divertido do que eu tinha esperado.

– Que bom. – Observei a última menina que saía. *Mas não é para mim.*
Ela desconectou o iPod e o guardou na bolsa.

– Jill agora é outra bailarina. Você tem talento para ensinar, sabia?
Não, não tenho.

– Obrigada. Há algo de especial em Jill. Gosto dela.

– Não sei o que você viu. – A Sra. B. retirou as sapatilhas e remexeu os dedos longos e pálidos. – Ela nunca foi boa. Mas, de algum modo, você conseguiu fazer com que desabrochasse.

Dei de ombros.

– Sempre percebo quando uma garota está reprimindo alguma coisa. O problema de Jill era a falta de autoestima, não de talento.

Ela se sentou no banco do piano.

– Como descobriu isso?

Eu não saberia explicar a ela sem fazer com que meu pai parecesse uma má pessoa. Ele não era, mas é incrível o poder que as palavras dos pais têm na vida de um filho – até palavras de que mais tarde eles se arrependem e pelas quais pedem perdão.

– Eu tinha um problema seriíssimo de autoestima. – Tirei um fiapo da manga do collant.

– Por quê? – Um vinco surgiu entre as sobrancelhas da Sra. B.

– Meu pai disse uma vez que, se eu estivesse destinada a ser uma primeira bailarina, nós já saberíamos disso quando eu tinha doze anos.

– Ai, essa foi forte. – Ela estremeceu. – Ele é bailarino?

– Não. – Ri ao imaginar papai como bailarino. – Ele não quis dizer nada com isso. De vez em quando solta umas patadas assim. Mas concordo, foi forte. – Imitei a expressão que ela tinha feito.

– Foi terrível.

– Tudo bem. – Abanei a cabeça. – Notícia velha.

– Bem, você é uma grande bailarina e um grande exemplo para as meninas: sempre pontual, coque impecável, esforçada, modesta... Ana, você devia dar aulas e me ajudar a dirigir a companhia, sinceramente.

Eu sabia.

– Não, não devia. Mas obrigada pelo convite. Agradeço muito.

– Mas por que não aceita? – Ela se inclinou para frente.

– Não sei. – Estufei o peito. – Acho que ainda me sinto como uma das meninas. Não estou pronta para dar o grande salto. – Também tinha grandes sonhos, e dar aulas não era um deles. Talvez meus sonhos estivessem mortos, mas, se começasse a dar aulas, certamente me tornaria ressentida. Ou não? Ora, quem eu estava tentando enganar? Provavelmente já era ressentida.

– Não estou sugerindo que pare de dançar. Não é o caso. Mas fazer as duas coisas: a transição permitirá que abra novas portas. – Ela se levantou, como se se preparasse para dançar. – E, para o seu governo, também me sinto como uma daquelas meninas. – Fez alguns *ballotés* curtinhos do balé *Giselle*, cantarolando um dos solos do primeiro ato. – Pá, papá, papá, papá, parararapapá... Nunca muda. É uma maldição e uma bênção.

Rimos.

Fiz que não com a cabeça lentamente.

– Agora não. Só ajudei Jill porque a conheço da igreja.

Ela se virou para mim bruscamente.

– É mesmo? Você não tem tipo de católica praticante.

– E não sou. Nem mesmo fui salva... pelo menos, acho que não. – *Para que fui dizer isso? Agora, ela vai me achar esquisita.* – É que a minha vida é muito complicada.

– Ah... Bem, bebês dão trabalho mesmo; pelo menos, é o que ouço dizer. Nunca tive filhos.

Ela ignorou o comentário. Ótimo.

– Sim, muito trabalho...

– Foi por isso que você não quis participar da produção do ano passado? O bebê ainda era muito pequeno?

– Também, mas o bebê, que já nem é mais propriamente um bebê, é a parte menos trabalhosa, para dizer a verdade.

– É o seu marido? Ele não quer que você dance? – A Sra. B. deu um tapa na testa. – Você se casou com um homem igual ao seu pai? Vejo isso acontecer o tempo todo.

– Ah, não. É o contrário. Meu marido até fica me cobrando para dançar mais. – *Se a minha vontade prevalecesse, passaria o tempo todo ao lado dele.*

– Ah, que bom. Então, já gosto dele. Que, aliás, deve vir assistir a um ensaio qualquer dia desses.

– Mas esse é que é o problema. – Será que eu teria de falar sobre a sua doença? Engoli em seco. *Tente não chorar.*

– Qual?

– Ele está doente. Não tem saído muito nos últimos tempos. – Meus olhos arderam, enchendo-se de lágrimas quentes.

– Ah, não. – Ela retirou um lenço de papel da caixa que estava em cima do piano desde que eu começara a ter aulas lá e me entregou. – Lamento pela doença dele, e por ter deixado você triste. Não tive a menor intenção. Quando ele melhorar, vai poder vir, não é?

Mas ele nunca melhoraria, só pioraria. E, mesmo assim, eu ainda tinha sonhos – sonhos de cura, de um futuro brilhante, de um pai brincando com o filho, de envelhecer ao lado de meu marido. Sequei as faces.

A Sra. B. caminhou até uma estante próxima.

– Aqui – anunciou, procurando algo em uma caixa comprida –, tenho uma coisa que vai te animar.

– Tem? – Joguei o lenço usado na cesta de lixo ao lado do piano e pressionei o rosto com as mãos. Ah, como detestava sentir pena de mim mesma!

– Tchan-tchan! – Ela exibiu a tiara da Fada Açucarada.

– Ai... – Foi como se meu coração chegasse a bater devagar, pela plena consciência de que aquele pequeno momento era único. Cristais rosados e prateados cintilavam numa trama floral que lembrava minha tiara de casamento.

– É linda.

Ela acomodou o enfeite na minha cabeça com habilidade, coroando-me rainha da Terra dos Doces.

Dei uma olhada no espelho mais próximo – a tiara parecia ainda mais brilhante em contraste com meus cabelos escuros. *Uau.*

– Obrigada.

– Não há de quê. – Ela recuou um passo e me observou com uma aura de amor e orgulho que me lembrou do olhar de minha mãe quando eu era pequena e precisava de sua ajuda nas apresentações. – Espero ver você dançar muitos balés e usar muitas tiaras aqui.

– Obrigada. – Sequei o rosto com os dedos trêmulos. *Ainda sou só uma daquelas meninas. Que bom.*

Ela me entregou outro lenço de papel e deu uma olhada na minha sacola.

– Precisa atender?

Inclinei a cabeça. Precisava atender o quê?

– Acho que seu celular está vibrando. – Ela apontou para a sacola.

– Ah, sim. Preciso. – Enfiei a mão na velha sacola de lona, indo direto ao celular. *O instituto.* – Alô? – Apertei a barra mais próxima, sentindo uma vertigem violenta. – Alô?

– Oi, Ana?

Reconheci a voz do Dr. Zimmerman.

– Sim. Oi. Está tudo bem?

– Sim, agora está, mas seu marido levou um tombo feio durante a terapia hoje. Tentamos te ligar para que viesse buscá-lo, mas seu celular não atendia.

– Desculpe, eu estava ensaiando. Ele ainda está aí? – Mordi o lábio, tentando controlar o pânico. *Sabia que essa apresentação era uma má ideia.*

– Não. Ed o levou de carro para casa há mais ou menos uma hora.

– Olhe, me perdoe, sinceramente. Vou passar a manter o celular a mão, para o caso de algo assim tornar acontecer. Estou me sentindo péssima. – *Devia ter ficado de olho no celular.*

– Não se sinta, Ana. Você também precisa pensar em si mesma. Só resolvi contar porque provavelmente ele não vai fazer isso. Me ligue se perceber que ele está dando sinais de dor. Quis fazer uma radiografia, mas ele não aceitou.

Balancei a cabeça.

– Pode deixar.

– E ele também vai precisar de uma dose extra de paciência. Teve um dia difícil. Estava bastante irritado quando saiu daqui.

Maravilha.

– Obrigada por me avisar e por pedir a Ed que o levasse para casa. Não sei o que faríamos sem o senhor e toda a equipe do instituto.

– Não precisa agradecer. Tentem passar bem o fim de semana, e nos vemos na segunda, combinado?

– Combinado. Até segunda.

Quando guardei o celular e me virei, a Sra. B. me olhou fixamente.

– Sinto muito. – *De coração.*

– Pelo quê?

– Não sei. – *Por mim mesma. Por meu marido. Por nosso filho. Por não ter atendido o celular. Por não compreender por que precisamos viver assim...*

– Está tudo bem?

Não, nada estava bem, mas escolhi a resposta educada:

– Está. Meu marido levou um tombo feio durante a terapia. Mas já deve ter chegado em casa. Ele está bem.

– O que ele tem, se não se importa que eu pergunte? Ele *vai* melhorar, não vai?

Fiz que não com a cabeça, apertando os lábios.

– Ele sofre de doença de Huntington. É incurável.

A tristeza tomou conta de seu rosto.

– Nunca ouvi falar nessa doença.

– Ele está morrendo, neurônio por neurônio, função por função. Movimentos involuntários, processos racionais... – Abanei a cabeça novamente. – Tudo é uma luta. E não há nada que eu possa fazer, a não ser vê-lo sofrer e sonhar em silêncio com uma cura. Ele tem andado tão irritado ultimamente, que até minha esperança o enfurece. – Bufei. – Agora estamos tentando fazer com que ele pare de dirigir; vai ser a próxima batalha. Me deseje sorte.

– Ah, Ana. Não fazia ideia de que você estava enfrentando tudo isso.

– *C'est la vie*. – Dei de ombros. – Até uns três anos atrás, nossa vida era perfeita. – Imagens de teatros lotados, viagens e o dia de nosso casamento me relembraram do que era a felicidade... a felicidade livre de preocupações. Ainda éramos felizes. Mas agora era um tipo diferente de felicidade.

Eu precisava ir para casa. Tirei as roupas da sacola.

– Pelo menos, você tem a sua fé. – A Sra. B. deu um passo atrás.

– Gostaria de ter fé. – Vesti uma saia preta simples e a velha jaqueta da Allen Ballet.

– Mas você disse que conhecia Jill da igreja. Isso quer dizer que você e seu marido vão a igreja, não é?

– Não exatamente. Tenho ido sozinha, leio muito sobre a fé e um ou outro versículo da Bíblia, mas ainda não sei bem o que pensar de tudo isso. – Pendurei o tutu que tinha usado na ponta da barra. – Mas a senhora tem razão. Ajuda, sim.

Dei uma olhada na sala, relembrando os rodopios ao terminar a variação. No balé, aumentamos o controle e impedimos a tonteira com a escolha de pontos focais apropriados. Enquanto o corpo rodopia a uma velocidade relativamente constante, a cabeça gira periodicamente muito mais rápido, e então para num único lugar, num único ponto, várias vezes seguidas.

Uma técnica que também é válida para a vida. Meu marido era o meu ponto focal. Mas, enquanto no balé pode-se escolher um ponto que se mova, como, por exemplo, outro bailarino, não se deve escolher um que seja totalmente imprevisível.

E, à medida que o meu ponto se tornava cada vez mais imprevisível, eu só podia esperar que a religião me ajudasse. Porque todas as outras opções haviam se esgotado.

– Preciso ir. – Peguei a sacola.

– Me avise se eu puder ajudar. Estou falando sério – disse a Sra. B., quando cheguei à porta. – Também posso tomar conta do seu filhinho, se precisar.

– Obrigada. – Era muito gentil da parte dela. – Gabriel está recebendo sua dose semanal de chamego da vovó. Ele está bem. – Vi uma ponta de decepção nos olhos da Sra. B. Quem ela encontraria ao voltar para casa?

– Fica para outra ocasião. – Ela abraçou o próprio corpo.

Assenti e saí do estúdio. *Que eu o encontre bem, Deus. Por favor.*

As magnólias azuis e beges da nossa toalha de mesa disfarçavam a verdade, mas o padrão delicado não erradicava a realidade. Nos últimos tempos, meu marido não comia mais da metade das refeições.

Olhei para o que restara da sua salada de frango sobre a mesa da cozinha e fiz uma marquinha mental na tabela de calorias que o médico me dera.

Fui encontrá-lo parado diante da janela da sala, um homem de estampa ainda bonita e forte apesar dos estragos que a coreia fizera em seu corpo.

– Oi.

Ele se virou.

– Oi, linda.

Acho que ele não está de mau humor, pelo contrário.

– Como foi o ensaio?

Dei um beijo nele antes de responder. Era bom estar em casa. Muito bom.

– Foi maravilhoso. Quero te mostrar uma coisa.

– O que é?

– Você tem que esperar um minuto – respondi, misteriosa. Fui até a sacola e encontrei a tiara presa a um fiapo da costura interna. Um dos cristaizinhos se entortou quando a puxei. *Ah, por favor.* Tentei empurrar a pedrinha de volta para o lugar, mas ela se quebrou. *Claro...*

– O que quer me mostrar? – Ele avançou um passo curto.

Joguei o cristalzinho quebrado na sacola e coloquei a tiara na cabeça.

– O que acha?

– Nossa, que beleza! – Ele balançou a cabeça, com um sorriso orgulhoso. – Fica linda em você.

O elogio fez com que um rubor delicioso se espalhasse pelo meu rosto.

Seus olhos azuis se avivaram e ele sorriu, levantando as sobrancelhas, num momento tão raro quanto bem-vindo.

– E pensar que você não queria fazer...

Sua voz saíra um pouco arrastada.

Por favor, não se zangue...

O sorriso se desfez. Ele devia ter percebido a alteração na voz.

– Ainda bem que você me convenceu. – *Depressa, diga alguma coisa, para que ele não tenha de falar...* – Ah, e adivinha só! A Sra. B. disse que Jill está ótima! Lembra a garota da igreja sobre quem te falei?

Nenhuma reação.

Doença odiosa.

Os movimentos involuntários das mãos se tornaram mais intensos e ele as observou como se fossem corpos estranhos que tivessem ido parar nas extremidades dos braços por acaso. A fala arrastada devia tê-lo perturbado muito

– a coreia sempre piorava quando ele se sentia estressado ou ansioso.

Caminhei até ele, a coreografia bem ensaiada. Segurei suas mãos trêmulas entre as minhas, apertei-as contra o peito e encostei a cabeça no dele. Seu coração batia alto e forte, e fixei os olhos no céu branco e silencioso, o que ajudou a acalmar minha inquietação. Seu calor e aroma de colônia de musgo – a Burberry que eu havia lhe dado no último Natal – me relembraram de que não precisávamos ser definidos pela doença.

Ele recuou um passo curto e olhou para mim. Os lábios se afastaram, como se ele fosse dizer algo, mas nenhum som saiu.

Seus olhos se dirigiram a um grande retrato emoldurado que minha mãe me dera quando eu começara a dançar profissionalmente, uma linda foto de camarim em que eu aplicava sombra escura aos olhos já escuros. A maquiagem combinava à perfeição com o tutu azul-noite. Pedras de strass cristalinas e lantejoulas prateadas cintilavam à luz suave da penteadeira.

Eu me lembrava bem daquele recital. Já havia sido admitida ao Allen Ballet – não era uma grande companhia, mas era respeitável e um ótimo começo para o que, esperava eu, seria uma carreira brilhante.

Minha antiga professora da escola havia coreografado o "Praeludium & Allegro" de Fritz Kreisler para eu dançar no recital, e ficou lindo. Eu me sentira tão adulta por ter uma peça coreografada especialmente para mim. E tive a mais total convicção de que estava a caminho do estrelato.

Meu marido olhou para mim, e então novamente para a garota na foto. Será que ainda achava que sua doença estava empatando minha carreira? Talvez algum dia eu conseguisse convencê-lo de que o amava mais do que ao balé.

Ele se sentou e pegou o violão Gibson que estava em um suporte ao lado. Eu vinha tentando manter o instrumento limpo, sem encostar nas cravelhas. Ele dedilhou as seis cordas duas vezes e tentou ajustar a tensão da primeira, mas os dedos falhavam a cada tentativa de apertar a cravelha com força.

Sentei ao seu lado, sentindo necessidade de ficar perto dele. Talvez me deixasse ajudar de algum modo. Mas ele se afastou, e senti uma frustração enorme. *Por que não me deixa ajudá-lo, meu amor?*

A mão esquerda apertava o braço do violão, os dedos pálidos na escala. A mão direita dedilhava as cordas ora muito baixo, ora muito alto, enquanto ele tentava tocar. Mas concluiu cada nota e cada verso, e reconheci a canção.

Enquanto ele cantava sobre um homem e uma mulher que se completavam das maneiras mais simples e perfeitas, fiz o que sempre faço quando não quero chorar: comecei a contar. Sorri e olhei por cima do seu ombro, contando os tijolos ao redor da lareira. *Dezessete, dezoito...*

Ele terminou de tocar, mas não levantou a cabeça.

– Eu te amo tanto. – *Levante a cabeça e olhe para mim. Me deixe te ajudar.*

– Eu também te amo. – As palavras foram pronunciadas com os olhos baixos e sem a menor emoção.

Mas isso não era um problema. Nós já havíamos enfrentado muita coisa ao longo dos anos. Eu sabia que ele me amava.

Ele colocou o violão no sofá e ficou olhando para o instrumento, como se se sentisse traído.

Deus, nos ajude...

Caminhando até a mesa de centro em passos curtos e cuidadosos, ele pegou as chaves.

Ah, não. Por favor, não deixe que ele dirija. Por favor, por favor, por favor.

– Amor, você acha mesmo que deve... – A porta foi batida. Ele pretendia mesmo pegar a picape? Continuei sentada, uma das mãos apertando o braço do sofá e a outra cobrindo a boca.

Por fim, atravessei a sala e afastei a cortina para dar uma olhada na entrada de carros. Ele não estava mais lá. Bati com as mãos na vidraça fria. *Por quê?* Será que algum dia pararia de dirigir? Sua teimosia acabaria matando-o antes da doença.

Por quê?

Coloquei *Don Quixote*, um balé longo e vibrante, no CD-player, e, como sempre fazia quando ele saía de carro, tentei – com algum sucesso – mergulhar na beleza da produção do Mariinsky, filmada em 2006 em São Petersburgo, na Rússia.

Geralmente ele voltava antes da dança cigana, mas o terceiro ato começou e nem sinal dele. Agora uma garoa fina cobria a vidraça, e fiz um esforço para me concentrar no jardim encantado de Dulcineia. *Deus, por favor, proteja-o. Se ainda estiver zangado comigo, então me puna, mas não deixe que nada aconteça com ele. Ele não merece sofrer mais do que já sofreu.*

O quarto ato começou. *Por favor, Deus.*

Novikova estava terminando o último solo. *Don Quixote* chegava ao fim. Dei uma olhada no celular. Quatro e quinze. *Por favor, Deus.* Minhas mãos tremiam, as palmas úmidas. *Não o tire de mim.*

E foi então que ouvi a campainha. Prendi a respiração.

Ninguém jamais vinha a nossa casa sem se anunciar. *Não, Deus. Não.* Talvez ele esteja ferido. *Não o tire de mim.*

Abri a porta e deparei com dois policiais. A garoa fria atingiu meu rosto, e ouvi o latido distante de nosso cachorro. Mas ele estava perto de mim. Teria mesmo latido? Vi a boca de um dos policiais se mexer, mas não entendi as palavras.

Lembranças do dia de nosso casamento e de nossa vida a dois me assaltaram.

– Não posso perdê-lo de novo – sussurrei.

Capítulo 2

Os sãos não necessitam de médico, mas, sim, os que estão doentes; eu não vim
chamar os justos, mas, sim, os pecadores ao arrependimento.
Marcos, 2:17

Columbus, Georgia
Fevereiro de 2008

A música de Sergei Prokofiev inundou minha alma de paixão adolescente quando ensaiei a cena do balcão de *Romeu e Julieta* com Claus. Cada nota hipnótica avivava meu fogo, um fogo que ardia lentamente, um fogo tão puro quanto intenso que ia me devorando por inteiro. Eu era Julieta, e devia estar apaixonada. Era permitido. Naquele palco, era possível esquecer o quanto Claus me magoara no passado, era possível demonstrar amor por um homem que não era meu noivo.

Observei Claus explorar o palco inteiro, impressionada com sua combinação perfeita de carisma e virtuosismo, em rodopios e saltos que eram mais rápidos e altos ao vivo do que no YouTube. *Por que você está aqui?* Ele tocou meu rosto. *Por que, depois de todos esses anos?*

O encanto da música e do momento se desfez.

– Ana! – O diretor artístico interrompeu o ensaio e a orquestra. – O que está fazendo? Você deve levar a mão ao rosto, onde ele a tocou. Tinha começado tão bem. Acorde. – Estalou os dedos várias vezes. – Vamos fazer de novo. Concentre-se. Cem por cento. Aqui. Agora.

– Que ótimo. Agora, vou me dar mal por causa dele – resmunguei, voltando ao balcão cinzento e bambo, aliviada por saber que o rosto já estava mesmo vermelho do esforço físico.

– Muito bem. Concentre-se. – *E se ele me dissesse que se divorciou e que voltou por minha causa? Shhh. Pare com isso.* – Aqui. Agora.

Respirei fundo e fechei os olhos. *Preciso fazer isso direito. É uma oportunidade única na vida. Um passaporte para o Met. Eu posso.*

– Tudo bem. É permitido – sussurrei para mim mesma enquanto respirava lenta e pausadamente para me controlar.

O maestro levantou a batuta e os músicos se prepararam. Minhas mãos se aquietaram, o nó no estômago se desfez. A orquestra começou. Lenta, suave, a melodia quase religiosa, enquanto eu, Lady Juliet, caminhava pelo balcão sonhando com o amado Romeu.

Um *tá-tá* na música interrompeu a melodia, assustando Julieta e anunciando a chegada de Romeu em meio às sombras noturnas da velha Verona. *Tá-tá-tá.* Entre a névoa de gelo seco e o refletor, não consegui ver Claus no começo, e o staccato das notas refletiu a confusão de Julieta.

Mas então... pura magia. A névoa se dissipou lentamente, como se até ela desejasse anunciar a presença de Romeu. A música se suavizou, pulsando como um coração. E foi então que vi Romeu. *Que visão... respire fundo.* Os cabelos louro-escuros de Claus estavam um pouco mais longos, ondulados, chegando abaixo da gola da blusa creme de mangas bufantes. Seu rosto de menino se congelou à vista de Julieta. Quem estaria vendo? Apenas Lady Juliet, ou ainda sentia algo por mim? Os olhos azul-rei pareciam cheios de expectativa.

Não importava. Estávamos em cena. Éramos Romeu e Julieta. Eu podia amá-lo novamente. Era permitido.

Corri até ele. A melodia finalmente se definiu e impôs. Luminosa. Exaltada. Linda. Nossos olhos se encontraram. Nossas mãos. E nossos corações. Então, dançamos.

Dessa vez, fui capaz de permanecer no momento, envolta no manto vermelho do desejo, permitindo que Romeu seduzisse Julieta inteiramente.

Claus segurou minhas mãos com força, as palmas suadas, e me ergueu no ar como se eu fosse um ser etéreo. Nossa interação era doce. Ele se mostrava atencioso, e eu receptiva. Volta e meia me pedia para ficar. Queria que *eu* ficasse. Queria demonstrar o seu amor. Ah, isso era tudo com que eu sonhara em jovem.

Romeu beijou Julieta apaixonadamente, e eu, entregue ao momento, me dissolvi nos braços de Claus, consciente apenas de seu corpo forte pressionando as formas delicadas do meu.

Não queria parar de beijá-lo, mas Julieta precisava correr ao balcão. *Ah, Julieta, Julieta... Por quê?* Ela devia ter ficado. Corri até o balcão, desejando poder me lembrar das palavras de Shakespeare. O que Julieta diz mesmo depois do beijo? Seria de esperar que eu lembrasse. Mas as palavras não importavam. Ela devia ter ficado.

– Bravo! – gritou alguém no meio da multidão de famílias e bailarinos, entre aplausos, assovios e mais gritos.

Então, é essa a sensação.

– Bravo!

Desci do balcão, abrindo um largo sorriso. Que prêmio – dançar a cena mais romântica do balé mais romântico com meu primeiro amor e amante.

Claus segurou minha mão para um agradecimento improvisado, e eu corei, abaixando os olhos por um momento. É isso. *É o meu momento.*

Dei um passo à frente, olhei para todos os rostos e fiz uma reverência.

Próxima parada, Metropolitan.

Brian, nosso diretor artístico, aproximou-se em passos animados. E essa era toda a empolgação que iria demonstrar. Mas contava. Era o nosso Brian. Se não estava aos gritos, então só podia estar contente.

– Ana, amei seu pulinho na base da escada, mas pule na diagonal. Desse jeito, quando correr, ele pode segurar sua mão no centro do palco.

– Entendi.

– Claus, este palco não é tão grande quanto aqueles a que você está acostumado. – Brian deu uma risadinha, provavelmente para manter o clima leve; afinal, estava falando com um dos maiores bailarinos do mundo. – Você está avançando demais na sua corrida inicial. Fique perto do balcão. Explore as sombras.

– Sim – assentiu Claus.

– Por hoje é só, pessoal. Amanhã nos encontramos aqui para uma aula leve e aquecimento. Estamos esperando uma casa cheia. – Brian levantou as sobrancelhas e abaixou a cabeça, nos espiando por cima dos óculos. – Ana e Claus, fiquem à vontade para ficar e ensaiar qualquer trecho que precisem. Tenho que ir jantar com os patrocinadores.

Fiquei olhando enquanto ele se dirigia às cortinas escuras.

– Se importa de ensaiar minha entrada para marcar os detalhes que Brian mencionou? – Claus secou o suor da testa com o pulso.

– Vamos lá. – Estendi os braços e movi a cabeça de um lado para o outro. – Esperamos até o pessoal ir embora?

– É melhor.

Onde está a sua esposa? É o que eu devia perguntar.

Claus ainda era o primeiro bailarino da mesma companhia de Wiesbaden onde iniciara a carreira, na sua Alemanha natal. Mas não havia mais qualquer menção a ela no site da companhia. E ela fora a primeira bailarina de lá durante anos.

Mas eu não podia perguntar. Quer dizer, podia... mas não devia. Como poderia manter a fachada e a atitude de indiferença se perguntasse? A pergunta me trairia.

Claus começou a ensaiar alguns rodopios. Não, eu não podia perguntar.

Olhei para o balcão e avaliei a distância. Por que o público estava demorando tanto para sair do teatro?

De repente, senti que minha presença ali era um erro. Agora eu estava com Peter, e muito feliz. É só trabalho. *Não tem nada demais.*

Uma mão no ombro me sobressaltou.

– Não quis te assustar. – Claus recuou um passo. – Desculpe. Está pronta?

– Claro. – Por que ele tinha de ser tão perfeito? Levei a mão ao ombro no ponto em que ele tocara, e subi ao balcão.

– Pá pá. – Ele praticou os passos de sua entrada sem chegar a fazê-los, apenas caminhando e marcando o espaço. – Parará, parará, pararará. Pá pá pá...

– Você acertou na mosca, porque não estou vendo nem sombra de você. – Me debrucei ao máximo para procurá-lo. – Você é um gênio.

– Que bom. – Ele reapareceu na base da escada. – Agora, desce.

Tornou a desaparecer, e eu desci à sua procura. *Onde está você, Romeu?*

Então, no ponto exato em que Brian queria que nos encontrássemos, senti a mão quente de Claus sobre a minha.

– E isso também é bom. – Sua voz estava grave. *Não vou olhar para ele. Não mesmo.*

Caminhamos para frente. *Direita, esquerda, direita, esquerda.* Retirei a mão da sua e a levei ao peito, para senti-lo palpitando. Nesse momento, deveria conduzir a mão dele ao coração, para que também o sentisse.

Mas devia mesmo fazer isso? Será que confiava em mim na presença de Claus? *Hoje,* não. Dei um passo atrás.

Ele abaixou os olhos.

Será que eu ainda o amava? Tinha que ser capaz de responder a essa pergunta, não? O ar do teatro tocou minhas faces, esfriando o rosto. Quem eu estava tentando enganar? Já sabia a resposta – sempre soubera. Amava, e muito. Pronto. Eu o amava muito...

Mas também amava Peter. Tanto quanto – talvez até mais. Com certeza, mais. Não amava? Tinha que esquecer Claus.

– Então, já acabamos.

– Quer destrinchar mais alguma coisa comigo?

Tipo, por que você está aqui?

– Não, não é preciso.

Ele assentiu, mas continuou exatamente onde estava.

– Quero ensaiar algumas coisas sozinha. – *Por favor, vá embora.* – Vejo você amanhã.

A orquestra ainda repassava trechos avulsos da nossa música. *Já chega da cena do balcão – por favor.*

– Você vai dormir cedo, não vai?

– Vou. – Recuei mais um passo. – Prometo.

Fiquei olhando enquanto ele se dirigia à porta do palco. Seu corpo não mudara nada em uma década – as pernas ainda estavam tão perfeitamente musculosas como quando eu o conhecera. Ele era compacto, como o *Davi* de Michelangelo.

Mas notei que o andar estava mais empertigado e lento do que o normal.

Ha, aposto que sabe que o estou observando. Fechei os olhos e corei. Claus precisava ficar no passado, que era o seu lugar.

Enchi os pulmões até o limite e soltei o ar lentamente. Peter deveria ter vindo ao ensaio. Ele era a mistura perfeita de beleza, sucesso e companheirismo, e bastava eu vê-lo para relaxar e abrir um sorriso. Ele era o meu futuro. Tudo o mais era bobagem.

Não queria esperar mais um dia para vê-lo, mas ele não costumava se ausentar do sítio em Pine Mountain por duas noites seguidas sem planejar com antecedência. Mesmo assim, não custava pedir. Ligaria para ele a caminho de casa. Subi a estreita escada que levava ao balcão, a madeira frágil balançando e rangendo sob as sapatilhas Bloch Balance European.

O que eu dissera a Claus sobre ensaiar mais um pouco não era verdade. Não precisava ensaiar mais nada. Apenas não estava pronta para voltar para casa. Em meio ao tumulto do meu coração, a maravilha do que estava acontecendo comigo naquele palco poderia facilmente me passar despercebida, mas eu não queria perder nada. *Este é o meu momento* – o meu *tempo de dançar* – a melhor *coisa que já aconteceu na minha carreira.*

Chegando ao alto do balcão, sentei na beirada, balançando as pernas como uma garotinha – e esperando não congelar no vestido de seda creme de Julieta.

Enquanto me perdia em deslumbramento e incredulidade por meu papel de Julieta, a estrutura tornou a balançar e ranger. Meu coração disparou, e tive uma vertigem.

Quem poderia estar subindo?

– Ah, não – sussurrei, ao ver Claus.

Ele sentou ao meu lado e se pôs a observar a plateia às escuras, como eu. E, como eu, não disse uma palavra.

Vimos os músicos guardarem os instrumentos e começarem a ir embora, até o fosso ficar em silêncio. Em momentos tudo estava quieto, salvo por um ou outro grito esporádico entre contrarregras. Mas o que ele estava fazendo? Sua mão se aproximava lentamente da minha, e eu fechei os olhos. Senti o calor dos dedos, e me deliciei na sensação.

Então, um tecido fino acariciou minha mão. *O quê...?* Olhei e soltei uma exclamação.

– Você a guardou. – As cerejas delicadas da minha echarpe haviam desbotado, bem como o chiffon azul-claro. Os poás brancos haviam se tornado quase imperceptíveis. Segurei a echarpe, examinando-a como se fosse uma joia rara.

Ele a comprara para mim na Saks Fifth Avenue, em Nova York, e me presenteara no nosso encontro mais memorável.

E eu lhe devolvera a echarpe ao final de cada encontro, para que ele sempre pudesse ter um pouco de mim consigo.

E eis que ele a guardara. Por todos esses anos, ele a guardara.

Olhei para Claus, o coração batendo alto e forte. Ele *me* guardara.

Seus olhos não mais refletiam a exuberância dos sentimentos de Romeu. Ao contrário, estavam cheios de tristeza. E também de amor. Era tudo tão inesperado. Eu me encontrava em território perigoso, mas não recuei.

Com os dedos sob meu queixo, um gesto tipicamente seu de que me lembrava tão bem, ele me puxou para si e me beijou. Senti seus lábios se entreabrirem, e, enquanto retribuía, tive que resistir ao impulso de permitir que o beijo passasse de suave a apaixonado. Suave estava de bom tamanho. Suave era o limite.

As coisas estavam perfeitas naquele balcão a três metros do palco, e desejei ficar ali para sempre.

Pelo menos por um momento, minha mágoa foi curada.

A dor permanente, erradicada.

Pelo menos por um momento.

Mas ele se afastou, mordiscando meus lábios molhados com um suspiro antes de dar um beijo rápido sobre eles. E depois, outro no canto da boca.

Tornou a virar o rosto para frente e segurou minha mão, agora úmida e trêmula.

Ah, como isso é maravilhoso. Nossa.

– Claus...

Ele levou meus dedos inquietos aos lábios macios, perfeitos.

Seu beijo foi quente. Carinhoso. *Nossa...*

Mas, em seguida, soltou minha mão.

Eu não estava pronta. Não queria que terminasse. Mais uma vez, não queria que terminasse.

18

Ele olhou para a echarpe em meu colo, e seus olhos voltaram a se entristecer. Por que não ficara comigo daquela primeira vez, dez anos antes? Agora era tarde demais. Será que também se conscientizara disso?

Ele deu um beijo na minha testa e se levantou.

Lágrimas quentes encheram meus olhos. O que poderíamos ter feito de diferente? Ah, o que eu não teria feito para evitar a dor daquele momento. Um sentimento de total desesperança tomou conta de mim ao vê-lo se afastar. *Por favor, olhe para trás.*

Mas ele não olhou.

Eu nunca, jamais, voltaria a ser uma mulher inteira. Nunca seríamos capazes de consertar o que se partira. O balcão voltara a se firmar, mas eu não voltaria. Será que aquele relacionamento nublaria toda a minha vida?

A porta do palco se abriu e se fechou. Claro que aquele relacionamento nublaria tudo que eu fizesse no futuro. Por que ele tinha de reaparecer?

E por que trouxera a echarpe? Acariciei o tecido macio. Estaria se sentindo tão atormentado quanto eu?

Provavelmente, mas trouxera a echarpe de volta, e a deixara para trás. Isso só podia significar que agora nossa história havia realmente acabado – era o ponto final – sem a menor sombra de dúvida. Ele devia ter sentido necessidade desse encerramento tanto quanto eu. Só podia ser o fim. Quanto mais não fosse, porque ele sabia que eu estava noiva.

É isso mesmo – estou noiva. O que estava fazendo? Sacudi a cabeça, tentando acordar desse pesadelo. *Tenho um homem. Ele é minha rocha e eu o amo. Quando a vida sai de controle, é ele quem me dá paz. Eu amo Peter.*

Olhei para os contrarregras ocupados, que posicionavam os adereços do cenário para a apresentação do dia seguinte.

Nada naquele palco parecia real. O beijo não fora real. O que fizéramos poderia ter sido parte do balé, não? Revivi o momento imaginando-o ao som de música. Minha peça moderna estava completa. Não fora real.

– Senhorita! Estamos fechando o palco.

– Obrigada. Já vou descer.

Quando me preparava para sair do teatro, a gravidade do que acontecera me atingiu em cheio. Queria de qualquer maneira acordar daquele pesadelo, ainda inocente. Mas o estrago já fora feito. A única coisa que eu achara que jamais faria – trair a confiança de um homem – tinha acabado de acontecer. Eu deixara Claus me beijar.

Peguei a sacola e apaguei as luzes. O longo corredor entre os camarins e a porta do palco estava às escuras. Como Claus podia ter tamanho poder sobre mim? Eu era uma idiota – e uma idiota infiel.

Na rua, o ar frio da noite e as luzes da cidade me reanimaram. A cada passo, o palco ficava mais longe, e, com ele, meu erro.

Precisava de Peter na cidade. Precisava apagar Claus dos pensamentos e dos lábios. Peter daria um jeito de vir até ali. Liguei para ele, sem conseguir mais resistir a ouvir sua voz. *Devia lhe contar o que acontecera? Teria que fazer isso, algum dia.*

De repente, ouvi um celular tocar atrás de mim – o solo da Fada Açucarada, a melodia que sempre tocava quando eu ligava para Peter.

Senti o corpo dormente. Só podia ser Peter. Será que ele vira tudo? Será que acabara de sair do teatro? *Não vamos presumir. Talvez ele não tenha visto nada.*

Dei meia-volta e sorri.

– Ué, quem é que tinha dito que não queria ver nada até a estreia?

Seus olhos evitavam os meus, fixando-se na rua movimentada às minhas costas. Sua alta figura estava imóvel.

– Mudei de ideia. – Ele segurou minha mão e começou a me levar em silêncio para a Broadway. *Ah, não. Ele viu alguma coisa.*

– Gostou? – Eu me esforçava para acompanhar seus passos rápidos. O que ele vira?

Ele não respondeu. Tínhamos chegado à marquise na frente do teatro, o letreiro eletrônico fixado na imensa estrutura de cimento. Ele me levantou com facilidade e me pôs sentada ali no alto, a quase dois metros do chão.

– Não estamos mais noivos. – Sua voz saiu roufenha como a de um animal ferido, grossas lágrimas escorrendo pelo rosto bronzeado e desaparecendo em meio aos pelos castanho-claros da barba rala. Seus lábios carnudos estavam trêmulos, e ele não fez qualquer tentativa de esconder a repulsa que sentia nos olhos azul-escuros.

Comecei a tremer, todos os meus sentimentos se reunindo ao redor de uma única pergunta: *Como posso consertar isso?*

– Peter, não. Não faça isso. Eu cometi um erro enorme, e lamento muito. Lamento profundamente, de coração. Me dê uma chance de explicar. – Tinha que consertar as coisas. Não queria uma vida sem ele.

Quando ele começou a se afastar, a vontade de chorar foi suplantada pela raiva.

– Não sei o que me deu. Para de caminhar. Eu te amo! – Não podia acreditar que ele fosse me deixar ali. Será que eu devia pular?

Não, não podia me machucar. Tinha que dançar no dia seguinte. Seria o dia mais importante em toda a minha carreira.

– Droga! – Bati com os calcanhares na marquise. – O Allen Ballet apresenta *Romeu e Julieta* com Claus Gert e Ana Brassfield, e lá está a idiota da Ana na porcaria da marquise. Por que isso está acontecendo comigo? Por que eu tinha que estragar tudo?

Alguns passantes me olharam enquanto eu fazia meu discurso, e novamente pensei em pular.

Então, vi Peter atravessar a Tenth Street. Quando chegou à outra calçada, uma mulher de coque deu um tapinha afetuoso nas suas costas e o acompanhou em direção aos bares.

Capítulo 3

—Ei! Que tal vocês aí pararem de me olhar e virem me dar uma mão? Os três rapazes que tinham diminuído o passo perto da marquise se entreolharam e vieram até a área gramada onde ficava a estrutura.

– Claro. – O mais alto se aproximou com os braços estendidos e um sorriso idiota, enquanto os outros dois riam baixinho.

Será que chegavam a ter vinte anos? Deviam ser universitários.

– Puxa, que bom que eu te divirto. – Estendi os braços para ele poder me ajudar. – Está sendo muito grosseiro, sabia?

– Desculpe. É que a cena é hilária. – Ele me pôs no chão com facilidade. – Tenho um encontro com uma garota que ainda não conheço, e serviu para me descontrair. Muito maneiro.

– O que, tirar uma mulher de cima de uma marquise? Espero sinceramente que você tenha algo melhor do que isso.

Ele cruzou os braços, com um sorrisinho presunçoso.

– Não, infelizmente é só o que eu tenho.

– Então tá. – Espanei a poeira da sacola e me afastei da marquise, do teatro e dos universitários. Na verdade, de todos os homens.

– Um agradecimento cairia bem – reclamou meu ajudante, elevando a voz para se fazer ouvir em meio ao trânsito da noite de sexta. – Quem é que está sendo grosseira agora?

– Eu já agradeci. Muito obrigada, cara alto da camisa azul-escuro. – Será que o bendito sinal não podia ficar vermelho de uma vez? Meu mundo todo estava desmoronando, e eu ainda tinha que ouvir um universitário me chamando de grossa e debochando de mim? Cheguei a pensar em atravessar a rua imediatamente, mas havia carros demais.

– Não agradeceu não, Ana. E o meu nome é Josh.

Virei a cabeça para ele.

– Ué, como é que você sabe o meu nome?

– Você disse que era a idiota da Ana na porcaria da marquise.

– Ha, ha. – Josh não tinha futuro como humorista, mas não deixava de ter razão: eu estava mesmo sendo grosseira. Ele não tinha culpa por eu ter me metido numa situação complicada. – Obrigada, Josh – agradeci, olhando para trás.

– Às suas ordens.

O sinal ficou vermelho, e atravessei a rua em direção ao rio Chattahoochee.

Voltei apressada para casa, uma das mãos apertando a alça da sacola a tiracolo, a outra apertando o casaquinho contra o coração.

Quem era a mulher que se encontrara com Peter do outro lado da Tenth Street?

Peter não conhecia ninguém na cidade.

Talvez fosse alguma colega de trabalho do parque, ou uma amiga de Pine Mountain.

Não, provavelmente não. Ele sabia que os ensaios gerais do Allen Ballet eram um evento apenas para familiares. Já tinha assistido a outros. Não traria alguém que eu não conhecesse sem antes falar comigo.

Já em casa e duas cervejas mais tarde, finalmente tomei coragem e liguei para Peter.

No começo, ele não atendeu. Minhas ligações caíam direto na caixa postal. Eu não queria deixar um recado, mas tinha que fazer alguma coisa. Um monólogo gravado de sessenta segundos era a minha única opção.

Direto na caixa postal.

Olá, você ligou para Peter Engberg, Diretor de Projetos Paisagísticos de Callaway Gardens. No momento, não posso atender. Por favor, deixe sua mensagem após o sinal e retornarei sua ligação o mais breve possível.

Pensei em desligar, mas a cerveja que circulava pela minha corrente sanguínea me convenceu de que uma ligação seria o suficiente para conquistar o perdão de Peter.

– Peter, me perdoa. Eu te amo. Por favor, liga pra mim. Vamos resolver isso. Eu cometi um erro. Preciso de você, e você sabe disso. – Minha voz falhou, e me apoiei na bancada da cozinha. Lágrimas grossas pingavam no chão de tábuas corridas, correndo pelos sulcos como leitos de rios em miniatura. – Eu te amei desde o primeiro dia, amor. – Precisava me acalmar. Comecei a contar os tijolos de uma fileira acima do fogão a lenha. – Lembra quando dançamos ao som de "Islands in the Stream" no Aspen Mountain Grill? Eu soube exatamente ali, naquela pista de dança, que nos casaríamos um dia. Soube que teríamos uma família. Nunca tinha sentido isso antes, nem com Claus. – Por que eu tinha que mencionar o nome dele? – Lamento tanto, Peter. Me perd...

Bip.

Recoloquei o fone no gancho, finquei os cotovelos na bancada e segurei a cabeça entre as mãos. Momentos do nosso primeiro encontro afloraram à lembrança. Aquela noite ele tinha tocado "Save a Horse (Ride a Cowboy)", de Big & Rich's, e eu me sentira cativada pelo seu mundo country e seus amigos country. Tudo que era familiar e natural para ele era desconhecido e fascinante para mim.

Bem, a rigor, esse fora o nosso segundo encontro, já que havíamos nos encontrado no parque horas antes.

– Não posso fazer isso comigo mesma. – O silêncio no apartamento era enlouquecedor. Tratei de me endireitar, secando as lágrimas, e olhei para o telefone, silencioso em seu gancho.

Peter precisava de tempo. Ele me perdoaria. Tinha que perdoar. Eu já vira homens bons perdoarem mulheres por infrações piores.

Tinha dois dias para viver meu sonho de primeira bailarina em Columbus. Isso lhe daria tempo para se acalmar. Então, eu o teria de volta e começaria o resto da minha vida, vivendo em Pine Mountain e, quem sabe, dançando em Atlanta, como havíamos discutido. Se tivesse sorte, conseguiria uma oportunidade de dançar no Met de Nova York pelo menos uma vez na vida. Tudo daria certo.

Eu cometera um erro, mas fora um só. Um erro enorme, mas só isso – um erro que não se repetiria. E que não precisava custar todos os meus planos e sonhos.

Minha cabeça doía. Retirei os grampos e o elástico forrado que ainda prendiam os cabelos num coque apertado. Peter sempre os soltava no fim do dia quando estávamos juntos, e então massageava meu couro cabeludo. Mergulhei os dedos entre os fios e tentei fazer o que ele teria feito, mas não era a mesma coisa. Senti sua falta.

– Ah, meu Deus. O quanto eu me arrependo. – Fazia séculos que não rezava nem punha os pés numa igreja. Mas tinha juízo bastante para saber que não devia ter feito o que fizera. Não devia ter deixado Claus me beijar. – Se arrependimento matasse...

Meu Border Collie castanho-claro, Barysh, se arrastou em minha direção quando abri as portas da varanda.

– Vem cá, deixa eu te ajudar. – Em breve, teria que tomar alguma providência em relação a ele também. Fazia semanas que não conseguia mais ficar de pé sozinho, e a idade pesava cada vez mais. Segurei seus quadris e o ajudei a sair.

– Você ainda é o meu melhor cachorro. – Era o único. Fiz um carinho no pelo envelhecido de sua cabeça. – Vou só pegar os telefones, e aí a gente se senta lá fora e fica olhando o rio.

Saí com o celular e o fixo, e me sentei ao lado de Barysh. As luzes da cidade tremeluziam acima da agitada Columbus, enquanto o rio Chattahoochee fluía abaixo. Lembranças da echarpe de chiffon com estampa de cerejas esvoaçaram no ar da noite.

– Como eu sou burra.

Peter não atendeu o telefone – de novo. *Isso já é demais!*

– Peter, sinto tanta falta de você... Não faz assim. Atende o telefone. Eu me arrependo mortalmente do que fiz. Me perdoa, amor. Me liga... – Não me sentia bêbada, mas meu discurso estava saindo numa voz pastosa. Será que as coisas podiam ficar ainda mais humilhantes? – Lembra como você me levantou pra me colocar na sua picape da primeira vez que foi me buscar? Você disse que se a gente continuasse se encontrando, teria que instalar uma escada nela. Eu achei que você estava brincando, mas, no fim de semana seguinte, não deu outra: o Silverado estava com uma escadinha. E nós não...

Bip.

– E nós não nos desgrudamos mais depois disso. – Olhei para o telefone antes de desligá-lo.

Oito meses mais tarde, ele me pedira em noivado. E essa fora a nossa história – tranquila e feliz. Até eu estragar tudo. Uma bola de chumbo teria sido mais leve do que o sentimento de culpa que me achatava a consciência.

Pela manhã, tudo parecia não ter passado de um pesadelo. Meus olhos ardiam sob as pálpebras pesadas da noite de insônia e lágrimas.

Móveis, abajures e pinturas se moveram em câmera lenta à minha passagem enquanto procurava o vidro de analgésico.

Tirei dois comprimidos e dei uma olhada na cafeteira.

– Forte demais – murmurei, assim que o café começou a ferver. Devia ter aberto a embalagem de Caffè Verona que mamãe comprara meses antes no Starbucks para mim.

A pilha crescente de minha correspondência foi uma distração bem-vinda. A fatura do celular nunca pareceu tão agradável, e li os detalhes da conta de água com uma avidez geralmente reservada às revistas de noivas e catálogos de artigos de balé.

Fui até a varanda com minha caneca favorita, grande, de terracota, que tinha o dobro da capacidade de uma caneca normal. O piso de lajotas estava quente sob os pés descalços. Puxei uma cadeira de ferro trabalhado do conjunto de bistrô de três peças e desejei poder ir imediatamente para o teatro. Fazer o meu trabalho. Ficar livre de uma vez.

O *clap-clap-shhh* dos skatistas da vizinhança deslizando rumo ao Riverwalk me encheu os ouvidos. Onde estava o meu iPod? Encontrei-o e fui direto para a playlist de Peter.

O Chattahoochee corria no ritmo de uma velha balada dos Bellamy Brothers – mansas águas brancas contornando cintilantes seixos planos. Para variar não estava frio, e o sol de meio-dia me fez relembrar a tarde quente, dez meses antes, em que eu me encontrara com Peter pessoalmente pela primeira vez. Fora no começo de abril, em que Pine Mountain está no auge do esplendor primaveril.

Eu conhecera Peter Engberg numa rede social em fevereiro. Ele só tinha dois retratos no perfil: um cara mais velho, aparentando uns trinta e poucos anos, mas bem-apessoado, com um belo par de olhos azuis – minha fraqueza. No status de relacionamento constava "separado", por isso, quando ele entrou em contato comigo e disse que eu tinha um lindo sorriso, escrevi pedindo que esclarecesse o status – só isso. Ele respondeu que seu divórcio seria homologado em abril, e eu lhe pedi que me procurasse nessa ocasião.

O perfil também informava que ele vivia em Pine Mountain e trabalhava em Callaway Gardens. Eu conhecia o lugar, pois meus pais moravam lá: um parque deslumbrante, situado a quarenta minutos de meu apartamento em Columbus, com um terreno de milhares de metros quadrados abrigando jardins, resorts e uma reserva florestal, situado nos contrafortes meridionais dos Montes Apalaches.

Suas famosas azaleias costumam florescer na última semana de março, mas agora estavam três semanas atrasadas, por causa do inverno longo, frio e chuvoso.

Quando estava dando uma olhada no meu e-mail na casa de meus pais no primeiro dia da estação das azaleias em 2007, encontrei uma mensagem dele:

KITRII980, AGORA SOU UM HOMEM DIVORCIADO. VOCÊ TEM UM LINDO SORRISO :) ADAMTOGABRIEL73.

Trocamos várias mensagens à noite, mas, como ele não sugeriu que nos encontrássemos pessoalmente, resolvi arriscar na manhã seguinte e tomei a iniciativa.

ADAMTOGABRIEL73, VOU AO AZALEA BOWL HOJE. GOSTARIA DE SE ENCONTRAR COMIGO LÁ? KITRII980.

Em milissegundos me ocorreu que, de todas as ideias estúpidas que eu já tivera na vida, aquela fora a pior. Ele trabalhava em Callaway Gardens. Por que haveria de querer ir ao parque num sábado?

Mas a resposta veio na mesma velocidade:

ADORARIA. O ORGANISTA COMEÇA ÀS 14:00HS. QUE TAL ÀS 14:30 NA PONTE?

Cheguei quinze minutos adiantada, terminei de beber minha água e coloquei um Tic Tac na boca antes de me dirigir à trilha.

O cheiro da grama recém-cortada se espalhava no ar. Da capela próxima, vinha o som alto e claro das "Quatro Estações" de Vivaldi. Qual dos concertos o organista estava tocando? Não era a "Primavera". Seria o "Inverno"?

Uma garotinha correu em minha direção, adiante da mãe. Não devia ter nem dois anos de idade, as sandálias brancas expondo os dedinhos fofos e o vestido de primavera esvoaçando à sua passagem – um clássico.

Parei para observar a capela de estilo gótico do outro lado do lago Falls Creeke. A água imóvel refletia a construção com seu vitral frontal, os altos pinheiros e carvalhos, os arbustos florescentes e os lírios que orlavam a margem.

Pousei as mãos juntas na balaustrada quente em madeira de teca.

É isso mesmo, Deus? É ele? Nunca conheci um arquiteto paisagista, nem estive com alguém mais velho do que eu. Queria mudar minha vida um pouco – ou muito –, e um homem como Peter num lugar como Pine Mountain pode ser exatamente do que preciso. Meus pais não sentem falta da cidade. Por que eu sentiria? Se for para o nosso bem, por favor, nos ajude.

Um casal de idade passou de mãos dadas à nossa frente. Havia fotógrafos e pintores acomodados em ambos os lados da trilha. As azaleias dominavam a paisagem – nas margens do lago, nas colinas, nas trilhas –, brancas, vermelhas, rosadas, lilás e todos os tons intermediários.

Será que esses artistas conseguiam capturar o espírito do parque e a silenciosa reverência de seus visitantes?

Foi quando vi Peter. *Nossa!* Ele estava na ponte, contemplando o lago. Era mais bonito do que eu tinha imaginado, e qualquer vestígio de silenciosa reverência que eu pudesse estar sentindo se evaporou no ato.

Só queria me esconder atrás de um arbusto de azaleias e gritar.

Comecei a caminhar em sua direção. Ele se virou para mim e sorriu. A barba rala e o rosto bronzeado lhe davam um ar extremamente jovem, e os olhos azul-escuros eram ainda mais azuis do que nas fotos do perfil.

– Oi. – Segurei a balaustrada de metal para me equilibrar e aspirei o perfume de seu sabonete. Tudo nele era quente e convidativo.

Estava usando uma camisa xadrez azul e branca, uma calça jeans perfeitamente ajustada e botas que já tinham dado algumas voltas pelo parque, a julgar pelo couro rachado e as manchas de lama seca no contorno das solas.

– Nossa! – Ele se postou ao meu lado e me olhou do alto de sua estatura imponente. – Tenho certeza de que você mencionou a altura no seu perfil, mas não devo ter prestado atenção. – Riu. – Que contraste, hein?

– Estou habituada a que todo mundo seja mais alto do que eu, portanto isso não me incomoda.

– Vem cá, baixinha. – Ele segurou minha mão e começou a caminhar. – Vamos ver as azaleias. Desculpe pelo comentário sobre a altura. Não tive a intenção de ser grosseiro.

– E aí, você é jardineiro? – perguntei, para me vingar.

Ele deu um risinho, mas não mordeu a isca.

– Sou o diretor de projetos paisagísticos do parque.

– Parece importante. O que você faz? Projetou o Azalea Bowl?

– Não. Eu projeto os estandes no centro de horticultura, os canteiros no centro das borboletas, aliás, todos os canteiros do parque.

– Que legal. Como entrou nessa área?

– Cresci em Cincinnati com a minha família. Detesto o inverno, então sempre soube que um dia me mudaria para o sul. – Ele chutou uma pedra no caminho de terra. – Adorava ajudar minha mãe com seus canteiros de flores em casa. Ela sempre queria que tudo combinasse, mas eu a convenci a experimentar contrastes: roxos com laranjas ou vermelhos, amarelos com roxos. No começo ela ficava doida, mas acabou aprendendo a se divertir com as cores. – Ele sorriu, o olhar distante, e retirou algo do olho. – Meu pai é o típico executivo americano, trabalha no departamento de marketing de uma multinacional, e eu sabia que não queria me parecer em nada com ele.

– Que bom para você. Parece saber exatamente o que quer da vida. – Devia ser bom ser uma pessoa tão centrada.

– Quem me dera. No momento, estou me sentindo como se não soubesse coisa alguma. – Ele abanou a cabeça, rindo baixinho. – E quanto a você e o balé?

– Minha mãe é brasileira e costumava dançar. Ela me matriculou numa escola de balé quando eu era pequena, e é o que sempre fiz. Eu adoro, mas me sinto um pouco decepcionada com o modo como minha carreira se desenrolou – admiti, e minha franqueza me surpreendeu. – Sou uma boa profissional, mas não tão boa quanto tinha esperado.

– E quais são as suas esperanças agora?

– Não sei – menti. A última vez que dissera a um homem que queria dançar no Met, ele achara que eu estava brincando.

– Também não sei coisa alguma.

Dei uma risadinha, e por fim caímos os dois na gargalhada.

BATERIA FRACA.

O aviso do iPod só não piorou minha a dor de cabeça porque ela já tinha passado. Mas os ouvidos doeram. Retirei os fones.

Clap-clap-shhhh.

O café estava frio, e a mesa imersa em sombras.

Dei uma olhada no celular. Duas e meia. Tempo bastante para tomar um banho e ir. Ótimo. Quanto mais rápido o fim de semana passasse, mais rápido teria meu noivo de volta.

Fui a primeira a chegar à área do palco. Empurrei a barra mais curta até um ponto próximo às cortinas e me recostei no fim, para alongar os músculos das panturrilhas. Um grupo numeroso de garotas do corpo de baile entrou, conversando e rindo, e, mal tinham fechado a porta, ela tornou a se abrir. Claus. Calça de moletom azul. Regata azul-claro realçando os olhos.

Será que eu podia resistir a ele?

Ele atravessou o palco em direção ao bebedouro.

Sem a menor sombra de dúvida. Desviei os olhos e me sentei para fazer o aquecimento. Segurando os pés, apoiei o tronco nas pernas, o alongamento dos músculos posteriores da coxa doloroso, mas gratificante.

Será que ir até Pine Mountain depois da apresentação era uma ideia muito ruim? Peter não tinha me ligado, e isso doía. Mas não poderia continuar me ignorando se eu aparecesse na casa dele, não é?

Não, seria uma péssima ideia. Curvei uma perna sobre o tronco e me inclinei para trás, alongando o quadríceps. Ele precisava de tempo e espaço.

Eu já complicara minha vida o bastante ao ultrapassar um limite que não devia ter sido ultrapassado. Desfazer o nó levaria tempo. Primeiro, devia viver esse fim de semana – até o fim. Troquei de perna.

Bailarinos profissionais passam horas customizando um novo par de sapatilhas, geralmente gastando dezenas de pares enquanto desenvolvem suas rotinas. As sapatilhas precisam estar macias para os saltos, fortes para os equilíbrios e giros, e, de quebra, parecerem bonitas nos pés.

Para atingir esse objetivo, muitos cortam a sola para arrancar os pregos, pisam nas sapatilhas, dão marteladas, esfregam álcool em tudo que queiram adaptar depressa aos pés, e assim por diante. Cada um tem a sua própria técnica. Mas, seja qual for o recurso escolhido – curvar, amarrar, apertar, cortar, raspar ou arrancar –, customizar uma nova sapatilha é uma arte que implica destruição.

Talvez fosse por algo assim que Peter e eu estávamos passando. Um período de destruição num processo destinado ao nosso aperfeiçoamento.

Nunca havíamos enfrentado nenhum tipo de crise. Se fôssemos capazes de atravessar esta, ficaríamos mais fortes do que antes.

Brian chegou e caminhou até a frente, indicando que nosso aquecimento começaria em breve.

Bati com as mãos no chão do palco, e me levantei.

Claus se posicionou num ponto oposto ao meu na barra, e senti um breve sobe e desce no estômago. Ele vinha se mantendo distante durante as aulas, só se aproximando de mim nos ensaios. Pelo visto, nosso beijo mudara um pouco as coisas.

O "Promenade" de Gallastegui encheu o teatro. Uma música de exercício que eu já ouvira um milhão de vezes. Um *plié* simples. Dezenas de corpos se movendo em harmonia, com pouca ou nenhuma orientação. Poesia em movimento.

Meus olhos se encheram de lágrimas, e, apesar do esforço para impedir que caíssem, elas escorreram pelo rosto. Claus aproximou a mão da minha e reconheceu o meu momento com um toque suave e um sorriso cúmplice.

À medida que a aula avançava e os movimentos se tornavam mais complexos, comecei a ter dificuldades para manter as pernas no alto a cada *developpé*. Ao tentar fazer com que uma perna fosse mais alto do que cento e vinte graus, senti a outra sair da posição. *Ugh.*

– Ana, atenção para o seu *turnout* – disse Brian, passando por mim. – *Demi-pointe* mais alto.

Olhei para Lorie Allen, que estava do outro lado do palco. Primeira bailarina do Allen Ballet, ela era de uma beleza estereotípica – loura de olhos azuis, alta, com pernas longas. Tudo que eu não era. Sim, sua mãe fundara a companhia e ainda estava na ativa, mas Lorie era realmente a melhor profissional que tínhamos, sem qualquer favoritismo.

Mas nada disso importava. Eu era Julieta. Para variar, estava fazendo o papel principal. Meu Romeu era um dos maiores bailarinos do mundo. E essa era a coroação de meus vinte anos de esforços.

Seria capaz de abandonar a segurança do Allen Ballet? Em parte me sentia velha e inepta para tentar uma vaga no Atlanta Ballet, mas o fato é que eles já tinham se apresentado no Met duas vezes.

Teria sorte se conseguisse ingressar no corpo de baile, mas, por mim, tudo bem. Não precisava ser solista da companhia, desde que conseguisse me apresentar no Met. Algumas das melhores lembranças de minha carreira não eram apenas de solos, mas de peças de grupo. Só queria me apresentar no palco histórico de Nova York, onde as estrelas da atualidade e as lendas como Margot Fonteyn, Rudolf Nureyev, Natalia Makarova, Mikhail Baryshnikov e centenas de outros bailarinos fantásticos haviam encantado gerações de aficionados do balé.

– Terminem o alongamento por conta própria. – Brian nos deu as costas, virando-se para a plateia deserta. – Vamos fazer *grands battements* no centro.

Eu detestava fazer *grands battements* no centro. Na barra, podia levantar a perna muito alto, mas, quando tentava fazer o mesmo no centro, a perna de apoio escorregava por baixo do corpo, e eu caía sentada no chão.

Claus retirou a barra do palco e se posicionou perto de mim, onde permaneceu durante todo o aquecimento – não em um único ponto, mas sempre perto de mim.

– Lindo, Ana – disse Brian, quando Claus e eu nos aproximávamos do fim de uma diagonal intrincada. – Esses saltos às nuvens estão muito bons, e você realmente passa a impressão de valorizar a sua presença aqui. Magnífico.

Quando terminei o exercício seguinte, Brian interrompeu a aula e me pediu para repeti-lo, sozinha.

– Observem o que ela está fazendo. Quero ver mais desse espírito em todo mundo. – Corei, sabendo que todos os olhos, inclusive os de Claus, estavam fixos em mim. – Antes mesmo que a música começasse, o rosto, os braços e o épaulement dela já diziam: "Olhem para mim!" Não é maravilhoso?

Não sei se Brian estava tentando massagear meu ego antes do espetáculo, ou se fora sincero. Fosse como fosse, estava funcionando às mil maravilhas.

– Não tenham medo de se apresentar. – Ele voltou às suas notas. – Vamos fazer uma *révérence* e concluir. Não quero que se cansem demais.

Eu não tinha medo de ficar cansada, mas encerrar a aula num clima de alto-astral era uma boa ideia. Meu cérebro estava virando uma papa à medida que a noite se aproximava.

Seguimos os movimentos de braço de Brian, e então os homens se curvaram e as mulheres fizeram reverências, primeiro para Brian, depois para a pianista.

Já no camarim, coloquei os cílios postiços e pus o vestido verde-água e dourado de Julieta. A noite seria especial, mas não estaria completa sem Peter na plateia. Ah, se eu não tivesse beijado Claus...

Também estava preocupada. Em teoria, meu plano era perfeito: fazer Julieta, reatar com Peter, dançar em Atlanta e realizar meus sonhos. Mas não estava convencida de que a realidade poderia ser tão simples. Terminei de aplicar sombra nas pálpebras e aprovei a imagem no espelho.

– Toc toc. – Claus bateu à porta, o sotaque leve, mas obviamente seu.

– Oi. – Deixei que entrasse. *Por que não estou surpresa? O que ele quer?* Estava vestido para a cena de abertura, pronto para ser meu Romeu. A encorpada legging cinza e o belo colete vermelho e azul-acinzentado realçavam lindamente a sua pele clara.

– Como está se sentindo? – Ele se aproximara tanto que o calor de seu corpo atingiu o meu. Seus lábios úmidos diante dos meus olhos e a ligeira inclinação da cabeça eram um convite – um convite para zerar a distância, ceder e viver o momento.

Tive um rápido vislumbre do meu anel de noivado, cuidadosamente guardado na prateleira mais alta da caixa de maquiagem. *Um convite ao desastre – e mais nada.* Recuei um passo.

– O fato de termos nos beijado ontem à noite não significa que vá acontecer de novo.

– Na verdade, querida, posso lhe garantir que vai acontecer de novo. – Ele deu uma olhada no celular, com um sorriso. – Dentro de aproximadamente dez minutos, as portas vão se abrir e os espectadores vão começar a se sentar, Lady Juliet. Nós vamos nos beijar. Vamos nos beijar muitas vezes esta noite.

Ai, esse sotaque – esse homem. Um enxame de borboletas descontroladas explodiu no meu peito.

– Você entendeu o que eu quis dizer.

– Sim, entendi. – Ele apontou para o meu vestido, que obviamente precisava ser fechado.

Dei meia-volta.

– Será que podia...

Ele se pôs a trabalhar sem dar uma palavra, os dedos se movendo de colchete a colchete.

Vamos nos beijar. Vamos nos beijar muitas vezes esta noite. Borboletas más, parem com isso.

– Ana, quero conversar com você quando tudo isso acabar. – Ele continuou a prender a longa fila de colchetes nas costas do vestido de Julieta. – Quero que compreenda o que aconteceu há dez anos.

– Por que agora? – É tarde demais para nós.

– Eu...

– Não, por favor. – Levantei a mão, atalhando sua resposta. – Vamos só dançar. Preciso que este fim de semana acabe de uma vez.

– Tudo bem. Posso esperar.

Então puxe uma cadeira, e boa sorte. O fim de nossas apresentações juntos precisava ser o fim de toda a nossa história juntos – era a coisa certa a fazer. Mas eu não queria que ele dançasse se sentindo infeliz ou decepcionado. Esse era o nosso tempo de dançar.

O que importava eram Romeu e Julieta. E também o público fiel, que merecia uma grande apresentação de todos nós. E o Met – haveria diretores artísticos de Atlanta na plateia.

Ele prendeu o último colchete e fez com que eu me virasse devagar.

– Linda – sussurrou, tocando meu rosto com as costas dos dedos.

– Obrigada. – Dei um passo atrás.

– Devo voltar para a Alemanha dentro de duas semanas, mas posso ficar mais tempo. – Fez menção de segurar minhas mãos.

– Nós vamos conversar, Claus. – Mas não iríamos. Havia muitas coisas que eu queria lhe contar. Antes de mais nada, a natureza de meu relacionamento com Peter. A encrenca em que estava. Mas esse problema era meu, não dele. Como o casal que estávamos prestes a viver no palco, nossa história também fora marcada pelo desencontro.

A voz aveludada do gerente do teatro se fez ouvir pelos alto-falantes:

– A casa está aberta. A casa está aberta.

Abri a porta para Claus.

– Vejo você lá fora.

– Mal posso esperar, doce Julieta.

Ele caminhou de costas, continuando a olhar para mim. "Eu te amo", disse por mímica labial, antes de se virar em direção à porta do palco, além da qual nosso público esperava.

Eu te amo? Minha mão direita cobriu o coração – batidas irregulares, respiração irregular. *Vamos nos beijar. Vamos nos beijar muitas vezes esta noite.*

Capítulo 4

T ivemos casa cheia, de fato – uma casa cheia eletrizada e eletrizante. Ao final de cada solo repleto de saltos e piruetas, o público aplaudia e gritava com um entusiasmo que eu só vira no YouTube, em cenas quase sempre estreladas por Ivan Vasiliev, cria do Bolshoi.

Em duas ocasiões os aplausos foram tão longos e altos, que tive de fazer um esforço para ouvir a música que se seguiu. *Que problema maravilhoso para se ter.*

Será que devia arriscar uma pirueta tripla ao fim do solo do baile de máscaras? O calor do público já me inspirara a correr alguns riscos, e eu já conseguira realizar duas triplas, quando normalmente faria duplas.

Mas essa era diferente. Porque Romeu estava observando.

Até a cena do baile, ele dançara com amigos, e eu no meu quarto. Agora Julieta estava nos braços do homem que seus pais queriam que desposasse – o belo Páris –, mas em breve ele se distrairia, e Romeu aproveitaria a oportunidade.

Vamos com a tripla. Preparação. Gira. Ótimo.

– Brava!

Yes!

Agora, a vida de Julieta estava prestes a mudar, em um, dois, três... já! As mãos de Claus enlaçaram minha cintura fina – o primeiro contato físico dos amantes. *Parada.*

Meus pés avançaram numa série de passinhos *en pointe*, mas nada além deles – braços dobrados para cima e imóveis como os de uma boneca de porcelana, olhos arregalados, boca ligeiramente entreaberta, coração... O que o coração estava fazendo? Não estava parado.

Tinha levado um violento choque elétrico, como mostram nos seriados médicos da tevê – só podia ser isso. *Carregando com duzentos, afastem-se, zzzzz.* Só que o choque não fora transmitido por pás de desfibrilador no peito do paciente, mas pelas mãos do meu amor. *Zzzzzz.*

E Julieta reage. Ela se vira para Romeu e seus olhos se encontram. *Eu te amo.* Nós vamos nos beijar. Vamos nos beijar muitas vezes esta noite.

A família dela e Páris também reagem em peso. O primo de Julieta, Teobaldo, separa os dois antes que qualquer coisa possa acontecer. *Suspiro.*

Não podia imaginar meus pais decidindo com quem eu deveria me casar. Como se sentiram as jovens que foram obrigadas a suportar essa imposição? Algumas certamente tiveram mais sorte do que outras.

Depois do flerte no salão de baile, finalmente chegou o momento do primeiro beijo – a cena do balcão.

Ele e eu nos encontramos precisamente no centro do palco, como havíamos ensaiado. Minha mão buscou a dele, e a coloquei sobre o coração. Será que os desfibriladores iam além de 360 joules? As mãos de Claus iam. *Zzzzzz.*

Nossos peitos subiam e desciam com a respiração rápida. Soltei um suspiro decidido – estava na hora de me exibir um pouco. Mais piruetas triplas? Sem a menor sombra de dúvida.

Terminamos de dançar um para o outro, e Claus escondeu o rosto na barra da minha camisola. Isso é demais para Julieta, que tenta fugir. Mas Romeu segura sua mão, trazendo-a de volta para si.

Os lábios de Claus estavam a um palmo dos meus. Fiquei na ponta dos pés, atingindo sua altura. *Vamos nos beijar a noite inteira.*

Ele deveria apenas aproximar o rosto, mas em vez disso me puxou – os dedos sob meu queixo.

Esse não era Romeu beijando Julieta. Era Claus *me* beijando. O que ele estava fazendo?

Minha mistura de euforia e hesitação pareceu incendiá-lo. Devia estar com a mão nas minhas costas, mal me tocando, seus braços nos emoldurando.

Mas senti a pressão de suas mãos e soltei um gemido involuntário. Os lábios dele se entreabriram. Suor salgado, juntos. Corações batendo juntos. O mesmo calor. Dois se fundiram em um.

Quando ele me soltou, não precisei fingir estar tonta. Então me afastei e corri até o balcão. O que havia acabado de acontecer?

Nada de voltar para fazer a pose final. Eu deveria descer até a beira do balcão e estender a mão para ele. Mas, em vez disso, deixei-o esperando que eu aparecesse mais uma vez e me escondi atrás das cortinas. Cobri o coração com as mãos e ouvi o público explodir em vivas e gritos.

Será que ele iria fazer isso a cada beijo? Meu coração palpitava, enquanto eu imaginava as próximas cenas românticas.

Vamos nos beijar. Vamos nos beijar muitas vezes esta noite.

O beijo do casamento era o próximo, e depois o do quarto, e depois muitos, muitos outros até o fim do balé. Eu nunca seria capaz de dançar a noite inteira se Claus continuasse a me beijar assim. Teria planejado aquele arrebatamento no jardim sob o balcão? Ou o beijo apenas acontecera? Que Deus me ajudasse.

Na manhã seguinte, tomei com prazer uma xícara da minha marca de café preferida na cozinha, antes de abrir o jornal para ler as resenhas.

Sempre acreditei que *Romeu e Julieta* é um balé mais apreciado pelos bailarinos do que pelo público. Não tem a exuberância e o charme latino de *Don Quixote* e *Paquita*, nem cisnes em tutus bandeja, nem fantasmas em longos vestidos românticos com asas. *Romeu e Julieta* é cru e visceral. E também uma hora mais longo do que a maioria dos balés, com cenas de maior teor dramático. O público fica no teatro por quatro horas, no mínimo. Mas a intensidade do enredo e a profundidade do romance fazem dele um balé maravilhoso para se dançar.

A resposta que recebemos do público e dos críticos foi particularmente lisonjeira, considerando o quanto a apresentação exigira deles.

ANA BRASSFIELD E O TARIMBADO CLAUS GERT ENCENARAM O DRAMA DE *ROMEU E JULIETA* NO PALCO DO RIVERCENTER NESTE FIM DE SEMANA, COM TÉCNICA MAGISTRAL E INTERPRETAÇÕES IMPECÁVEIS, ASSISTIDAS POR CENTENAS DE ESPECTADORES QUE CHEGARAM ÀS LÁGRIMAS.

O CASAL FOI APLAUDIDO ENTUSIASTICAMENTE EM CENA ABERTA AO VIVER E MORRER COM A INTENSIDADE E O REALISMO QUE SE PODERIA ESPERAR DE SHAKESPEAREANOS NO GLOBE THEATER, O QUE ME LEVA A IMAGINAR SE ESSES JOVENS BAILARINOS JÁ EXPERIMENTARAM AS ALEGRIAS E TRISTEZAS DO AMOR ENCONTRADO E TRAGICAMENTE PERDIDO, OU SE DEVERIAM TENTAR UMA CARREIRA NA BROADWAY.

ESTA É A SEGUNDA VEZ QUE O SR. GERT SE APRESENTA COMO CONVIDADO DO ALLEN BALLET. ELE ESTRELOU *PAQUITA* AO LADO DE LORIE ALLEN EM 1996, QUANDO ERA PRIMEIRO BAILARINO DO ATLANTA BALLET. ATUALMENTE, ELE FAZ PARTE DO RHINE-MAIN BALLET, EM SUA ALEMANHA NATAL.

Missão cumprida.

Peguei as chaves e levei Barysh para o apartamento de um vizinho, antes de me dirigir ao norte, para Pine Mountain. Era hora de partir em busca do coração daquele que sempre me fora fiel, me fizera feliz e me trouxera paz – Peter. Eu já não aguentava mais a ansiedade e a dor que vivera no palco com Claus. *Não vou pegar a rota panorâmica hoje.* Entrei no carro, sintonizei uma boa música e me dirigi à rodovia.

Devia ir direto para Callaway Gardens ou passar na casa dele primeiro? *Argh.* Minha melodia tão bonita se transformou numa música evangélica. Por que as pessoas ouviam esses troços? O domingo não bastava?

Procurei minha estação country favorita. *Aqui. A DJ é divertida. Miranda Lambert botando pra quebrar. Ótimo.* Uma buzinada estridente à direita me fez levantar os olhos do rádio. Eu tinha quase saído da pista. *Não era para isso acontecer.* O trânsito na I-185 estava mais intenso do que de costume, repleto de carros e caminhões dirigindo-se apressados a Atlanta. Precisava me manter alerta de qualquer jeito.

Por que estava me sentindo tão nauseada? Havia algo errado. Estava com a boca seca, uma sensação estranha no peito, como se tivesse prendido a respiração. Mas estava respirando normalmente. Será que devia parar no acostamento?

Nem pensar – já esperara demais. O rádio me ajudaria a relaxar e a me concentrar na direção. Aumentei o volume.

O DJ começou a falar sobre Jesus e disse algo sobre as Escrituras. Essa não podia ser a minha estação. Meus olhos se fixaram no dial. *Era* a minha estação. *Dá no mesmo se desligar.* Estendi a mão para o rádio, dessa vez com os olhos fixos nas listas brancas da estrada.

Quando a primeira placa de Pine Mountain apareceu no horizonte, eu me senti melhor.

Peguei a State Route 18 e liguei para Peter. Não atendeu. *Aqui que eu ligo de novo.* O celular bateu no vidro traseiro. *Dane-se.*

Cinco minutos depois estava na casa dele, mas não vi nem sinal de Peter.

Próxima parada, Callaway Gardens.

Mas será que era boa ideia ir ao encontro de Peter no meio do seu expediente? Provavelmente não, mas engrenei uma primeira e me dirigi ao parque mesmo assim.

Que tal se antes fosse conversar com mamãe? Não, ela ficaria preocupada demais.

Mas, se não estava indo para a casa de meus pais nem para o escritório de Peter, por que ainda seguia na direção do parque?

A plaquinha ao lado da entrada já chamara minha atenção em outras ocasiões, mas daquela vez rompi em lágrimas ao vê-la:

NÃO TIRE NADA DOS JARDINS, A NÃO SER:
ALIMENTO PARA A ALMA,
CONSOLO PARA O CORAÇÃO,
INSPIRAÇÃO PARA A MENTE.

Dei a volta e contei as árvores, tentando frear as lágrimas. Por que não estava dando certo? Lágrimas quentes embaçaram minha visão até a capela rústica em estilo gótico, onde havíamos planejado nos casar.

As pedras toscas de quartzo arenoso e a argamassa cinzenta da construção se misturavam às árvores de inverno e o céu escuro. Saí do carro e sequei as lágrimas, olhos fixos na margem oposta do lago Falls Creek, onde, dez meses antes, tinha parado para rezar antes de me encontrar com Peter. Uma águia gritou metros acima.

O desejo de voltar no tempo e estar do outro lado daquele lago, começando tudo de novo, apertou meu coração, e corri para a capela gritando como se fosse perseguida por um bando de feras famintas.

Lá dentro, arriei o corpo na entrada, o contato com o chão de pedra me enregelando. A cripta da família de Julieta devia ser assim. Fria, dura, vazia. Meus soluços e gritos ecoaram por toda a capela como se saíssem de outra pessoa, em outro lugar, finalmente dando vazão a dias de sofrimento.

Quando os gritos se tornaram gemidos, eu me levantei, piscando devagar, e respirei fundo.

Finalmente vazia, caminhei pela nave, observando os quatro vitrais que conduziam ao altar: pinheiros, coníferas e folhosas das quatro estações. Cada uma representava uma fase de meu relacionamento com Peter: primavera, verão, outono e, agora, inverno.

Eu me enrosquei no frio chão do altar e toquei a pedra que sustentava a cruz. *Por favor, Deus. Me ajude. Por favor, por favor, por favor. Quero tanto acreditar em Você, mas não consigo. Não faz o menor sentido. As pessoas sofrem. Boas pessoas. E Você não parece estar no controle de nada. Não tenho nenhum indício de Sua existência na minha vida ou na de outras pessoas.*

Então me deitei de costas e olhei para a pequena cruz de ferro. *Ainda assim,* não consigo ir embora. Mas será que Você está mesmo aí?

Atrás da cruz ficava o vitral principal, que coloria a capela com flores vermelhas e rosadas, folhas laranja e verdes, segmentos azuis e três árvores com muitos galhos. A arte do altar parecia ser formada por elementos de todas as estações – menos o inverno. *Será que é minha imaginação?* Mas estava exausta demais para ir olhá-las de perto e comparar os elementos. *Fica para outro dia.*

Toquei a pedra. Era enorme, para suas pernas finas de ferro. Nunca prestara muita atenção a ela; parecera um pedregulho como outro qualquer, numa igreja de pedra. Mas essa pedra não era igual às outras. Essa tinha passado pelo fogo. Era uma rocha vulcânica. Ou não?

Ao me levantar para observar sua parte superior, notei uma Bíblia simples ao lado da cruz. Estava aberta no começo da Epístola aos Coríntios. Fechando os olhos, corri os dedos pela página como costumava fazer em pequena. *Vamos ver o que tiro. Capítulo dezoito.*

Mas, antes que pudesse ler, alguém abriu a porta.

Corri até o primeiro banco. Seria Peter? Homens da sua estatura eram um tanto incomuns.

Passos meticulosos se aproximaram do altar. *Pense em alguma coisa para dizer – alguma coisa que preste.* Peter se sentou do outro lado da nave, olhos fixos no altar.

– Uma pessoa viu o seu carro. – Ele falou no mesmo tom que usara ao me levar à marquise na noite de sexta, controlado e sem emoção.

Já devia saber que alguém me veria e contaria a ele. É difícil passar despercebido num Torch Red Fire Thunderbird de 2002. Mas eu tinha problemas maiores – ele não parecia disposto a me ouvir. Não adiantaria usar as palavras certas – eu precisava de palavras perfeitas.

Pense em alguma coisa, diga alguma coisa. Este silêncio constrangido está ficando insuportável.

– Me perdoe por aquele beijo. Foi um erro estúpido. – Não chegava a ser profundo, mas precisava ser dito.

Ele me olhou pela primeira vez desde que me deixara na marquise.

– Não quero em hipótese alguma falar sobre o que aconteceu. Não é por isso que estou aqui. – Seu rosto se contorceu como se estivesse chorando, mas nenhuma lágrima escorreu. – Quero o anel, Ana.

– O quê? – Obviamente ele ainda estava abalado, mas pedir o anel era totalmente absurdo.

– Foi da minha mãe. Se não fosse o caso, eu não pediria. – Tornou a olhar para o altar, o punho pressionando a boca.

Mas então, por que o anel não estava no dedo de sua mãe? Ele sempre evitara falar sobre a família, e não me ocorrera perguntar onde ele adquirira o delicado anel com o brilhante lapidado no estilo *rose cut*.

Seus olhos se cravaram em mim.

– O anel *foi* da sua mãe? Achei que seus pais ainda fossem casados.

– E foram, até ela morrer.

– Ah, Peter. Me perdoe. Por que nunca me contou? – Quando dei um passo em sua direção, ele voltou a desviar os olhos. Pelo visto, não estava disposto a facilitar as coisas para mim.

– Já faz muito tempo. E você nunca perguntou.

Tinha perguntado, sim. Comecei a falar, mas ele me interrompeu:

– O anel, Ana.

– Peter, não. – Fiquei de joelhos diante dele e pousei a cabeça na sua perna. Não podia terminar assim. Seu cheiro de musgo e seu calor me lembraram de tudo que eu tivera e agora estava perdendo. Tentei enlaçar sua cintura, me apegando ao que podia, enquanto ainda podia. – Não...

– Ana, não torne as coisas mais difíceis do que precisam ser. Como acha que me sinto? – Ele abriu a mão diante do meu rosto. – Quer, por favor, me devolver o anel de minha mãe?

Suas palavras me fizeram sentir imunda, como uma prostituta – indigna do anel de sua mãe. Mas eu não era assim, era? Seria isso que ele pensava de mim? Quis tocar sua mão, cada poro, cada pelo, fazê-lo sentir meu coração.

– Ana, por favor. Você está me torturando. – Sua voz irrompeu em soluços, e ele estendeu a mão para mim.

– Ah, amor...

– O anel de minha mãe.

O que ele faria se eu tentasse segurar sua mão? Será que a retiraria? Meus dedos tocaram os seus, mas ele os afastou. Por quê? Como podia se manter tão refratário ao diálogo? Meu comportamento fora terrível, mas por que não podia me dar uma segunda chance ou, pelo menos, me ouvir?

Ele se levantou, desvencilhando-se de mim. A mão ainda estendida.

– Agora, Ana.

Retirei o anel e o coloquei na sua palma com os dedos trêmulos. Ao vê-lo fechar a mão em torno da joia, senti um aperto doloroso na garganta.

Quando Peter pôs o anel no bolso da camisa, fora de minha vista e alcance, o peito se apertou e a garganta ardeu. Levei as mãos ao rosto, escondendo a vergonha e as lágrimas. O que podia fazer? O que podia dizer?

– Por que, Ana? – Sua voz soou um pouco mais grave.

Essa era a minha chance. Levantei o rosto. Seus olhos azuis estavam escuros como o céu da meia-noite, o corpo forte emoldurado pelo vitral do inverno.

– Eu fui fraca. – As palavras saíram em jatos curtos, distorcidas pela emoção. – Fui estúpida. Dez anos atrás nós nos apaixonamos, e então ele desapareceu da minha vida. Mas essa é uma velha história.

– Não pareceu uma velha história quando vi vocês dois na noite de sexta. – Peter deu alguns passos na área diante dos bancos, uma das mãos atrás do pescoço e a outra na cintura, como costumava fazer quando resolvia algum problema.

– O que você viu foi um beijo, e um erro. *Você* é minha vida.

– Foi mais do que um beijo, e você sabe disso.

Não, não sabia.

– Como assim?

– O caso, Ana. Eu sei do caso de vocês.

– Mas não tem caso nenhum. – De onde saíra isso?

Nunca tinha visto seu rosto ficar tão vermelho – nunca tinha visto esse tipo de fúria.

– Pare de mentir. – As palavras foram pronunciadas entre os dentes.

– Não estou mentindo! – Bati com o punho no banco mais próximo. – Isso é um pesadelo.

– Quanto a isso, estamos de acordo. – Sua voz, agora mais alta, ecoou pela nave. – É um pesadelo.

– Que tal concordar comigo que foi um erro que não se repetirá, e depois conversarmos sobre o que realmente aconteceu, não sobre esse relacionamento fantasioso que você inventou para mim? – Apertei seus braços e o sacudi. – Hein? Que tal?

– Eu sei a verdade! Lorie me contou tudo!

– Lorie?

Ele se desvencilhou e se afastou alguns passos.

– Lorie Allen. Ela me contou.

– Lorie Allen, a bailarina? Mas você nem a conhece. – A figura da mulher que se encontrara com ele na sexta não batia com a de Lorie. Seria ela? Mas por quê? Como?

– Sim, Lorie Allen, a bailarina. Ela encontrou meu perfil na internet e me contou que você estava tendo um caso com esse alemão famoso que tinha sido seu primeiro amor... Romeu. – Ele revirou os olhos.

Mas que loucura era essa?

– Em primeiro lugar, não tem caso nenhum. Em segundo, como pode acreditar nela e não em mim?

– Eu não acreditei nela, Ana. Não mesmo. – Ele cruzou os braços. – Por que minha noiva, a mulher doce e maravilhosa que me tirara do fundo do poço da traição, das mentiras e do desespero, haveria de me jogar de volta nesse poço, tendo um caso com um colega de trabalho?

Mas então, se ele não tinha acreditado em Lorie, por que acreditava agora? E de que poço de traição estava falando?

– Ela sugeriu que eu fosse ao ensaio geral e visse com meus próprios olhos. Foi o que fiz. – Sua voz falhou. – E ela tinha razão. Eu vi você com ele.

Eu tinha que abraçá-lo e consertar as coisas – tirar a sua dor. Mas, no instante em que dei um passo em sua direção, ele recuou. Minha cabeça latejava.

– Como Lorie podia saber que haveria um beijo? – sussurrei.

– Acho que é o que todos os amantes fazem. – O sarcasmo endureceu sua voz. – Eles se beijam e trocam lenços.

A echarpe. Meu rosto ficou vermelho.

– É só olhar para você. – Peter fez um gesto breve, apontando meu rosto. – O retrato da culpa.

Acabou. Oficialmente julgada.

– Culpada de um erro isolado, e mortalmente arrependida por ele. – *Fique calma.* – Não sei o que mais posso dizer para que você acredite em mim.

– Eu gostaria muito de poder acreditar em você... ou, pelo menos, te perdoar. – Ele se sentou, parecendo menos tenso. – Estou desolado. Eu te amo.

Por um momento pareceu prestes a dizer mais alguma coisa, mas continuou em silêncio.

– Também te amo, Peter. – Funguei com força. – Será que não podemos esquecer que a noite de sexta aconteceu e pôr uma pedra sobre essa história de Lorie?

Ele abanou lentamente a cabeça.

– Desculpe, querida, mas um caso para mim é fim de linha.

O calor que eu sentira brotar no estômago se espalhou por todo o corpo e enfim explodiu.

– Mas eu não estou tendo um caso!

A última palavra ecoou pela igreja vazia e as pedras frias me acusaram: *caso, caso, caso...*

– Querida, não minta. Essas coisas acontecem, acredite em mim. Já vi acontecer. Tenho certeza de que você tem suas razões. Só não posso continuar com você assim.

– Mas não houve nada além do que você viu. Você tem que acreditar em mim.

– Não posso. – Sua voz saiu quase num sussurro.

E a minha também, quando comentei:

– Então era Lorie a mulher com quem você se encontrou na sexta depois que me deixou.

– Ela ficou com pena de mim, tem sido uma boa amiga.

– Ela está mentindo para você. Vou descobrir o motivo, e te provar. – Por que ela estava armando para cima de mim? E como *soubera* que haveria algo para Peter testemunhar aquela noite? Será que eu era tão previsível assim?

– Não precisa fazer isso. Acabou, Ana. – Ele apertou os lábios. – Preciso voltar para o trabalho. Desculpe pelo anel.

– Tudo isso é tão absurdo...

– Tchau, Ana. – Peter se virou para as portas amplas e me deixou. Mais uma vez.

Perdê-lo pelo que eu fizera era suportável. Doloroso, mas suportável. Mas perdê-lo pelo que eu não fizera? Nem pensar.

As portas da capela se fecharam.

Durante dez anos – toda a minha carreira profissional – eu vira Lorie Allen fazer todas as protagonistas dos meus sonhos. Tinha tentado ao máximo me contentar com meus papéis secundários, sempre trabalhando para chegar ao seu nível, encantada com cada solo e oportunidade que aparecia para mim.

Agora, ela estava tentando estragar a minha vida pessoal também? Por quê? O que eu fizera para magoá-la? Será que sentira inveja porque, pela primeira vez, eu conseguira o papel principal?

Não podia ser – ela era cristã. Por acaso a mentira e a inveja não estavam na lista das dez maiores proibições dos cristãos?

Tinha que haver mais nessa história. Eu precisava encontrar Lorie.

Capítulo 5

Minhas mãos tremiam no volante. *Não devia estar dirigindo, mas tenho que voltar para Columbus. Preciso encontrar Lorie.*

O caminho para a casa de Peter ficava entre Callaway Gardens e a estrada para Columbus. Será que devia ir até lá? Parecia masoquista fazer isso, mas não pude resistir ao impulso. E se parasse na margem do lago e desse uma olhadinha de lá? Desse jeito poderia continuar na estrada, em vez de enveredar pela longa trilha. *Vou fazer isso.*

O céu ainda estava escuro. *Por favor, que não chova agora.* Minha vida já estava bastante deprimente sem que os céus chorassem por mim. Dirigi um pouco mais rápido.

Como poderia encontrar Lorie antes da aula? Seria capaz de apostar que nem mesmo daria as caras no estúdio, já que a aula daquele dia não era obrigatória. Será que ainda morava no mesmo endereço?

E o que estaria acontecendo com ela? O que Peter alegava que ela fizera era totalmente incompatível com sua personalidade. Será que ele podia estar inventando tudo isso? Não, por que faria algo assim? Isso fazia ainda menos sentido.

Lorie e eu tínhamos sido boas amigas quando começáramos a dançar no Allen Ballet, mais de dez anos antes – amigas íntimas, na verdade.

O tempo passou, e acabamos por nos afastar.

Eu tinha ficado magoada quando ela começara a conseguir todos os papéis principais. Tinha pensado que a alcançaria, mas, depois de dois anos na companhia, ficou claro que continuaria em segundo plano durante muito tempo – possivelmente, para sempre.

Foi quando os homens entraram na minha vida.

O fato de Lorie decidir cursar uma faculdade enquanto dançava profissionalmente fez com que nos afastássemos ainda mais. Ela estudava e dançava, eu dançava e badalava. Ela frequentava a igreja, eu não. Seu estilo de vida me parecia tedioso, e provavelmente ela não apreciava o meu. Mas, apesar de todas as diferenças, tínhamos continuado nos tratando com cordialidade.

Portanto, o que ela estava fazendo agora?

Será que eu conseguiria chegar ao fundo das coisas e convencer Peter de que estava dizendo a verdade? Afinal, ele me vira beijar Claus.

Ah, como queria que aquele beijo nunca tivesse acontecido.

Dobrando em direção ao sítio de Peter, passei pela entrada e segui em direção ao lago. Sua casa apareceu à distância. Mas não foi só isso que apareceu.

Ali, ao lado da casa, depois da garagem aberta, estava o Ford Explorer de Lorie. *Como é?*

Os pneus do Thunderbird cantaram quando dei a volta e me dirigi à entrada. *O que ela está fazendo na casa dele? E sozinha, ainda por cima?* A trilha sinuosa e arborizada que levava à casa não me inspirou a sensação habitual de paz e encantamento. Pareceu apenas longa. Insuportavelmente longa.

O carro de Lorie estava do outro lado da casa, além da garagem. Só podia tê-lo visto do lago, não da trilha, onde havia parado. *Será que ela já estava ali quando vim mais cedo?*

Estacionei atrás do seu carro e arriei o corpo sobre o volante, à espera de um ímpeto de energia que não veio.

Meus olhos se cravaram no Ford Explorer. Era hora de obter algumas respostas – com ou sem energia.

Com o T-Bird bloqueando o Explorer, o único modo de ela sair seria dirigindo pelo lago adentro. Ou fugindo a pé para a floresta. *Ford Explorer, não é? Então, vamos explorar isso.* Ela não iria a parte alguma sem falar comigo.

Minhas botas pisavam de leve no cascalho, enquanto eu caminhava na ponta dos pés, abafando ao máximo o som dos passos.

Deveria usar minhas chaves ou tocar a campainha? A segunda opção parecia tola, já que a casa de Peter era praticamente minha, ou pelo menos fora, durante muitos meses. Passara todos os fins de semana e feriados ali. E as férias também.

Sem saber ao certo o que iria encontrar, dei uma espiada na janela da cozinha.

A pistola Colt automática de Peter estava no alto da geladeira, onde deveria estar. Ao seu lado e mais perto da beirada, meu pequeno revólver Smith & Wesson, também no lugar esperado.

Lorie estava enroscada no sofá com um pacote de Oreos, olhando na direção da tevê. Passei a outra janela, para ter uma visão melhor.

Ela estava assistindo à *Suíte Carmen*, possivelmente a original. Era uma velha gravação, e a câmera estava no perfil fantástico de Maya Plisetskaya – o retrato do destemor enquanto se preparava para a "Habanera".

A paixão de Carmen explodiu em grandiosos *jetés en tournant*, e com três saltos desses já havia atravessado o palco inteiro.

A música era igualmente forte, e Lorie pusera o volume tão alto que eu podia ouvi-la através da vidraça.

Será que ela tinha o hábito de carregar aquele balé na bolsa? Não era meu – mas os Oreos eram.

E ela estava no lugar de Peter, usando seu pijama xadrez marrom e preto favorito. E tomando café da sua caneca predileta.

Meu punho deu um soco forte na vidraça.

Lorie levou um susto e escondeu os biscoitos debaixo de uma almofada.

Marchei até a cozinha e irrompi pela porta para confrontá-la. *Já chega!*

– Ai, Ana! Não faz isso! Que susto que você me deu! – Ela espanejou os farelos da boca e se levantou para me encarar.

– Você está comendo meus Oreos.

– Desculpe...

Levantei a mão.

– Não. – Podia ver meu coração se contraindo e bombeando o sangue. Quente. Rápido. Alto. *Respire.*

– Estou tão constrangida...

– Cala essa boca. – É um pesadelo. Só posso estar imaginando tudo isso. – O que está acontecendo aqui? Como você entrou?

– Como acha que entrei?

Era um sorriso que eu estava vendo no rosto dela? Estava debochando de mim, não estava?

– Por que está usando o pijama de Peter?

– Quer mesmo que eu diga?

Provavelmente não, mas tinha que ouvir. Talvez assim acreditasse que o impossível estava de fato acontecendo.

– Ana, você partiu o coração dele. Estou tentando colar os pedaços.

– Ele é meu noivo. – Minha voz saiu muito mais alta do que eu tinha esperado. – O que pensa que está fazendo?

– Ex-noivo. – Ela levantou as sobrancelhas.

Voltei a me sentir tonta. *Será que quero mesmo saber?* Minha boca estava seca. *Eu preciso saber.*

– Você dormiu com ele?

Ela assentiu, sem pronunciar uma palavra. Pela primeira vez, não pareceu constrangida.

Meus olhos se encheram de lágrimas. Cobri o rosto e me sentei na poltrona reclinável de Peter. O cheiro másculo de sua colônia me envolveu. Quando levantei a cabeça, Lorie ainda estava no mesmo lugar.

– Por que convenceu Peter a assistir ao ensaio?

– Ana, eu realmente acredito, e já há bastante tempo, que a vida dele não é para você.

– Que vida? Do que está falando? Que discurso mais insano!

– Tudo isso. – Ela levantou os braços longos e as mãos pálidas. – O sítio, o homem que é quase um sósia de Blake Shelton, a vida de cidade do interior. – Os olhos dela se fixaram num pequeno retrato emoldurado na mesa de canto entre nós.

Olhei para o retrato. Era a foto de noivado que mamãe insistira que eu mandasse para os jornais de Pine Mountain e Columbus. *Isso não está acontecendo. Só pode ser uma piada, um pesadelo, o que for. Mas não é real.*

– Lamento por ter sido obrigada a chegar a esse ponto, mas fiz isso por você. – Sua voz era como a de uma professora de jardim de infância falando com seus alunos de cinco anos. – Nada disso é você, Ana. Você seria extremamente infeliz em Pine Mountain, casada com Peter.

– Lorie, quem é você para saber o que me faria feliz ou não? Você não me conhece mais. Por que o envenenou contra mim? – *Por que estou tendo esta conversa?* – Isso é ridículo!

O corpo de Lorie se retesou, e o meu também. Será que a súbita raiva em minha voz a alarmara?

– Espera aí um minuto. – Seu rosto ficou a centímetros do meu. – Não obriguei você a beijar Claus.

Será que ela podia ouvir meu coração batendo? Eu podia.

– Sai da minha frente. Você já acabou. Eu já acabei com você. – Mas ela não se moveu. Minhas mãos se fecharam em punhos, e eu a empurrei para trás. – Você está dormindo com o meu homem!

– Ele não é o seu homem! – Ela voltou a se aproximar de mim. – Agora ele é meu.

Dei um tapa tão forte no seu rosto, que nós duas prendemos a respiração. Nenhuma falou.

Segurei a mão trêmula e suada. Estava dolorida. Nunca tinha feito isso na vida. O rosto dela estava com as marcas vermelhas dos meus dedos.

– Nunca mais chegue perto do meu rosto assim.

– Nunca mais me bata assim.

– Não sei o que pensa que está fazendo, Lorie, mas algum dia a verdade vai vir à tona. Sempre vem. Eu o amo, e *vou* consegui-lo de volta. Escreva o que estou lhe dizendo. Vou vencer e você vai perder.

Ela parecia calma e controlada, embora os olhos azuis estivessem penetrantes.

– Eu também o amo, Ana. E estou cansada de ver você ficando com todos os homens que eu amo.

– Como é? Você viu Peter uma vez, talvez duas, numa festa. Não pode amá-lo. – Desenhei aspas no ar ao pronunciar o verbo. – A que outros homens está se referindo?

– Claus. – Os olhos dela se encheram de lágrimas.

– O quê?

– Ele estava lá para dançar comigo. Por que você tinha que roubá-lo? – Sua voz estridente feriu meus ouvidos.

– Lorie, isso foi há dez anos, e eu não o roubei de você. Nós nos apaixonamos.

– Lorie tinha sentimentos por Claus? Isso era novidade para mim. – Nunca sequer suspeitei que você tivesse uma gota de interesse por ele.

– Pois bem, eu tinha. – Lágrimas grossas escorreram de seus tristes olhos azuis.

– Esse era o meu sonho, Ana. Nós íamos dançar *Paquita*, nos apaixonarmos e ser um desses casais glamorosos do balé que crescem e criam juntos para sempre.

Ela estava falando sério?

– Desculpe, Lorie. Vocês dois formavam um lindo par dançando juntos, mas ele jamais demonstrou qualquer interesse romântico por você. De mais a mais, pense na confusão que isso representou para mim. Pelo menos não foi você que caiu em depressão quando ele voltou à Alemanha para ficar com Hanna.

– Talvez, se você o tivesse deixado se apaixonar por mim, ele não tivesse sentido necessidade de fugir. – Sua voz estava distorcida pelos soluços. – Você deu a Claus tudo que ele queria. Claro que ele caiu fora.

Olhei na sua direção, mas agora meus olhos se fixaram em Carmen e Don José, os ouvidos atentos ao som inconfundível das castanholas.

– Você sabe que é verdade. – Lorie acrescentou mais uma farpa à acusação.

– Lorie, por favor. – Trinquei os dentes, fazendo um esforço para me concentrar no problema atual. – Fale com Peter. Conte a verdade a ele. Diga que eu não estava tendo um caso com Claus. Ele vai me perdoar se compreender que nada aconteceu além daquele beijo. – *Ainda mais agora, que agiu de maneira nada honrosa, dormindo com Lorie. Estamos mais do que quites.*

– Não. Agora, eu estou com ele.

Como se isso fosse durar.

– Tenho pena de você, porque, seja lá o que pense ter com Peter, não vai durar. Não é real. A verdade vai vir à tona. – Abaixei os olhos e me dirigi à porta da sala.

– Já chega desse papo. A verdade não vai vir à tona, Ana. A vida não é justa, e não há nada que possamos fazer a respeito. Aguente as pontas.

Isso fez com que eu parasse e me virasse. Meus olhos se fixaram nos seus olhos tristes.

– Isso não se parece com você. E Deus?

– Deus está morto. – Ela ficou imóvel, como que chocada com a própria declaração.

Também fiquei imóvel.

Certamente eu era a pessoa menos indicada do mundo para defender Deus; não tinha nem o conhecimento nem a base moral. Mas ela estava errada.

– O que está realmente acontecendo com você, Lorie? Você sempre acreditou em Deus.

– Não acredito mais. Estou cansada de ver as pessoas fazendo tudo que têm vontade e livrando a cara. Tentei ser uma boa pessoa, viver uma vida de devoção, e isso se voltou contra mim em grande estilo.

– O que aconteceu?

– Não quero falar sobre isso. Salmo setenta e três. Dá uma olhada. Eu me sinto como Asafe. Ele conseguiu endireitar o coração. Mas eu não consigo. Não consigo e não quero. – Ela voltou para o sofá e murmurou: – Estou farta de ser boazinha. – Sentou-se, pegou o pacote de Oreos e voltou ao começo da "Habanera".

Assenti, esperando encontrar algo para dizer, mas não fazia ideia do que ela estava falando.

– Esse é o que diz "o Senhor é meu pastor"?

– Não, sua anta, esse o é vinte e três. – Terminou de mastigar um biscoito. – Por que me dou ao trabalho?

– Anta? – Tínhamos chegado a esse ponto? O que acontecera com ela? Olhei para o céu, que parecia menos zangado. *Você está aí, não está, Deus?* À distância, avistei a picape de Peter. Estava voltando para casa.

Ele estacionou no instante em que eu abri a porta.

Será que a música alta deixara Lori ouvir a picape? Torci para que não.

Meu coração palpitou à vista de Peter. *Não acabou.* Corri até ele, tentando pisar com leveza para não fazer barulho.

Mas a porta da casa se escancarou e Lorie passou voando por mim, tentando correr descalça no cascalho. Quando chegou à picape, abriu a porta de Peter.

– Pensei que ia morrer! – E se atirou nos braços dele, gritando: – Por favor, não deixe que ela me machuque! Só quero ajudar!

Eu me enganara redondamente a respeito de seu talento dramático. Se alguém devia tentar uma carreira na Broadway ou em Hollywood, esse alguém era a Srta. Lorie Allen.

– O que está acontecendo aqui? – O rosto dele ficou vermelho. – Me deixa sair da picape.

Lorie se afastou e mostrou a ele as marcas vermelhas do tapa que eu lhe dera. A vermelhidão já estava quase imperceptível.

– Ela me bateu.

Ele marchou em minha direção.

– Você enlouqueceu?

– Para ser franca, enlouqueci. Ela está destruindo o nosso noivado de caso pensado, está mentindo! Disse isso há cinco minutos, lá dentro de casa! – Minhas mãos tremiam, e não reconheci minha voz.

– Lorie? – Seus dentes estavam trincados, as mãos fechadas em punhos tensos.

– Não sei do que ela está falando. Estou aqui tentando ajudar, e acabei apanhando. – Ela levou a mão ao rosto. As marcas já tinham desaparecido completamente.

– Lorie, estou te implorando. Diz a verdade a ele. Não há caso nenhum. Eu cometi um erro estúpido, e estou mortalmente arrependida. – É você quem está tendo um caso.

– Já disse tudo que tinha a dizer. – Parada ao lado da picape, Lorie cruzou os braços, uma expressão menos absurda no rosto. – Não estou mentindo.

– Por que está fazendo isso comigo? – Agora estava levantando a voz conscientemente. Eles tinham que me ouvir. – Você está louca, Lorie. – Dei um passo em sua direção.

Ela correu para trás da picape.

– Segura ela!

Peter agarrou meu braço.

– Isso precisa acabar.

Essa loucura é que precisava acabar – não a nossa relação.

– Eu te amo.

– Ana, por favor, vá embora. Já dissemos tudo que precisávamos dizer. É melhor ir embora.

– Ela está mentindo para você. Não houve caso nenhum.

– Não, Ana. É você quem está mentindo. Eu vi o modo como você o beijou. Não tente dar um nó na minha cabeça.

– Não estou mentindo! – Pus o dedo no seu peito. – É você quem está tendo um caso!

– Não quero falar sobre isso.

– Ora, que conveniente. – Levantei as mãos. – Está me acusando de fazer uma coisa que eu não fiz, quando é você quem está fazendo. Mas não quer falar sobre isso.

– Está ignorando a sequência dos fatos, Ana.

– Só que os fatos da sua sequência são imaginários. Saíram da cabeça de Lorie.

– Ana, pare. – Peter passou os dedos pelos cabelos. – Não aguento mais.

E me lançou um olhar cheio de desprezo, como um crítico que avaliasse uma nova obra do seu artista favorito e a achasse medíocre.

Não pode ser. Não pode.

– Peter, eu sei que as coisas parecem confusas no momento, e provavelmente você não sabe no que acreditar. Mas deixe passar um tempo, esfrie a cabeça e pense. Você me conhece.

– Aí é que está, Ana. Eu não te conheço. – Enfiou as mãos nos bolsos e deu de ombros. – Pensei que conhecia.

Abanei a cabeça. *Será que a verdade viria mesmo à tona algum dia? Ou era mesmo o fim para nós?* Dei uma olhada em Lorie, parada ao lado do caminhão, com ar de santa.

– Por favor, vá embora. – Peter deu um passo em direção a ela.

– Talvez você devesse passar pelo menos um dia na vida sozinho. – *Não consigo acreditar que ele ache muito natural dormir com Lorie. Sequência dos fatos...*

– Só o tempo pode fazer com que reflita com lucidez.

Ele olhou para os sapatos sem dar uma palavra.

– Grande *ajuda* ela está lhe dando – sussurrei, meneando a cabeça em direção a Lorie. Não sabia se podia nos ouvir.

– Ana, eu fui um homem sozinho desde o dia em que encontrei minha esposa na cama com o diretor do noticiário onde ela era âncora, um amigo do tempo que vivemos em Auburn, até cinco meses depois, quando o divórcio foi finalmente homologado.

Agora é oficial: sou um ser humano horrível. Eu me sentia pequena e sem vida, como uma lantejoula sem brilho. Então era por isso que ele sempre fora tão vago em relação ao divórcio. Nunca o pressionara para me contar os detalhes – afinal, metade dos casamentos termina mesmo em divórcio –, mas gostaria de ter sabido.

– Você nunca me contou... – comecei a dizer, logo me calando quando ele levantou a mão para me interromper.

– E então você me convidou para sair, e eu fiquei tão feliz. Achei que o que acontecera com Catherine fora apenas falta de sorte. – Seu rosto se avermelhou. – Até voltar a acontecer. – Ele fez um esforço para se controlar, enquanto as palavras saíam por entre os dentes.

Pensei na dor que devia ter sentido quando me vira com Claus, e o sentimento de culpa voltou com força total.

– Eu não conto isso a ninguém. Morro de constrangimento. – Ele abaixou os olhos, parecendo mais calmo. – Já tem gente demais a par do que aconteceu.

– Mas por que haveria de se sentir constrangido?

– Bem, talvez a incompetência seja minha. Ela foi infiel... e agora você. Há um padrão aí. A culpa só pode ser minha, não é?

– Ah, Peter, você não pode estar falando sério.

– Misericórdia. Chega! – Ele agarrou os cabelos e soltou um grunhido. – O que tenho que fazer para você ir embora?

O silêncio foi absoluto.

Meus olhos observaram o sítio perfeito de Peter – que deixara de ser meu. Foi com as mãos trêmulas que retirei do chaveiro a chave da casa.

– Toma.

Ele a pegou.

– Obrigado. – Em seu rosto, a mesma agonia que eu vira pela manhã na igreja ao pedir de volta o anel da mãe. Ele pressionou os lábios trêmulos com o punho.

As águas do lago se encapelavam sob o sopro gélido do vento de inverno. Ah, como eu amava aquele lago. Seria possível que estivesse olhando para ele pela última vez? Lágrimas quentes escorreram pelo meu rosto frio.

Os canteiros de flores estavam sendo preparados para a próxima primavera. A estufa escondia as ideias e criações fantásticas de Peter. Mas este ano eu não participaria de nada. A primavera aconteceria sem mim.

Olhei para a área nos fundos da casa onde estávamos planejando construir um oásis, com um balanço e uma lareira, e um gemido involuntário me escapou da garganta dolorida.

A mão de Peter tocou a minha. Ele apertou com força a cópia da chave de meu apartamento. E disse, com a voz mais suave e bondosa que eu ouvira o dia inteiro:

– Eu te amo, mas você tem que ir embora. Tem que ir embora *agora*. Preciso que o dia de hoje acabe. Pode fazer isso por mim?

Assenti, com os olhos fechados e o rosto lavado de lágrimas. *Eu te amo, mas...*

Quando caminhava para o carro, Jäger, o labrador preto de Peter, saiu da floresta, correndo em minha direção – na certa esperando um passeio com a capota arriada.

Era meu único aliado, e sequei as lágrimas para fazer um carinho nele.

– Fica para outro dia, lindo. – Suas orelhas macias aqueceram minhas mãos frias. – Sempre vou te amar.

Entrei no T-Bird e dei marcha à ré, olhando para Peter uma última vez antes de dar as costas para a casa e seguir pela trilha arborizada. *Acabou, e a culpa é toda minha. Fui eu que provoquei todo esse sofrimento para mim e para Peter. Se ao menos tivesse ficado longe de Claus...*

No meu coração partido, uma melodia suave me chamava a um lugar melhor. Na minha cabeça, um piano tocava e Brian dava sua aula: um, dois, três, quatro – bumbum para dentro, queixo para cima, *port de bras*. Delicada e forte. Respire.

Respire.

Capítulo 6

Q uando voltei a Columbus, foi o tempo exato de alimentar Barysh, pegar a sacola e ir para a aula.

Como esperado, apenas metade dos bailarinos da companhia apareceu. Tínhamos suado sangue para fazer *Romeu e Julieta*, e Brian permitiu que todos que quisessem uma semana de folga aproveitassem para tirá-la agora.

Eu planejara ficar em Pine Mountain por dois dias e então voltar para o estúdio, mas o fato de meu plano não ter dado certo era um eufemismo, para dizer o mínimo. *Por culpa da cobra da Lorie – e da anta da Ana.*

Ela não estava no estúdio, o que, obviamente, foi bom. Mas tinha planejado comparecer à aula, de modo que sua ausência só podia significar que ainda estava em Pine Mountain com Peter, o que era terrível. Será que passaria a noite lá? Torci a boca e respirei fundo. Precisava tirar o sofrimento da cabeça. *Não pense mais nisso.*

Claus também não estava na aula. Será que eu me sentiria melhor se ele viesse? Talvez.

Caminhei até a caixa de breu e pisei nela sem pensar, com um velho par de sapatilhas que resolvera desentocar do armário para a barra. Gostava dos exercícios *en pointe*, e, enquanto a maioria das bailarinas não calçava as sapatilhas de ponta para a parte da aula na barra, eu costumava fazer isso. Pisei na velha bandeja de madeira e me deliciei com o sonzinho triturado que era meu velho conhecido, enquanto aplicava o pó cor de âmbar para criar uma boa fricção entre as sapatilhas e o piso.

O collant preto simples que usava quando todos os outros estavam sujos me lembrou de ter crescido dançando. Já tivera muitos como ele. Ajustei as alças e me olhei no espelho. As perneiras também precisaram ser ajustadas. Ao caminhar até a barra, enrolei uma saia preta decrépita e curta demais para o meu gosto – precisava *mesmo* lavar as roupas.

Brian começou com uma sequência simples de *pliés*. A Srta. Jimenez, a pianista, tocou a melodia lindíssima, mas melancólica, de "Le Lac de Come".

A porta se abriu. Seria ele? Levantei os olhos. Uma segunda solista entrou apressada e ocupou o primeiro lugar disponível.

Um aperto no peito e na garganta me levou a gemer.

A música prosseguiu, me apunhalando nota por nota, com sua beleza triste. "Le Lac de Come" é um noturno, que, por definição, é uma peça romântica ou sonhadora – "sugestiva da noite" –, mas a mim sempre parecera triste. Por quê? A Srta. Jimenez sorriu e tocou *forte*.

Era lindo demais. Esse era o problema. O noturno era sobre um lago idílico na Europa e evocava mesmo pensamentos românticos e sonhadores. Mas minha primeira e única viagem à Europa fora um desastre, e meus romances e sonhos nunca davam em nada.

Estava à beira das lágrimas quando a porta tornou a se abrir.

Claus! Graças a Deus.

Ele se posicionou à minha frente, e eu recuei para lhe dar espaço.

Parecia que ele também precisava lavar as roupas. Estava usando uma camiseta branca e uma calça de moletom preta, um visual bastante popular entre os bailarinos da companhia, mas nada típico de Claus.

Mesmo assim, ele estava lindo.

Fazia um calor incomum aquele dia. Os sons distantes do trânsito na hora do rush entravam pelas amplas janelas abertas, e o sol do fim de tarde se derramava até o fundo do estúdio por entre as perenifólias frondosas que orlavam a Broadway.

A Srta. Jiménez, que tivera uma semana de folga, parecia especialmente inspirada aquela tarde, tocando músicas dos balés mais famosos, rearranjadas para se adequarem as combinações das aulas.

Brian manteve a maior parte dos exercícios simples, e, sem o desafio mental de combinações mais intrincadas, as lembranças de Peter, do anel e de Lorie em sua casa não paravam de me rondar a cabeça. Era uma tentação deixar que aflorassem e me entregar a elas, mas decidi não fazer isso.

Durante os movimentos lentos e prolongados que só ficavam bem nas bailarinas com pernas mais longas, a tentação foi imaginar minha vida sobre as pernas de Lorie, como sempre fazia. Mas, aquele dia, não fiz.

Em vez disso, me alongando ao som do "Promenade" de Gallastegui, procurei extrair prazer de tudo que era familiar e belo. E esperei que Claus quisesse ter aquela conversa comigo depois da aula. *Por que não ouvi-lo?*

Depois da barra, foi a vez de calçar um par mais novo de sapatilhas. Repeti o procedimento na caixa de breu e escolhi um lugar perto da primeira janela. Soprava uma brisa perfeita – suave e constante –, e o sol sobre minhas pernas e pés me conferia uma elasticidade incomum, lançando belas sombras alongadas sobre o piso de vinil.

Claus escolheu um local a meu lado, e meu coração bateu um pouco mais rápido. Como podia agir como uma adolescente tão boba? Abanei a cabeça devagar e me pus *en pointe*, para que os dedos dos pés se habituassem a ficar dentro das sapatilhas ligeiramente mais estreitas.

– Aqui. – Ele se aproximou, permitindo que eu me apoiasse nele para me equilibrar. Pousei a mão no seu ombro e dobrei os joelhos, balançando o corpo de leve e tornando a endireitar os joelhos. *Muito bom.*

O cheiro adocicado de sua colônia e da camisa suada me chamaram a atenção. Dei um close nos seus lábios, pensando em beijos salgados, e o rubor incendiou meu rosto. *Estou tão errada.*

Claus pôs minha perna em arabesque, me segurando com facilidade e me erguendo até o alto.

– Está muito bom. – Brian finalmente caminhou até a frente da sala e marcou o primeiro exercício.

Mais uma vez começamos com sequências simples, mas, dez minutos depois de iniciada a parte do centro, sua empolgação foi crescendo com o ritmo das combinações.

Ele nos interrompeu no meio de uma valsa de piruetas.

– Como todos já devem estar sabendo, vamos apresentar *Don Quixote* na próxima temporada, e, para nos prepararmos, quero me concentrar em aperfeiçoar as piruetas de todos. Ana, faça assim: preparação, quarta, pirueta.

Fazer tudo sozinha na aula me deixava nervosa. Na frente de Claus, era excruciante. Mas consegui – duas voltas inteiras com um pulinho de quebra ao aterrissar.

– Viram só? O que Ana fez é o que todos estão fazendo: se concentrando na aterrissagem, no acabamento. – Ele bateu com o pé no chão, batendo palmas ao mesmo tempo. – Fiquem no ar! Não se preocupem com a aterrissagem. Vocês vão aterrissar, mais cedo ou mais tarde. A gravidade se encarregará disso, prometo a vocês. Preocupem-se em ficar lá no alto, em *relevé*! É um lindo lugar para estar. – Caminhou por entre nós, olhando nos olhos de cada bailarino. – Um lindo lugar para estar, não? Pois fiquem lá.

A turma repetiu a valsa, e, quando terminamos, Brian pediu a Claus que fizesse sozinho a combinação inteira, para que todos nós víssemos.

Notei um tremor no canto da boca de Claus enquanto esperava a música – o canto direito. O velho tique nervoso. Um dos maiores bailarinos do mundo não ficaria nervoso por causa de uma aula de uma pequena companhia. Mas um homem, grande bailarino ou não, sempre fica nervoso na frente da mulher que está tentando impressionar. *Minha presença o está perturbando – ótimo.* Abaixei os olhos e sorri.

Ele fez a combinação com garra e arrematou cada pirueta em equilíbrio. *Deve ser bom.*

Eu podia não terminar minhas piruetas em equilíbrio – nem *en pointe,* nem todas as vezes. *Mas dançar com garra eu posso. Vamos nos divertir um pouco.*

Quando Brian marcou o primeiro exercício diagonal, todos os bailarinos passaram para o canto esquerdo no fundo da sala.

– Quero três de cada vez.

Lorie e eu, junto com outra solista, sempre começávamos os exercícios diagonais, mas, como nenhuma das duas fora à aula, eu fui para o fundo do estúdio e fiquei perto de Claus.

Quando chegou a nossa vez, ninguém mais se juntou a nós.

Foi como estar no palco novamente – Claus e eu, e uma grande valsa. Dei uma olhada no espelho quando chegamos à pose final. *Fazemos um belo par.*

– Eu disse três, não dois. – Brian abanou a cabeça. – Mas acho que ninguém quer ficar entre Romeu e Julieta.

Claus e eu fizemos cada diagonal juntos – só nós –, sem que ninguém se interpusesse entre Romeu e Julieta.

Terminamos a aula com parcerias. Quando Claus se aproximava de cada bailarina para fazer os levantamentos, algumas coravam. Ele sorria, tentando pô-las à vontade, mas isso só acentuava o rubor.

Terminamos com uma *révérence* simples, e todos os bailarinos aplaudiram Brian e a Srta. Jiménez, agradecendo-lhes pela aula.

Arrastei minha sacola até a parte ensolarada onde fizera o centro para descalçar as sapatilhas, e Claus praticou alguns rodopios, enquanto a sala pouco a pouco se esvaziava.

Enfim sós.

– Foi muito bom. – Ele se sentou à minha frente, massageando o joelho direito.

– Foi, sim. Uma das melhores aulas que já tive na vida. – *Vou me lembrar dela para sempre.* O sol que brilhava sobre ele também brilhava sobre mim. Quem teria imaginado, depois de tudo que acontecera em Pine Mountain? *Não pense mais nisso.*

Tornei a arrumar a sacola já arrumada e procurei as chaves que sabia estarem no bolso zipado. Era mais fácil revirar a sacola sem nenhum motivo do que olhar para ele – imaginando se sugeriria que saíssemos, e se essa seria uma boa ideia.

– Posso levar você para jantar? – Sua voz saiu pouco mais alta do que um sussurro.

Observei a brisa brincar com seus cabelos.

– Preciso ir para casa cuidar do meu cachorro. – Analisei seu rosto. O queixo se abaixou um pouco, bem como o olhar.

Não posso consertar meu futuro com Peter, mas posso compreender meu passado com Claus...

– Você pode vir comigo.

– Seria fantástico. – Ele se levantou de um pulo e segurou minha mão, um sorriso cheio de promessas tomando conta de seu rosto.

Quando chegamos ao meu apartamento, fomos recebidos pelo aroma nada convidativo de um canil imundo.

– Ai, desculpe. – Apertei o nariz com os dedos.

Claus franziu o cenho, vistoriando a sala. Seus olhos se detiveram em meu cachorro, que estava de fralda.

– Se importa de esperar na varanda enquanto eu o limpo?

– Nem um pouco. – Ele deslizou a porta de vidro e saiu. – É normal que os cachorros usem fraldas?

– Alguns idosos usam, outros não. Como pessoas. – Que constrangimento. – Tudo bem – sussurrei para Barysh, jogando fora a fralda suja e os lenços higiênicos. – Fique à vontade para fechar a porta, o cheiro é terrível.

– Não vou deixar você aí sozinha no meio dessa cocozada. – Ele deu uma risadinha. – Que idade ele tem?

– Dez anos. – Claus não perdera o senso de humor. Que bom. Coloquei um longo absorvente sob o traseiro de Barysh e olhei nos seus doces olhos castanhos. – Eu o adotei quando estava com três. O dono anterior era militar, teve que se mudar para a Alemanha e não quis levá-lo.

Claus se aproximou de nós e se agachou.

– Olá. – Barysh se inclinou para sua mão, curtindo a festinha nas orelhas.

– O nome dele é Mikhail Baryshnikov.

– O nome do bailarino? Ideia sua?

– Não. – Ri da cozinha, apertando várias vezes a válvula do vidro de sabonete líquido antes de começar a esfregar as mãos e os braços. – A esposa do cara era bailarina. Era uma grande fã do Baryshnikov.

– Até que ele se parece um pouco com o Baryshnikov. – Claus inclinou a cabeça e observou meu cachorro com um sorrisinho. – Acho que é o pelo louro-escuro.

– Não, meu bem. É você quem se parece com o bailarino. – A semelhança de Claus com Baryshnkov era espantosa: os lábios finos mas bem definidos, o nariz pontudo e os olhos azul-claros. Isoladamente os traços de ambos podiam não ser perfeitos, mas juntos e combinados com a virilidade de sua expressão artística... bastavam para fazer qualquer mulher se esquecer de piscar e respirar. Ah, e ainda havia o sotaque encantador – discreto, mas perceptível.

Sacudi a cabeça para sair do devaneio e abri a geladeira. Ainda bem que a abastecera na semana anterior à apresentação.

A bandeja oval de madeira serviria para os queijos Havarti e Jarlsberg.

– Posso ajudar? – Claus passava os dedos pelo peito de Barysh.

– Não precisa. – Azeitonas, cream-crackers e presunto defumado completaram a bandeja, que coloquei sobre o tampo de vidro da mesa de centro, além de uma tigela de madeira com uvas verdes doces.

Será que devia usar os copos de vinho mais simples? *Não, não vou fazer isso.* Espanejei dois copos de cristal que jamais usara e tirei da geladeira minha melhor garrafa de Riesling Spätlese – o Robert Weil Kiedrich Gräfenberg.

– Traz aqui. Eu abro. – Claus se sentou no tapete felpudo, descalçou os sapatos e pegou uma azeitona. Examinou o rótulo e assentiu. – É fácil encontrar bons vinhos alemães por aqui?

– Se você souber onde procurar...

Ele abriu a garrafa com facilidade, despejou um pouco e começou a inspecionar o vinho, erguendo e inclinando o copo.

Claus era o que se poderia chamar de alma velha. Embora fosse apenas dois anos mais velho do que eu, era muito mais sério, centrado e sofisticado. O que não era mau; apenas me surpreendia que eu estivesse notando isso pela primeira vez. Ou talvez tivesse mais a ver com o fato de ele ser europeu e menos com o de ser uma alma velha. Qualquer que fosse o motivo, eu gostava.

– Esse vinho é fantástico, parabéns. – Ele encheu nossos copos. – O lugar também é fantástico. Linda vista do rio.

– Papai ouviu dizer que pretendem criar corredeiras no rio, bem aqui, no centro.

– Em plena cidade? – Ele entrelaçou os dedos atrás da cabeça e se recostou no sofá.

– Também não entendo, mas estou curiosa. – Dei uma olhada nas prateleiras dos CDs. O que devíamos ouvir? Claus parecia interessado na arquitetura do apartamento, seu olhar estudando o teto e as paredes. – No passado, o prédio foi um moinho de algodão. Boa parte do que você está vendo é da arquitetura original: as paredes de tijolos, o pé direito alto, os janelões.

– E os seus pais?

– Eles se mudaram para Pine Mountain há dois anos, quando papai se aposentou da clínica. – Claus sorriu à menção de Pine Mountain. Fora lá que eu lhe dera minha virgindade.

Virei o rosto para o CD-player, tentando esconder o rubor. E na mesma hora me lembrei da insinuação de Lorie de que Claus voltara para a Alemanha porque eu lhe dera tudo que queria. *Não pense nisso.*

– Enfim, papai já ia mesmo a Callaway Gardens toda semana para jogar golfe, e mamãe também adora o parque, de modo que eles começaram a dar uma olhada em várias casas por lá, até que se apaixonaram por uma. – As palavras de Lorie continuavam martelando na minha cabeça. *Você deu a Claus tudo que ele queria. Claro que ele caiu fora.*

O álbum de estreia de Norah Jones fora a trilha sonora da minha dor de cotovelo na época. Encontrei-o na prateleira e pulei para a segunda faixa, antes de vir me sentar ao seu lado no tapete.

– *Zum Wohl* – disse ele num fio de voz, levantando o copo com um sorriso sedutor.

Por que *tinha* ido embora?

– Tintim – falei, erguendo o meu brevemente. Fiquei surpresa com o tom irritado de minha voz, mas não iria me desculpar.

Ele abaixou os olhos, o sorriso alterado.

E então eu perguntei, finalmente pronunciando a única palavra que custara tanto a lhe dizer, a única que importava:

– Por quê?

Ele deu um longo gole no vinho e respirou fundo.

O que iria dizer? Cobri a boca, respirando fundo também.

– Eu te amo mais do que jamais poderia ter amado Hanna.

Eu o ouvira mesmo usar o particípio passado ao se referir a *ela*?

– Mas ela precisava de mim, éramos muito jovens e tínhamos uma longa história juntos. Na adolescência, tudo que havíamos tido fora o balé e um ao outro.

– Então você apenas decidiu, assim, sem mais nem menos, que queria voltar para ela?

– Não foi isso...

– Ela estava sendo infiel – interrompi-o. – Isso realmente aconteceu, não? E vocês se separaram por quase um ano quando nos conhecemos? Ou isso foi uma mentira escrota?

– Não foi mentira. – Sua voz saiu num sussurro. – Por favor, não use esse tipo de linguajar. Não combina com você.

Revirei os olhos, mas continuei calada.

– Ela me ligou pouco depois de nosso relacionamento ficar sério.

Será que ele se referia a termos começado a dormir juntos? Mas preferi não perguntar – ele começara a tremer como se ardesse de febre, obviamente sentindo dificuldade de revelar o que estava prestes a dizer.

– Ela tinha descoberto que estava com câncer. De mama.

Meu ódio por Hanna se dissipou como uma fina nuvem de outono, que está lá num momento e no seguinte não existe mais.

Mas ainda não gostava dela.

– Ela não queria que ninguém na companhia soubesse, e então me pediu que fosse para Wiesbaden para ajudá-la a lutar contra o câncer e a proteger seu segredo, e também para dançar com ela.

– Você devia ter dito alguma coisa.

– Não podia me despedir de você, Ana. – Ele terminou de beber o vinho e tornou a encher nossos copos. – Se tivesse te contado, você teria me feito voltar atrás da minha decisão. – Desviou os olhos dos meus. – Mas eu acreditava sinceramente que voltar para Hanna era a coisa certa a fazer, portanto, tive que ir embora.

Lançou um olhar para a varanda, em direção ao rio, apático.

Sim, eu teria tentado dissuadi-lo de ir embora. Observei seu silêncio. Será que agora ela estava bem? Se houvesse falecido, a essa altura ele já teria dito alguma coisa, não?

Peguei um pedaço de Jarlsberg.

– Como ela está?

Ele esboçou um sorriso manso e profundamente triste, mas os olhos estavam novamente em mim.

– Ela faleceu há dois anos.

– Ah, não. – Apertei sua mão direita entre as minhas. – Não. O que aconteceu? – Uma batalha de oito anos? Nem podia imaginar.

– Nós lutamos. Ela dançava durante uma temporada, dava uma parada, depois voltava... Durante um bom período o câncer esteve em remissão, e achamos que o tínhamos derrotado.

Sua expressão se tornou ainda mais sombria e me relembrou a de Peter – contraída como se chorasse, mas sem lágrimas.

– Fizemos um bebê, mas ela o perdeu. Passou várias semanas de cama depois disso, e comecei a desconfiar que houvesse mais alguma coisa por trás da sua fraqueza. Uma ida ao médico confirmou minha suspeita. O câncer tinha voltado. Depois disso, ela definhou lentamente durante um ano terrível.

– Ah, Claus. – Sentei mais perto dele e pousei a cabeça no seu ombro. – Sinto muito.

– Estou melhor agora. – Ele passou o braço ao meu redor e respirou fundo, para se recompor.

Toquei seu peito, lágrimas quentes enchendo meus olhos cansados. Nunca havia contado a Claus que fora para a Alemanha à sua procura depois que ele desaparecera. Tinha tentado esquecê-lo e superar a mágoa, mas de nada adiantara, e então minha mãe permitira que eu viajasse em busca de respostas.

Sua companhia americana me informou que ele voltara à Alemanha em caráter definitivo. A partir daí, foi fácil descobrir que estava dançando em Wiesbaden. Cheguei à Alemanha a tempo de ver Claus e Hanna dançarem *Giselle*, a história de uma jovem que enlouquece e morre ao descobrir que o noivo, Albrecht, está de casamento marcado com outra mulher. A vida e suas coincidências...

Assistir a *Giselle* na Alemanha fora deprimente em vários aspectos. Hanna era uma bailarina muito melhor do que eu. Tinha tudo: traços perfeitos, corpo perfeito e a carreira bem-sucedida que eu queria desesperadamente, mas desconfiava que jamais teria, como previra meu pai anos antes. E, acima de tudo, ela tinha Claus – o meu Claus.

Sentada no quarto do hotel, pensei que, se era verdade que não tinha estofo de primeira bailarina nem podia ter Claus, precisava definir algum outro objetivo que fosse atingível, ou enlouqueceria. E foi como nasceu o sonho de me apresentar no Metropolitan Opera House de Nova York.

Que não exija que eu fosse a melhor de uma companhia famosa. Muitas companhias se apresentavam no Met todos os anos, e o sonho não era de ser a melhor bailarina naquele palco, apenas de dançar nele. Podia estar num corpo de baile e realizar o meu sonho.

Em algum momento da jornada, outro homem apareceria. Um homem bom, em quem eu pudesse confiar, e que nunca me abandonaria. Eu precisava acreditar em todas essas coisas, ou minha alma murcharia e morreria.

– Lamento profundamente, Claus. – Olhei nos seus doces olhos azuis. – Não fazia ideia.

Giselle devia ter sido tão difícil para eles quanto fora para mim. No final do balé, Albrecht vai embora, sabendo que é a última vez que vê Giselle. A interpretação de Claus e Hanna fora impecável. *Não é de admirar.*

Terminamos de comer em silêncio.

Fui buscar outra garrafa de vinho, dessa vez um Auslese, e em seguida conversamos sobre o problema que ele criara para mim com Peter.

– Acho que não temos sorte no amor – disse ele, fazendo um olhar desamparado para mim.

– Não consigo entender qual é o jogo de Lorie. Você se lembra de ela ter tentado alguma coisa durante sua estada aqui para dançar *Paquita*?

– Não, nada. Era jovem, talentosa e profissional, como a maioria das mulheres que conheço. Só isso. De mais a mais, no instante em que te vi pela primeira vez, fiquei hipnotizado. *Paquita* me saiu totalmente da cabeça. – Ele tornou a passar o braço ao meu redor.

Por que eu ainda me sentia tão perturbada no calor do seu abraço?

As palavras de Lorie eram uma pulga que não me saía de trás da orelha: *você deu a Claus tudo que ele queria.* Mas ele não era esse tipo de homem. Ou era?

– Teria feito diferença se não tivéssemos dormido juntos?

– Como assim?

– Você ainda teria ido embora se tivéssemos esperado? – Peguei meu copo.

– Acho que sim.

– Mas não tem certeza?

– Não acho que teria feito diferença. – Ele se remexeu e pegou seu copo também. – Teria sido uma equação diferente, mas o resultado provavelmente teria sido o mesmo. Eu ainda teria ido fazer o que senti que era o meu dever.

– Sim, mas talvez eu tivesse sido capaz de reconstruir melhor a minha vida se não tivesse me dado tanto a você.

– Só Deus sabe o que poderia ter sido, Ana – sussurrou ele. – Não vamos fazer isso, tá? – Ele me puxou para si e acariciou meu pescoço com os lábios. – Eu quero você, e pronto.

Suas palavras saíram num sussurro. Um som da alma, não da boca. Fechei os olhos e me concentrei em seus beijos ternos e na brisa que soprava da varanda. *Só Deus sabe o que poderia ter sido.* Respirei fundo, lembrando sua voz. *Não vamos fazer isso.* As palavras tornaram a ecoar em mim e soltei o ar, toda a tensão do dia infeliz saindo do corpo como uma febre alta – um alívio súbito, inexplicável e abençoado.

Claus retirou os grampos e o elástico do meu cabelo e os colocou sobre um almofadão no tapete.

Em seguida se deitou ao meu lado, me envolveu carinhosamente nos braços e me beijou primeiro na face, depois no canto da boca, depois nos lábios. *Não...*

Mas estarmos juntos parecia tão certo. O que eu tinha a perder?

Fechando os olhos e retribuindo o beijo, voltei a me sentir como a virgem que um dia fora entre aqueles braços. Dez anos de separação se dissolveram em dez segundos, e desejei fazer amor como naquele tempo – antes de haver tanta dor e tristeza em nossos mundos. Mas não pude.

– Claus, desculpe. – Empurrei seu peito com delicadeza, interrompendo o beijo. – Não posso.

– Não se desculpe. Não estou com pressa, Ana.

Seu rosto era tão bonito, os olhos cheios de esperança como o Albrecht de *Giselle*, mas ainda era muito cedo.

– Nenhuma pressa. – Ele me envolveu nos braços, os lábios quentes roçando a minha testa. – Você teve um dia terrível. Devia ir dormir, minha querida menina.

– Tem toda razão. – Soltei o ar com força. Primeiro o anel de noivado, depois Lorie, depois Peter me contando sobre a ex-esposa, depois a troca das chaves... Engoli o nó na garganta. *Não pense nisso.* – Eu devia mesmo ir dormir.

Ele se levantou rapidamente.

– Mas não vá embora, por favor. – Não queria ficar sozinha. *Por favor, fique.* Esperei de coração que ficasse. *Fique.*

– Não vou a parte alguma a que você não queira que eu vá. – Ele me pegou no colo e olhou em direção à porta do quarto.

Assenti.

– Você pode dormir no sofá.

– Barysh não ronca, né?

– Não. – Ri. – Você vai ficar bem.

– Ótimo.

Ele me colocou na cama com o mesmo cuidado que tivera ao depor Lady Juliet sobre os duros adereços do palco.

– Cobertor?

– Sim, por favor.

Claus desdobrou meu cobertor de lã bege. Senti o tecido macio acariciar o rosto antes de pousar no peito.

– Quer que eu pegue um copo d'água para você?

– Não, obrigada. – Do lado de fora da janela, uma tempestade se formava. Clarões de luz intensa contrastavam com o estrondo distante dos trovões. – Pega um cobertor. – Apontei para uma pilha perto da janela.

– Vou pegar. Obrigado. – Ele inspecionou o céu que se estendia para além do quarto. – Se importa se eu tomar um banho e ficar acordado mais um pouco?

– Não, mas o único chuveiro é aquele. – Indiquei meu banheiro.

– Você precisa descansar. Talvez pela manhã, se não se importar?

– Claro. Mas não olha na minha direção quando entrar, se acordar antes de mim.

– Prometo. – Ele segurou meu rosto e deu um beijo na face.

Por um momento deixou o rosto encostado ao meu, e me deliciei no calor do contato com sua pele.

– Boa noite, Ana.

– Boa noite, Claus. – Segui-o com os olhos enquanto ele pegava o primeiro cobertor da pilha, saía do quarto e fechava a porta.

Levei a máo ao rosto, onde seus lábios haviam tocado. Quem teria imaginado que o dia terminaria assim – com Claus no meu sofá? E Peter e Lorie juntos?

O cobertor macio acariciou meu pescoço, e tentei encontrar uma posição confortável. Entáo me virei para a ampla janela e massageei o dedo anular esquerdo, vendo as primeiras gotas de chuva caírem na vidraça.

Será que Peter estava olhando a chuva também? Com ela? Meus lábios tremeram, e chorei lágrimas silenciosas, vendo a chuva se transformar em tempestade.

Não. Pense. Nisso. Peter se fora. Claus estava ali, e ainda estaria pela manhá. E depois?

Capítulo 7

Acordei ouvindo os sons de Claus no chuveiro. O resto do mundo parecia suspenso e totalmente silencioso.

Meu braço esquerdo estava descoberto, e meu olhar foi direto para o dedo sem o anel, que parecia debochar de mim com sua pequena reentrância. *Eu te amo, mas...* Quanto tempo levaria para a marca do anel de noivado desaparecer? Uma semana? Um mês? Ele debocharia de mim até lá. Eu tinha falhado miseravelmente.

Ao me virar para a janela, os olhos começaram a se acostumar à luz da manhã que inundava o quarto, dando-lhe uma claridade atípica. Lá fora, as copas das árvores e os beirais dos teclados reluziam. Cobri a cabeça com o cobertor e, suspirando, recordei a conversa da noite anterior.

Teria sido uma equação diferente.

Por que eu me importava? Abanei a cabeça. Por. Que. Eu. Me. Importava? *Você deu a Claus tudo que ele queria.* É claro que ele caiu *fora*.

Precisava de um café, mas como podia me tornar apresentável sem ir ao banheiro? E também precisava tomar banho.

Ele fechou a água.

De repente, meu fôlego ficou curto e pesado. A presença de Claus era uma boa ou má ideia? A cortina do chuveiro se abriu e tornou a se fechar.

Olhando para a porta do banheiro, procurei me cobrir o melhor possível. Ele tateava a maçaneta. *Por favor, esteja vestido.* Mantive um olho aberto, o rosto contorcido numa careta.

Ele abriu a porta devagar, usando apenas uma toalha enrolada na cintura. Uma nuvem de vapor e cheiro de sabonete se desprendeu do banheiro quando ele saiu.

— Bom dia. — Ele levou a mão direita à lateral do rosto como um antolho de cavalo e saiu correndo para a sala.

— Bom dia. — Meu cabelo estava achatado na cabeça, parecendo oleoso. A pele estava seca. Eu devia estar um espanto. *Grande sono de beleza.* Mas ele não tinha olhado, como prometido.

Levantei da cama e fui até a porta na ponta dos pés.

– Vou tomar um banho. – Fiquei escondida atrás da porta, esperando uma resposta.

Ele não respondeu.

– Fique à vontade – falei, agora um pouco mais alto. Será que ele tinha ouvido?

– Tudo bem. – Sua voz parecia animada. Lembrei que ele sempre acordava de bom humor. Pelo visto, não mudara muito.

Pelos sons, deduzi que estava na cozinha. Talvez fizesse um café para nós.

Abri o kit de sabonete e loção da Crabtree & Evelyn que ganhara da companhia na festa de Natal do ano anterior, e aspirei fundo. A fragrância suave e aveludada era perfeita.

Depois de um banho demorado, passei loção, penteei o cabelo e apliquei gloss rosa-claro, delineador e rímel.

Vesti um macaquinho azul-claro novo em folha e escolhi um par de brincos de pérolas simples, cor de champanhe, para completar o visual. Dando uma olhada no espelho antes de sair do banheiro, me senti bem. Não demais: na medida.

Ao me aproximar da cozinha, senti o cheiro de café fresco e vi que Claus havia preparado a mesinha para o café.

O buquê de lírios brancos que meus pais tinham me dado depois da apresentação de sábado enfeitava a mesa rústica. Ao lado, pratos de cerâmica polonesa com um padrão intrincado de borboletas azuis, flores amarelas e margaridinhas alaranjadas continham presunto, queijo, largas fatias de melão misturadas com mirtilos polpudos e croissants, manteiga e geleias, tudo arrumado com o maior capricho.

Mas onde ele estava?

Fui encontrá-lo ao lado da caixa de som, selecionando alguma coisa no iPod. Ele já empurrara a mesa de centro para fora do tapete felpudo, criando uma pista de dança improvisada. O que estaria aprontando?

Ele apertou o botão de play antes que eu pudesse dizer que precisava alimentar Barysh e levá-lo à rua. Logo as notas de "Come Home", do OneRepublic, encheram o espaço entre nós. O piano era lento e forte.

– Dance comigo, Ana. – Claus foi para o meio do tapete e estendeu a mão para mim.

Ele usava uma confortável regata preta e black jeans. Estava descalço, como eu. Um canto da boca se curvava, e os olhos azuis brilhavam. Postura perfeita. Como podia ser tão bonito? Fiquei admirando sua estampa. Claus Vogel Gert. *O* Claus Vogel Gert. No meu apartamento.

Seus cabelos louros e cheios estavam quase secos, e uma mecha caída sobre a testa convidava a uma carícia. Ele prendeu um canto do lábio entre os dentes. Ah, como eu queria beijar e mordiscar aqueles lábios...

– Sim? Vai dançar comigo? – Ele levantou a mão um pouco mais alto.

Abaixando a cabeça para esconder o rubor, respirei fundo – nada de cheiro de canil, só cheiros bons de café, pão e sabonete. Será que Barysh se aguentaria até o fim da música? *Aguenta as pontas* aí, querid*o – pela nossa velha amizade.*

Caminhei até Claus, um largo sorriso nos lábios. A maciez do tapete só intensificava a atmosfera onírica do momento. Estendi a mão em direção à dele, e notei os arrepios no seu braço. Meus dedos roçaram a pele de sua mão até encontrarem o encaixe perfeito. *Eu te amo.*

Ele me puxou para si, beijando as pontas de meus dedos, e em seguida a mão, seus lábios quentes e macios. Enquanto dançávamos lentamente, ele olhou para mim com os olhos úmidos, escurecidos pela camisa preta.

Meus olhos mergulharam nos seus. *Eu te amo – sempre amei.*

Sentia seus dedos pressionarem suavemente a reentrância de minhas costas, aproximando nossos quadris até não restar mais qualquer espaço entre nós. Encostando o rosto no meu, ele sussurrou a letra no meu ouvido, seu hálito acariciando meu rosto a cada frase.

Como seria sentir seus lábios e seu hálito no meu corpo outra vez? Minhas mãos trêmulas o apertaram com mais força, o coração começando a bater no ritmo de suas palavras. *Eu deveria estar fazendo isso? Eu me dei... Ele se foi... Não posso passar por isso de novo. Não posso fazer nada que o leve a me abandonar.*

Seus lábios roçaram os meus. *Não sei o que fazer.* Não reagi.

– Desculpe. – Ele tornou a afastar nossos corpos.

– Tudo bem. Não tive intenção de te interromper. Não se desculpe. – *Não sei como mudar; não acho que possa.* Algumas pessoas sabiam proteger o coração, mas não eu. Provoquei seus lábios com os meus antes de beijá-lo suavemente. É assim que eu sou. É assim que eu faço.

Ele se afastou e olhou para mim mais uma vez antes de mergulhar em beijos longos e profundos.

– *Ich liebe dich* – sussurrou, me levantando nos braços.

– Também te amo. – Eu me sentia como uma gelatina trêmula se desfazendo entre seus dedos.

Ele sorriu e me embalou ao som da música.

– Venha para a Alemanha comigo, Ana. – O tom fora natural, como se tivesse me chamado para ir ao mercado ou algum outro lugar logo ali na esquina.

– Não posso ir para a Alemanha. – Ri. Ele não podia estar falando sério.

– Nós poderíamos viver juntos, dançar juntos, viajar. – Ele se calou e me pôs no chão. Segurando minha cabeça entre as mãos, buscou uma resposta em meus olhos. – Venha para casa comigo.

– Ir para casa? – repeti num sussurro. – Mas isso é absurdo...

– Por quê?

– Não sei. Mas é.

Ele tornou a enlaçar meu corpo, nos embalando ao som da música.

– Venha para casa, Ana. Nosso lugar é ao lado um do outro.

Casa? Continuei de olhos fechados, sentindo os dedos de Claus acariciarem meu pescoço. Eu certamente me sentia em casa com ele. Peter não me compreendia como Claus. Apenas um bailarino pode realmente compreender outro – as emoções, a alma, a paixão por essa forma de arte.

– Venha comigo, Ana.

Não havia restado muito para mim na Geórgia. Um relacionamento arruinado com uma companhia onde já estivera por tempo demais e onde restara pouca esperança de progredir.

Se não fosse para a Alemanha com Claus, ainda poderia fazer um teste para algumas companhias em Atlanta.

Mas, sem Peter a meu lado, a ideia não me animava.

Alemanha? Me mudar?

– E as minhas coisas? – Abri os olhos, aturdida.

– Leve-as. Ou deixe-as. Você decide.

– Mas e o meu carro... e Barysh?

Não podia acreditar que ele estava mesmo pensando em fazer isso. Era a resposta errada. Peter ainda poderia mudar de ideia.

Claus tornou a olhar nos meus olhos.

– Você não disse que Barysh foi abandonado porque sua família anterior não o quis levar para a Alemanha?

– Sim... – Aonde ele queria chegar?

– Então, faça isso por ele. É um cachorro bonzinho, não é? Deixe que ele veja a Alemanha.

Não pude deixar de rir.

– Como se você se importasse. Muito ardiloso, hein?

– Mas eu me importo, sim.

– Ah, é? – Caminhei até o meu cachorro idoso e já estava prestes a dizer a Claus que não pensara nele nem em suas necessidades quando acordara, mas então notei que Barysh estava com um absorvente limpo, água fresca na tigela e dormia tranquilamente.

Quando olhei de novo para Claus, ele estava sorrindo.

– Ele já comeu e está limpo. Até o levei à varanda, para apanhar um pouco de ar fresco.

– *Touché* – respondi, com os olhos úmidos. – Não precisava... – Olhei pela janela e respirei fundo.

Uma garça branca pousara na margem do rio inchado pela chuva, olhando na direção das pedras submersas, onde costumava ficar.

Alemanha, não é? Contemplei a água correndo – volumosa e rápida.

Era uma ilusão pensar que poderia ter Peter de volta. Como a garça, eu perdera a minha rocha. Minha vida com ele acabara – levada, para além de meu controle, por águas mais poderosas do que eu.

Como a garça, por que não procurar um novo lugar para pousar?

Capítulo 8

Sentada diante de meus pais à mesa alta da cozinha de sua casa, esperei que assimilassem minha explicação sobre o que acontecera com Peter antes de soltar a bomba sobre a Alemanha.

A nova toalha lavanda de mamãe ficou amarfanhada perto do vasinho de hera quando empurrei o saleiro, mas ela não se apressou a alisá-la. Nem sequer pareceu notar.

Devia estar profundamente abalada com a notícia sobre o fim do noivado – era muito atípico de mamãe não tentar consertar logo qualquer coisa ao seu alcance. Recoloquei o saleiro no suporte de prata, ao lado do vidro de pimenta, e alisei a toalha antes de pegar minha caneca de café.

O pudim bem brasileiro que ela preparara para mim permanecia intacto no centro da mesa. Observando seu rosto, notei certa vermelhidão no nariz e no lábio superior. Será que iria chorar?

Na janela do chalé, a luz do dia começava a esmaecer, enquanto eu observava os chapins e as toutinegras, que disputavam espaço no comedouro.

Meus pais viviam em Longleaf, a área residencial de Callaway Gardens. Seu quintal poderia ser maior, mas eu gostava do chalé – uma casa moderna de três quartos, com amplas janelas. Havia um quarto para mim e outro para meu irmão, Michael, que estudava pré-medicina na Universidade do Alabama e ainda vinha para casa quando não tinha roupas limpas.

Papai finalmente rompeu o silêncio.

– Querida, me deixe conversar com Peter. – Ele segurou minha mão.

– Não, papai. – Sorri ao ouvir a sugestão. – Mas agradeço a oferta.

Fala logo de uma vez. Diz a eles que tem um plano.

– Você devia ter nos procurado antes, Ana. – Mamãe assoou o nariz. – E Lorie? Na minha idade, não devia ficar surpresa com as coisas que as pessoas fazem por inveja, mas, francamente, ela era a sua melhor amiga. – Pegou outro lenço de papel. – E ela não tinha um namorado?

– Estava saindo com um cara da sinfônica, um violinista bonito de algum país do Leste Europeu. Parecia sério, mas eu não via mais os dois juntos nos últimos tempos. – Tentei lembrar quem me contara que estavam falando em se casar. Brian?

– Talvez tenha tido algum desentendimento com o rapaz – aventou papai.

– Talvez. – Dei de ombros. – Obviamente, eles não estão mais juntos, já que agora ela parece estar com Peter. – Abanei a cabeça diante do absurdo dessa constatação. – Acho que ela enlouqueceu, só pode ser. A parte sobre amar os homens da minha vida já foi bastante ridícula, mas dizer que Deus está morto? Quem diz uma coisa dessas?

– Deus me livre. – Mamãe fez o sinal da cruz.

– Nem me lembro da última vez que ouvi você falar em Deus. – Papai olhou para mim como se examinasse um rato de laboratório, imaginando que coisa estranha faria em seguida.

– Eu sei, pai. É que não entendo essas pessoas que leem a Bíblia o tempo todo, achando que é algum livro mágico com soluções para todos os problemas da vida. – Dobrei o guardanapo e torci para que não me perguntassem quando fora a última vez que eu lera uma página das Escrituras. – É só um livro; um livro muito velho, com ideias muito velhas. – Coloquei o guardanapo na mesa e olhei para meus pais. – E eu também não consigo entender Deus. Nem mesmo O conheço. Mas também não consigo me desapegar da ideia.

– A ideia? – Papai apoiou o queixo na mão, ainda me observando.

– Sim, a ideia. Quero dizer, quando alguma coisa é muito importante, eu rezo.

– Para alguém que não compreende nem conhece?

– Bem, pai, quando você põe a coisa nesses termos, eu me sinto muito estúpida.

– Só fiquei curioso.

Relembrei o modo como me sentira na capela – triste e confusa, mas não sozinha.

– Há alguma coisa. – Olhei para meus pais. Não iam à igreja com frequência, mas liam a Bíblia às vezes. Mamãe gostava dos Salmos. – Deus existe. Ele me ama. Mas acho que não estou pronta para explorar a ideia mais do que isso.

Eles assentiram em silêncio, com suas expressões e camisas polo idênticas. Será que se davam conta de que estavam combinando? Era uma gracinha, fosse proposital ou não. Será que agora iriam deixar de lado essa conversa sobre Deus? Talvez fosse uma boa hora para falar no futuro e no convite de Claus.

Mas mamãe tomou a palavra antes que eu pudesse inserir a Alemanha na conversa:

– E você disse que Lorie estava vendo Maya Plisetskaya na *Suíte Carmen*?

– Isso mesmo. – Pelo menos, Lorie voltara a ser o assunto. Peguei uma colher e comecei a comer o pudim direto da terrina.

– A Carmen da ópera de Bizet? – Papai inclinou a cabeça. – É um balé também?

– Sim, mas a história da Carmen no balé é um pouco diferente da história da Carmen da ópera. – Mamãe se levantou e foi preparar um bule de café fresco. – No balé, ela é a mesma mulher de espírito livre, mas o único foco é o triângulo amoroso. O cenário da ação é a praça de touros, e há um juiz e espectadores representando a desaprovação da sociedade em relação ao comportamento pouco convencional da Carmen. No final, Don José a mata a punhaladas, depois de ela dançar alternadamente com ele e Escamilllo. E com o Destino.

– Destino? – Papai contraiu o rosto. – Quem é o Destino? E Escamillo não está numa tourada quando Carmen morre?

– Bem, no balé todos dançam juntos. – Mamãe tornou a se sentar conosco, e a cafeteira resfolegou às suas costas. – Lembra da cartomante na ópera?

– Sim.

– No balé, a cartomante é o Destino, o alter ego de Carmen, e aparece como um touro na cena final. Ela também morre.

– Magnífico. – Papai deu um risinho. – Não me parece o tipo de balé pelo qual uma doce moça cristã se interessaria.

– Bem, mas não estamos mais falando de uma doce moça cristã, estamos? – Mamãe também começou a comer seu pudim.

– Ela disse que estava farta de ser boazinha. – Alcancei minha bolsa, que estava em cima da cristaleira com os bibelôs, para pegar uma pastilha de hortelã. Qual fora mesmo o salmo que ela me dissera para procurar? Mamãe devia conhecê-lo. Mas era melhor não falar em salmos, ou acabaríamos discutindo religião outra vez. – Provavelmente Lorie estava assistindo à *Suíte Carmen* para aprender a ser diferente. Não sei. Aquela garota está péssima no momento. Talvez tenha acontecido alguma coisa com o violinista, como papai disse, e ela surtou. – Estendi a caneca em direção a mamãe, esperando que tornasse a enchê-la.

Mas mamãe se limitou a me observar.

– Posso tomar mais um pouco de café? – Ela continuou me encarando. – Por favor?

Ela pegou a caneca, sua mão fria se demorando sobre a minha antes de se virar para servir o café. Mas papai já estava com o bule, e se incumbiu de fazer isso.

– Não posso deixar de me perguntar se Claus estava envolvido na trama de Lorie. – Mamãe empurrou o açucareiro e a cremeira para mim. – De que outro modo ela poderia saber que algo iria acontecer entre vocês no palco aquela noite?

– Mamãe, não. Por favor. – *Claro que ele não estava envolvido.* – Claus me ama. Ele nunca faria isso. – Ela estava falando sério? – Lorie era a minha melhor amiga quando Claus e eu nos conhecemos. Talvez ela o tenha procurado aquele dia e dito a ele que eu queria conversar. Ele teria acreditado nela. Quem pode saber?

– Você perguntou a ele? – Papai arqueou uma sobrancelha.

– Não... Para, gente. Por favor.

Mamãe se levantou e foi até onde estava minha bolsa.

– Você devia perguntar a ele. – Puxou a echarpe do interior da bolsa como um mágico, o tecido me acusando, uma cereja desbotada atrás da outra.

Papai gemeu. Imaginei que também se lembrasse da echarpe de chiffon azul-claro.

– Não vou perguntar – decretei. – Já sei a resposta. Ele não tem nada a ver com a loucura de Lorie. – Tirei a echarpe da mão de mamãe, tornei a guardá-la na bolsa e puxei o zíper. – No momento, a presença de Claus é a única coisa que está me impedindo de enlouquecer. Não estraguem isso para mim, por favor.

Ficamos em silêncio, os olhos de mamãe brilhantes de lágrimas.

É uma hora tão boa como outra qualquer.

– Há uma coisa...

– O que vai fazer agora? – perguntou papai, me interrompendo.

Não posso falar. Vai ser um golpe tremendo para eles.

Ele segurou as mãos de mamãe.

– Fale, querida.

– Vou viver com Claus. – Abaixei a cabeça. Não aguentaria vê-los sofrendo. – Vou para a Alemanha.

– Vocês vão se casar? – Mamãe pareceu mais surpresa do que desolada.

– Não sei. Agora não, se é o que está perguntando.

– E em que isso é diferente do que Peter está fazendo com Lorie? – A voz de mamãe passou de surpresa a ríspida e acusadora. – Ana, você não pode estar falando sério. – Ela bateu com as mãos na mesa, me assustando. – Vocês mal se conhecem. E eu não ia dizer nada, mas quer saber de uma coisa? Você não tinha nada que beijá-lo. Eu te ensinei a ter juízo.

Lá vamos nós.

– Me diz como você está se sentindo.

– Não seja petulante comigo. Você sabe que eu tenho razão.

Claro. Você sempre tem razão.

Papai olhou para ela, com uma expressão de tristeza.

– Qual é o problema com esse sujeito? – Mamãe começou a andar de um lado para o outro, passando as mãos pelos cabelos. – Ele tem o dom de estragar a sua vida. Isso não está acontecendo. De novo, não. Já o vi magoar você uma vez. Não quero que aconteça novamente.

Contive o impulso de chorar.

– Não tome nenhuma decisão agora. – Papai veio se sentar a meu lado. – Você e Peter acabaram de romper. Ainda não tiveram tempo para assimilar isso. Como pode, logo neste momento, tomar uma decisão que vai mudar toda a sua vida?

– Não tem que ser uma decisão que vá mudar toda a minha vida. – Imitei seu tom solene. – Se não der certo, eu volto. O que não posso fazer é voltar para a companhia e olhar para Lorie todos os dias.

– Você não ia fazer testes para outras companhias em Atlanta? – Mamãe foi até a janela, respirando fundo.

– Não quero fazer testes em Atlanta sem Peter ao meu lado.

– O que uma coisa tem a ver com a outra? – Papai tamborilou com os dedos sobre a mesa.

– Tudo. Dançar em Atlanta fazia parte do meu plano de vida a dois com Peter. – Pus "vida a dois com Peter" entre aspas. – Por que vocês não podem ficar felizes por mim? Estou tentando superar essa loucura de Peter e Lorie, e vocês não estão ajudando. Uma porta se fechou, e isso dói – me acreditem, eu entendo –, mas outra se abriu, e as coisas podem dar muito certo.

– Então passe umas férias na Alemanha, em vez de ir morar lá – sugeriu mamãe, com voz sarcástica. – Que tal essa ideia?

Fechando os olhos, apertei os lábios numa linha fina. Não adiantava discutir com ela. Já tinha tomado uma decisão.

– Filhinha, perdoe a sua mãe. – Papai segurou entre as mãos a caneca já pela metade e ficou olhando para o líquido quente. – Mas, como ela disse, não queremos que você se magoe de novo. Não achamos que uma mudança para outro continente seja a melhor solução no momento. Você é uma jovem maravilhosa, mas tem esse hábito terrível de querer que as coisas sejam pretas ou brancas, e raramente é o caso.

As coisas eram mesmo pretas ou brancas para mim, mas concordei, para ser agradável. Papai sabia como me desarmar.

– Pense numa visita e não numa mudança, como mamãe disse. Podemos ficar com Barysh, e você pode viajar e clarear as ideias, até mesmo curtir a companhia de Claus. Que tal?

Olhei pela janela para além do comedouro, para além da floresta.

– Ou então não ir. – Mamãe voltou a se sentar conosco. – Você foi uma linda Julieta. Aposto que agora vai conseguir mais papéis principais.

– Talvez daqui a dez anos. – Já vira Brian e Lorie trabalhando em alguns solos de *Don Quixote*.

– Bobagem.

– Mamãe, Lorie já está ensaiando *Don Quixote*. Ela é a protagonista, como sempre. – Meus olhos se encheram de lágrimas.

Os dela também. Abanou a cabeça, e seus ombros se curvaram.

Podíamos ter dificuldades para nos comunicarmos às vezes, mas o balé era uma língua que ambas entendíamos. Ela sabia que, sem qualquer perspectiva de progredir na companhia, seria difícil me impedir de viajar.

Ela segurou minhas mãos.

– Bem, você dançaria na Alemanha?

– Eu faria um teste para o Rhine-Main Ballet e veria o que aconteceria. Talvez eles me aceitem como adereço de palco.

Eles ignoraram meu sarcasmo.

– Quando você iria? – Papai respirou fundo.

– Daqui a duas semanas.

– Duas semanas? – repetiu mamãe. – Mas você não precisa de um visto? Isso não leva tempo?

– Não no momento. Com meu passaporte americano, posso ficar lá durante três meses. A companhia vai me ajudar a conseguir um visto de artista quando estiver lá.

– E se não lhe oferecerem uma posição?

– Não sei, mamãe. Não sou onisciente. – *Acho que nos casaríamos.*

– Vamos voltar atrás um minuto. – Papai olhou para mamãe. – Não estávamos tentando convencê-la a ficar? Não tínhamos concordado que ainda é muito cedo e que o risco de Claus magoá-la e grande demais?

– E ainda estamos tentando, mas você não a ouviu dizer que mesmo depois de trabalhar tão duro e do sucesso de Julieta, Lorie ficou com o papel principal em *Don Quixote*?

Papai tirou minhas mãos das de mamãe e observou meus olhos.

– Pare de falar em se mudar como se isso fosse acontecer e me prometa que vai pensar em todos os ângulos da questão, está bem?

– Está bem...

Eles haviam arrumado meu quarto para ficar como era na nossa antiga casa em Columbus, com minha cama de solteiro, os pôsteres de balé, a penteadeira... tudo igual. Eu gostava de saber que ainda tinha um quarto na sua casa, e adorava dispor de um canto onde pudesse guardar todos os objetos que me eram caros, mas que não tinham lugar na minha vida de adulta: o primeiro par de sapatilhas de ponta, a coleção da Moranguinho, os Ursinhos Carinhosos, caixas de música e uma série de pinturas do ensino médio que eram muito boas, diários, livros e retratos antigos – um monte de retratos antigos.

Despenquei na minha velha cama depois de um longo banho. Não sabia se conseguiria dormir. Meus pais obviamente não aprovavam meu plano de ir morar na Alemanha. E eu não tinha certeza de que queria ir sem o seu apoio.

Depois de um telefonema para Claus, que estava em Atlanta visitando velhos amigos, sentei à minha escrivaninha de infância.

Os últimos dias tinham sido ótimos, mas como seriam as coisas em duas semanas ou dois meses? Mamãe tinha razão – Claus e eu não conhecíamos mais um ao outro tão bem assim. Estávamos nos esforçando ao máximo para mostrar nossas melhores qualidades, mas o que aconteceria em seguida? Quem nos tornaríamos quando fôssemos um casal?

Por que eu detestava admitir que às vezes mamãe tinha razão? Não era falta de amor – eu a amava. Apenas detestava que ela tivesse razão. Sempre detestara, e seria capaz de apostar que sempre detestaria. Seria por causa da sua atitude? Talvez. Ela parecia ficar toda prosa sempre que provava que eu estava errada.

Mas eu não iria atravessar um oceano só por despeito. Alguma coisa me empurrava para a Europa. *Alguma coisa além do desespero.* Ri de mim mesma. *Alguma coisa certa.*

Liguei o computador e esperei que a velha máquina carregasse. Guardada ao lado do livro da Primeira Comunhão, estava minha velha Bíblia, parecendo nova em folha. Peguei-a e a abri no meio. Isaías 41, 10. "Não temas, porque eu sou contigo; não te assombres, porque eu sou teu Deus. Eu te fortaleço, e te ajudo, e te sustento com a destra da minha justiça."

OK, agora é oficial: isso é muito estranho.

Fechei a Bíblia e a empurrei. O desejo de lê-la era real, mas fácil de reprimir.

Notando as cores chamativas que piscavam na tela do computador, já estava prestes a clicar na pasta de fotos, mas então decidi navegar um pouco na internet. *Não adianta olhar para trás.* Dei uma espiada na Bíblia mais uma vez antes de digitar "Rhine-Main Ballet" na caixa de pesquisa.

Em segundos, fotos do teatro, dos diretores e dos solistas se estamparam na tela. Eu me lembrava de ter visto quase todos semanas antes, quando procurara

Hanna. Em seguida, analisei as fotos do corpo de baile. Será que eu estaria entre eles algum dia?

Cliquei na programação da próxima temporada e comecei a sonhar. Estaria na plateia ou no palco?

A companhia iria dançar principalmente no Hessische Staatstheater de Wiesbaden, mas havia uma viagem a Praga marcada para a primavera, e uma apresentação única em Paris, meses depois.

Abaixo de todas as datas e detalhes, vi um link para a programação do ano seguinte e cliquei nele. Era vago e superficial – com datas, locais e alguns dos programas, mas nenhuma lista de elenco. Mas lá estava ele – um programa variado no Met. Não havia detalhes sobre quais obras seriam apresentadas, mas não importava. Era *o Met*.

Minhas costas bateram no encosto da cadeira giratória com tanta força que ela chegou a andar mais de um palmo para trás.

– Meninos e meninas, isso sim é que é destino! – E girei a cadeira em mil rodopios eufóricos, abafando mil gritinhos.

Capítulo 9

Manuseando o chaveiro que ficava mais leve a cada dia, tranquei a porta do apartamento pela última vez na véspera do voo da Lufthansa para Frankfurt. Uma quinta-feira de frio como qualquer outra para todo mundo – mas um dia extraordinário para mim.

Fechada e trancada. Soltei um longo suspiro. Fora a primeira vez que vivera sozinha. Teria sido a última?

Papai chegaria a qualquer momento para me levar a Pine Mountain, onde eu passaria minha última noite na América, mas não estava conseguindo me afastar daquela porta fechada.

Encostando a cabeça na madeira, lembranças de dois anos maravilhosos se acenderam diante de meus olhos: festas, amigos e jantares, mas noites tranquilas também – noites assistindo a balés com Barysh e sonhando com o futuro. E fora então que conhecera Peter.

Peter me visitara em Columbus pouquíssimas vezes, por causa do sítio e da natureza de seu trabalho, por isso eu não tinha muitas lembranças dele no apartamento.

Era das noites tranquilas com Barysh que eu sentiria mais falta. Imagens do luar tingindo o rio Chattahoochee de branco e prata e das luzes sobre o centro da cidade de Columbus me encheram a mente. Seguidas por soluços incontroláveis.

E se eu odiasse viver na Alemanha? E se nada desse certo? Será que estava cometendo um erro terrível? *Ai. É a última vez que fecho a porta... A última vez que estou no meu próprio canto... A última vez que respiro o ar da América... Última, última, última – tudo isso está me fazendo muito mal.*

– A senhora está bem? – A voz veio de duas portas adiante.

– Desculpe. – Sequei o rosto com os dedos e olhei em direção à voz masculina que havia me assustado. Um homem ruivo com um uniforme do exército estava parado diante de uma porta. Nunca o tinha visto. – Estou bem. Só sendo melodramática... Desculpe... É coisa de família.

– Acontece com todo mundo. – Ele olhou para as malas volumosas ao meu lado. – Vai viajar?

– Me mudar. – Não devia ter lhe dado trela. O cara parecia ser boa pessoa, mas eu não estava a fim de papo.

– Para onde? – Ele enfiou as mãos nos bolsos, como se planejasse ficar mais um pouco.

– Alemanha.

– Não brinca. Acabei de chegar de lá. – Deu alguns passos à frente, sem chegar à minha porta, e se encostou à parede. – Fui destacado para servir em Baumholder.

Nunca tinha ouvido falar.

– Vou para Wiesbaden. – Observando seu uniforme, reconheci a insígnia de capitão e a de soldado de infantaria de combate. Já tinha namorado um soldado de infantaria de Fort Benning, uma cidade próxima a Columbus, fazia uns dez anos. Ele também usava uma insígnia daquelas.

– Wiesbaden é legal, tem muitos militares americanos por lá. Você é do exército?

– Não. – Dei uma risada. – Sou bailarina.

– Ah, então vai dançar lá?

– Pretendo.

– Às vezes é bem solitário quando se vive *na economia*. Não sei se você poderia entrar num posto, mas, se quiser conhecer a comunidade americana, procure uma igreja batista diante do portão principal. Sempre tem uma diante do portão principal dos postos no exterior, pelo menos naqueles em que estive.

Por que eu iria para a Alemanha para procurar americanos? E o que era *viver na economia*? Parecia ser algo que eu deveria saber.

– *Viver na economia?*

– É quando se vive entre os civis da cidade, fora do posto.

– Ah... – Ele devia estar me imaginando totalmente sozinha na Alemanha. – Meu namorado é alemão. É por isso que estou me mudando.

– Então vai se casar? Parabéns!

Primeiro mamãe, agora ele – por que as pessoas dão tanta importância ao casamento? Eu precisava mesmo ir andando.

– Meu pai vem me buscar. Tenho que ir. Foi um prazer conversar com você.

– Precisa de ajuda com as malas?

– Não, obrigada. – Prendendo a frasqueira a uma das malas volumosas, me preparei para ir embora.

– Bem, boa sorte para você... Não perguntei seu nome.

Virei a cabeça para trás.

– Ana.

– Sou John. – Ele acenou. – Boa sorte, Ana.

– Obrigada.

Já na portaria, fui depressa até a mesa do gerente.

– Preciso devolver minhas chaves.

– Muito bem, Srta. Ana. – O gerente ficou olhando enquanto eu tirava do chaveiro as chaves do apartamento e da caixa de correio. – Temos um envelope para a senhorita.

– Ah, tá. – Na certa, mais formulários. Entreguei as chaves a ele, que me deu o envelope. Mas não eram formulários. O que ele me entregara era um envelope cor-de-rosa, quadrado, que mais parecia uma caixa de CD. Tinha meu nome sobrescrito... com a letra de Peter. – Obrigada. – Meus olhos arderam, mas nenhuma lágrima saiu. – É só isso? – Será que ele notara minha voz alterada?

– Sim, senhorita, só isso. Venha nos ver se voltar à cidade. Boa sorte.

– Obrigada. – Caminhei até as malas e abri o envelope com as mãos trêmulas. Cheirava a Gucci Gorgeous Gardenia, o perfume que ele escolhera para mim quando começáramos a namorar. Dentro, um CD de Kenny Rogers intitulado *A Love Song Collection*, e um bilhete que dizia: "Um presente de despedida."

"Islands in the Stream" era a décima terceira faixa. Tinha se tornado nossa música, depois da noite em que dançáramos juntos. *Peter...* Toquei suas palavras.

Sim, eu fizera uma má escolha, mas poderíamos tê-la superado. Pena que ele não pensasse assim.

Nas duas semanas que haviam se passado desde o rompimento, eu me resignara com sua decisão, e, no meu coração, nosso relacionamento deixara de ser definido por aquele momento final. Lembranças das tardes preguiçosas em Callaway Gardens e das horas a fio plantando juntos assaltaram minha lembrança. Sentiria saudades dele.

Colocando o envelope e seu conteúdo na sacola maior, fechei outra porta e puxei as malas até a calçada, para esperar papai.

Encapotada diante das águas frias do rio, lancei um último olhar para minha varanda e janelas. O futuro com que sonhara estava prestes a começar. Minha vida na Alemanha seria feliz, e eu mal podia esperar para ver Claus no aeroporto pela manhã.

Capítulo 10

—Acho que você tem um acompanhante. – Olhos fixos no espelho retrovisor, papai pegou a I-85 a caminho do Aeroporto Internacional Hartsfield-Jackson de Atlanta.

Virei a cabeça para ver o que ele estava olhando. O Silverado.

– Ah, não. – Eram Peter e Jäger. Apertando o peito, tentei fazer com que o coração parasse de bater no samba descompassado de uma máquina de lavar. *O que ele está fazendo aqui?*

Ele emparelhou com o SUV de papai.

Queria ver seu rosto melhor e observar sua expressão. Mas ele estava com os olhos fixos na estrada, e eu não podia ver muito, por causa de papai e de Jäger.

– O que ele está fazendo? – Papai mantinha um olho no Silverado e outro na estrada.

– Não faço a menor ideia. – Seria coincidência? Ele não parecia ter vindo com a intenção de interromper nosso percurso. Ainda bem que mamãe se despedira de mim em casa; isso teria acabado com ela.

Papai deu de ombros em direção à picape, como se perguntasse: "O que está havendo?"

Esticando o pescoço para o para-brisa, vi a mão de Peter acenando para nós.

Meu coração despencou em queda livre dentro do peito. *Mas afinal, o que é isso?* Se não pretendia nos parar, que estava fazendo ali?

– O que quer que eu faça? – Papai cobriu minha mão com a sua, o calor constante de sua pele contrastando com o frio de meus dedos.

– Nada. Talvez seja coincidência. Como ele saberia que estaríamos na estrada a esta hora do dia?

Papai ligou o CD-player, que já estava com seu CD de Willie Nelson. As notas lentas de "Stardust" me embalaram.

Respirei fundo e soltei o ar lentamente.

– Você pode escolher outra coisa. – Papai pôs no meu colo o pequeno estojo de CDs que levava no SUV.

– Essa é perfeita. – Fechei os olhos, visualizando o CD de Kenny Rogers e o bilhete de Peter. O que ele faria, quando chegássemos ao desvio para o aeroporto? Estaria tomando coragem para fazer alguma coisa?

Já mais perto de Atlanta, Peter trocou de pista e se aproximou do meu lado no SUV.

– isso está ficando ridículo. Vocês dois estão se torturando. – Papai abanou a cabeça, o tom severo. – Se quiser que eu faça o camarada comer poeira, é só dizer.

Ri ao imaginar papai metendo o pé na tábua para fugir do Silverado.

– Obrigada, pai. – Sorri para ele, carinhosa.

– Eu tomo mesmo um chá de sumiço, se você me pedir.

– Eu sei. Mas não precisa. Já estamos quase lá. – Não precisava olhar para Peter para sentir sua presença. Virando lentamente a cabeça para o lado, nossos olhos se encontraram pela primeira vez desde o fiasco com Lorie e a troca de chaves no sítio.

Fora muito mais fácil manter a determinação ao ter apenas um bilhete e um CD diante dos olhos. Encarar o homem era bem mais difícil.

E se eu ficasse? E se pedisse a papai que parasse? A ideia era tentadora.

Mas algo me impelia a aguentar firme até o fim – o novo fim: a Europa, Claus e o Met.

Uma voz crítica na minha cabeça gritava: *Sua fedelha egoísta.*

Mas uma voz mais forte e mais serena dizia: *Vá – é tempo de ir.* A ideia de partir me trazia paz em meio à dor da separação – uma paz que não existia quando eu pensava em ficar. Eu tinha que ir. Não tinha?

Quando nos aproximamos do desvio para o aeroporto, Willie estava cantando "Georgia on My Mind". *Ah, não.* Talvez tivesse sido por isso que papai sugerira que eu escolhesse outro CD.

A ideia de ir embora da Geórgia era uma punhalada no coração – nunca vivera sequer em outro estado.

Olhei de novo para meu ex-noivo. Sentiria saudades de Peter, quanto a isso não havia a menor dúvida. Seu rosto agora estava lavado de lágrimas. Os lábios se moviam. Ele repetiu meu nome duas vezes. Engoli o bolo que se formara depressa na garganta.

Era a hora H. Esse era o nosso momento. Se eu pretendia fazer alguma coisa, tinha que ser já. Então me virei para ele, mãos na vidraça.

Ele olhou para mim, parecendo receptivo – até mesmo ansioso.

Um caminhão passou entre nós. *Biiiii, biiii-biiii-biiiii.*

– Porcaria – resmungou papai.

Era tempo de ir. Tempo de voar alto. Balancei a cabeça lentamente. *Tempo de dançar.* Beijei os dedos trêmulos e os pressionei na vidraça fria.

Peter bateu com o punho no volante, o cenho franzido, os lábios apertados. Olhei para seus olhos vermelhos e cobri a boca, reprimindo as palavras e emoções que não cabiam ali.

Abaixei a cabeça, lágrimas quentes pingando no colo. Quando voltei a levantar a cabeça, Peter já tinha acelerado, e não pude ver nada além de sua cabeça virada, a de Jäger, e a traseira da picape.

O trânsito estava engarrafado, e o céu azul sobre o movimentado aeroporto de Atlanta repleto de aviões aterrissando e decolando.

Papai ficou atrás de Peter para pegar a do aeroporto.

Fim. O som do pisca-pisca era como as batidas compassadas de um coração. Eu estava fazendo a coisa certa, não estava? Por que era tão difícil? Olhando para a picape que se dirigia ao norte, soltei um grito nas mãos e escondi o rosto.

Quando levantei a cabeça, já nos aproximávamos do estacionamento do terminal. Eu me virei para a porta e abracei os joelhos, gemendo.

– Shhh. – Papai passou a mão nos meus cabelos. – Vai ficar tudo bem.

O gesto enfraqueceu minhas lágrimas.

– Parece tudo errado, e eu sei que meti os pés pelas mãos, mas, ao mesmo tempo, parece certo, pai. – Funguei com força e me virei para ele. – O que estou dizendo não faz sentido, faz?

– Sempre vamos estar aqui para te dar força. – Ele manteve a mão firme no meu ombro.

Estacionamos, mas não me movi. Papai também não demonstrava a menor intenção de sair do SUV. Com sua voz nada deslumbrante, começou a fazer um dueto com Willie Nelson cantando "On the Sunny Side of the Street".

– Ai, como você canta mal. – Comecei a rir.

– Pois eu te desafio a cantar melhor do que isso. – Ele dançou com os ombros, balançando-os no ritmo animado da canção. – Fiz você rir.

Sacudi a cabeça.

– Vamos acabar logo com isso de uma vez.

Ele desligou o motor.

– Vamos lá, garotinha.

Fomos nos encontrar com Claus no terminal.

Com toda a mão de obra que tivemos com minha bagagem, a de Claus e os cuidados com Barysh, demoramos quase uma hora para fazer o check-in. Quando finalmente terminamos de atender meu cachorro, senti que haviam se esgotado todas as coisas que gostaria de dizer antes de embarcar na aventura mais ambiciosa da minha vida.

– Pai, quero acabar de uma vez com a parte triste do programa. – Fechei os olhos com força e os reabri. – Podemos ir para o portão?

– Claro. – Ele segurou minha mão, e nos dirigimos ao posto de controle de segurança. Claus caminhava alguns passos atrás de nós.

Isso estava mesmo acontecendo? Eu estava mesmo me despedindo de tudo e de todos? Caminhamos em silêncio e chegamos cedo demais. Não queria soltar sua mão agora.

Até dois anos antes, eu ainda morava com meus pais. Apenas uma hora de viagem me separava deles. Agora, um oceano inteiro? *Como é difícil.*

Papai me envolveu nos braços fortes.

– Se detestar, volte depressa – sussurrou, me abraçando apertado.

Apertei-o também e assenti em meio ao abraço. Ficamos nos embalando aos sons do terminal movimentado.

– Estou morta de medo – sussurrei.

– Não fique. – A voz dele era suave, mas tranquilizante. – Vá viver a sua aventura.

Assenti. *A minha aventura.*

– Eu te amo, garotinha.

– Também te amo, pai.

– Filho, boa sorte para vocês. – Papai deu um abraço apertado em Claus, batendo nas suas costas.

– Obrigado, Sr. Brassfield. – Claus parecia mais sério do que de costume. – Vou tomar conta dela muito bem, e o senhor e a sua esposa serão bem-vindos quando quiserem nos visitar.

O rosto de papai já estava ficando vermelho, e ele mordeu o lábio, assentindo, o punho na boca. Seus olhos se encheram de lágrimas.

– Visitaremos.

Sua voz estava fraca, e foi como senti meu coração ao ouvi-la. Desejei que as coisas tivessem sido diferentes. Certamente aquele não era o modo como ele se imaginara dando minha mão a outro homem. E eu ia para tão longe. Será que tinha força suficiente para abraçá-lo mais uma vez sem que ambos chorássemos?

Claus segurou minha bolsa, que estava com a velha echarpe amarrada à alça.

– Me deixa pegar a echarpe – pedi, desamarrando-a. Coloquei-a no pescoço e dei um beijo carinhoso no rosto de papai.

Segurei a mão de Claus com toda a confiança que fui capaz de sentir, e começamos a nos afastar lentamente, caminhando de costas.

As lágrimas silenciosas não me impediram de sorrir e acenar.

– Me dê só dois meses para me instalar, papai. Depois disso, vou esperar que você e mamãe venham nos ver.

– Nós iremos, querida. – A voz saíra mais forte, mas vi as lágrimas distantes escorrendo pelo rosto envelhecido.

Acenei mais uma vez, e então demos as costas. A papai e à Geórgia.

Suas palavras ainda me ecoavam na cabeça: *Se detestar, volte depressa.* Meus olhos pousaram no rosto bonito de Claus. Ele estava com os olhos vermelhos, a mão firme na minha. Não, eu não ia detestar. Ia viver na Europa.

Claus Vogel Gert estava segurando a minha mão. *O* Claus Vogel Gert. Será que algum dia eu me habituaria à sua fama?

Teríamos aulas juntos, dançaríamos juntos, e eu viveria meu momento no Met. Haveria alguma chance de vir a ser a Sra. Gert algum dia? *Frau Gert. Uau.*

Se Claus pudesse ouvir os gritinhos adolescentes na minha cabeça, me deixaria na América. Com um sorriso de orelha a orelha, tirei as velhas botas e as joguei sobre a pilha baixa na bandeja cinzenta.

Não tinha me dado conta de que estava cantarolando, mas, assim que ele perguntou, soube que música era.

– "On the Sunny Side of the Street."

– Frank Sinatra?

– Sim, acho que ele a gravou. – Mas, na minha cabeça, o que ouvia era o dueto de Willie Nelson e papai. Balancei os ombros como ele, cantarolando mais um verso antes de chegar nossa vez de passar pelo detector de metais.

Essa seria a minha canção de despedida. Não uma das canções tristes do passado, nem uma das canções incertas do futuro. Apenas a canção alegre de papai, dando confiança aos meus passos que se dirigiam ao saguão internacional.

Capítulo 11

Estava observando uma foto de Hanna como Cisne Branco quando Claus entrou na sala elegante e anunciou que tinha terminado de trazer nossas coisas.

– Desculpe pelas fotos. – Ele ajustou o botão dourado de um dimmer, e um dos lustres rebuscados lançou uma suave luz amarelada sobre o espaço que era grande demais para ser iluminado por um sol que já estava prestes a se pôr. – Não fazia ideia de que te traria para cá. – Segurou minha mão e se recostou em um dos três sofás de couro marrom.

Havia três fotos ampliadas de balés numa parede cor de vinho, que dava calor ao ambiente claro. Em três delas Hanna estava sozinha, e, em duas, ao lado de Claus.

As fotos em que estavam juntos eram lindas, embora um tanto previsíveis. A primeira era um gracioso arabesque de *Les Silphides*, um devaneio romântico sem enredo no qual um poeta dança com lindas sílfides numa floresta. A segunda era a pose final do *pas de deux* de *Le Corsaire*. Hanna estava deslumbrante como Medora, num tutu panqueca azul-claro, e Claus, numa legging dourada e azul-cobalto que realçava os bordados do corpete, encarnava o servil Ali.

As fotos em que ela estava sozinha eram bastante incomuns. Todas eram bustos: *Giselle*, o Cisne Branco que chamara minha atenção e uma sílfide do mesmo tipo. A sílfide poderia ser do esdrúxulo *La Sylphide*, já que os rufos nos braços e a tiara eram um pouco diferentes dos da foto de *Les Sylphides*. Hanna devia regular em altura comigo, embora fosse ainda mais magra, com lábios finos e um rosto miúdo. Em cada foto, ela parecia frágil, retraída, quase assustada – talvez até mesmo atormentada.

Será que Claus achara sua fragilidade atraente? E, se fora o caso, o que vira em mim?

Claus rompeu o silêncio:

– Tenho algumas fotos do nosso *Romeu e Julieta* no computador, e, se você tiver outras que queira que eu ponha na parede, é só dizer. Vou cuidar disso ainda esta semana.

– Você não precisa retirar as fotos dela.

– Bem, se não incomodam você, talvez mantenha uma ou duas. – Ele deu um beijo na minha testa.

– Você toca? – perguntei, apontando para um reluzente estojo de violão ao lado de um amplo sofá.

– Um pouco. – Ele abaixou os olhos, esfregando a nuca. – Mas preciso ter mais aulas. Não sou muito bom.

– Ora, você não pode ser bom em tudo. – Será que ele sabia que Peter tocava violão, e muito bem? – É bacana que você esteja aprendendo. Não fazia ideia de que tocava. – Claus parecia fazer mais o tipo de quem toca piano, mas eu ainda não vira nenhum.

– Há muitas coisas que você não sabe. – Ele sorriu e tirou um nécessaire da sacola de couro. – Me dá só um minuto, que eu já te mostro o resto do apartamento para você se ambientar. – E entrou no que parecia ser o quarto.

Tornei a dar uma olhada nas fotos. Não me incomodavam, nem eu me sentia no direito de pedir a ele que as retirasse. E talvez a presença de Hanna tornasse aceitável que eu pensasse em Peter de vez em quando – não que estivesse planejando fazer isso, mas suspeitava que aconteceria, durante os primeiros meses.

O que não era aceitável era continuar escondendo dele que eu já estivera em Wiesbaden. Minha capacidade de fingir que estava vendo tudo pela primeira vez tinha se esgotado. Por que estava achando tão difícil lhe contar a verdade?

Caminhei até uma das três janelas altas e, após algumas tentativas, consegui abri-la. Em seguida me debrucei e respirei o ar frio. Olhei para a cidade além das copas das árvores.

Dez anos após minha visita à capital do estado de Hessen, os campanários da igreja de tijolos situada na praça do mercado ainda dominavam o perfil da cidade.

Prédios antigos de quatro andares com belo estilo arquitetônico decoravam as ruas de Wiesbaden. Essas construções não iriam a parte alguma, nem em breve, nem no futuro. Podia-se afirmar com segurança que os campanários da igreja continuariam a se erguer acima do perfil da cidade histórica durante séculos.

Tornei a dar uma olhada nas fotos de Hanna. Será que sempre seria uma presença em nossas vidas? E Peter? Só o tempo diria.

Eu não sabia o que Claus estava fazendo, mas parecia ocupado. Estaria desarrumando as malas? Ele dissera "me dá só um minuto". Quanto tempo duraria um minuto alemão?

Voltei a atenção para a rua metros abaixo. O prédio de Claus era parecido com os que eu observara antes, mas localizado numa zona mais tranquila – separada da igreja, das lojas e dos restaurantes por um amplo parque.

Ele morava no último andar de um prédio de esquina, branquíssimo, ornamentado com colunas em estilo romano em cada nível e cercado por uma exuberante vegetação verde-escura. O elevador era pré-histórico, mas me senti grata por sua existência. Sem ele, nunca poderia levar Barysh para passear sozinha.

No térreo, uma estreita entrada de carros em pedra, ladeada por arbustos de rosas em miniatura, terminava num portão escuro de ferro que levava à pacata Blumenstraße, a dois longos quarteirões das atrações do centro da cidade e do Warmer Damm Park, um parque inglês com um lago e um chafariz, que confinava com a fachada sul do teatro estadual onde Claus dançava.

– Que tal descansarmos um pouco, e depois caminharmos até o Centro para jantar? – Claus saiu do quarto e puxou minhas duas malas para um cômodo na direção oposta. – Mal posso esperar para passar pelo teatro e te mostrar o coração da cidade. Adoro este lugar. E sei que você vai adorá-lo também.

Para onde ele estava levando minhas coisas? Segui-o até o que parecia ser um quarto de hóspedes.

– Claus, precisamos conversar.

– Opa, isso nunca é bom. – Ele colocou as duas malas ao lado da larga cama de casal e se aproximou de mim. – O que foi? É essa questão de onde você vai dormir? Não falamos a respeito, por isso não sabia o que fazer.

– Não – respondi. – Bem, acho que isso também. – Eu tinha presumido que iríamos viver *juntos*.

– Você é bem-vinda no meu quarto. Só não queria que achasse que espero que você... – Seu rosto ficou vermelho. - ... entende?

– Eu sei. – Poderíamos conversar sobre o assunto mais tarde. *Se não vou dormir na suíte com ele, posso acabar me sentindo tão sozinha que vou acabar indo à Igreja Batista diante do portão principal... na economia.* Dei uma risada, uma onda de pânico fazendo meu estômago dar voltas. – Mas não é isso.

– O que é, então?

– Já estive aqui antes – confessei, de olhos fechados.

– O quê?

– Há dez anos. Quando você foi embora, eu estava me sentindo infeliz e confusa, e precisava saber o que tinha levado você a partir. – Parei para recuperar o fôlego. – Então, terminei meus compromissos com a companhia e, dois meses depois, estava aqui.

– Mas você nunca me procurou...

– Fui ao teatro para assistir a *Giselle*, e, depois de ver você com Hanna, soube que o que tínhamos não era nada comparado com o que vocês dois compartilhavam. – Lágrimas lentas ardiam no meu rosto.

Ele me abraçou.

– O que nós tínhamos, e ainda temos, é real. E muito especial. – Ele esperou que eu parasse de chorar. – Mas espero que agora entenda que foram apenas as circunstâncias. Vários fatores conspiraram contra nós. Mas gostaria que tivesse me procurado. Talvez eu tivesse te contado sobre o diagnóstico de Hanna, se tivesse visto você em pessoa.

– O que quer dizer com "talvez tivesse contado"? – Dei um passo atrás. – Teria sido tão simples assim? Passei uma década tentando entender o que eu havia feito de errado. Uma década sentindo que não era boa o bastante. E tudo isso porque não queria me humilhar ainda mais saindo à sua procura no meio de uma cidade estrangeira onde você era obviamente feliz com outra pessoa? – Não podia acreditar que estivera tão perto da verdade e não estendera a mão para ela.

– Só estou dizendo que, em pessoa, e depois de dois meses, teria sido mais fácil te contar. – Ele começou a dar voltas pela sala, passando os dedos pelos cabelos. – Lamento muito.

– Tudo bem. – Fechei os olhos e abanei a cabeça. *Ah, meu Deus, essa foi a oportunidade perdida do século... da minha vida inteira, com certeza.*

– Mal posso acreditar. Quanto tempo você ficou?

– Uma semana. Fiquei uma semana, mas não fiz nada. Só passava os dias sentada no quarto do hotel, chorando. – Ainda me lembrava da dor visceral de perder o primeiro amante, daquele momento em que compreendera que, ao contrário do que acreditara, o amor não vence tudo.

– Por que não voltou para a América antes, já que não queria me procurar, nem fazer coisa alguma?

– Orgulho, talvez... ou o que havia restado dele. – Encostei o ombro no guarda-roupa em madeira lavrada e cruzei os braços com força. – Precisava de tempo para decidir o que fazer e o que dizer às pessoas. Tinha saído de casa cheia de esperança, achando que você olharia para mim, perceberia que cometera um erro trágico e se atiraria aos meus pés, implorando perdão.

Claus ouvia em silêncio, com uma expressão indecifrável.

– Quando me dei conta de que isso não aconteceria, tive que me reinventar. *– Foi quando decidi que queria dançar no Met. Mas não era hora de discutir aquele sonho.* – Quando voltei, já tinha melhorado um pouco. Começado a superar. E tinha um novo sonho, de modo que a viagem serviu a um propósito.

– Ainda não consigo acreditar que você esteve aqui, que foi ao teatro e me viu dançar. – Ele abanou a cabeça. – Minha nossa. – Levantou as sobrancelhas e se sentou na cama.

– Eu sei. – Massageei a testa para aliviar a tensão que se acumulara ali. – E eu ainda não consigo acreditar que tive o trabalho de viajar até aqui, que a verdade esteve ao meu alcance, e que acabei voltando para casa sem nada, porque me senti tão intimidada por Hanna, sua beleza e o amor de vocês dois, que não tive coragem de falar com você.

– Mas você devia ter me dito tudo isso antes. – Sua expressão se endureceu.

– Agora, estou me sentindo um idiota. Falando sem parar sobre Wiesbaden, quando você já conhece a cidade.

– Desculpe. – Ele tinha razão. Devia ter falado antes.

– Há mais alguma coisa que não tenha me contado? – Seus lábios haviam se apertado numa linha fina.

Como disse? Que tipo de pergunta era essa?

– Não.

Ele suspirou.

– Preciso assimilar tudo isso. Vamos descansar, e depois saímos. – Parou diante da porta e olhou para mim e as malas. Talvez agora fôssemos conversar sobre onde eu iria dormir.

– Não precisamos passar pelo teatro, pois você já esteve lá. – O tom agora destilava sarcasmo. Ele deu tapinhas no batente da porta, como se ainda não tivesse terminado de falar, mas então saiu do quarto.

Acho que vou ficar mesmo no quarto de hóspedes. Ai, ai. Não é exatamente um bom começo. Mas tinha que contar a ele sobre aquela viagem – e agora já está feito. Daqui para frente, tudo deve ficar mais fácil.

Depois de arrumar minhas coisas, peguei o casaco e fui me sentar com Barysh no terraço.

Abrindo as portas duplas de vidro, fui encontrá-lo no melhor ponto do espaçoso terraço, e me sentei ao seu lado para curtir a vista por entre os arabescos de ferro trabalhado da balaustrada clássica.

Uma súbita brisa agitou a folhagem das árvores, e nosso olfato foi inundado pelo perfume inebriante do jasmim. Barysh levantou a cabeça e fechou os olhos. Seu êxtase me trouxe um sorriso ao rosto e lágrimas aos olhos. Levantei a cabeça e fechei os olhos também.

Será que Claus teria mesmo me contado a verdade se eu o tivesse procurado? Isso teria feito uma diferença enorme na minha vida. Mantive os olhos fechados, enquanto o som de mil folhas dançantes me enchiam os ouvidos num crescendo. Jovem, ao lado de Claus, eu me sentira a mulher de mais valor no mundo, por causa de seu amor. E depois, durante anos a fio, continuara procurando a magia daquele primeiro amor. Eternamente procurando – de cama em cama –, sem jamais encontrá-la.

Abri os olhos e pousei a mão na balaustrada.

Sabe de uma coisa? Você quer que eu durma no quarto de hóspedes, não quer? Pois muito bem: assim será.

O cheiro do jasmim perdurava, mas não havia nenhum jasmineiro à vista. Dando uma olhada no terraço, tive algumas ideias sobre como torná-lo mais verde e acrescentar dimensão a um espaço que tinha potencial.

Peter teria reagido de outro modo, se tivesse percebido que fizera ou deixara de fazer alguma coisa que me magoara a ponto de atravessar um oceano para tentar remediar a situação.

Mas Peter não queria ficar comigo. Ele estava do outro lado do Atlântico.

Claus está aqui. Inspecionei a qualidade da terra num vaso, arranquei uma planta que havia secado a ponto de se tornar irreconhecível e a joguei fora. *E se eu lhe desse meu coração de novo – quem sabe? Talvez ele colasse os pedaços.*

– E se não der certo? – sussurrei, abraçando Barysh.

Ele olhou para mim como se esperasse uma resposta, e abaixei o nariz até o seu.

– Se não der certo, ainda vou dançar. – Olhei para o horizonte. A proximidade do pôr do sol tingia o céu sobre Wiesbaden de rosa-choque e laranja. – No Met... Porque este é o meu tempo de dançar. Aconteça o que acontecer.

Capítulo 12

Soltei a cesta de compras no chão do elevador e apertei o último botão. Sentia um calorão no rosto e no peito, apesar do lento começo da primavera alemã. Estava com as mãos e os braços doloridos de carregar a cesta pesada pelos quatro quarteirões que separavam o mercado do apartamento de Claus, mas não podia me sentir mais feliz.

Tinha ido ao Aldi sozinha, e trouxera tudo de que precisávamos para nosso primeiro piquenique no Reno. Na agenda, discutir a programação da companhia e a volta de Claus em breve às aulas e ensaios regulares. Ele não dissera nada sobre meu potencial na companhia. Talvez esse fosse ser o dia em que conversaríamos a respeito.

Ele estava pendurando retratos quando empurrei a porta. O único de Hanna que havia permanecido era o do Cisne Branco. Ao seu lado aparecera um meu de corpo inteiro, aos dezessete anos, com um tutu curto vermelho e branco, numa posição de perna simples, conhecida como B+ – a posição em que os bailarinos ficam antes de dar início à maioria das combinações –, e os braços emoldurando a expressão de quem quer conquistar o mundo.

– O que acha? – Claus trabalhava na fileira de baixo com um prego preso entre os lábios, parecendo um cigarro em miniatura.

Suas molduras douradas antigas com passe-partout de linho bege tornavam meu retrato de amiga de Paquita ainda mais glamoroso. Deslumbrante, na verdade.

Lorie fora Paquita, é claro. Na época, eu achava que vê-la brilhar no palco, enquanto eu fazia uma de suas melhores amigas, seria algo temporário, e aproveitara ao máximo.

Dez anos depois, ainda estava na mesma situação – e ainda tentando aproveitar ao máximo, mas, à medida que os anos passavam, isso se tornava cada vez mais difícil. Amiga de Paquita, amiga de Kitri, amiga de Swanilda, amiga de Giselle... Mas então viera *Romeu e Julieta*, e tudo mudara. Eu era a protagonista – e ela, a melhor amiga.

Teria sido esse o motivo pelo qual fizera o que fizera?

Não, eu não iria mais pensar nela. Nem em Peter.

Meus pensamentos voltaram ao retrato à minha frente. Meu corpo ainda era o mesmo, mas o rosto na foto era muito mais jovem – e o cérebro também. Algo em mim só queria dar umas palmadas naquela menina – ela e seus sonhos de primeira bailarina e de um amor perfeito.

Ele pendurou a última foto no lugar e se afastou.

– Não gostou?

– Gostei, sim. – Ele estava se esforçando, e eu precisava fazer o mesmo. – Gostei. Só não via aquela foto de Paquita há muito tempo.

– E as outras? Incomuns demais?

As outras três fotos eram do mesmo tamanho e tinham as mesmas molduras que as de cima.

Obviamente ele se interessava mais pela emoção nas fotos de balé do que por arcos e extensões, como eu já suspeitara pelas fotos de Hanna.

Na primeira, um Romeu mascarado se exibe para Julieta, que toca bandolim. Ela está apaixonada, e, quando ele para à sua frente, ela não tem coragem de enfrentá-lo, então esconde os olhos no bandolim. *Clique.*

A segunda foto mostrava o momento em que a vida de Julieta muda. Seu noivo prometido e seu pai perdem o interesse pela sua dança, então ela começa a se exibir para Romeu, que a surpreende no centro do palco. Ele a está tocando pela primeira vez, e o tronco dela fica imóvel. *Clique.*

A terceira era do momento em que os dois ficam a sós no baile. Ele acaba de arrancar a máscara, que, na foto, continua em pleno ar. *Grande foto.* Seus braços estão abertos, e Julieta corre para ele. Ainda não sabe que ele é um Montecchio.

Todos os três momentos eram puros, inocentes, cheios de esperança. Seria assim que ele me via? Gostei disso.

Abracei Claus com força, desejando que sua alma também se sentisse abraçada.

– São perfeitas. Obrigada.

Ele me seguiu até a cozinha, e eu abri a pequena geladeira e guardei o queijo, os tomates-cereja e o manjericão que comprara para uma salada.

– Olha só a ideia dela... – Ele deu uma remexida na cesta.

– Da próxima vez, vou enfrentar a feira. – Levantei as sobrancelhas e arregalei os olhos, fingindo pavor.

– É fácil. Basta apontar e dizer: *"Ein Stück das, bitte."* Serve para quase tudo.

– Hum, pode me dar *ein Stück das*? – Rocei os lábios nos dele. – *Bitte.*

– Sim, senhora – sussurrou ele, antes de seus braços fortes me transformarem em sua feliz prisioneira. Com uma das mãos na minha nuca e a outra firme nas costas, seus lábios tocaram os meus, e os beijos travessos foram se tornando profundos e famintos, com a mesma velocidade e intensidade com que um redemoinho se forma quando o calor e o frio se chocam nas condições propícias. E as condições *eram* propícias.

Essa história de quartos separados está me deixando doida. Seria capaz de me sustentar sobre as pernas quando ele me soltasse?

– Viu só? Eu disse que serve para quase tudo. – Ele continuou me envolvendo com um dos braços, enquanto puxava uma cadeira com a mão livre.

– Disse mesmo. – Arriei o corpo na cadeira.

Sacudi a cabeça e organizei os itens que levaríamos para o piquenique: frios, frutas, chocolate, um pequeno *kuchen*, que parecia o bolo de migalhas da vovó, e um páo doce que aprendera a amar nas duas semanas que passara ali. Em seguida, separei os mantimentos a serem guardados na despensa, antes de dobrar uma segunda sacola de que não precisara no mercado.

– Tem alguma coisa dentro dela – sussurrei, retirando-a.

Claus olhou para trás, enquanto lavava as uvas e as fisális.

– É um jornal, acho que da igreja. Uma pessoa me entregou no mercado no ano passado, pouco antes da minha viagem à América, e eu enfiei na sacola. Acho que nunca cheguei a tirar. O que diz?

– Igreja Batista do Calvário – li em voz alta. A brochura em tons de verde era simples e elegante. Na frente, as palavras Você Está Convidado..., e, no verso, vários versículos da Bíblia. Não cheguei a abri-la. O texto estava em inglês e em alemão.

– Eu devia ter saber. Já as vi no mercado antes.

– Igreja Batista do Calvário. Original.

– Os batistas são cristãos, de modo que não acho que Igreja Batista do Monte Olimpo teria sido um nome apropriado.

– Ha, ha. Muito espirituoso.

– Eles também estavam no mercado no fim de semana passado. – Claus secou e ensacou as frutas.

– Não vi nada no mercado.

– Um casal estava conversando com um jovem sobre a igreja. Eu ouvi a conversa. Era o seu primeiro mercado. Você parou diante de cada estande. – Ele deu um beijo na minha cabeça. – Ouvi muitas conversas.

– Em alemão?

– Sim, todas em alemão.

– Mas acho que essa igreja é americana.

– Também acho. Provavelmente, perto de uma *Kaserne* americana. Mas devem aceitar alemães lá também.

– *Kaserne?*

– Acho que se traduz para *quartel.*

– Ah. – Provavelmente, diante do portão principal. Sorri, lembrando o oficial com quem tinha conversado no dia em que deixara Columbus. – "Você tem consciência de que Jesus é seu Salvador pessoal?" – voltei a ler em voz alta.

– Detesto o modo como eles formulam as frases, como se conhecessem alguma fonte secreta de informação divina. De vez em quando uns tipos assim batem à porta de mamãe. O mesmo papo. "Você tem consciência de que vai para o Paraíso?"

– O que há de errado nisso?

– Eu me sinto encostada na parede. Não é uma abordagem simpática. Tira toda a minha vontade de conversar com a pessoa.

– Talvez seja a sua sensibilidade de americana. – Ele deu uma piscadinha e segurou minha mão.

– Então, talvez você devesse conhecer a Igreja Batista do Calvário. – Ri. – Olha aqui. – Prendi o panfleto no quadro de avisos, antes de pegar a sacola de Barysh.

– Talvez faça isso – disse ele, dando de ombros e sorrindo. – Pega a comida. Vou levar Barysh para o carro.

Seguimos o rio Reno por trinta e cinco minutos, em direção ao Rüdesheim. Eu já vira o rio quando estivera em Wiesbaden, e não entendera por que era tão famoso. Era maior do que o Chattahoochee, que ficava diante do meu apartamento – talvez mais parecido com o Ohio –, mas não passava de um curso de água bonito, com Wiesbaden de um lado e Mainz, também capital de estado, do outro.

Para além da agitação das capitais, finalmente compreendi o que era tão único no Vale do Reno. As montanhas íngremes estavam cobertas por velhas parreiras que mostravam novos brotos. Aqui, a estrada se estreitava. E o rio, cheio de barcos e barcas de turistas, ia pouco a pouco se tornando o Reno romântico das revistas e programas de turismo.

– Esse é que é o Rüdesheim. – Claus parou num sinal vermelho. – Um dia desses podemos pegar um barco para Koblenz. Fica a uns sessenta quilômetros daqui. Há mais de quarenta castelos e fortalezas medievais no caminho, além de várias aldeias dedicadas à vinicultura.

– Devíamos mesmo fazer isso. – Apertei sua mão e observei a fileira de belos barcos brancos de dois conveses – ou seriam considerados três, por causa do terceiro convés ao ar livre?

Avançando lentamente de sinal fechado em sinal fechado pela cidadezinha pitoresca, não sabia onde fixar minha atenção. A maioria dos restaurantes e hotéis à margem do rio exibia a encantadora arquitetura de enxaimel geralmente associada à Alemanha. Uma vegetação exuberante e flores vistosas sombreavam as mesas ao ar livre, e os canteiros nas janelas transbordavam de gerânios, petúnias e begônias em mil e uma cores.

Num restaurante com um amplo pátio e um chafariz, um grupo de mulheres – três gerações, com certeza – dançava a polca, acompanhadas por um acordeom ao vivo. Um adolescente que as observava da calçada arrebatou a namorada e rodopiou com ela, sob seus risos e protestos.

Todos pareciam felizes e relaxados, e notei que, embora estivéssemos cercados por vinhedos, a maioria das pessoas bebia cerveja – *vom Fass.*

– Está vendo aquela estátua? – Claus apontou para uma imensa escultura acima da cidade, nos confins da floresta. – Aquela é Germania.

– E quem é Germania? – Era uma mulher? As formas do corpo eram femininas, mas, mesmo à distância, dava para perceber que Germania era poderosa, talvez uma conquistadora ou guerreira. Um braço segurava uma espada, e o outro erguia algo bem alto. Uma coroa?

– Hum... Como se diz isso em inglês... Ela é uma personificação? Sim, é a personificação da nação alemã.

– Você quer dizer, como Tio Sam para nós?

– Acho que sim. – Ele deu um risinho. – Ela representa todos os alemães. O monumento foi construído para comemorar o reestabelecimento do império alemão, depois da Guerra Franco-Prussiana.

– Legal. – *Germania é uma mulher.* Bacana.

Claus enveredou por uma estrada de paralelepípedos tranquila, que logo se tornou uma trilha íngreme de terra batida, atravessando uma área cultivada.

– Está vendo o teleférico passando por cima dos vinhedos?

Assenti, vendo os vagões de metal subindo acima da encosta da montanha, às vezes a não mais de três metros dos vinhedos, antes de desaparecerem na floresta, perto do pico.

– Eles vão até o monumento.

– Temos que ir lá algum dia.

– Iremos.

À nossa frente, um casal mais velho – cada um segurando um cajado de madeira – subia a montanha, por entre as parreiras. Talvez não gostassem de teleféricos.

Claus se dirigiu a uma área gramada e logo estacionava a Mercedes, desligando o motor.

– Este é o meu cantinho favorito.

Era um pequeno recanto tranquilo, com plantinhas verdes por entre as parreiras, a meio caminho do pico da montanha.

– Em breve, vão ser os girassóis mais altos que você já viu. – Claus estendeu nosso cobertor na grama perto do recanto. – Bem mais de dois metros.

– Legal. – Levei Barysh até o cobertor, com a ajuda de uma toalha colocada sob a sua barriga. – Vamos lá, rapaz. Mexa-se.

– Eu posso fazer isso. Ele é pesado. – Claus se aproximou de nós.

– Não... precisa – respondi, ofegante.

– Tá. Então, vou pegar a comida.

Barysh precisava continuar se esforçando, ou suas pernas traseiras acabariam totalmente atrofiadas. Eu sustentara mais da metade do seu peso naquela toalha. Minhas mãos ficaram doloridas, e as massageei até voltarem ao normal. Claus poderia ajudar Barysh na hora de ir para casa.

Fiquei olhando enquanto ele terminava de tirar as coisas do carro. *Ele é tão bonito.* A brisa suave do Vale do Reno brincava com seus cabelos louro-escuros. Estava lindo em sua camisa social branca e jeans de grife. O cinto marrom-claro combinava com os sapatos de couro.

Será que eu estava malvestida com um par de botas velhas, um jeans surrado e um agasalho verde-abacate?

Claus se sentou ao meu lado e usou um saca-rolha simples para abrir uma garrafa de Riesling Spätlese. Tirou da cesta dois copos de vinho e me deu um gole para provar, antes de enchê-los e propor um brinde.

– A paixões enterradas e esquecidas. Que possam voltar a crescer com força nesta estação, como a natureza ao nosso redor.

– A paixões enterradas e esquecidas. – Ergui meu copo. Será que ele estava falando de nós, do balé ou de ambos? – Obrigada por me trazer aqui, Claus. É perfeito.

Ele acariciou meus cabelos.

– Não tem do que agradecer.

– Adoro este vinho – comentei, aspirando seu cheiro e tudo naquele momento.

– Não é perfeito? – Seus lábios roçaram os meus.

Seu hálito doce de vinho me convidava a provar dos lábios.

– Sim, é... perfeito – concordei, antes de beijá-lo, o melhor e mais doce beijo que eu já dera na vida. Seus lábios eram frescos como o Riesling que compartilhávamos, e nosso beijo maduro como as uvas de colheita tardia do vinho.

– Ótimo. – Ele tocou meu rosto com os dedos macios.

– Hum? – murmurei.

– O vinho – disse ele, antes de voltar sua atenção para a cesta de piquenique.

– Que bom que você gosta.

Seu sorrisinho presunçoso deixava claro que tinha consciência do efeito que surtia sobre mim.

– Eu gosto, sim... Gosto dele. – Toquei as faces quentes e fiquei vendo-o desembrulhar nossos sanduíches.

– Aqui. – Ele me ofereceu o primeiro.

– Obrigada. – *A vida não pode ficar melhor do que isso. Eu amo este homem, e amo este país. Foi a decisão certa.*

Ele pegou um sanduíche para si e começamos a comer, apreciando o ambiente de paz e quietude que nos cercava.

Claus terminou primeiro, e rompeu o silêncio:

– Semana que vem vou voltar ao estúdio. – Pegou uma pequena tigela de fisális frescas.

Assenti, pegando três das frutinhas cor de laranja que ele me oferecia.

– Temos uma apresentação em Praga marcada para o mês que vem – disse ele. – E vou recomeçar as aulas e os ensaios na segunda.

– Tudo bem. – Tornei a assentir. – Estava me perguntando como seria a sua programação.

– Muito puxada. – Ele levantou as sobrancelhas.

Fiz um olhar desamparado.

– Quero que você esteja lá comigo. – Ele se aproximou bastante e passou o braço pelo meu ombro. – Espero que queira fazer isso, sim?

– Sim, quero estar lá com você. – Observei-o. Que tipo de plano teria em mente?

– Ótimo. – Ele tornou a encher nossos copos e devolveu o meu. – Me diga o que está pensando.

– Estou pensando em entrar para a companhia – respondi, com toda a naturalidade. – Acha que tenho alguma chance?

Ele pareceu perplexo.

– Não vejo por que não, mas é uma grande mudança, da decisão de abandonar o balé para a de tentar ingressar numa companhia europeia famosa.

– Quem falou que eu decidi abandonar o balé? Não pretendo abandonar nada.

– Mas eu ouvi dizer que...

Eu me inclinei em direção a ele e tapei a sua boca.

– Eu ia me mudar para Pine Mountain e fazer testes em Atlanta. Quero dançar no Metropolitan Opera House de Nova York.

Ele ficou olhando para mim, parecendo confuso, como se assistisse a um balé conhecido com os personagens errados – como se as cortinas se abrissem para um cenário de *Giselle*, mas a Kitri de *Don Quixote* entrasse no palco.

– Parar de dançar? Eu preferiria parar de respirar.

– Isso não faz sentido. – Claus empalideceu.

– O que achou que eu iria fazer aqui? Passar o dia inteiro sentada no apartamento? – *Por que estou com o pressentimento de que Lorie tem algo a ver com isso?*

– Não, de modo algum. Esperava que você quisesse continuar dançando depois de vir morar comigo.

– No espírito de "bem está o que bem acaba", não temos um problema: ambos achamos que eu devo dançar aqui. – Abanei a cabeça. – Mas quem disse a você que eu tinha decidido parar? Me deixe adivinhar: Lorie?

Claus ficou ainda mais pálido. Seus olhos estavam fixos no horizonte – do outro lado da garganta do rio.

– Foi Lorie?

Ele assentiu, sem me olhar, como se também sentisse necessidade de refletir longamente para compreender a realidade – a realidade segundo Lorie Allen.

– Mas qual é a daquela mulher? – Bati com as mãos no cobertor. – Primeiro Peter, e agora você? Qual é o problema dela?

Ele abanou a cabeça, e ficou boquiaberto.

Meus olhos se fixaram no Reno metros abaixo, cintilando ao sol do meio-dia. Dez minutos antes, teria sido maravilhoso, mas agora eu estava com dor de cabeça.

Estendi os braços para Barysh, que se aproximava. Claus me ajudara a dar banho nele e a escová-lo na noite anterior, por isso estava cheiroso e ainda mais bonito. Meus dedos acariciaram o macio pelo acobreado e pousaram no seu peito, as batidas regulares de seu coração me acalentando.

Será que Claus estava se sentindo melhor? Sua expressão não mudara. O que estaria se passando por sua cabeça? O que Lorie dissera e o que fizera?

Então me lembrei de mamãe e da bobagem que dissera na cozinha antes de eu viajar. Seria mesmo bobagem, ou ela tinha razão? *Claus sabia que Peter estava na plateia quando me beijou?*

Ele me pegou observando-o, e desviei os olhos.

– Por que quer dançar no Met? – Os cantos de seus olhos se franziram. – Desculpe, é que parece meio arbitrário.

– Por que acha que é arbitrário? – Tive medo de que estivesse juntando os pontos, e em seguida suspeitasse que eu concordara em vir morar com ele por causa da programação da companhia. Eu não tinha gostado nada da sua pergunta.

Ele deu de ombros.

– Sei lá. As pessoas sonham em dançar em certas companhias ou em trabalhar com certos coreógrafos, não em dançar neste ou naquele teatro.

Eu não devia ter mencionado o Met.
– Não é arbitrário.
– É o que, então?
– Claus, você é extremamente talentoso. – *Explica com calma, ele vai entender.*
– As pessoas com quem dança aqui, e as bailarinas com quem já trabalhou desde que se tornou uma sensação mundial, são todas fantásticas. – Engoli o bolo que se formara na garganta. – Meu talento... – Eu me deitei no cobertor quente. – Meu talento é limitado.
– Bobagem. – Ele segurou minha mão.
– Me ouve. – Continuei olhando em frente para o céu limpo de primavera. Ele assentiu, e se deitou ao meu lado.
Uma brisa suave trazia até nós o perfume delicioso da única roseira à vista. Respirei fundo duas vezes antes de continuar.
– Nunca vou ser a primeira bailarina de uma grande companhia. Provavelmente nunca vou ser sequer solista de uma grande companhia.
– Você não pode ter certeza...
– Shhh. Por favor.
– Desculpe.
– Então, decidi que dançar no Met era um objetivo realizável, algo que podia tentar conseguir. – Dei de ombros. – Todo mundo precisa de um Santo Graal, não é?
– Você tem talento, Ana.
– Mas não o bastante. – Apertei os lábios e abanei a cabeça. – E é doloroso perceber que não se pode ter aquilo com que sempre se sonhou. Você não entende. Nunca vou ser Giselle, Kitri, Odette ou qualquer outra protagonista, em qualquer lugar importante e com os melhores parceiros da minha geração.
– Você não pode ter certeza. – Sua voz foi suave.
Ele sabia que eu tinha razão.
– É doloroso.
– Você fez Julieta com um parceiro razoável. – Levou minha mão aos lábios e sorriu.
– Bem, sim. Isso eu fiz. Fiz Julieta, e o meu Romeu foi um cara fantástico que sabe saltar e rodopiar como nenhum outro que eu já tenha conhecido. O YouTube está cheio de vídeos dele.
– E isso não te deixa feliz?
– Sim, mas dividir o palco com você num papel principal foi a exceção à regra na minha carreira. Provavelmente nunca vai acontecer de novo. Se eu entrar para o Rhine-Main Ballet, tenho certeza de que vou ficar no corpo de baile para sempre. E eu quero me conformar com isso. – *Senão, vou enlouquecer.* – E o meu

modo de me resignar com a eternidade numa posição inferior é aspirar a alguma outra coisa que seja empolgante e que eu possa realizar razoavelmente bem.

– O Met?

– Sim. Sem esse objetivo, eu me sinto amargurada e ressentida em relação a tudo, uma sensação que detesto. Sei que tenho uma qualidade que se assemelha a um dom, e alguns pontos fortes a meu favor. Deveria me sentir grata. – Olhei para ele. – Está fazendo sentido?

– Você tem razão quanto ao dom. Você tem um lindo dom. Sua técnica é boa o bastante para permitir que não afunde no mundo profissional. Seu dom é sua presença de palco. Você poderia estar no corpo de baile, na última fila, e ainda assim eu só teria olhos para você.

Boa o bastante para não afundar no mundo profissional? Não pude deixar de rir.

– Você se ofendeu por eu ser honesto? – Ele estremeceu. – Desculpe. – Pousou a palma da mão no meu peito, como se quisesse tocar meu coração.

– Não me ofendi. Seu comentário foi na mosca. – Ri. – Nunca tinha pensado no assunto desse modo. Sua formulação foi perfeita: sou boa o bastante para não afundar no mundo profissional.

– Bem, você ouviu a parte do "só teria olhos para você"?

– Ouvi, sim. Obrigada por sua opinião imparcial. – Dei um risinho irônico para ele.

– Espere, ainda vou chegar à melhor parte. Sua presença de palco é um dom raro. É uma coisa que os bailarinos têm ou não têm. Dentre os que têm, alguns têm um pouco, outros têm mais, e há os sortudos, como você, que a esbanjam.

– Obrigada – disse eu, encabulada. *Queria mais. Queria até o fim.* Não me sinto muito sortuda.

Virei a cabeça em direção à roseira e sequei uma lágrima. Os botões cor de creme, talvez uma dezena deles, haviam chegado ao fim do ciclo de seu desabrochar.

– Mas você sabe que o sucesso é superestimado, não sabe? As pessoas estão sempre à procura do próximo projeto, do próximo graal, como você disse.

Ele tinha razão. Mas isso não fazia com que eu me sentisse melhor.

– Eu curto o meu sucesso, mas não me considero satisfeito – continuou ele. – E acho que nunca vou me considerar. Vivo procurando projetos diferentes, e a maioria acaba em desastre... pelo menos, segundo os críticos. As pessoas querem me ver nos grandes papéis clássicos, uma vez atrás da outra. E aí, as peças experimentais que gosto de fazer, que me desafiam e abrem novos horizontes em termos de técnica e interpretação, são pessimamente recebidas. É muito decepcionante.

– Oh, pobre menino rico. – Rimos. – Boa desculpa, mas todas as companhias do mundo querem o seu passe, portanto, cale a boca. Tenho certeza de que vai acabar se conscientizando disso.

– Só estou dizendo que te entendo melhor do que você percebe.

– Você está me matando. O público te adora, e estou falando de um público exigentíssimo.

– O público te adora em Columbus.

– Não é a mesma coisa.

– Por que não?

– Saber que são as plateias mais sofisticadas que julgam o seu trabalho e te admiram deve ser fantástico. É claro que você se sente realizado quando lê uma resenha.

– Você recebeu resenhas fantásticas pela sua Julieta, feitas por bons críticos que se deram ao trabalho de sair de Atlanta. Não se sentiu realizada?

– Não. Columbus é pequena, o Allen Ballet é pequeno. E os críticos de Atlanta foram até lá por sua causa.

– Mas eles também adoraram você. – Ele se sentou. – Por favor, Ana. O que você considera o máximo em termos de realização?

– O Met – respondi. – Aí, sim, vou me sentir satisfeita.

– Não vai, não.

– Vou, sim. – *Tinha que me sentir.*

– Mas por que o Met?

– Você tem alguma coisa contra o Met?

– Não, eu adoro o Met. Fiquei curioso, só isso. Por que não Le Palais Garnier?

– Porque eu sou americana. Se fosse francesa, ou pelo menos europeia, provavelmente teria escolhido Le Palais Garnier para ser o meu Santo Graal. Sei lá. – Dei de ombros. – Eu cresci vendo o Met na tevê, e ele é bonito. E todos os bailarinos de renome já dançaram lá.

– Ainda acho um tanto arbitrário.

– Não tire isso de mim. Não é arbitrário. É o que eu quero. Você é meu namorado. Tem que me dar o seu apoio.

– Tudo bem. – Ele arregalou os olhos.

– Ótimo. – Terminei de beber meu vinho. – Então, para de fazer esse ar confuso. Se tem mais alguma coisa para me perguntar, pergunta de uma vez. – *Vamos acabar logo com isso.*

– Já que estamos sendo totalmente sinceros...

Lá vem.

– Nós vamos dançar no Met no começo do ano que vem. – Ele inclinou a cabeça e me olhou, como se examinasse minha reação.

– Eu sei.

– Foi por isso que você veio para a Alemanha?

– Não. – *Não estou me aproveitando de você.* – Só vi a programação da companhia na noite em que contei a meus pais que viria morar com você.

– Então a decisão já tinha sido tomada?

– Já. – *Praticamente.*

Ele assentiu devagar, e toquei sua mão. Ele tinha voltado a olhar para o horizonte.

Ele segurou minha mão e a levou aos lábios, concentrando totalmente a atenção em mim. O modo como a beijou foi carinhoso – sua expressão, nem tanto.

– Desculpe. Só queria ter certeza de que você está aqui pela razão certa. Os "pobres meninos ricos" às vezes se preocupam com a motivação das meninas.

Essa foi forte.

– Eu te amei antes de você ser famoso, lembra?

– É verdade. – Ele pegou a garrafa de vinho e dividiu o que restara entre nossos copos. – Está lembrada do jantar no Di Gregorio hoje à noite?

– Sim, com o diretor artístico.

– Sim, Jakob Arnheim. – Claus franziu o cenho. – Eu vou sozinho.

– Tá... – *Qual era o jogo?*

– Achei que você poderia fazer as aulas com a gente, assistir aos ensaios, enfim... Como é que se diz? Se enturmar. Mas, se quer se apresentar com a companhia, e já na próxima temporada, vamos precisar de um plano.

– Claro. – *Faz sentido. O jantar deixa de ser um evento social e passa a ser um encontro de negócios. E é melhor que eles conversem sem a minha presença, pois assim Claus pode sondar as minhas chances de ascensão. Isso é bom. Em breve, vou estar ao seu lado.*

Meus olhos se fixaram no pico da montanha – em Germania. Será que eu podia ser tão forte como ela? Teria que tentar. Mas uma coisa com certeza nós tínhamos em comum. Gostávamos de coroas. Era uma coroa que ela erguia para todos verem.

Terminamos de tomar nosso vinho em silêncio, e em silêncio fizemos o percurso de volta.

Já perto de Wiesbaden, dezenas de gigantescas turbinas eólicas se erguiam em absoluta imobilidade num campo, como um exército à espera da grande batalha. Em seguida, algumas começaram a se mover em câmera lenta. Outras se seguiram. Logo, todas se moviam num ritmo constante. Quando finalmente passamos por elas, estavam girando tão rápido que pareciam perigosas e irrefreáveis.

Seria minha vida assim? Haveria a possibilidade de parar, ou tudo era maior do que eu, num movimento irrefreável?

Encostei a cabeça à vidraça, observando as enormes estruturas brancas, cada uma mais alta do que a caixa d'água na frente do meu antigo prédio.

– Eles parecem muito maiores de perto, não? – Claus olhou também.

– Parecem, sim. – *Muito maiores.*

Capítulo 13

A caminho do teatro para a primeira aula com a companhia, eu avançava aos trancos, como uma garotinha indo para uma nova escola: uma hora a empolgação me empurrava para frente, outra hora o medo quase me paralisava.

Tinha prendido o cabelo enquanto ainda estava molhado, e o coque perfeito ajudou a me sentir confiante. Os brinquinhos em forma de gota que mamãe me dera como presente de despedida intensificaram essa sensação, e tive certeza de que o meu dia seria maravilhoso.

Mas, agora que estávamos a caminho, minha confiança estava bem instável, na melhor das hipóteses.

Jakob dissera a Claus que eu podia começar como convidada e me tornar uma substituta durante os ensaios até os testes no fim do ano – minha chance de realmente entrar na companhia.

– E se não gostarem de mim, Claus? – Parei e cobri os olhos. – Eles deviam idolatrar Hanna, e vão me detestar quando descobrirem que estamos juntos.

– Bobagem. Não se preocupe com eles. – Ele passou o braço pelo meu ombro e deu um beijo rápido na minha têmpora, enquanto me arrastava. – Além disso, ninguém idolatrava Hanna. Ela era muito introvertida, e passava a impressão de ser antipática.

– Ai. Estou tão nervosa. – Caminhei mais depressa.

– Basta entrar lá e se divertir, como fazíamos na Geórgia.

– Acho muito difícil me divertir na presença de mulheres que são melhores do que eu. – Dei uma risadinha, percebendo o quanto estava errada. – Foi um comentário muito... escroto. Desculpe.

– Você é competitiva. Não há nada de errado com isso. – Ele me olhou e hesitou antes de acrescentar: – Agora, o palavrão não combina com você.

– Ah, Claus, você já disse isso antes. – Revirei os olhos. *Escroto* era palavrão? – Quem se importa com o que eu digo ou deixo de dizer? Dá um tempo. Hoje é um grande dia. – Cravei os dedos nas mãos suadas.

– Vou tentar. – Ele segurou minha mão quando chegamos ao fim das ruas arborizadas do seu bairro. – Mas não combina nem um pouco com você.

Esperamos o sinal fechar e atravessamos a Bierstadter Straße, deixando para trás o silêncio, as sombras e a fragrância de jasmim.

O centro da cidade tinha uma arquitetura agradável e era mais arborizado do que se poderia esperar, mas ainda era o centro, com movimento de ônibus, carros, consumidores, trabalhadores e estudantes.

No Warmer Damm Park, até os patinhos pareciam apressados, nadando atrás da mãe pata, que parecia seguir três senhoras passeando com os cachorros. *E se eu não entender a aula? E se estiver me sentindo atordoada demais para memorizar as combinações?*

Homens de terno caminhavam principalmente em grupos, participando de conversas que pareciam animadas. Somente as altas magnólias e os ciprestes-calvos estavam imóveis e em paz. Será que poderiam me emprestar sua serenidade? Meus olhos se voltaram para o céu. *Por favor, que tudo dê certo, Deus.*

Uma voz feminina cantando uma ária de *La Traviata* de Verdi chamou minha atenção para o imenso teatro em estilo neobarroco.

– Violetta. – Claus apontou para a fileira de janelas de onde vinha a música. – "Addio, del Passato."

– É a ária que ela canta quando está morrendo? – Papai era o entendido em ópera da família, mas eu assistira a essa.

– É a própria. – Eles se encontram, e ele pede perdão por não acreditar nela. Em seguida, ela morre em paz. Deixei que Claus me conduzisse até perto da entrada. Agora, só o Monumento de Friedrich Schiller se erguia entre mim e o opulento teatro estadual. Eu chegara até ali. Não seriam um poeta morto e sua musa de estranha aparência que me deteriam.

Claus me levou até a porta de um vestiário feminino, deu um beijo no meu rosto e piscou.

– Te vejo no estúdio.

Assenti, a garganta seca demais para palavras. *Vamos à luta.*

– Oi. – Minha voz saiu fraca, mas a linda jovem loura que me vira entrar no vestiário me ouviu.

– Oi. – Ela sorriu, seus olhos castanhos me oferecendo calorosas boas-vindas, enquanto três mulheres levantavam a cabeça.

Recebi um aceno e dois cumprimentos de sobrancelhas do grupo – todos acompanhados por sorrisos. Em seguida, retomaram a conversa, num idioma que parecia ser o russo. *Não foi tão mau assim.*

O veludo marrom-escuro do meu collant favorito de manga três quartos me acariciava os braços quando terminei de me vestir. Observando a loura com o canto do olho, estava convencida de que era uma das bailarinas principais, cujas fotos eu vira no website.

Mais pessoas chegaram, mas não pareceram me notar no pequeno vestiário, que logo ficou lotado. Coloquei as perneiras e arrumei as sapatilhas para a aula ao som de pelo menos mais três idiomas: alemão, inglês e espanhol.

Em seguida, uma mulher vestida normalmente veio até a porta e disse algo em alemão. Todas pararam de falar e se dirigiram à porta com seus sacolões, garrafas de água e roupas extras de aquecimento. Seguindo no mínimo quarenta mulheres, lamentei ainda não ter começado as aulas de alemão com a vizinha do andar de baixo.

Entrei no estúdio e escolhi um ponto longe da frente e do pianista, esperando que ninguém se perguntasse como eu fora parar na sua aula.

Claus entrou com um bailarino alto, cuja compleição azeitonada, olhos castanho-escuros e cabelos negros indicavam a ascendência espanhola. Uma barba rala no rosto quadrado e uma covinha perfeita no queixo completavam a sua beleza.

Em seguida, Claus se dirigiu ao pianista, um homem elegante de seus cinquenta anos, e lhe entregou o que pareceu ser uma partitura.

Eu esperava que ele fosse para o seu ponto favorito do estúdio, mas, depois de colocar a sacola ao lado do piano, ele veio direto para mim.

Lá se vai por água abaixo o plano de passar despercebida. Dezenas de olhos se fixaram em nós.

Alongando os músculos das panturrilhas, ele deu uma piscadinha, os lábios se curvando.

— A mestra de ballet não veio hoje, então é Jakob quem vai dar a aula. Ainda está nervosa?

— Não estava. — *Nenhuma pressão sobre mim, imagine!* — Não devia ter ficado tanto tempo sem me exercitar. Vai ser um desastre. Onde é que eu estava com a cabeça?

— Pois eu fico nervosa é quando o diretor dá a aula — sussurrou atrás de mim uma moça cujo sotaque não identifiquei.

Estávamos rindo baixinho quando Jakob entrou. Ele não pareceu me notar, nem nossas risadinhas de menina, e, se notou, não pareceu dar importância.

— Sou Luciana Pillar — murmurou a moça atrás de mim. — Luci. Do Chile.

— Ana, dos Estados Unidos — me apresentei, antes de prestar atenção ao diretor.

Jakob nos mostrou um exercício de aquecimento simples, para o pé e o tornozelo, fazendo-o depressa e sem música. Memorizei-o rapidamente. Para começar, ficamos de frente para a barra, e o pianista tocou as primeiras notas de "Promenade", de Josu Gallastegui — a mesma música que tocara meu coração no aquecimento da nossa noite de estreia em Columbus. *Foi isso que Claus deu ao pianista? Que amor.* Olhando para ele com o canto do olho, disse *obrigada* por mímica labial.

Ele me deu um sorriso encorajador, e minhas faces se incendiaram. Agora, precisava me concentrar no resto do corpo.

Como seria de esperar de uma companhia de balé conceituada, o estúdio estava lotado, as combinações eram elaboradas e o ritmo rápido.

– *Preparación*, vamos lá, e um, e dois, e três, e quatro...

Às vezes eu ouvia três línguas saírem da boca de Jakob numa só frase, mas o fato de os nomes dos passos se manterem em francês em todas as partes do mundo me ajudou a realizar os exercícios.

Para a segunda parte da aula, o centro, fiquei no segundo grupo, com Luci. Todas as bailarinas principais estavam no primeiro grupo, junto com outras mulheres que deviam ser solistas. Claus estava no terceiro grupo, com os outros homens.

Ficar no segundo grupo foi bom, pois tive mais tempo para memorizar as combinações, mas, por outro lado, os melhores bailarinos – e Claus – estariam de olho em mim.

Cada grupo se revezou na execução dos primeiros exercícios lentos – exercícios concebidos para nos ajudar a fazer a transição entre o apoio da barra e a ausência de qualquer auxílio externo. Agora, cada um precisaria encontrar o seu próprio equilíbrio enquanto o corpo inteiro estivesse dançando.

De certo modo, cada aula de balé nos faz percorrer o ciclo de aprendizado de um bebê que dá os primeiros passos. A barra é o equivalente à fase em que ele caminha se apoiando aos objetos.

Em seguida, no centro, demos passos pequenos, lentos, como uma criança avançando entre dois móveis. Ainda no centro, os movimentos se tornam mais amplos e mais ambiciosos – as caminhadas mais longas e mais controladas do bebê.

Depois do centro vêm as diagonais, que geralmente consistem em combinações tão belas que são dignas de ser apresentadas num palco. Seriam o equivalente ao momento em que o bebê consegue caminhar – e correr – com toda a segurança.

Mas as posições do balé são tão antinaturais, e equilibrar o corpo na ponta dos pés tão difícil, que todo dia os bailarinos têm que recomeçar a partir da fase do apoio com o objetivo de posicionar o corpo – relembrando-o do que é preciso para passar de um mero corpo a um instrumento de magia.

Quando chegou a hora de o segundo grupo fazer os primeiros exercícios mais ambiciosos do centro, Claus e todos do primeiro grupo olharam com ar natural para mim, ou para meu reflexo no espelho.

Eu já fizera isso um milhão de vezes, quando alguma pessoa nova aparecia na aula. Não havia qualquer hostilidade em relação à recém-chegada, mas sempre uma curiosidade palpável – a necessidade de categorizá-la. E só havia duas categorias: rival ou não rival.

Não posso estragar tudo. Eles vão me julgar para sempre pelo que eu fizer nos próximos sessenta segundos. Mesmo que acabe na categoria de não rival por unanimidade, quero pelo menos fazer bonito.

Esperando para começar, minha respiração estava pausada, o pulso normal. Claus tinha dito que minha presença de palco era um dom raro. Eu precisava explorar isso. Seria bobagem abrir um sorrisão na aula, mas podia ser serena e etérea, e posicionar os braços e a cabeça de maneira impecável.

Claus observava meu reflexo no espelho. Sua testa se franziu. *Relaxa.*

Jakob foi para a frente da sala.

– *Preparación*, e... – Assim que disse *e*, o piano começou.

Etérea.

A combinação envolvia piruetas e grandes *fondus developpés*. Curvei a perna de apoio lentamente, "me derretendo" como o passo exigia, enquanto fazia o pé de trabalho apontar para o tornozelo. *Agora, grande e leve.* Ao endireitar a perna de apoio, o pé de trabalho se desdobrou e estendeu até o alto. *Bom.* Após repetir o passo em direções diferentes e trocar de perna, chegou a hora das piruetas.

Relembrei o que Brian dissera sobre não nos apressarmos e ficarmos no alto, deixando que a gravidade nos trouxesse para baixo quando chegasse o momento. *Triplas? Não...* duplas limpas. *Fique serena.*

Deixando que a música suave fluísse pelo meu corpo, fiz o *plié* e me preparei para girar. Uma dupla limpa. *Respire fundo.* Repita uma vez, duas vezes. Mude de direção. Repita. *Respire. Bom. Finalização suave. Braços. Etérea. Solte o ar. Yes!*

Jakob ergueu a mão como um maestro.

– Terceiro grupo.

Claus passou por mim quando me dirigi às barras, e sua boca se curvou num sorriso.

Eu tinha sobrevivido ao minuto de julgamento. *Ufa.*

O fluxo e a direção das combinações de saltos diagonais que se seguiram foram belos e inteligentes, ajudando o corpo na transição de um passo a outro. Durante um exercício que terminava numa série de *pas de chat*, aterrissei graciosamente após dar um salto da altura do piano. *Ah, que divertido – essa é a vida que tenho que viver.*

Foi a vez de os homens fazerem a mesma combinação. Eles eram catorze. Oito eram bailarinos muito talentosos. Os restantes eram bons, mas não tinham a mesma habilidade natural de Claus e dos outros.

Não tão boa – será isso que as pessoas estão pensando de mim neste momento? Meus olhos relancearam o relógio sem ornamentos na parede. Ainda faltavam cinco minutos.

Os homens saltaram quando o pianista tocou *fortissimo*, e Jakob os pressionou:
– *Der Sprung!* Passo, passo, *sprung, und sprung, und sprung... Gut.*
Será que eu era boa o bastante?
– *Révérence.* – Jakob ficou à nossa frente, e o pianista tocou outra composição de Gallastegui. Seguimos seus movimentos de braço e respiramos juntos, até ele dizer algo em alemão e todos começarem a sair do estúdio.

Fui até ele para me apresentar. *O momento da verdade.*
– Foi uma aula maravilhosa, Ana. – Ele tomou notas num largo caderno de espiral, sem olhar para mim. – Você vai ser a substituta de Luci. Siga-a como uma sombra o dia inteiro, sim?
– Sim. – *Acho que isso é bom.* – Obrigada.

A companhia iria ensaiar primeiro *Tema e Variações* de Balanchine, um balé de vinte minutos que é um desafio à capacidade e à resistência física de qualquer bailarino, e fiquei ansiosa para aprendê-lo. Luci era uma substituta.

Claus fazia par com Ekaterina no *Tema*, a linda russa do vestiário que também era a melhor das três bailarinas principais. A técnica de Ekaterina era impecável, e eu estava ansiosa para vê-la ensaiando.

– Vamos fazer primeiro tudo que exija a presença de Claus e Ekaterina. – Agora Jakob estava com duas pessoas ao lado, um homem e uma mulher, mas eu não fazia ideia de quem fossem ou que cargos ocupassem. Ele se dirigiu a Claus.
– Desse modo você e Ekaterina podem passar para um dos estúdios menores e ensaiar *Paquita.*
Não fique com ciúmes.

Durante os dois primeiros minutos do balé, permanecemos imóveis como estátuas, enquanto Claus e Ekaterina executavam passos simples. Observei-os por entre cinco fileiras de bailarinos. Os braços dele apareceram. *Elegante, régio e espontâneo. Que lindo.*

O corpo de baile acompanhou Claus uma única vez. Depois disso, toda vez que eu tentava aprender algo, Jakob cortava para a parte seguinte em que o casal principal dançava. *Está tudo bem – olhe para ele.* O primeiro solo de Claus fora uma explosão de talento e vigor.

– *Sehr gut.* – Jakob avançou um passo. – O corpo de baile pode se afastar. Agora, quero ver o *pas de deux.*
E se eu não quiser ver? Por que não posso ser eu no palco? Fui para uma barra no canto e apoiei a perna, para assistir a eles. *Detesto sentir pena de mim mesma. Detesto! Mas ah, como gostaria...*

Assim que eles olharam um para o outro, um calor forte que brotou no meu peito subiu à garganta e se espalhou pelas faces. Eles tinham uma familiaridade que se leva anos para criar – deviam estar dançando juntos há séculos. *Nossa... Chegam a respirar como se fossem um só.*

Ela olhou para Claus como se fosse a única pessoa na sala. Como eu podia não sentir ciúmes?

É só trabalho – *trate de se acostumar. Muitas primeiras bailarinas passarão pela vida dele.*

Os dois terminaram a sua parte, e ele acenou para mim da porta.

Levantei a mão com um sorrisinho, retribuindo o gesto. Ótimo. Não estava mais aguentando. Ekaterina... até o nome da mulher era bonito.

Agora, eu podia trabalhar. Luci, eu e o resto do corpo de baile continuamos ensaiando o *Tema*, dançando até não termos mais nada para dar.

Quando terminamos, eu já havia memorizado longas partes da coreografia. Procuraria o *Tema* na internet em casa, para memorizar as que faltavam.

O ensaio me fez desejar ainda mais entrar para a companhia. Será que me deixariam fazer um teste individual, ou teria que esperar o teste geral? Seria difícil assistir às apresentações sem poder participar.

Luci se dirigiu a mim.

– Tenho um intervalo de uma hora, portanto, você também tem. Quer vir almoçar comigo?

Eu trouxera algumas barrinhas energéticas e frutas, mas era tentador dar uma trégua na aflição de ter os olhos fixos em mim o tempo todo.

– Claro.

Em um pequeno café ao lado do teatro, sentamos do lado de fora e pedimos omeletes de queijo e suco. O sol do meio-dia desacelerara um pouco o ritmo do parque. Dezenas de pessoas liam e tomavam banho de sol no gramado, crianças jogavam futebol e um grupo de ciclistas se reunia debaixo de uma árvore frondosa.

Estavam falando o inglês dos Estados Unidos, e não pude deixar de sentir uma pontada de nostalgia. *Mas não a ponto de procurar a Igreja Batista do Calvário.* Abanei a cabeça. E afinal, o que era um Batista?

Luci tirou da bolsa um maço de cigarros Jin Ling e me ofereceu um.

– Não, obrigada. – Peguei o suco de laranja que o garçom me oferecia e o coloquei na mesa circular sem toalha entre nós.

– Sempre me esqueço de que ninguém mais fuma na América. – Ela bebeu metade do suco antes de colocar o copo na mesa.

– E aí, há quanto tempo você está na companhia? – perguntei, vendo-a acender o cigarro.

– Quatro anos na escola, dois na companhia.

– Você conseguiu entrar no primeiro teste?

– Não. – Ela riu. – Foram quatro tentativas. Só na última passei.

Ah meu Deus – coitada. O garçom voltou com a comida, e a pausa me deu tempo para encontrar algo gentil para dizer.

– Que bom que você não desistiu.

– Sim. Foi muito bom. – Ela sorriu.

Comeu depressa, e eu a imitei.

Quando terminamos, ela acendeu outro cigarro e pediu dois cafés e a conta. Eu me sentia grata por estar lá com outra bailarina, que ainda por cima sabia fazer um pedido e quando voltar ao teatro. Será que fazia isso todos os dias? E será que eu deveria fazer também?

Três moças e um rapaz da companhia se sentavam a uma mesa a uns cinco metros de nós. Quando olhei, uma delas acenou. Retribuí o aceno.

– Quer dizer então que Claus está tomando conta de você?

Soltei uma risada, e todos olharam na nossa direção.

– Desculpe. – Cobri a boca. – Não estava esperando...

– Tudo bem. – Os cantos de seus olhos se franziram e os lábios se curvaram.

– Ele *está* tomando conta de mim. – Será que eu estava preparada para responder à pergunta sobre minha relação com Claus? Não sabia.

– Que bom. Isso é muito bom. – Ela apagou o Jin Ling e se recostou na cadeira, relaxada e parecendo satisfeita por estar lá. – Você o conhece há muito tempo, sim?

– Dez anos.

Ela arregalou os olhos.

– Um tempão.

– Sim, um tempão. – Será que estava pescando informações ou apenas tentando ser amável? Não pude saber.

O garçom chegou e Luci lhe deu algumas notas.

– Dê nove euros para ele – me disse, olhando para nossa conta.

Voltamos apressadas, conversando animadamente. Ela contou que se sentia satisfeita dançando no corpo de baile e não tinha a ambição de se tornar uma solista.

– Você vai ver que o astral aqui é bom. – Apagou outro cigarro antes de entrar no prédio. – Nas pequenas companhias, as pessoas ainda querem chegar a algum lugar. Aqui, elas se sentem satisfeitas, porque já chegaram.

Eu sabia exatamente o que ela queria dizer, e desejava experimentar essa sensação mais do que qualquer outra coisa. Estava chegando aos trinta e ao auge da minha técnica. Queria uma posição estável em alguma companhia, para aproveitar essa maturidade técnica e, ao mesmo tempo, evoluir artisticamente.

Ah, meu Deus. Não quero passar por quatro testes. Por favor, faça com que todos os meus sonhos se realizem agora. Nunca estive tão perto. Nem tão cansada...

Será que Deus escutava orações? Será que escutava *as minhas?* Provavelmente, não. Por que escutaria? Eu só me dirigia a Ele quando queria alguma coisa – alguma coisa importante. *Por favor, não quero passar por quatro testes.*

Ouvi a voz de Claus e disse a Luci que depois iria ao seu encontro.

– Seja rápida. – Ela continuou caminhando. – O corpo de baile começa a ensaiar *Paquita* daqui a vinte minutos. Eu danço nesse. – Ela deu meia-volta e olhou para mim com um largo sorriso. – Se eu sofrer alguma fratura, você vai ter que dançar.

– Tudo bem. Só vou demorar um minuto.

Ela abanou a cabeça, rindo baixinho, enquanto se aproximava do vestiário.

Eu gostava da minha nova amiga. *Vou só dizer alô para Claus, e aí volto a ela para ensaiarmos* Paquita.

A voz de Claus vinha da área do escritório. Talvez eu devesse ir direto para o vestiário. Foi então que ouvi a voz de Jakob também. Será que falavam de mim? Estava louca para saber o que o pessoal tinha achado da minha técnica. Talvez pudesse dar uma espionada por um minuto.

Mas, mesmo que estivessem falando de mim, seria em alemão, e não adiantaria nada.

Dando uma olhada no corredor para ver se havia algum bailarino ou funcionário, avancei um passo em direção às vozes. *Inglês? Que estranho.*

– Desculpe, Ekaterina, mas não posso deixar que você entre de licença – ouvi Jakob dizer. – Vocês vão ter que arranjar um jeito de trabalhar juntos.

Ekaterina? Eu podia ouvir meu coração batendo, mas nenhum som vindo da sala.

Ouvi novamente a voz de Jakob:

– Claus, esta seria uma boa hora para você dizer alguma coisa. Foi você quem começou, não foi?

– Onde estão minhas *goisas?* – ouvi-a dizer, chorando.

Goisas? Goisas? Mas o que é isso...?

– Vou trazê-las amanhã – disse Claus.

Claus está com as coisas de Ekaterina?

Ouvi um som semelhante ao de uma bofetada e corri até um banheiro próximo. Encolhida atrás da porta, prendi a respiração.

Espiando por cima de uma dobradiça enferrujada, vi Ekaterina se dirigir aos estúdios, mão sobre a boca, olhos bem fechados. Como ele podia não ter me contado que estava tendo um caso?

Jakob também saiu do escritório. Claus o seguiu, enquanto Jakob falava.

– Faça Katya feliz. Não vou perdê-la por causa de uma americana comum.

O cheiro forte do verniz misturado ao constrangimento das palavras de Jakob me deixou nauseada. *Comum?* Deslizei pela parede e abracei os joelhos. *Será que ainda tenho algum futuro aqui?*

– Procurei você por toda parte. – Claus me encontrou no terraço do apartamento, arrancando as últimas plantas mortas das suas floreiras vitorianas. – O que aconteceu?

– Terminei de ensaiar. – Peguei um torrão grosso e o coloquei na caixa de papelão que encontrara na sala da lavanderia. – Fizemos *Paquita*, além de uma nova peça que Luci está aprendendo.

– Você teve um primeiro dia bem razoável. – Claus se sentou em uma das cadeiras de ferro e pegou a garrafa de Kirner que eu colocara na mesa circular. – Você sabe que isto aqui é para ser servido numa tulipa. – Ele levantou a garrafa e olhou através dela.

Olhando para ele pela primeira vez desde que chegara, peguei o copo de cerveja que estava usando.

– Desculpe, não sabia que você estava com um copo. – Ele respirou fundo. – Mas o copo não importa. Por que está aborrecida? Alguém disse alguma coisa que te magoou?

– Alguém disse uma coisa que me magoou, sim. – Pousei o copo ao lado da cadeira, peguei a caixa de plantas mortas e a despejei no chão diante das suas caras botas de couro, antes de lhe entregar a caixa.

– Por que isso? O que aconteceu?

– Não vi as "goisas" dela no quarto de hóspedes, portanto devem estar no seu, mas eu nunca saberia, porque, afinal, não fui convidada para ir até lá.

– Você é bem-vinda no meu quarto a qualquer hora, e, quanto a Ekaterina, não foi nada sério. Nós só estávamos... Sinto muito, Ana.

– Parece ter sido sério para ela. – Esvaziei a mesa e entrei no apartamento. Claus me seguiu.

– Não acho que ela quisesse um compromisso, Ana.

Não, não achava – quanto a isso, ele tinha razão.

– E você, tem um compromisso comigo? – Abri a geladeira e peguei outra cerveja.

– Eu te amo, Ana. – Ele tirou a cerveja das minhas mãos e a abriu. – Faz mais de dez anos que eu te amo, e não se passou um único dia em que não pensasse em você.

– Então, devolve as coisas dela e acaba com isso de uma vez.

Ele assentiu, me vendo beber.

– Sem copo?

– É isso aí. A americana comum aqui bebe cerveja da maneira americana comum. Tintim. – Levantei a garrafa em sua direção e voltei para o terraço.

Ele tornou a me seguir.

– Não se esqueça de que a cerveja alemã é muito mais forte do que as marcas que você está habituada a beber.

– Ótimo. – Voltei para os vasos de flores, trabalhando a terra com as mãos desprotegidas.

– Lamento muito por submeter você a tudo isso – disse ele, antes de desaparecer com a caixa.

Quando finalmente entrei, ele já se fora, e eu tinha três chamadas perdidas. Todas de mamãe. Será que acontecera alguma coisa? Tentei não entrar em pânico enquanto esperava que ela atendesse.

– Está tudo bem, mãe?

– Oi, Ana. – Ela parecia muito bem-humorada; se algo acontecera, não fora nada sério. – Hoje foi o seu primeiro dia? Como correu tudo?

– Sim, hoje foi o meu primeiro dia. Correu tudo bem, mas estou exausta. Posso te ligar amanhã? Acabei de ver as três chamadas perdidas e achei que tinha acontecido alguma coisa.

– Bem, eu vi Peter no parque hoje e uma coisa me pareceu estranha. – Houve um momento de silêncio. – Você sabe se ele está doente? Vocês se falam?

– Não, mãe, não nos falamos. – Aonde ela estava tentando chegar? – Como assim, "estranha"?

– Não sei bem como explicar... diferente, só isso.

– Está inventando essa história para descobrir se nos falamos? – Minhas mãos estavam imundas de lidar com a terra sem luvas. Precisava lavá-las antes de fazer qualquer coisa.

– Eu não faria isso.

Não, não faria – eu acreditava nela. Mas era uma das conversas mais esquisitas que eu já tivera. Dei boa-noite a ela e desliguei, apenas ligeiramente preocupada.

Durante meus primeiros dias na Alemanha, tinha pensado muito em Peter, e me sentido como se estivesse apenas me adaptando à nova vida. No entanto, com o tempo, isso havia melhorado.

Levantando os olhos para o relógio da cozinha, fiz as contas. Duas e quinze em Pine Mountain. Ele devia estar trabalhando. Voltei para o terraço e me sentei com Barysh.

Será que ainda estaria com Lorie – tocando violão, cantando, plantando e construindo ao seu lado? Eu já bebera demais, mas o bolo na minha garganta precisava de mais uma cerveja.

Enquanto estava na cozinha, dei outra conferida na hora. Quase três da manhã em Pine Mountain. Antes que pudesse me dissuadir, meus dedos frios digitaram o número de Peter.

– Aqui é o Peter.

A dor veio em ondas enquanto sua voz ecoava na minha cabeça – *aqui é o Peter.*

– Alô? – O tom era natural. Não fazia ideia de quem estivesse do outro lado da linha. Se fizesse, teria atendido com raiva ou alegria, não naturalidade.

Vou vomitar.

Ouvi um clique rápido depois de um som semelhante à queda de um objeto. Em seguida, nada. Apenas silêncio.

Lágrimas lentas escorreram pelo meu rosto, e caminhei em linha torta até o banheiro, os passos mais rápidos ao me aproximar. Dei uma ombrada violenta no batente, mas consegui entrar.

Só que não cheguei ao vaso a tempo.

– Finíssima – murmurei, olhando para o vômito no chão. Fiquei aliviada por Claus não estar em casa.

– Ana? Você está bem? – Claus apareceu à porta do banheiro.

Ah, para com isso.

– Não sabia que você já tinha voltado.

– Acabei de entrar. Não quis te assustar. Desculpe. – Ele olhou para o chão.

Será que a minha vida podia ficar ainda mais constrangedora?

– Posso ajudar?

– Não! – Fui até a porta e me interpus entre ele e a sujeira. – Você pode é me ajudar a encontrar *Tema e Variação* no YouTube – decretei, antes de trancar a porta e abrir a torneira do chuveiro.

Não devia ter bebido tanto. Claus tentara me avisar que a cerveja era forte. E fora muito gentil da sua parte não dizer "eu avisei". Eu teria merecido.

Também não devia ter ligado para Peter. Onde eu estava com a cabeça?

Capítulo 14

Ser obrigada a me separar da minha *Blumenhaus* favorita e do nosso jardim inacabado no terraço em meados de maio foi doloroso e injusto, mas, como recompensa, ganhei a majestosa Praga.

A companhia iria ensaiar durante três dias, e então se apresentar por quatro noites seguidas no Teatro Nacional.

O trajeto de carro foi um dos argumentos que me convenceram. Claus me prometera 540 quilômetros de vegetação exuberante em cada tom de verde, interrompidos apenas por campos de amarelíssimas *Rapsfelder*, uma flor cultivada por suas sementes, ricas em óleo.

Na metade do caminho, o cenário ainda não me decepcionara, mas eu continuava agitada.

– E o cara do *Spargel*? – perguntei, olhando pela janela gigantesca do nosso ônibus de turnê laranja, ao ver um vendedor de aspargos brancos depois de nossa parada em Nuremberg. – Ele ainda vai estar ali quando voltarmos?

– A barraca dele vai estar na mesma esquina. – Claus abriu um olho, sorrindo. – Em uma semana, é até capaz de ter aparecido um "cara dos morangos" ao lado dele. Dá para sentir o cheiro dos morangos alemães do nosso terraço. Os que estamos comprando agora são franceses, bem inferiores.

– Aspargos brancos com manteiga derretida, batatas assadas e uma generosa porção de morangos – sonhei em voz alta. – Parece tão bom.

– Morangos alemães – murmurou Claus, meio dormindo.

Fiz cócegas na sua orelha quando entramos na Autobahn 6, mas não recebi qualquer reação.

– Dormiu de novo.

De nossas poltronas na frente do ônibus, só dava para ver o motorista e a estrada adiante – a estrada que levava à República Tcheca – a estrada que levava a uma grande decisão. Iríamos dormir no mesmo quarto de hotel em Praga, já que ficaria estranho dormirmos em quartos separados. Mas, em casa, era o que ainda acontecia. *Será que dormiríamos juntos? Será que deveríamos?*

Nosso período de abstinência começara totalmente por acaso antes daquela forte tempestade sulina, quando eu interrompera suas intimidades – uma atitude rara em mim, geralmente reservada para os inconvenientes e os bêbados. E só continuara por orgulho, quando ele me deixara no quarto de hóspedes, e eu decidira não fazer nada para chegar à suíte. E isso passara a definir a nossa relação.

Quando outros casais iam para casa a fim de desfrutar do seu casamento, nós continuávamos no parque, alimentando os patos e pombos. Não distinguíamos os pombos e não sabíamos quais eram os residentes e quais os visitantes, mas sabíamos os nomes dos dois papais patos e das duas mamães patas. Eles haviam acabado de ter dezesseis patinhos – oito por casal –, e pretendíamos dar nomes para eles também.

Muitas vezes cozinhávamos. E, muitas vezes, malíssimo. O coelho à cabidela fora particularmente desastroso, porque o sangue não ficou marrom-acinzentado como a receita prometia. Aquela noite, acabamos comendo *spaghetti aglio olio* no Di Gregorio.

– Ah, receita estragada de novo, Signorina Ana? – perguntou o garçom magrinho, conduzindo-nos à nossa mesa favorita no pátio, antes de arrumar meu guardanapo em linho coral e explicar os pratos especiais do dia.

Mas por quanto tempo deveríamos esperar? Essa era a pergunta que não me saía da cabeça. Seria hora de dar o próximo passo? Luci tinha razão, não era normal. Ela era a única que sabia o que estava de fato acontecendo, e deixando de acontecer, na pacata Blumenstraße.

Quando chegamos à República Tcheca, demos uma parada na fábrica de cerveja Pilsner Urquell, em Plzen, antes de seguir viagem em direção à capital. Claus só ficou ligeiramente interessado no processo de produção, e, quando começou a conversar com Jakob, encontrei Luci.

– Como vai? – Ela passou o braço pelo meu ombro e me levou para fora.

– Ele é um gato – comentei, me referindo ao bailarino com quem ela estivera conversando antes de eu chegar. Era muito jovem e tinha acabado de começar.

– Um gato que não se interessa por gatas, infelizmente. – Levantou seu frágil copo de degustação, imitando um brinde. – Que falta de sorte, a minha.

– Alemão?

– *Ja.* – Ela acendeu um Jin Ling. – Mas você, amiga, tem Claus. – Guardou no bolso do jeans o isqueiro barato com estampa animal e soprou a fumaça depressa. – Lindo e hétero, mas você não dorme com ele.

– Talvez aqui nós desencantemos – disse eu num tom pouco acima de um sussurro, o rubor se espalhando pelo rosto enquanto esperava por sua resposta.

– Deviam mesmo. – Ela esfregou os braços desagasalhados e meneou a cabeça em direção ao ônibus. – Ele é hétero, não é?

– Claro que é hétero. – Dei uma risada, tentando não me encucar. – Você devia ter trazido um casaco. Parece morta de frio.

– Eu sei. – Deu um piparote na guimba. – Como sabe que ele não é gay?

– Dez anos atrás, lembra?

– Ah... dez anos atrás. – Ela se calou por um momento, subindo os degraus.

– As pessoas mudam, amiga – ouvi-a dizer enquanto desaparecia em direção ao meio do ônibus.

Uma pancada na janela da frente chamou minha atenção. Jack, o único bailarino americano da companhia, estava levantando Claus, que fingia estar achatado contra a vidraça. Cobri os olhos, abanando a cabeça. Quando olhei de novo, Claus já estava dentro do ônibus, se jogando na poltrona ao meu lado e me dando um beijo.

Eu me enrosquei na poltrona e me virei para ele. A Pilsner Urquell deu sabor ao nosso beijo, enquanto o motorista dava a partida.

– Arranjem um quarto – ouvi Jack dizer ao passar por nós.

– Estou trabalhando nisso. – Claus cobriu nossas cabeças com a jaqueta de couro, e eu dei uma risadinha.

Depois de chegar ao hotel e pegar as chaves do quarto, tivemos vinte e três minutos para deixar as malas e tomar um banho rápido. Toda a companhia iria se encontrar com um guia local às quatro da tarde para fazer uma excursão a pé e jantar num cruzeiro ao poente.

Estávamos hospedados perto da famosa Praça da Cidade Velha, cercada por prédios, casas e palácios de vários estilos arquitetônicos e grande valor histórico.

Uma das construções famosas logo chamou minha atenção: a Igreja de Nossa Senhora de Týn. Seus vertiginosos campanários góticos imantavam os olhos ao céu, e os múltiplos pináculos faziam do prédio a vista mais inigualável e estética da praça.

O prédio simples de uma escola escondia a base da igreja, mas, enquanto muitos diriam que a escola distraía os olhos, a meu ver só aumentava o interesse visual. Era como ver um buquê de vinte e quatro rosas vermelhas emergindo oniricamente de um solitário.

– Vejam aqueles dois pináculos. – Nosso guia apontou para os campanários. – Parecem idênticos, mas não são.

Chamei a atenção de Claus para os pináculos.

– Não tinha notado que o da direita é um pouco mais grosso. Ele olhou de relance, antes de dar um beijo na minha testa.

– Os dois pináculos representam os lados masculino e feminino do mundo. – O guia fez sombra aos olhos escuros, olhando para nós e o sol da tarde. – Isso é característico da arquitetura gótica da época.

Eu me afastei, intrigada por esse conceito. *Masculino e feminino... dois lados.* O que aconteceria com nossos dois lados à noite? Nosso quarto só tinha uma cama. Será que Claus dormiria no sofanete?

A caminho do rio, passamos pelo Quarteirão Judaico, onde algumas sinagogas, o cemitério e a Velha Câmara Municipal Judaica haviam sido poupados pelos nazistas.

– Os nazistas reuniram artefatos judaicos de toda a Europa central, planejando exibi-los aqui num museu exótico da raça extinta. – O guia se deteve diante de um belíssimo quarteirão triangular. – A raça não está extinta, e é por isso que vocês não estão vendo nenhum museu exótico á sua frente, apenas a mais antiga sinagoga em atividade, os relógios da Prefeitura Judaica e o exótico Judah conduzindo-os pelas ruas da bela Praga. – Ele fez um gesto para que atravessássemos a rua atrás dele.

Três quarteirões adiante, chegamos ao rio e embarcamos no *Natal*, o cruzeiro que a companhia alugara para o jantar e o passeio. Zarpamos ao sol poente, que derramava seu brilho alaranjado sobre as águas azul-petróleo do rio Vltava.

Após um jantar simples, mas elegante, que estava tão delicioso quanto parecia, saí para aproveitar o ar fresco e ver a cidade à noite. Prédios históricos banhados em suaves luzes amarelas espalhavam calor e boas-vindas pelo rio, apesar da brisa fria da noite quando subi ao convés superior.

Observando a bandeira tcheca drapejando na proa, ainda podia ouvir os músicos no salão de jantar tocando uma doce canção folclórica da Boêmia, os dois violinos se sobressaindo aos instrumentos de sopro do lado de fora.

O belo Teatro Nacional, com seu domo retangular dourado, me relembrou a volumosa caixa de música de minha avó, com seus cristais de âmbar adornando as filigranas nas laterais. Em criança, eu passara horas sonhando diante daquela caixa, vendo a bailarina delicada rodopiar ao som de um pot-pourri de *Doutor Jivago*, e sonhando com o balé, a Rússia e o homem maravilhoso que conheceria algum dia.

Praga não era Rússia, mas chegava perto. Naquele momento, o *Natal* passou pelo teatro. As janelas iluminadas pareciam exatamente os cristais de âmbar da caixa de música. Será que se eu abrisse a tampa uma bailarina antiga de collant dourado e tutu em eterno desalinho saltaria de dentro, ao som do "Tema de Lara"? A ideia me fez sorrir.

Meus olhos se dirigiram ao outro lado do rio. Enquanto observava com assombro o suntuoso complexo do Castelo de Praga e a famosa Catedral de São Vito, Claus veio ao meu encontro no convés e me entregou um copo do Chardonnay tcheco de colheita tardia que regara nossa refeição. Lá fora, no calor do seu abraço, o vinho me pareceu ainda mais doce.

Bebemos lentamente entre beijos suaves, e ele me abraçou com mais força. Meu coração se deliciou em sua proximidade. Era tão natural como respirar. E eu soube que jamais me esqueceria da maravilha daquele momento e da beleza daquela velha cidade.

Terminamos de beber o vinho e colocamos os copos na longa mesa de madeira atrás de nós. Os beijos se aprofundaram. Minhas mãos deslizaram pela sua cintura, sentindo o calor do cashmere macio. Seus gestos se tornaram mais apaixonados, mais urgentes. Uma sensação tão familiar quanto exótica tomara conta de mim.

Claus se afastou de meus braços com um suspiro baixo e entrelaçou nossos dedos com firmeza. Seus olhos – fascinados como os de Albrecht em *Giselle* – fixavam-se nos meus. Este era o meu lar, seus braços, seu cheiro, seus beijos... Estávamos finalmente em casa.

– Doce Ana. – Ele deu um beijo na minha testa.

Encostei a cabeça no seu peito e fiquei surpresa ao ver que o convés superior estava lotado de gente. Luci, em meio a um grupo numeroso, levantou o copo em minha direção num brinde silencioso quando nossos olhos se encontraram.

Quando o cruzeiro atracou, Claus e eu fomos os primeiros a sair, e caminhamos até o hotel na frente de todos.

Ele se interessa SIM por mulheres. Apertei sua mão.

Ele a levou aos lábios e a beijou, sem diminuir o passo.

Preferia que Luci não tivesse dito nada. Agora, vou ficar com a pulga atrás da orelha.

No quarto tradicionalmente decorado em tons de vinho e dourado, Claus sintonizou Dvorak no velho rádio.

– Perfeito. – Ele me envolveu carinhosamente em seus braços. – Amo estar em Praga. Amo esta música. E te amo, Ana.

– Também te amo. – Minha pele formigava com os sons poderosos da *Sinfonia do Novo Mundo*. – Fique comigo, Claus – pedi, a respiração descompassada. – Estou cansada de esperar.

– Eu estou com você.

– Até o fim. Fique comigo.

– Tem certeza? – sussurrou ele, o rosto ainda mais branco do que a roupa de cama às suas costas.

Assenti, escondendo o rosto no seu peito.

Com os dedos sob meu queixo, ele me puxou e me beijou.

Correspondendo ao beijo, senti suas mãos deslizarem aos meus quadris. *Claus Vogel gert. Meu novamente. Finalmente.*

Enquanto um gesto acabava e outro começava, percebi que tinha me enganado. O compositor era Dvorak, mas a composição não era a *Sinfonia do Novo Mundo*.

O novo movimento era um *lento*. Uma melodia simples. Um acompanhamento pulsante. Eu já dançara essa peça. O segundo movimento do *Quarteto de Cordas No. 12* – o *Quarteto Americano*.

Será que isto é um erro? Será que é mais do mesmo? Uma dança que já dancei? Ainda podemos parar.

Seu beijo era tão quente. Seu toque, tão perfeito. Seu sotaque. A cidade...

Não. Não posso parar.

Não dormimos. Em vez disso, ficamos vendo o sol nascer da Ponte Carlos, e seus beijos ternos foram tão preciosos para mim quanto a ponte de pedra para pedestres à luz suave dos raios da manhã.

Perto de nós, um pai e seu filho alimentavam os pombos famintos, e pintores capturavam o esplendor da estrutura.

Turistas começaram a chegar à ponte, enquanto o sol brincava de esconde-esconde sobre a Cidade Velha no céu cheio de nuvens longas e finas. Um grupo de senhoras fotografava as torres que protegiam a ponte e as trinta estátuas religiosas montadas sobre a balaustrada.

– Claus, olha. – Apontei para um jovem casal. Eles haviam parado, e o rapaz se pusera sobre um dos joelhos, estendendo um anel. – Espero que ela aceite.

Claus me apertou com mais força, e o outro casal também se abraçou.

– Acho que ela aceitou. – Ele deu um beijo na minha têmpora, o perfume da noite passada ainda na sua pele macia. Será que me pediria em casamento assim algum dia?

A pouca distância, um velho violinista abriu o estojo no chão. Será que tocaria Dvorak para nós?

– Se importa de esperar aqui? – Os olhos de Claus brilharam. – Quero comprar uma coisa – explicou, apontando para um quiosque de suvenires na ponte.

– Não, não me importo. Ele me faz companhia. – Meneei a cabeça em direção ao violinista, que agora nos olhava, parecendo pronto para tocar.

– Já volto.

No começo o violino me enganou com uma melodia que poderia ser de Dvorak, mas logo se revelou familiar. Imagens de Maya Plisetskaya como a sedutora Carmen, e de Lorie assistindo, se acenderam diante de meus olhos enquanto o violino do velho plangia uma versão cigana da *Carmen* de Bizet – a "Habanera". *Será que eu era como Carmen? Egocêntrica e excessivamente sensual? Não queria ser. Queria ser como Giselle – apaixonada, mas pura. Virtuosa, não sedutora.*

Claus voltou e me entregou não um anel, mas um par de brinquinhos de granada.

– Gostou?

– Obrigada. – Forcei um sorriso. *Não comprometem.* – São lindos. – *Mas são brincos, não um anel. Dormir com Claus foi um erro, não foi? Fiz de novo o que Lorie disse. Dei a ele tudo que queria. E agora?*

– Está tudo bem?

– Hum-hum. – Uma brisa fria brincava com meus cabelos, e o meu peito apertado se esforçou para absorver um pouco do ar limpo da manhã.

Meus olhos localizaram o *Natal* navegando sob a ponte, para longe da cidade, rumo a águas mais tranquilas; o local onde havíamos estado agora estava vazio. Será que poderia voltar para lá – para a noite passada, no cruzeiro, e tomar outra decisão?

Não, claro que não podia. *Não posso voltar... O que está feito, está feito.*

Não havia reprises na vida. Observei na mão os brincos vermelho-sangue. Quando se comete um erro, deve-se carregá-lo para sempre.

Jakob quis somente os substitutos para um repasse rápido de uma pequena parte do programa, por isso no dia seguinte meu ensaio foi curto.

Na volta para o hotel, a garoa leve se transformou num temporal persistente. Não podia ficar sozinha num quarto pequeno, num país estrangeiro, olhando a chuva. Nem pensar. Minha vida, que nunca chegara tão perto do encantamento como na Alemanha, perdera o brilho da noite para o dia.

Entrando num velho táxi, sacudi meu pequeno guarda-chuva alemão encharcado e fiquei pensando como explicaria ao motorista o destino desejado. Qual era o nome da igreja com a estátua do Menino Jesus de Praga? Mas seria mesmo uma igreja? Ele tinha que estar em algum canto da cidade.

– Menino Jesus? – perguntei.

O homem rotundo atrás do volante olhou para mim e levantou as sobrancelhas grisalhas.

– Menino Jesus? – repeti, mordendo o lábio.

Ele pareceu aborrecido, como meu avô quando era interrompido durante um jogo da Copa do Mundo.

Ah, tive uma ideia. Abrindo a carteira, mostrei a ele o santinho ganho de mamãe fazia tanto tempo, e que carregara a vida inteira na bolsa.

– Sim – disse ele, a voz lenta, e balançou a cabeça.

Começou a dirigir, e em dois minutos não havia mais um turista ao redor. *Será que isso é seguro? Para onde ele está me levando?*

– É longe?

Ele deu de ombros, sem responder. Apenas apertou um botão no rádio, e uma música animada encheu o interior do carro. Seria uma polca?

Relaxando os dedos que crispavam a imagem do Menino Jesus, virei o santinho e tentei ler as palavras. Era uma oração em português.

Minha mãe sempre fora uma grande devota do Menino Jesus de Praga, e, sempre que íamos a Porto Alegre, sua cidade natal, visitávamos a Igreja de Santa Teresinha e víamos a estátua do Menino Jesus de Praga que existe lá.

Aquela igreja nunca significara nada para mim, mas ver mamãe chegar lá era sempre bom – ela se sentia em casa e em paz.

Seria Santa Teresinha do Menino Jesus que a fazia se sentir em casa? Eu nunca entendera exatamente quem era aquela santa. Não era a mulher de Ávila, isso eu sabia.

Talvez a serenidade que tomava conta de mamãe viesse da imagem do Menino Jesus – ou do próprio Deus. Mas Deus não estava em toda parte? Por que ela precisava de uma determinada construção para se sentir bem?

Seria por estar voltando a um lugar de paz, recomeço e inocência que ela se sentia feliz ali? E será que eu poderia experimentar a mesma sensação ao visitar a igreja em Praga? *Esperemos que sim – isto é, se Ele estiver mesmo me levando para a igreja. Devia ter ido àquela que fica perto do hotel.*

O motorista estacionou ao lado do que parecia ser uma igreja. *Ufa.* Quando paguei a corrida, ele me deu um santinho retirado de uma pilha que guardava no porta-luvas. E me mostrou o verso. Era a mesma oração em tcheco, presumi.

Será que estava me oferecendo o santinho?

Em seguida, ele me mostrou vários santinhos de outra pilha. Foi virando um por um, e reconheci o alemão, o italiano, o espanhol e o francês. Mas também havia outros idiomas.

– Português. Brasil – informei, deixando que ele incluísse o meu na sua coleção estrangeira antes de guardar o santinho tcheco na bolsa.

Ele me agradeceu e eu me despedi – feliz por fazer parte do círculo de amigos íntimos do Menino Jesus.

A chuva havia diminuído, mas nuvens pesadas circulavam pelo céu escuro. No interior da igreja, mergulhei os dedos na água-benta e me bendisse com o sinal da cruz: *em nome do Pai, do Filho e do Espírito Santo. Amém.* Em seguida genufleti, inclinando a cabeça antes de entrar na nave principal, e comecei a procurar pela Criança Divina.

Para minha surpresa, a imagem ficava do lado dos bancos. Tinha esperado que se localizasse mais perto do altar, já que Ele era mundialmente famoso. E também era muito menor do que eu imaginara. O relicário era grandioso, em ouro lavrado, mas a imagem propriamente dita não tinha mais de meio metro, se tanto.

Eu havia lido que a estátua – feita de cera, sobre um núcleo de madeira, e representando o Menino Jesus como um rei – viera da Espanha. A mão direita se elevava numa bênção, enquanto a esquerda segurava um orbe, representando o nosso universo.

Reza a lenda que o Menino Jesus apareceu para um monge, que esculpiu a estátua baseado em sua aparência. Já segundo outra lenda, a estátua pertenceu a Santa Teresa d'Ávila, a fundadora das Carmelitas Descalças, uma ordem católica que dá ênfase especial à oração.

Ao erguer os olhos para o Menino Jesus, eu me dei conta de que tinha passado o dia olhando para várias representações dEle – estátuas que contavam a história de Sua vida ao contrário. Na ponte, pela manhã, eu vira primeiro a silhueta da lamentação, quando o sol apenas se esboçava. Pouco depois, o Calvário. Em seguida, Jesus como adulto, também na ponte. E ali, na Igreja, o Menino. *A vida ao contrário.* E recordei a imagem do relógio hebreu do Quarteirão Judaico, que andava para trás.

Por que eu também não podia voltar no tempo? E por que achava tão difícil admitir que me arrependia por ter dormido com Claus? E, acima de tudo, por que me sentia assim? Tinha sido maravilhoso.

Seria por desejar que nossa relação não fosse apenas física? Claro que queria isso, mas nada mudara de fato, nem iria mudar – Claus continuaria a me amar do mesmo jeito, com a mesma intensidade. Não havia nada de errado com o que tínhamos feito. Era o desdobramento natural de uma relação entre pessoas de nossa idade e época.

Mas algo *estava* errado.

Minha cabeça – é isso que está errado. Pulei para o fim da brochura. Havia um museu dedicado ao Menino Jesus e uma loja de suvenires. *Vamos dar uma olhada.*

Depois de passar por cada pintura e cada estátua, finalmente encontrei o museu atrás de uma porta próxima ao altar-mor, no alto de uma escada em caracol. *Pelo visto, eles gostam de esconder as relíquias por aqui.*

Algumas das roupinhas e coroas do Menino Jesus estavam à mostra. Eram quase cem conjuntos, e um vídeo mostrava as irmãs carmelitas trocando as roupas da estátua.

Procurando um livro para mamãe, encontrei um volume de história em inglês com uma foto da imagem original na capa. Folheando as páginas, deparei com uma passagem famosa associada à imagem, que mamãe já lera para mim: "Quanto mais me honrares, mais te favorecerei. Ocupa-te dos Meus interesses, e eu Me ocuparei dos teus."

Será que Ele se ocuparia mesmo? Será que alguma dessas coisas era real, ou Lorie tinha razão?

– Ora, mas que mundo pequeno – disse uma senhora beirando os sessenta anos, tocando meu ombro. – Também sou da Geórgia.

Como ela sabia que eu era da Geórgia? Ela deve ter percebido minha confusão, porque apontou para o meu peito.

– Ah, sim. – Sorri, lembrando que usava um agasalho da antiga companhia.

– Eu vivo no norte de Atlanta, mas meu filho é pastor em Pine Mountain. De vez em quando vou até Columbus.

– Imagina só... Meus pais vivem em Pine Mountain – contei, a voz um pouco mais alta do que pretendera, o que chamou a atenção de dois grupos no pequeno museu.

– Então, vou te dar um opúsculo... – Ela se calou, revirando a bolsa atrás do tal objeto, o que quer que fosse. – Aqui está.

E me entregou uma brochura de igreja. Da Igreja Batista do Calvário. *Será possível?* Não queria ser grosseira, mas deixei escapar um começo de riso, antes de conseguir voltar a me comportar como uma adulta.

– Esse é o meu filho. – Ela apontou para um homem bonito ao lado da linda esposa e de três filhinhas, todas usando vestidinhos iguais, em tons pastéis.

– Bonita família.

– Você devia ir dar uma olhada algum dia desses.

– Não vivo mais lá, mas talvez um dia, quando for visitar minha família. – Mantive meu sorriso mais educado e coloquei a brochura entre as páginas do livro que estava prestes a comprar. – Obrigada.

Ela assentiu, dando a impressão de que ia dizer mais alguma coisa, mas não disse.

– Tenha um dia abençoado.

– Obrigada. – Fiquei olhando enquanto ela se dirigia à escada em caracol. O que a mãe de um pastor batista estaria fazendo numa igreja católica em Praga? Ela olhou para trás antes de descer, e trocamos um sorriso e um aceno. Seria capaz de jurar que a vi abanando a cabeça enquanto descia.

Quando voltei à área em que ficava o Menino Jesus, ela estava lá. Não rezando, apenas olhando em volta, então me sentei ao seu lado.

– Meu nome é Ana. – Estendi a mão direita.

Sua mão fria apertou a minha.

– Jackie. – Ela inclinou a cabeça.

– Não tive a intenção de rir lá em cima. Espero que não tenha ficado ofendida. É que eu vivo na Alemanha, e encontrei uma brochura da Igreja Batista do Calvário lá. A coincidência me fez rir.

– Por que eu ficaria ofendida?

– Por nada. – Dei de ombros. – Eu vi a senhora abanar a cabeça quando estava descendo.

– Ah, não. – Ela soltou um risinho delicado como o de uma menina brincando com as amiguinhas. – Fiquei perplexa, só isso.

– Perplexa?

– Eu não tinha a menor intenção de vir aqui, nem hoje, nem nunca. Devia estar passando o dia em Karlovy Vary. Estava lendo meu exemplar do livro de viagens de Rick Steves, *Praga e a República Tcheca*, quando o garçom apontou um parágrafo sobre a igreja, dizendo que eu devia visitá-la. E eu respondi que era o último dia da minha excursão e que já tinha outro programa.

Um homem que fotografava a estátua levou brevemente o indicador aos lábios ao passar por nosso banco.

Jackie se desculpou com um aceno de cabeça, antes de sussurrar ao meu ouvido:

– À tarde, a agência de turismo que ia me levar a Karlovy Vary telefonou para dizer que não havia mais vagas e me ofereceu uma excursão mais cedo, com uma empresa do mesmo dono. Eu aceitei. Pois bem: hoje de manhã, o despertador não tocou, e eu perdi a excursão.

– Sinto muito.

– Tudo bem. Eu devia saber que não se discute com o Espírito Santo de Deus. – Ela ergueu a mão direita aos céus. – Louvado seja o Senhor, eu sempre perco.

Parecia totalmente à vontade ao falar dessas coisas, e fiquei com inveja.

– Mas você tem razão. Eu abanei a cabeça, sim. Esperava que alguma coisa especial acontecesse aqui hoje. Talvez inspirar alguém falando sobre a Estrada dos

Romanos para a salvação ou recitando a oração dos pecadores. Em vez disso, tudo que fiz foi dar um opúsculo, coisa que sempre faço, mesmo. Mas isso também está bem. Às vezes um opúsculo é tudo de que se precisa. O Senhor é quem sabe.

Do que ela estava falando? O que era a Estrada dos Romanos?

– Então, pensei em sentar um pouco aqui. – Ela deu uma olhada na igreja, com um suspiro. – Talvez mais alguém precise de um opúsculo.

Não, sou eu que preciso do opúsculo. Cheguei a me levantar para abafar o pensamento que brotara contra a minha vontade.

– Bem, mais uma vez, obrigada. Lamento que tenha perdido a sua excursão.

– Fica para a próxima, querida. – A tristeza nublava suas feições.

Passei para um banco nos fundos da igreja e abri o genuflexório.

Obrigada, Jesus, por não me abandonar e sempre me trazer de volta à Sua casa. Obrigada por Claus e pela dança. Me perdoe se não posso fazer melhor do que isso. Me ajude para que nunca volte a magoar alguém como magoei Peter. Me ajude a esquecer o passado e aproveitar o futuro. Por favor, segure meu coração em Suas mãos. Amém. E também gostaria que deixasse a Dona Jackie ir a Karlovy Vary, mas, como ela mesma disse, acho que Você sabe o que faz. Amém – de novo.

Levantando a cabeça, olhei acima de minhas mãos postas. Ela tinha ido embora. Fiz o sinal da cruz e me sentei. Ao lado, um opúsculo marcava uma página dentro de um exemplar do Novo Testamento da Igreja Batista do Calvário. Li as palavras em vermelho:

A Minha Graça Te Basta, Porque O Meu Poder Se Aperfeiçoa Na Fraqueza (2 Coríntios 12:9).

Era isso mesmo. Eu tinha ido até lá me sentindo fraca, e agora me sentia melhor. Já tinha rezado, me mostrado agradecida, pedido perdão, sido sincera... Agora, podia voltar à vida normal, não é?

Fora da Igreja de Nossa Senhora Vitoriosa, um sol tímido tentava brilhar por entre as nuvens ralas. Desdobrei um mapa que encontrara no nosso quarto de hotel, atravessei a Rua Karmelitská na Cidade Inferior de Praga, e caminhei em direção ao rio.

Capítulo 15

Fomos buscar Barysh no hotel canino assim que chegamos a Wiesbaden, e nos disseram que fazia dois dias que ele não se alimentava.

O veterinário do Hundehotel Jürgen o examinara, mas não encontrara nada de errado – além da idade –, por isso, não nos telefonara.

Decidimos levá-lo â veterinária de sempre, e ela disse que os sinais vitais de Barysh estavam mais fracos do que o normal.

– Talvez esteja na hora de pô-lo para dormir, sim?

Eu já ouvira essas palavras tantas vezes, que já não surtiam mais o menor impacto sobre mim. Mas era a primeira vez que as ouvia de um profissional. Meus pulmões se esvaziaram. Seria o fim da negação? Nosso convívio estava com os dias contados?

Claus apertou meus ombros, a pressão suave permitindo que eu me mantivesse composta.

– Podemos ajudar. – O tom da Dra. Janice foi gentil, mas prático.

Minhas palavras ficaram presas ao nó na garganta.

– Vamos só levá-lo para casa. – Olhando para Barysh, parecendo tão desamparado sobre a mesa de exames, forcei um sorriso. Os quadris magros e ossudos destoavam do torso forte e da expressão de "me leva embora daqui". Até aí, nada de novo – ele nunca tinha gostado de ir ao veterinário. Mas havia algo de novo: um toque de aflição em seus olhos.

Já de volta ao apartamento, também não consegui fazer com que se alimentasse.

– Tem certeza de que quer que eu vá? – perguntou Claus, depois de desarrumar nossas malas no apartamento.

– Absoluta. – Enquanto estivéramos em Praga, eu recebera um e-mail avisando que o Thunderbird havia chegado. Tínhamos planejado ir buscá-lo juntos, fazendo a viagem de dez horas até o porto de Bremerhaven, no Mar do Norte, mas, como Barysh não estava bem, a ideia não era mais viável. Claus providenciara uma procuração especial para poder resolver a questão do carro para mim.

– Vou estar em casa amanhã à noite – disse ele, antes de segurar a cabeça de Barysh e esfregar várias vezes o nariz no seu focinho. – Quando eu voltar, vamos te levar para fazer um piquenique à beira do rio... o seu favorito, sim? – Abraçou sua cabeça, fazendo festinhas nele.

Meu coração se apertou diante dessa cena. *Por favor, não morra enquanto Claus não voltar.*

Dois dias depois, terminamos de guardar minhas coisas na suíte e levamos Barysh ao nosso recanto no Rüdesheim, como prometido.

O prazer do passeio, de voltar a andar no Thunderbird e de estar perto do rio finalmente abriu seu apetite. Ele comeu peito de frango grelhado e queijo fresco da nossa salada, e bebeu o delicioso Riesling alemão da palma de minha mão antes de se arrastar até a plantação de girassóis para tirar um cochilo.

O verão começaria oficialmente em três dias, e os girassóis já estavam mais altos um palmo do que eu, prestes a desabrochar.

– Quero levar umas sementes para plantar no jardim de mamãe. – Rocei os dedos no centro marrom do girassol mais alto.

– Vamos esperar a estação certa, e eu ensino você a colhê-las. – Claus se sentou no nosso cobertor e fechou os olhos.

Sentando ao lado, encostei a cabeça no seu colo e fiquei observando uma procissão de nuvens brancas como leite passar no ritmo da brisa quente e preguiçosa, enquanto rememorávamos a viagem à República Tcheca.

Quando Barysh acordou, improvisamos uma sessão de fotos. Tiramos retratos dele entre os girassóis, com o Reno ao fundo e, por fim, no meio do vinhedo, farejando uvinhas minúsculas que ainda estavam verde-escuras e duras ao toque.

Claus pegou a câmera e fez um gesto indicando que eu entrasse na foto. Foi até a colina além de nós, para poder enquadrar o rio e a plantação de girassóis.

Voltei para casa abraçada a Barysh, curtindo o vento. Enquanto esfregava suas orelhas, ele latiu para o vento, e então olhou para mim. *Isso é um agradecimento?* Sorri para o meu amigo. *Claro que é.*

À noite, Claus colocou Barysh na cama ao nosso lado para ver um filme. Eu já tinha posto a foto da plantação de girassóis num porta-retratos, e o colocara na mesa de cabeceira.

Começamos assistindo a *As Férias da Minha Vida*. Ao ver Queen Latifah pintando o sete no balneário tcheco de Karlovy Vary, enquanto imagina estar aproveitando os últimos dias de sua vida, não pude deixar de pensar na pobre Dona Jackie, que não conseguira ir até lá.

Meus olhos abandonaram a tevê e pousaram no Novo Testamento que ela deixara para mim e agora dividia a mesa com o novo porta-retratos. *A minha graça te basta*, eu lera, sem saber que graça seria essa, se d'Ele ou de outrem. Isso implicava mais do que me sentir em paz na igreja, não?

Fosse o que fosse, era algo que eu queria. Nada jamais tinha bastado para mim na vida. As realizações no balé nunca tinham bastado. Os namorados maravilhosos não tinham bastado. Viver na Europa era bom, mas não chegava a bastar. Como a graça de Deus poderia me bastar? Essa era uma promessa que eu precisava investigar.

Queria que algo bastasse. E tinha a sensação de que precisaria de algo que bastasse para me permitir dizer adeus a Barysh. Ele se aconchegou aos meus pés. *Não morra. Ainda não.* Apertei os lábios, contendo as lágrimas, e fiquei vendo-o pegar no sono antes de voltar a prestar atenção no filme e em Claus.

Pela manhã, Barysh não acordou. Estava quente na cama, parecendo tão confortável como de costume, mas nada se movia. Tentei segurar sua cabeça, mas o fato de estar inerte me fez parar, horrorizada. Aquela inércia passou a definir a morte para mim, que jamais a conhecera. Foi como levantar um cobertor pesado. Não havia nada ali.

Ele tinha morrido.

Barysh tinha morrido.

Claus acordou, e ficou boquiaberto ao nos ver.

Lágrimas me escorriam pelo rosto, mas nenhuma palavra me saiu da boca. Eu me deitei ao lado de Barysh e passei os dedos por seu pelo grosso, sentindo a falta da respiração ritmada. Minha mão tocou seu rosto e acariciou a testa, a saudade desejando ver mais uma vez seus doces olhos castanhos.

Claus se movimentava ao nosso redor. Estava perguntando alguma coisa? O que estava dizendo? Ele se ajoelhou ao lado da cama, as lágrimas constantes e silenciosas como as minhas. Segurou minha mão e a cabeça de Barysh, para formar um círculo. E assim devemos ter ficado por quase uma hora, até eu ser capaz de dizer e fazer alguma coisa.

No começo, pensei em providenciar sua cremação, para que pudéssemos espalhar uma parte de suas cinzas na Alemanha e a outra na América, mas, assim que a ideia me passou pela cabeça, soube que não era a opção certa para nós.

Um enterro na Alemanha não faria sentido, mas parecia o certo. Barysh teria gostado de um cantinho perto das parreiras e do rio, por isso Claus começou a dar vários telefonemas.

Acabou encontrando um cemitério de animais perto de Sankt Goar, a uma hora do Rüdesheim. Os donos juraram que continuaria lá por anos a fio. Muitos dos pequenos túmulos estavam lá fazia dois séculos.

Depois de embrulhar Barysh num cobertor como um bebê, nós o colocamos no banco traseiro da Mercedes e nos dirigimos novamente ao rio.

Desci do carro e fui direto para o cemitério. O local era bem tratado e a vista belíssima, semelhante à que se tinha do nosso recanto de piquenique. Fiquei lá parada, apertando uma sacolinha com alguns objetos de Barysh, e recordei nossas muitas aventuras.

Minhas favoritas eram todas dos nossos primeiros meses juntos. Sorri ao me lembrar de quando começara a levá-lo para a creche canina. Sua família anterior acabara de se mudar para a Alemanha, e ele se comportava de modo destrutivo quando eu não estava em casa, por isso quis lhe proporcionar um modo de extravasar um pouco de energia.

A creche tinha várias piscinas rasas para os cães se refrescarem, mas Barysh não gostava de água. Qualquer outro cachorro teria apenas se mantido a distância, mas não o meu. Ele ia reto para as poças de lama que os amigos faziam quando a água espirrava das piscinas, entrava nelas de costas e chutava lama em todos os cachorros.

Minha lembrança favorita era do treinamento de obediência – ou melhor, de desobediência. Não aprendemos nada, não conseguimos fazer nada, e finalmente fomos convidados a nos retirar do curso. E daí que ele não tinha entendido a utilidade de aprender a caminhar rente à guia? Para ser franca, eu também não.

E houve também a ocasião em que ele não quis me deixar sair de casa, plantando-se entre mim e a porta e rosnando pela primeira e única vez na vida. À noite, um policial veio ao prédio perguntar aos moradores se tinham visto algo suspeito – dois vizinhos haviam alertado para a presença de um homem estranho vagando pelos corredores. Bravo, Barysh. Cachorro inteligente.

E, finalmente, a Alemanha. Ele havia passado por tanta coisa comigo. Como poderia continuar a viver sem ele?

A mão de Claus no meu ombro me assustou. Quando me virei, notei que ele também tinha andado chorando. Estava na hora. Caminhamos até o pequeno túmulo de Barysh.

O corpo de Barysh parecia frágil nos braços de Claus, e toquei o pelo macio de seu rosto mais uma vez antes de pôr uma cópia do nosso retrato ao lado da cabeça, cobrindo o rosto. Meus ombros tremiam, o coração doía, mas agora ele estava muito melhor.

Claus depositou o corpo embrulhado dentro do túmulo, e eu pus sua bola de futebol amarela favorita ao lado, antes de tocar seu corpo uma última vez.

Os donos do cemitério estavam ajudando com o enterro. A esposa deu a Claus um girassol gigante – possivelmente o primeiro a florescer no Reno aquele ano. Claus o colocou sobre Barysh e, em seguida, pegou a pá.

Virando-me para olhar o rio Reno abaixo de nós, sorri por entre as lágrimas, imaginando sua alminha correndo atrás da bola de futebol amarela como nos velhos tempos – liberta do velho corpo que há muito deixara de condizer com seu espírito ativo.

Olhei para minha cópia do retrato. Barysh e eu encostávamos os narizes em cachos de uvinhas minúsculas, o sol brilhando em nossos rostos. Para além de nós, via-se o Thunderbird ao lado da plantação de girassóis, com o Reno cintilando ao fundo.

Claus havia terminado, e estava novamente com a mão no meu ombro. Olhei para o túmulo e segurei sua mão antes de caminhar para o carro.

Ao nos afastarmos, sussurrei um pequeno voto de despedida, sabendo que a suave brisa da tarde o levaria aos ouvidos de meu amigo. "Corra, Mikhail Baryshnkov. Corra, dance e beba todo o vinho, meu amigo. Te amo."

Minha graça basta para ti. Em que consistia, e por que bastava? Não me esquecera do versículo – e pretendia ler o livro.

Aquela noite, entrei na minha rede social pela primeira vez desde que fora embora dos Estados Unidos.

O newsfeed estava lotado de fotos de balé, vídeos de balé, capas de revistas e plantas – um verdadeiro festival de plantas –, a maioria de mamãe. Ela sabia que eu andara plantando flores tanto no apartamento de Claus como no de minha professora alemã, então tivera mil e uma ideias.

No apartamento de Claus, eu plantara oito bandejas de gerânios cor-de-rosa e brancos, que contrastavam com o ferro escuro da balaustrada do terraço, e usara os vasos menores para plantar colombinas, luvas-de-nossa-senhora e espinheiros-alvares. Agora tinha um lindo retrato de Barysh cercado por vasos e flores no dia em que havíamos iniciado o jardim. *Ah, Barysh.* Meus olhos doeram como se fossem implodir ou estourar. *Plantas – concentre-se nas plantas.*

No nosso jardim, delicadas flores brancas que eu jamais vira iluminavam os rosados e roxos, e pequenas perenifólias e arbustos criavam um contraste suave com o espaço. Eu plantara as mesmas flores para Frau Jöllenbeck, minha professora, mas num esquema de cores diferente: vermelhos e amarelos. Algum dia a trepadeira certa, talvez uma wistéria, acrescentaria altura e dimensão ao meu terraço – e ao dela –, mas eu ainda não encontrara a planta ideal. Mamãe havia postado fotos de algumas candidatas em potencial. *Dou uma olhada mais tarde.*

Barysh tinha adorado o aroma do jardim, e levantava a cabeça sempre que uma brisa forte agitava as plantas, cercando-nos com um perfume quente. Minha garganta doeu. *Concentre-se.*

Devia ligar para meus pais e contar a eles sobre o falecimento de Barysh, mas não me restara uma gota de energia. Não queria falar com ninguém – não aquela noite. Mas eles precisavam saber. Todos precisavam saber que uma perda devastadora ocorrera aquele dia na Alemanha. Meus lábios tremeram e chorei enquanto os dedos digitavam R.I.P., BARYSH.

Pronto. Em seguida, desliguei o computador e o celular, mergulhando nas muitas lembranças – tudo que me restara – do meu amado Barysh.

Capítulo 16

Quando liguei o telefone pela manhã, vi que tinha duas chamadas perdidas – uma de meus pais e uma de Peter.

Falei com mamãe, e depois com papai. Estavam tristes por mim, mas aliviados por Barysh.

Será que deveria retornar a ligação de Peter? *Não... ele deve ter ligado por impulso. Só tentou uma vez, e não deixou recado. Se quisesse mesmo falar, tentaria de novo.*

Mamãe nunca mais voltara a perguntar por ele. Será que o vira depois daquela ocasião em que ele agira de modo estranho?

Depois de entrar no quarto, abri uma gaveta cheia de roupas de outras estações e pus a mão no fundo. Por baixo de todas, estava o envelope com o CD de Kenny Rogers e o bilhete de Peter.

– Presente de despedida – sussurrei. *A Love Song Collection.* Devia ouvi-lo? Tracei meu nome com o dedo na frente do envelope. Não devia...

Devia jogá-lo fora? Não podia...

Recoloquei o envelope e seu conteúdo no fundo da gaveta.

No Natal anterior, dissera a Peter que sabia que era hora de pôr Barysh para dormir. Toda vez que diziam alguma coisa sobre a saúde de meu cachorro e a necessidade de sacrificá-lo, eu relutava, mas Peter sabia que eu concordava com todos eles. Só que meu coração não tinha coragem de pedir a um veterinário para fazer isso.

Peter nunca me pressionara para tomar uma decisão em relação a Barysh e insistia que, quando a hora dele realmente chegasse, eu *teria* coragem de dar o telefonema.

Mas ambos tínhamos esperado que eu nunca precisasse chegar a esse ponto – e sim que a morte viesse suave e confortante, como uma quente noite de luar trazendo a paz.

Fora o que acontecera, e eu queria contar a Peter. Sorri em meio às lágrimas, observando o local onde Barysh fechara os olhos pela última vez. Acariciei seu canto da cama vazia.

Mas era melhor não falar com Peter. Sequei as lágrimas. Tinha certeza de que, se houvesse atendido quando ele ligara, ele teria expressado os mesmos sentimentos de meus pais. Teria sido uma conversa sobre cães, num tom empático, mas educado, terminando em meio a silêncios constrangidos e acrescentando muitas lágrimas ao poço já cheio do meu pranto.

Um poço que, no momento, precisava de uma tampa, pois eu tinha um dia de aula e ensaios pela frente.

A vida continuava.

Depois do último ensaio, dei uma olhada no celular. Nenhuma chamada perdida.

— Ana, você está aí? — ouvi Claus perguntar do lado de fora do vestiário.

— Já estou quase pronta.

— Jovana quer falar com você. — Ele enfiou a cabeça pela porta por um momento, levantando as sobrancelhas.

Jovana, nossa mestra de balé, já havia dançado com lendas como Fernando Bujones, Alicia Alonso e Cynthia Gregory, para citar apenas alguns nomes. Muitas vezes ensaiava o corpo de baile, e quase sempre dava as aulas da companhia. No estúdio, era muito rigorosa, até mesmo severa, mas se transformava numa mulher encantadora quando não havia nenhum piso de vinil preto à vista.

Entrei no seu escritório com Claus. O lugar era simples e arrumado. Eficiente. Meus olhos se detiveram numa foto dela com Bujones em *Lago dos Cisnes*.

— Quero falar só com Ana — disse ela, sem levantar os olhos do notebook.

Ele pareceu surpreso, mas se retirou, fechando a porta.

— Ana. — Ela contornou a escrivaninha com os braços cruzados e ficou ao meu lado.

— Sim, senhora. — Será que eu estava encrencada?

Ela empurrou os óculos para o lugar e passou os dedos pelos cabelos curtos e pretos.

— Mal posso esperar para vê-la no palco. Há alguma coisa em você, um potencial artístico que ainda não vi se materializar, mas sei que você tem.

— Mal posso esperar para pisar no palco. — Abri um sorriso, imaginando aonde ela queria chegar com essa conversa. *Será que está prestes a me dizer que não preciso fazer o teste no fim do ano? Que podemos começar a trabalhar em alguma coisa imediatamente? Que estou na companhia?*

– Mas há um problema. – Ela abaixou os olhos.

Claro que há um problema. É da minha vida que estamos falando. Sempre há um problema. Fui logo me preparando para o pior, sem poder decifrar seus lábios torcidos.

– Você conheceu hoje a nova bailarina de Berlim? – perguntou Jovana, como se não tivesse acabado de jogar um balde de água fria em mim. – Ela mandou um vídeo no mês passado, e agora é solista.

– Eu a vi, mas não cheguei a conhecê-la – respondi, aliviada por ter conseguido falar num tom composto.

– É a natureza do ofício, e você sabe disso. Alguns nascem com o tipo físico ideal e dançam bem naturalmente. Outros se empenham e se tornam muito bons, mas jamais podem competir no mesmo nível. Isso me entristece, porque eu gosto de você. – Ela segurou minhas mãos e falou olhando nos meus olhos. – Mas você tem Claus, e, com ele, uma chance.

– Claus? – Do que ela estava falando?

– Achamos que ele será um grande coreógrafo algum dia; vemos um potencial incrível nele. Mas ele não parece estar com pressa de nos mostrar coisa alguma.

Assenti lentamente. Claus estava trabalhando numa coreografia, mas qual era a relação entre os fatos? Não estava entendendo.

– Queremos que você faça o teste no fim do ano e dance um balé coreografado por Claus, imediatamente depois. – Ela voltou a se sentar atrás da escrivaninha. – Se nos assombrar com a coreografia dele, você entra para a companhia.

Tornei a assentir, tão devagar como antes. Será que ele já estava sabendo disso?

– E nós a incluiremos no programa de Nova York – acrescentou ela, como se apenas tivesse dito que havia salada de atum na cozinha.

Claus e eu dançando no Met? Juntos? Cobri a boca para abafar os gritinhos infantis.

– Desculpe – pedi, quando consegui falar novamente.

– Pode ir. – Jovana riu, o queixo empinado de modo confiante. – E não me decepcione. Vou torcer por você.

– Sim, senhora.

Encontrei Claus na frente do teatro com Jack, que acenou e se afastou quando saí.

– O que aconteceu? – perguntou Claus, o rosto contraído.

– Não sei bem. – Comecei a rir e a chorar ao mesmo tempo. – Nem sei se deveria estar feliz ou triste.

– Dá para ver. Mas o que ela disse?

Então, ele não estava sabendo do ultimato.

– Shhh – fiz eu, para aquietar Claus e me acalmar. – Vamos sentar um minuto. – Segurando sua mão, conduzi-o em silêncio, passando pela estátua de Schiller e sua musa, até um banco do parque à sombra de uma magnólia.

Sentei, olhando para a bela casa de espetáculos. A brisa noturna agitava os perfumados botões de verão na margem do lago. Também encrespavam a água, aspergindo uma bruma refrescante do chafariz central sobre nossos corpos cansados e suados.

O lago estava repleto de pombos, e os patinhos já estavam quase crescidos. E eu me dei conta, com os olhos voltando a se encher de lágrimas, que não tínhamos chegado a lhes dar nomes. Não nos demorávamos mais no parque. Tínhamos nos tornado como todo mundo. E eu sentia saudades de como éramos antes de Praga.

– Ana, o que é? – perguntou Claus, me assustando.

– Bem, ela disse que não há a menor possibilidade de eu passar num teste.

– O quê?

– Mas que posso ir em frente e fazer um teste mesmo assim, e então apresentar uma peça original coreografada por você. Se conseguir assombrá-los com a sua coreografia, eles me deixam entrar na companhia e apresentam o trabalho em Nova York, no Met. – Deixei o queixo cair de propósito para enfatizar a insanidade do projeto. – Nenhuma pressão sobre nós dois, hein?

– Minha nossa. – Ele estava ainda mais pálido do que de costume. Então também era novidade para ele, não?

– É isso aí: minha nossa.

Claus se aproximou e passou o braço pelo meu ombro.

– Sei que você tem trabalhado em alguma coisa. – E torci para que ele me desse alguma informação espontaneamente.

Não deu.

– O que é? – perguntei. – É para mim? Está pronta? É narrativa?

– É para nós. Está quase pronta. É narrativa.

OK. Isso é bom. E que seja uma peça narrativa também é bom. Se devo impressioná-los, preciso contar uma história.

– Eis o que sugiro. – Ele se virou para mim e segurou minhas mãos. – Eu termino o trabalho nas próximas duas semanas, e aí nós vamos para Mallorca, para fugir de todo mundo... e da pressão. Eu te ensino a coreografia lá. Quando voltarmos, vamos estar prontos para ensaiar.

– Mallorca? – Pus as pernas no seu colo e passei os braços ao seu redor.

– É uma ilha no Mediterrâneo, no litoral da Espanha.

– Eu sei, mas por que ir para Mallorca?

– Porque eu sou alemão, e é isso que nós fazemos. – Ele riu. – Já faz tempo que venho querendo ir. Pretendia dar uma olhada em algumas opções de resort antes de pedir a sua opinião.

– Tudo bem.

– Boa ideia?

– Ótima ideia. – Dei um beijo no seu ombro e o abracei com mais força. – E aí, o balé é sobre o quê? Qual é a música? Luci pode ser minha substituta?

– Me deixe terminar primeiro. – Ele acariciou minhas pernas sob a meia-calça cor-de-rosa. – Mas tem certeza em relação a Luci?

– Tenho. Ela dança principalmente clássico, mas sempre diz que não é muito amiga de tutus. Adoraria fazer alguma coisa contemporânea.

– Isso é correr um grande risco. Não me lembro de vê-la dançando nada moderno.

– Bem, dê uma chance a ela.

– O que eu sou? O santo padroeiro das causas perdidas?

– Não. – Girando as pernas até o chão e saltando bruscamente do seu colo, vi uma das patas empinar o traseiro, procurando comida no fundo do lago. – Esse é São Judas. Você é um perfeito idiota.

– Ana, eu não tive intenção de ofender. Desculpe.

Fui embora depressa, mas Claus me alcançou.

– Olha, eu estou muito nervoso por causa disso tudo. Dançar eu sei, mas não tenho certeza se sou capaz de coreografar.

– Mas você disse que queria. – Meus pés continuavam avançando depressa para casa.

– Há uma grande diferença entre querer fazer e conseguir fazer, ainda mais debaixo desse tipo de pressão.

– Então não faça, Claus.

– Estou me enrolando todo. – Ele deu um soco no ar. – Não consigo expressar o que estou sentindo.

– O eufemismo do ano – rebati, sem diminuir o passo.

– Ana. – Ele segurou meu pulso e me forçou a parar.

– Posso ir para casa, por favor? Preciso arrumar as coisas de Barysh e decidir o que fazer. – Lágrimas súbitas inundaram meus olhos e se derramaram.

– Vem cá.

Abanei a cabeça antes de me afastar a passos duros, secando o rosto com a palma das mãos.

Ele não tentou dizer mais nada até chegarmos ao prédio.

– Ela se chama *Praha*, porque adorei nossa estada lá e o modo como a nossa relação mudou durante aqueles dias. – Sua voz estava muito mais calma, as mãos firmes abrindo o elevador para nós.

Claro que ele tinha adorado nossos dias em Praga.

– Vamos dançar a *Sinfonia do Novo Mundo*, de Dvorak.

E então me beijou, a ternura do gesto derretendo minha raiva e minha dor.

– O *largo* – disse ele, entre beijos lentos. – *Molto largo*.

Seus lábios se curvaram sobre os meus, e também sorri. *Praha*.

– Não queria que o comentário sobre a causa perdida soasse como soou. – Sua voz agora estava rouca. – Desculpe.

Contornando seu corpo até o painel do elevador, fechei a frágil porta de metal antes de apertar o botão do nosso andar.

– Eu sei.

Já no apartamento, Claus foi direto para a cozinha, e o ouvi estourar uma garrafa de champanhe.

Champanhe?

Ele voltou com duas *flûtes*, e imediatamente percebi o anel de diamante com lapidação em estilo *navette* no fundo da que me entregou.

– Não posso dizer que previ isso. – Por que naquele momento? – É uma proposta de piedade, por ter me chamado de causa perdida?

– Ana, por favor. Sim, é isso aí: eu guardo um anel de diamantes em casa só para o caso de ser grosso sem querer.

– Guarda mesmo?

– Não. Comprei antes de irmos a Praga.

– E depois?

– Depois fiquei esperando a ocasião certa. Pretendia dá-lo a você em Mallorca.

– Mas decidiu usá-lo agora, para que eu pare de pensar na nossa conversa?

– Decidi usá-lo agora porque quero que você saiba o quanto eu te amo, que eu te amo aconteça o que acontecer, e que quero ser seu parceiro aconteça o que acontecer. Para sempre.

Nossa. Isso está mesmo acontecendo? Tudo isso?

– Ana, quer se casar comigo? – Ele se pôs sobre um dos joelhos e segurou minha mão.

Claro que eu queria. Imagens de nossa vida a dois afloraram à lembrança. O começo, sua volta, *Romeu e Julieta*, ele no meu antigo apartamento me pedindo para vir viver com ele, as viagens, a perda de Barysh, o balé... Nossa vida.

– Ana?

Agora, eu poderia começar uma nova fase. Meus olhos encontraram os seus. Com certeza ele sabia que eu aceitaria, não?

– Se precisa de tempo para pensar...

– Com uma condição – interrompi-o. Meus olhos se fixaram no retrato de *Paquita*.

– Condição? – Seus olhos seguiram a direção dos meus.

– O retrato de *Paquita* tem que sair.

Ele encheu os pulmões, e então soltou o ar depressa.

– OK. – Abrindo um sorriso, retirou o retrato de meus dezessete anos. Em seguida, pescou o anel na *flûte* e o colocou no meu dedo, antes de me envolver num abraço.

Fiquei ouvindo seu coração descompassado e suspirei, me deliciando no calor de sua proteção. *Está realmente acontecendo – tudo isso.*

E, pela primeira vez na vida, o que eu tinha me bastava.

Meus pais ficaram eufóricos com o noivado e planejaram passar o Natal na Alemanha. Assim que mamãe se acalmou e parou de chorar, seu tom mudou.

Por que tive o pressentimento de que diria alguma coisa sobre Peter?

– Pelo menos um de vocês está seguindo em frente. – *Sabia.* – Estive no centro de horticultura outro dia, comprando um presente de aniversário para minha amiga Janet, e qualquer um que conheça o básico sobre plantas podia ver que o paisagista não estava nada bem: agaves americanos, corações sangrentos, pimentas pérola negra... – *Ele teve meu telefone esse tempo todo.* – Não que estivesse feio, pelo contrário, estava lindo, mas extremamente triste... – *E escolheu* não usá-lo.

Capítulo 17

Dezessete minutos depois da decolagem, Claus estava dormindo. Tirei o envelope branco e fino da bolsa e o estendi contra o luminoso céu azul que se via da janelinha. A letra de Peter, objetiva e máscula como ele, me incitava a abrir a carta. Fazia pouco mais de uma hora que havíamos saído de Wiesbaden em direção ao pequeno aeroporto de Hahn, e logo chegaríamos a Cala Romantica, em Mallorca.

– *Was möchten Sie trinken?* – perguntou a comissária de bordo quando eu estava abrindo o envelope.

O rubor me coloriu as faces. *Trinken* era beber – isso eu sabia.

– *Mineralwasser, bitte.*

Preferia não ter checado a correspondência. A carta podia muito bem ter ficado na caixa de correio durante uma semana.

Estendendo o tronco acima de Claus, a comissária me deu um guardanapo e um copo plástico com gelo e limão. Repetindo o gesto, ela me entregou uma garrafinha de água com bolhas flutuando ao topo.

Tentei lembrar como se pedia água sem gás, mas a incerteza quanto ao que estava na carta apagou de minha memória todas as frases em alemão que conhecia – todas as cinquenta.

– *Danke Schön.*

– *Bitte Schön* – respondeu ela, já se dirigindo ao casal mais velho do outro lado do corredor.

Dei uma olhada ao redor. Claus dormia a sono solto. Seria só eu, sozinha no meu cantinho do voo 9832 da Ryanair rumo a Palma de Mallorca.

Isso está errado.

Abafei a vozinha chata na minha cabeça e retirei a carta de uma folha do envelope, desdobrando-a com as mãos trêmulas.

Fazia quatro meses, e o que ele queria dizer cabia em um lado da folha amarela arrancada ao velho bloco que ficava na mesa da cozinha – o bloco em que todas as páginas restantes estavam com os cantos enrolados e ligeiramente manchados por efeito da brisa que soprava do lago. O que havia acontecido com as cartas de amor de cinco páginas que costumava escrever?

O súbito nó na minha garganta dizia que eu não devia ler. Mas esse era um simples bilhete de pêsames, não era?

Olhei pela janela. Campos e florestas verdejantes se estendiam até onde a vista alcançava. Seria a França? O avião ficara estável novamente, e respirei fundo, prestando atenção ao papel amarelo no meu colo.

A turbulência no coração me impediu de ler, e enchi os pulmões ao máximo. *Calma... Respire.* Alguém perto de mim tinha pedido um café? Meus olhos examinaram as bandejas dos passageiros mais próximos. Aproximando a carta do nariz, percebi que era ela. Café e biscoitos. Tentei rir, mas era tarde demais. Na cabeça e no coração, eu já estava na cozinha de Peter, pronta para ouvir.

ANA,

SINTO MUITO POR BARYSH. ELE ERA UM BOM CACHORRO. ESPERO QUE A CONSCIÊNCIA DE QUE O SOFRIMENTO DELE TERMINOU LHE PROPORCIONE ALGUM CONFORTO.

TENHO TENTADO LEVAR A VIDA EM FRENTE. ALGUNS DIAS SÃO BONS. OUTROS, NEM TANTO. CULPO O FATO DE SER VICIADO EM MÚSICA COUNTRY PELOS MAUS DIAS. VOCÊ AINDA OUVE COUNTRY?

TUDO BEM. VOU FALAR SEM RODEIOS. NÃO CONSIGO ACREDITAR QUE VOCÊ SIMPLESMENTE FEZ AS MALAS E FOI EMBORA, ANA, PARA A ALEMANHA, COM OUTRA PESSOA. CONHEÇO VOCÊ BEM O BASTANTE PARA SABER QUE ISSO É A SUA CARA – MAS, MESMO ASSIM, COMO PÔDE? NÃO É HUMANO.

VOCÊ DEVE MESMO GOSTAR DESSE TAL DE CLAUS. É A ÚNICA EXPLICAÇÃO.

E ISSO ME DEIXA NUMA PÉSSIMA SITUAÇÃO. AH, SE DEIXA...

ESPERO QUE ELE ESTEJA SENDO BOM COM VOCÊ.

QUANTO À SUA AMIGA LORIE, ELA É UMA FIGURA. VÊ-LA LUTAR COM DEUS ME LEMBROU DE QUE NINGUÉM JAMAIS VENCEU ESSA LUTA.

E MESMO SABENDO QUE EU NUNCA, JAMAIS, VOLTARIA À IGREJA, COMECEI A LER A BÍBLIA DE NOVO – A BÍBLIA DE LORIE. ELA A ABANDONOU NA MINHA CASA QUANDO FOI EMBORA DO SÍTIO PELA ÚLTIMA VEZ.

VOCÊ DEVIA LÊ-LA. LI A EPÍSTOLA AOS ROMANOS ONTEM À NOITE E PENSEI MUITO EM VOCÊ.

Como Isso Foi Acontecer Com A Gente? É Incrível.
Sempre Vou Te Amar, Ana. Gostaria Que Estivesse Aqui, Para
Podermos Tentar Ficar Juntos, Irmos A Algum Lugar... Ver O Que
Acontece... Mas Você Está Tão Longe De Mim – De Nós.
Jäger Está Mandando Um Alô – Au-Au.
Sempre Seu,
Peter.

Abaixando a carta até o colo, senti uma náusea horrível, e de repente a água carbonada me pareceu uma boa ideia. Coloquei o limão no guardanapo antes de despejá-la no gelo meio derretido.

Eu passara uma década procurando amor e lutando. De repente, tinha dois homens maravilhosos que me amavam. Homens preciosos. Devia estar feliz, mas não estava. Não havia qualquer possibilidade de todos nós sermos felizes. Alguém teria que sofrer. Guardei a carta no envelope, dobrei-a uma só vez e a enrolei com força.

Olhando para Claus, que dormia tranquilamente, enfiei o rolo na garrafa de água mineral vazia e a entreguei à comissária de bordo.

– *Bitte.*

A estada no resort em Mallorca foi exatamente como uma estada num resort no Caribe – só a geografia do litoral diferenciava as duas regiões. Em Mallorca, gigantescas cordilheiras davam lugar a corredores inesperados que levavam a água a praiazinhas de areia branca no interior da ilha – dramáticas e belas, como pequenas artérias carregando sangue à parte mais afastada de um membro distante.

Trabalhávamos pelas manhãs sob um imenso quiosque com teto de sapê que ninguém parecia usar até o anoitecer, e curtíamos a praia nas tardes quentes e noites frescas.

Quando não estávamos nadando, Claus lia a biografia de Barbara Milberg Fishberg, *In Balanchine's Company: A Dancer's Memoir*, e eu folheava o único livro em inglês que ele tinha, *William Wordsworth – The Major Works*.

Já na metade da nossa estada em Mallorca, e com o trabalho quase terminado, eu não conseguia dormir.

A carta de Peter se fora, mas suas palavras haviam se gravado no meu cérebro e ecoavam indesejadas nos meus ouvidos toda vez que eu abaixava a guarda. *Ela foi embora do sítio pela última vez... Eu nunca, jamais, voltaria à igreja... Epístola aos Romanos... Gostaria que você estivesse aqui.*

Procurei o livrinho verde que pusera na mala com a última foto de Barysh. Não sabia que Pet*er tinha frequentado a igreja. Agora só* falta ele ser Batista *também.* Sacudi a cabeça e peguei o Novo Testamento de Dona Jackie, para procurar a Epístola aos Romanos.

O opúsculo que ela me dera caiu no chão quando folheei as páginas. Peguei-o e olhei a foto do seu filho ao lado da família perfeita, como se estudasse alienígenas de Plutão. Quem eram essas pessoas, e como eram as suas vidas?

Havia algo errado com a postura da menina mais nova. Aproximei o opúsculo do abajur amarelo que ficava na velha escrivaninha. Como não notara antes? Ela estava sendo amparada pela mãe? Procurando mais retratos da família no opúsculo, encontrei alguns versículos da Epístola aos Romanos – exatamente o que buscava.

Mas o opúsculo só continha cinco versículos. Eu queria o texto integral, por isso peguei o Novo Testamento.

– Tudo, menos a Epístola aos Romanos – resmunguei, procurando e notando que alguns versos estavam sublinhados. Dei uma olhada na capa do livro. – Edição Marcada. Ver Página 216. – *Por que não?* – "Porque todos pecaram, e destituídos estão da glória de Deus." – Compreendi que o versículo era da Epístola aos Romanos. *Claro. Peter leu isso e se lembrou de mim. Maravilha.*

Uma seta na parte inferior da página precedia um bilhete que me pedia para ir à página 219.

– Claro, me divirta. – Pulei várias páginas. – "Porque o salário do pecado é a morte, mas o dom gratuito de Deus é a vida eterna, por Cristo Jesus, nosso Senhor." – Epístola aos Romanos. Por pouco não revirei os olhos, em vez disso me forçando a continuar a caça ao tesouro de seta em seta, de página em página, no que acabaria sendo uma viagem abreviada pelo Novo Testamento.

Uma série de versículos sublinhados me fez interromper a jornada: *salvo pela graça e não pelas obras?* Os versículos pareciam escritos numa língua estrangeira. *Você tem que fazer por merecer. Vamos lá.*

– Preciso me ater à Epístola aos Romanos – sussurrei, sacudindo a cabeça e tentando encontrá-la de novo. – Já chega de setas e sublinhas.

Encontrei a Epístola aos Romanos, abrindo-a no capítulo sete. Confusa demais... A lei e o pecado, casamento, Cristo... *Não estou acompanhando.* Pulei vários versículos, procurando algo que pudesse entender. – "... a lei é espiritual...

mas eu sou carnal..." – *Acho que entendi. É como querer ser como Giselle e agir como Carmen. Hummm.*

O capítulo oito foi ainda melhor, repleto de palavras tranquilizantes sobre filhos, herdeiros, liberdade, esperança.

– Espera aí.

– O que está fazendo? – perguntou Claus, meio dormindo.

– Você já ouviu dizer que, quando se quer alguma coisa de todo coração, o universo conspira para ajudar a pessoa a consegui-la?

– O quê? – Ele se sentou por baixo do lençol bege. – Está lendo o Novo Testamento que ganhou em Praga?

Fiz que sim.

– Mamãe diz que o universo conspira para ajudar a pessoa quando ela combate o bom combate. Não sabia que essa ideia era da Bíblia.

– O bom combate?

– Uma coisa que a pessoa queira muito.

– Deus age em todas as coisas para o bem daqueles que O amam. Isso está na Epístola aos Romanos. – Ele pegou sua água. – O bom combate está em alguma parte de Timóteo. Desculpe, já faz tempo... O bom combate da fé.

– Será que eu sou a única pessoa que não conhece a Bíblia?

– Você é católica, não é?

– O que há de errado em ser católica? – Levantei e cruzei os braços. – Conheço as mesmas histórias sobre Jesus que você.

– Nada de errado. – Ele encostou a cabeça no travesseiro e deu um tapinha no lugar ao seu lado.

– Qual é a sua religião?

– Fui criado como luterano.

– Tá. – O que era um luterano? Pus o livro de lado e apaguei a luz, me perguntando no escuro se mamãe sabia que sua teoria sobre a "conspiração do universo" tinha saído direto da Bíblia. Ela estudara em colégios católicos quando era pequena, portanto era provável que conhecesse o versículo. Devia ter me dito que era da Bíblia. Devia ter me mostrado. Eu teria gostado de lê-lo dentro do contexto e aprendido mais.

Mas eu iria *aprender.*

Depois de um jantar esplêndido de frutos do mar perto do cais natural de Porto Cristo na nossa última noite, compramos uma garrafa do vinho tinto local e voltamos à nossa praia para comemorar a conclusão do trabalho e arrematar nossas férias.

– Os bailarinos de hoje são tão atléticos. – Claus segurava minha mão enquanto avançávamos pela água fresca do Mar Mediterrâneo. – Parece que, da noite para o dia, as mulheres passaram das piruetas duplas para as triplas e até mais, com os *fouettés* se tornando uma exibição louca de equilíbrio e controle. Duplos e triplos com cada rotação terminando em quê? Quíntuplos? Os homens estão fazendo um milhão de piruetas perfeitas, terminando em equilíbrio, saltando mais alto do que nunca... – Ele se calou, perdido em pensamentos por um instante. – Acho tudo incrível, mas, de algum modo, quero desafiar isso. Quero exibir artisticidade e lirismo.

– Mas você é tão bom nas acrobacias do balé. – Minha mão acariciou a dele. – Devia apenas aproveitar isso. Detesto não poder fazer o mesmo.

– Você deve me detestar por ficar reclamando, mas as expectativas em termos de técnica são tão altas para mim, que há noites em que vou embora sem qualquer senso de realização artística. E isso não está certo. A realização técnica é ótima, não nego, e sou muito grato por ela. Mas em primeiro lugar sou um artista, e algo está faltando. Entende?

– Entendo. – Havíamos chegado ao fim da praia e nos virado na direção contrária. – Entendo o que está dizendo, mas ainda quero o que você tem. Quanta coisa poderia fazer se tivesse um corpo mais adequado para o balé. Eu me sinto tão limitada... É deprimente. – Jovana dissera tudo: alguns nascem com o tipo físico ideal e dançam bem naturalmente, outros se empenham e se tornam muito bons, mas jamais podem competir no mesmo nível.

– Sinto muito. – Ele passou os dedos pelos meus cabelos. – Não é justo, é?

– Não. Não é. – Será que ele saía mesmo das apresentações se sentindo vazio como artista? Isso também era deprimente. – Vai ficar com inveja se eu te contar uma coisa?

– Não sei. – Ele parou. – O que vai me contar?

– Sabe com que frequência eu experimento esse senso de realização artística? – Observei seus olhos se franzirem.

– Quase todas as vezes?

– Durante e depois de cada apresentação. – Levantei a garrafa. – Um brinde às baixas expectativas, que têm as suas vantagens... Quando as pessoas não esperam nada de você tecnicamente, você fica livre para ser um artista.

Ele inclinou a cabeça.

– Há muitas expectativas em relação a você também, e sabe disso. Mas estou com inveja.

– Onde está aquele gênio que faz as pessoas trocarem de lugar quando se precisa dele, hein? – Ri e dei um gole no vinho quente.

– Olhe, eu quero que você tenha o que eu tenho. – Claus me abraçou.

– Quero proporcionar isso a você. – Pegou a garrafa e arrematou o vinho. – Precisamos explorar o seu talento, as coisas que você faz bem.

– Isso é tão *Sob a Luz da Fama*. – Vi-o colocar a garrafa na areia. No filme *Sob a Luz da Fama*, um grupo de doze adolescentes começa a treinar na American Ballet Academy, sonhando com um lugar na companhia. Jody Sawyer é talentosa, mas, como eu, tem um corpo que não a ajuda muito: pés sem arcos altos, pernas incapazes de virar para fora tanto quanto as das outras garotas. No fim, um astro do balé, Cooper Nielson, funda uma companhia e a convida para ser uma das solistas, prometendo explorar seus pontos fortes.

– Está debochando de mim, Jody Sawyer? – Claus apertou o peito, como se estivesse desolado.

– Cala a boca, Cooper.

O som de nossos risos cúmplices rolou pelo ar da noite como as ondas suaves que rolavam à nossa praia de Cala Romantica, ritmadas, descomplicadas.

– Posso falar a sério agora? – Suas sobrancelhas se franziram.

– Se faz questão...

Claus segurou minhas mãos e me olhou nos olhos.

Parecia mesmo sério. Eu não o via tão sério assim desde o dia em que havíamos deixado a Geórgia.

– Quero criar balés que inspirem as pessoas a dançar com o coração, como *Praha*. Esse é o meu sonho.

Apertando minhas mãos, ele me deu beijos suaves nas pálpebras, misturados com a brisa salgada do mar. *Delícia*. Olhei para ele quando parou – ainda estava sério.

– Você é perfeita para a minha visão. – Tornou a me beijar.

– Sou mesmo?

Ele levou um dedo aos lábios.

– Shhh... Frederick Ashton criou coreografias para Margot Fonteyn e explorou seu charme. Kenneth Macmillan gostava de explorar o talento dramático de Lynn Seymour. E eu tenho você. Você é a minha tela. Vamos amadurecer juntos como artistas.

– Uau. – Que lista fantástica de pessoas. Lindas, lindas palavras.

Seus braços envolveram o meu corpo.

– Que tal?

Seu coração batia rápido contra o meu.

– Parece fantástico. – Ficamos nos embalando aos sons doces do mar, e, contemplando as estrelas no céu sem lua da bela noite mediterrânea, senti que tudo estava certo no mundo.

Eu era sua mulher. Seria sua bailarina – sua inspiração – e faríamos experimentos juntos. Ele criaria novas tendências em termos de movimento e expressão, e eu seria a sua feliz cúmplice. Aterrorizante? Sim. Mas absolutamente fantástico.

– Sabe do que mais? – Claus perguntou, parecendo relaxado e contente.

– O que mais? – O que mais poderia haver?

– Devíamos fazer um bebê. - Sua voz era sonhadora, o lindo sotaque empolgante.

Uau. Isso me pareceu maravilhoso, mas seria o momento certo?

– Mas e todas as coisas que acabamos de conversar, *Praha*, o Met, seu futuro como coreógrafo? – perguntei, esperando de coração que ele já tivesse planejado tudo.

– Nós nos casamos no Natal, quando seus pais estiverem aqui, e aí começamos a tentar. Mas você vai precisar parar de tomar a pílula logo. Esse troço demora séculos para sair do organismo. Hanna levou quase um ano para engravidar quando tentamos. – Ele fingiu um sorriso, ou por se arrepender de ter mencionado o nome dela, ou para esconder seus sentimentos em relação ao bebê que haviam perdido.

Mantive a expressão agradável, mas continuei em silêncio. Quantos sonhos mais ele atiraria em cima de mim em uma noite? E quão sério estava falando em relação a cada um?

– Podemos usar proteção até o Natal, se você quiser. Só não quero fazer planos demais outra vez e me decepcionar. – Ele sacudiu a cabeça, como se acordasse de um pesadelo. – Vai dar tudo certo. Mesmo que você engravide na nossa noite de núpcias, ainda não vai estar visível em Nova York. – Ele abaixou os olhos, entre risos roucos.

– Que é? – perguntei.

– Uma bobagem.

– Mas o que é?

– Eu conheço o coreógrafo. – Ele beijou minha mão e manteve os olhos baixos. – Vou me certificar de que ele planeje roupas largas para você em *Praha*... por via das dúvidas.

– Já está deixando o sucesso subir à cabeça, Sr. Coreógrafo? – Rimos juntos mais uma vez.

Olhei nos seus olhos azuis, escurecidos pela meia-noite. Senti o coração disparar e o corpo tremer ao abraçar a sua ideia.

– Devíamos.

– Devíamos o quê?

– Fazer um bebê.

Capítulo 18

—Arrebentei o Thunderbird – soltei à queima-roupa quando Claus atendeu o celular depois de uns vinte toques. – Pode vir me buscar?

– Você está bem? Onde você está?

– A dois quarteirões da loja de plantas. – Fiz um esforço para que a voz saísse calma. – Estava comprando crisântemos. – *Droga de crisântemos.* – Estou bem. Não aconteceu nada comigo. Provavelmente amanhã vou estar toda dolorida, mas estou bem.

– Ah, graças a Deus. – Ele soltou o ar com força. – Tem certeza?

– Absoluta. – Toquei o pescoço, onde ainda sentia certa rigidez, mas não estava doendo. Estava apenas um pouco hirto. – Pode vir me buscar? Estou numa padaria.

– Sabe o nome?

– Não, mas basta procurar restos de terra e crisântemos amassados se esturricando no meio da rua. – Sequei uma lágrima e respirei fundo. – Estou dentro dela, escondida atrás do *Financial Times*. – Peguei o jornal cor-de-rosa em uma pilha abandonada numa mesa ao lado da minha.

– Já estou indo.

– Obrigada. – Meu queixo tremia involuntariamente. Abrindo o jornal, fingi ler as últimas notícias do Reino Unido, mas minha cabeça não parava de ruminar sobre o trabalho que eu pretendera terminar aquela tarde e agora não poderia.

Um casal de jovenzinhos, recém-casados que moravam no térreo, havia perguntado a Jutta, minha vizinha e professora de alemão, sobre as suas flores, e ela mencionara meu nome. Eles me ofereceram quinhentos euros, fora o custo das plantas.

Dei um gole no cappuccino cremoso. Tinha terminado a maior parte do trabalho e estava só esperando a estação dos crisântemos para concluir o projeto. Agora, meus crisântemos estavam destroçados, metade no meio da rua e metade com o motorista do reboque que fizera o possível para limpar a sujeira.

Quando Claus chegou, mostrei a ele dois cartões comerciais: um da oficina onde estava o Thunderbird, o outro da pessoa em cujo carro eu batera.

O técnico da oficina disse que tinha dado uma olhada no carro e não podia consertá-lo, por isso Claus providenciou para que o rebocassem até o nosso prédio.

– Vou dar um pulo numa das *Kasernen* do exército amanhã. – Claus guardou os dois cartões. – Acho que eles têm uma oficina e mecânicos na *Kaserne* de Mainz-Kastel, ou talvez no aeródromo.

O fato de não saber quando ou como o Thunderbird seria consertado fazia com que eu me sentisse ainda pior. Não era só um carro. Não devia estar tão chateada por causa dele, mas estava – aquele carro era especial para mim, meu último vínculo com os Estados Unidos. Todo o resto estava indo tão bem. Faltava apenas um mês para os ensaios de *Praha*, e a peça estava linda. As aulas também iam às mil maravilhas.

Mas agora, isso.

– Eu nunca poderia ter tudo dando certo ao mesmo tempo. Alguma coisa sempre tem que estar errada na minha vida.

– Tudo vai se ajeitar. Nós vamos consertá-lo. – Claus deu um beijo carinhoso na minha testa. – Estou tão feliz por você não ter se machucado.

Eu também estava. Por sorte, ninguém saíra ferido. O acidente podia ter sido muito pior. Eu havia achado que tinha preferência. Ainda bem que não estava dirigindo depressa. A preferência à direita é um sistema tão ridículo, que a maioria dos cruzamentos na Alemanha é controlada por placas ou semáforos para os motoristas não terem que ficar parando o tempo todo para deixar passar carros se aproximando do cruzamento daquela direção.

Mas eu não havia notado que o cruzamento onde dera a batida não tinha placa de preferência – obviamente. Presumi que podia seguir em frente, já que a minha rua era maior, mas então o Thunderbird bateu numa Mercedes que vinha de uma rua menor e quase deserta – mas quem se importa? O sósia de August Diehl em cujo carro eu batera se aproximou da direita.

– Quer voltar à loja de plantas? – Claus abriu a porta da padaria para mim. – Podemos comprar um pote de plástico para as plantas. Eu não me importo.

– Hoje não. Só quero ir para casa.

Era a primeira semana de setembro quando mamãe ligou, a respiração entrecortada apesar da distância entre nós.

– Ana... Ana, seu pai está bem, mas... – Pus a mão no coração ao ouvi-la recuperar o fôlego. – Querida, ele teve um infarto.

– Não, mãe...

– Agora ele está bem, mas foi grave, meu amor. – Ela se calou, e esperei que continuasse. – Ele teve que fazer uma angioplastia, e vai ficar no hospital por mais alguns dias antes que eu possa trazê-lo para casa.

– Mãe, eu vou aí vê-lo. – Anotei a palavra "angioplastia" para poder pesquisá-la mais tarde. – Eu te ligo quando tiver o número do voo e a data. Mike está aí?

– Sim, seu irmão chegou hoje de manhã. – A voz dela estava mais calma. – Tem certeza de que pode vir?

– Absoluta. – Nem em mil anos deixaria de ir. – Te ligo de volta daqui a pouco, mãe. Aguenta firme, tá? – Não deixaria papai e mamãe enfrentarem isso sem a família completa. Nem pensar.

Dois dias depois, Claus e eu estávamos num voo rumo a Atlanta, pretendendo passar uma semana e voltar cinco dias antes do teste.

Enquanto esperávamos que o avião saísse do portão, retirei da bolsa uma latinha com algumas sementes de girassol.

Eram sementes de girassol que tínhamos visto germinar e crescer. Nossas graciosas gigantes haviam seguido o sol de ponta a ponta no horizonte, virando-se para o leste todas as manhãs. Haviam chegado ao seu clímax depressa, e então as cabeças começaram lentamente a se abaixar.

Ainda era muito cedo para colhê-las, mas Claus foi ao campo pouco depois de mamãe telefonar e encontrou uma dúzia de sementes polpudas para eu levar para casa.

Enquanto o Lufthansa 444 taxiava na pista, Claus acariciou meu rosto com os dedos e ficou olhando enquanto eu tocava as sementes na latinha mais uma vez.

– Podia jurar que você estava usando a echarpe. – Ele inclinou a cabeça, a mão suave na minha nuca descoberta.

– Eu ia usar. – Segurei sua mão quando o avião ganhou velocidade na pista. – Eu a enrolei em volta do retrato de Barysh. Não queria deixá-lo sozinho. Sei que é uma bobagem. Espero que não se importe.

– Não me importo. – Ele deu um beijo em minha mão antes de fechar os olhos. – Só queria ter certeza de que você não a tinha perdido.

– Não, não perdi – respondi, quando a ponta do avião se inclinou para cima, e o caos dos pneus avançando no cimento duro deu lugar à paz do céu azul que refletia o estranho silêncio de meu coração. O estado de papai ainda era crítico, mas os médicos estavam satisfeitos com o resultado da cirurgia, e eu feliz por voltar para casa. Era onde precisava estar – tomando conta de minha família, com a sacola de balé na mala e Claus a meu lado. Tudo daria certo.

Capítulo 19

—Quero ir a Columbus para fazer aulas. – Observei os chapins e as toutinegras diante da janela da cozinha de mamãe e me lembrei da dor que havia sentido a última vez que me sentara àquela mesa.

O que realmente queria era que Lorie nos visse juntos e felizes. E noivos. Ela tinha que saber que seus esforços para estragar minha vida não haviam dado em nada. Mas Claus não precisava ficar sabendo isso.

Papai voltara do hospital. Estava aborrecido por não poder ir jogar golfe e reclamava da dieta que o médico prescrevera, mas, tirando isso, estava bem. O que poderia ter sido fatal, não fora.

– É em Atlanta que devíamos fazer aulas. Você precisa ser desafiada. Entrar na velha rotina de Columbus não vai incrementar a sua carreira em nada.

– Do que eu preciso é estar entre pessoas que conheço. – Mas Claus estava sendo tão teimoso em relação a Atlanta quanto eu em relação a Columbus.

– Do que você precisa é ficar de olho na bola. Não é como vocês dizem na América? – Ele arqueou uma sobrancelha. – Você vai fazer um teste importante para uma companhia importante, e fez um progresso importante. Não afrouxe o ritmo agora. Vamos para Atlanta fazer aulas onde você não perca o impulso.

– Mas eu quero voltar a Columbus e ver todo mundo. É o meu estúdio. São os meus amigos.

Claus fez que não com a cabeça.

– Não tem nenhuma escola aqui?

– Ah, então uma escola em Pine Mountain me desafiaria mais do que uma aula com uma companhia de Columbus? Você não está sendo nada coerente.

Ele caminhou em silêncio até a janela da cozinha. Qual era o problema? Eu pensava que ele gostasse de Columbus.

– A Associação Cristã de Moços deve ter uma aula para fadas e princesas. – Tentei ficar séria, mas a ideia de aparecer numa escola onde as alunas tinham em média seis anos de idade me fez esboçar um sorriso pelas suas costas.

– Eu seria uma fada ou uma princesa? – A pergunta nos fez cair na gargalhada. Era bom ouvi-lo rir. Por um momento, tinha me deixado preocupada.

– E que tal se fizermos duas aulas em Columbus e duas em Atlanta? E aí voltamos para a Alemanha?

Ele estava parecendo preocupado de novo.

– Tudo bem, Ana. Mas é um erro, tá?

O Allen Ballet havia dançado *Don Quixote* no mês anterior. Em seguida viria um programa misto no final de outubro, apresentando *Les Sylphides*, o *pas de deux* de *Sylvia*, *Closer*, de Benjamin Millepieds, e *Archangelo*, de Nacho Duato. Brian tinha pretendido incluir uma quinta peça, mas não encontrara a ideal.

– Vocês dois deviam ficar e fazer a cena do balcão – disse ele.

– Quem dera que pudéssemos, e eu também gostaria de fazer *Archangelo* – respondi. – Adoro aquele balé. Estou oficialmente com inveja.

Talvez, depois da aula, mencionasse o teste. Por ora, só queria trocar de roupa e fazer alguns exercícios de alongamento. E ver Lorie.

Dei uma espiada no vestiário, com suas luzes fortes.

Ela estava na mesma área de que se apropriara dez anos antes, quando havíamos começado a dançar no Allen Ballet – o último armário à direita, perto dos chuveiros.

Dei uma olhada no meu antigo armário, que ficava em frente ao dela. Ao que parecia, ninguém ainda o usava. A porta estava destrancada como eu a deixara. Uma pequena imagem da entrada do Met, vista do Lincoln Center Plaza, ainda decorava o lado interno da alta porta de metal. Eu a imprimira com esse propósito, logo depois de minha primeira viagem à Alemanha. Os cinco arcos de concreto e a alta fachada de vidro estavam iluminados pelos famosos lustres Sputnik no grandioso foyer. Era lindo.

Eu deixara a imagem para trás, esperando que inspirasse alguma nova aluna a sonhar alto. Eu já estava a caminho de lá. Não precisava mais dela.

Mas a imagem não parecia estar inspirando ninguém no momento. Parecia triste e solitária – abandonada.

A ideia de retirá-la me passou pela cabeça, mas talvez um dia ainda viesse a significar alguma coisa para alguém no Allen Ballet. Devia ficar.

Lorie estava prendendo os longos cabelos louros num coque, cercada pelas bailarinas mais jovens do corpo de baile – todas adolescentes. Estavam conversando sobre as apresentações da semana anterior.

– Você leu as resenhas maravilhosas que recebemos por *Don Quixote*? – O modo como Lorie exagerava o sotaque arrastado dos sulistas não podia ser mais irritante.

– Li, sim – respondeu a mais magra do grupo. – Os críticos te amam, Lorie. Se não me falha a memória, usaram a palavra "perfeição" para descrever o *pas* do casamento.

– Ah, é fácil brilhar ao lado do parceiro perfeito. – Lorie tinha mudado muito. – Daniel é o melhor parceiro que já tive... Melhor do que Claus Gert, e muito mais bonito.

Ah, então tá. Claro que é. Daniel era um bom bailarino e uma boa pessoa – mas, coitado, sua técnica não chegava aos pés da de Claus. E ele parecia um rato – um rato magro, com feições magras e perninhas magras.

Eu já ouvira o bastante. Onde estavam as pessoas normais? Saí do vestiário e troquei de roupa no banheiro do corredor.

Claus tinha razão. A ideia de fazer aulas em Columbus fora um erro.

Quando ele finalmente entrou, eu já tinha me posicionado atrás de Lorie na barra e estava me alongando. Ele abanou a cabeça quando me viu.

O quê? Meu coração palpitou com tanta força, que cheguei a sentir os batimentos na cabeça. Nunca na vida tramara qualquer tipo de vingança, mas também nunca fora intencionalmente magoada. Tinha que haver consequências para o que Lorie fizera comigo e com Peter.

Claus foi até Daniel, o rato, que estava em uma das barras do centro. Eles conversaram por alguns instantes, e Claus acabou ficando por lá quando Brian começou a aula.

Estava muito longe de mim. Mas não era hora para demonstrar descontentamento.

Depois de fazermos o primeiro exercício de aquecimento à direita, chegou a hora de nos virarmos e repetirmos a combinação do outro lado. Minha mão esquerda agora estava livre para dançar, e Lorie livre para assistir.

A primeira onda de inveja veio logo no primeiro *port de bras*.

Missão cumprida.

Quando acabamos o trabalho na barra, eu me alonguei com Claus.

– Por que resolveu ficar tão longe? – Ajustei as sapatilhas.

– Você queria estar com seus amigos. – Ele tocou meu rosto, e então secou o suor debaixo dos meus olhos. – Eu estava te dando espaço.

– Não preciso de espaço. Só queria estar aqui.

Brian marcou um *tendu* simples, dando continuidade à aula.

– Devia ter mandado você para a Alemanha há muito tempo. – Ele passou por mim durante a pirueta da combinação. – Você está fantástica.

A aula estava sendo uma das melhores que eu já tivera no Allen Ballet. Eu tinha mesmo melhorado muito. Mais rodopios, pulos mais altos, movimentos mais precisos. Mais confiança – finalmente. A Alemanha fora realmente uma grande ideia.

Depois da aula, conversei com Brian sobre o teste em Wiesbaden e uma nova coreografia. Prometemos voltar no dia seguinte, trazer a música e lhe mostrar *Praha*.

Mas eu não sabia ao certo se queria mesmo fazer isso. A exibição para Lorie me dera menos prazer do que eu esperara, e não pude deixar de me sentir mesquinha e infantil. Minha paz e minha felicidade tinham sido abaladas, e por minha culpa.

Apertei a mão de Claus a caminho dos elevadores, grata por minha casa ficar longe do Allen Ballet.

– Quer dançar em Atlanta amanhã?

– Quero. – Ele descaiu a cabeça com força, como um soldado cansado que finalmente foi declarado vitorioso, após uma longa e exaustiva batalha.

– Vou ligar para Brian mais tarde e explicar.

Ao sairmos do prédio da companhia, fiquei surpresa de deparar com Lorie parada ao lado de um parquímetro.

– Ana, só queria me desculpar por todas as coisas que aconteceram meses atrás. – Um canto de sua boca se curvou.

Desde quando as pessoas se desculpam com um sorriso?

– Vamos embora. – Claus segurou minha mão e me puxou.

– Eu vi o anel. – Ela ergueu a voz para se fazer ouvir em meio ao barulho da rua. – Parabéns. Fico feliz por você ter conseguido perdoar Claus.

Dando meia-volta, vi o sorriso maldoso e os olhos azuis gelados confirmarem que ela havia levado a melhor sobre mim – outra vez.

Claus estava com os olhos cravados na calçada. O que não podia ser bom. Por que eu precisaria perdoá-lo? Ele tinha dito que não sabia que Peter estava no teatro quando me beijara após o ensaio geral de *Romeu e Julieta*.

Será que diria algo? Tinha que ser alguma outra coisa. Alguma coisa menos grave. Alguma coisa sem a menor relação com aquele doloroso capítulo de minha vida – o capítulo que eu pensava ter encerrado para sempre. *Tinha* que ser outra coisa.

O alarme de um carro disparou. Uma mulher ajudou um homem a atravessar a rua. Uma garotinha saiu correndo à frente do pai. "Não solte a minha mão", disse ele, agachando-se para ficar da sua altura quando a alcançou – os dedinhos teimosos ainda tentando se libertar da mão muito maior. O alarme parou. A garotinha deixou que o pai segurasse sua mão.

Claus ainda tinha os olhos cravados na calçada.

Não podia ser. As suspeitas de mamãe me voltaram à lembrança, agora distantes, mas ainda muito claras. *Não posso deixar de me perguntar se Claus estava envolvido na trama de Lorie. De que outro modo ela poderia saber que algo iria acontecer entre vocês no palco aquela noite?*

Ele nunca faria isso. Não podia ser.

– Estou esperando. É melhor vocês dois começarem a falar.

– Achei que você estava cometendo um grande erro ao se mudar para Pine Mountain – disse Lorie. – Aliás, já falei isso, no dia em que você me deu uma surra.

– Eu não te dei uma surra.

– Você deu uma surra nela? – Claus finalmente levantou os olhos.

– O que você acha? – Já não tínhamos concordado que Lorie era indigna de confiança?

– Eu sabia que você acabaria saindo da companhia. – Lorie empinou o queixo.

– Queria que você ficasse, por isso disse a Claus que você estava perdidamente apaixonada, e que Peter ia te obrigar a parar de dançar para ir morar no sítio. – Ela deu uma risadinha e abanou a cabeça. – E Claus veio em seu socorro. Ele sabia que Peter estava na plateia quando te beijou. Queria que o seu noivado acabasse. Queria você para ele, sem se importar com o que tivesse de fazer para conseguir.

Claus avançou em direção a Lorie e a segurou pelos braços. Eu nunca vira aquela intensidade em seu andar e seus olhos, mas ela nem pestanejou.

Vários passantes começaram a nos encarar. Um homem da idade de meu pai usando um elegante terno cinza diminuiu o passo.

Os olhos de Lorie estavam arregalados, mas ela ainda exibia um largo sorriso – encostando o corpo em Claus – provocando-o.

O homem que havia diminuído o passo se afastou.

Como Claus pudera mentir desse jeito para mim? Cobri a boca com os dedos trêmulos. E por todos aqueles meses? Meu coração disparou, e tive uma vertigem.

Ninguém falou. Nós três estávamos suspensos no tempo, enquanto ao redor a vida prosseguia. Carros passavam. Pessoas passavam. Uma brisa fresca acariciava as folhas do fim de verão, grandes e verde-escuras, ressecadas por meses do calor da Geórgia. Quando chegasse o mês seguinte, estariam totalmente secas. Com o primeiro vento ou temporal mais forte, cairiam.

Quando Claus soltou os braços de Lorie, havia marcas vermelhas de cada um de seus dedos na pele clara. Ela não se moveu.

Claus segurou minha mão e começou a me afastar dali, mas a distância não barrou as palavras dela. Eu ainda podia ouvir a sua voz, abafada e onírica.

– Ele sabia de tudo, Ana, de tudo.

Neguei com a cabeça, percebendo que já tínhamos atravessado a rua, deixando para trás o prédio da companhia, e havíamos chegado ao teatro onde dançáramos *Romeu e Julieta*.

Como podíamos ter andado tão depressa? Procurei Lorie do outro lado da Tenth Street, mas ela já se fora.

Chegamos à mesma marquise onde eu me sentara sete meses antes, envergonhada, assustada e perdida. Tão humilhada. Tudo me voltou à mente. As lágrimas de Peter, meu desespero, meu medo, minha incerteza...

E tudo por culpa de Claus. *Tudo – ele sabia de tudo.* Tinha que ser um engano. Tinha que haver uma explicação diferente. Ele me amava. Não podia – nem faria – uma coisa dessas comigo.

– Não é verdade, é, Claus? – perguntei, parando. – Por favor, me diga que não é verdade. – Sacudi sua mão com força, pondo todo o braço em movimento.

Ele assentiu e me abraçou, fazendo com que eu parasse de sacudi-lo.

– É verdade?

Ele tornou a assentir.

Como um vulcão adormecido por tempo demais e subitamente prestes a causar um grande estrago, entrei em erupção. Empurrei-o com força contra a marquise.

– Por quê? – Bati com os punhos no seu peito.

Ele segurou meus pulsos.

– Vai me dar uma surra também?

– Responde ao que perguntei. – Minha voz saiu deformada.

Ele levou minhas mãos ao coração, contra minha vontade.

– Eu andava pensando em te procurar. Liguei para amigos em Atlanta e marquei uma visita para falar sobre a possibilidade de dançar outra vez nos Estados Unidos.

Seus olhos me examinaram. Não gostei da intensidade mais do que de seus atos e mentiras.

Ele respirou fundo, mantendo minhas mãos sobre o coração. Parei de relutar, mas ainda estava tão furiosa quanto antes. Minha raiva simplesmente assumira outra forma. O fluxo de lava agora corria lentamente pelas cicatrizes e rugas ocas da nossa relação, encobrindo toda a paisagem com um calor mortal.

Quando ele finalmente tornou a falar, seus olhos estavam mansos.

– Eu tinha entrado em contato com o Allen Ballet, e Brian me perguntou se eu queria dançar *Romeu e Julieta* com você.

Abanei a cabeça. *Que desastre.* Por que isso tinha que acontecer? Por que ele tinha que telefonar, e porque Brian tinha que me oferecer a ele desse jeito?

Claus sorriu e deu de ombros.

– Achei que era um sinal... Um sinal de que eu já tinha cumprido minha pena... Que já tinha sofrido o bastante, e que era hora de ser feliz novamente. Não me dei conta de que estava chorando até sentir que uma lágrima salgada chegara aos lábios. Usei a manga do agasalho para secar o rosto.

Claus levantou meu queixo.

– Fiquei devastado quando soube que você estava noiva. – Ele me olhou como se tentasse decifrar minha reação. – Perguntei a Lorie sobre seu noivo. Eu lembrava que você e ela eram amigas, então imaginei que ela saberia.

– Ela era minha amiga quando eu tinha dezessete anos. – Sentei na beirada de uma enorme floreira de cimento, segurando a cabeça entre as mãos.

– Agora eu sei que falar com ela foi um erro, mas na ocasião me pareceu inteligente. – Ele sentou ao meu lado. – Ela disse que você amava muito o cara, mas que ele não queria que você dançasse e que você ia parar. Isso me deixou furioso, Ana. Ninguém tem o direito de dizer a um bailarino quando é hora de parar.

– Claus, em que mundo parece possível que algum cara me diga o que fazer e deixar de fazer? – Levantei a cabeça e cravei um olhar duro nele. – Não seja ridículo.

– Fazia uma década que eu não via você. As pessoas mudam. Elas se tornam mais acomodadas. – Suas faces, lábios, até seus olhos pareciam caídos. Os ombros se curvaram, e, quando ele continuou, a voz saiu pouco mais alta que um sussurro. – Você é uma pessoa muito mais doce do que tem consciência.

– Não tenho uma gota de comodismo em mim – rebati, de olhos fechados. – E, por sinal, nem de doçura. Mas continue. Lorie te contou aquela mentira sobre Peter. E depois, o que aconteceu?

– Lorie arquitetou tudo. – Ele se remexeu e o rosto ficou vermelho. – Não achei que chegaria ao ponto de inventar para Peter que nós tínhamos dormido juntos, mas ela disse que, conhecendo vocês dois, era necessário.

– E então você resolveu armar a cilada para mim?

– Foi um erro, Ana. Naquele primeiro dia em que fomos ao Rüdesheim, eu compreendi que Lorie tinha mentido para mim. Estava plenamente convencido de que Peter ia obrigar você a parar.

Isso era ridículo demais. Sacudi a cabeça com força. Será que não podia acordar logo desse pesadelo?

Claus se levantou, parecendo prestes a dizer alguma coisa, mas não disse. Em vez disso, agachou-se à minha frente e acariciou minhas mãos com suas mãos quentes.

Eu estava sentindo tanto frio, tanta solidão.

De novo.

Ele tocou meu anel de noivado, com um sorriso carinhoso.

– Eu carreguei esse anel comigo durante meses. Quase te pedi em casamento no parque um dia. Depois, no Di Gregorio. Depois, fiquei por um triz no *Natal* em Praga. Depois, na Ponte Carlos.

– E por que não pediu? – perguntei, relembrando o outro casal na ponte e como me sentira desvalorizada ouvindo a "Habanera" e recebendo de presente um par de brincos de granada em vez de um anel de diamante. Tinha sonhado tanto com um pedido de casamento.

– Não achei que tinha o direito. O que eu havia feito estava me pesando muito no coração, Ana. E ainda está. – Ele encostou o rosto em minhas mãos. – Eu sinto muito. Sinto muito por tudo. Nunca deveria ter feito o que fiz.

Assenti lentamente, e ficamos em silêncio. Continuar com Claus não era uma opção. Não podia perdoá-lo. Ele estragara tudo. Claro, eu fora feliz nos últimos sete meses. Claro, construíra novos sonhos – um novo caminho rumo ao palco do Met. Mas era tudo mentira. Ele armara uma cilada para mim. Como era possível?

– Não podemos construir uma vida a dois em cima de uma mentira. – Minha respiração acelerou. – Não podemos construir uma vida em cima de mágoas.

– Apenas entenda que agi de boa fé, por amor. Será que pode fazer isso, Ana?

– Apenas entender? – Eu não podia "apenas entender".

– Por favor, Ana.

Tenho que fazer isso – não há outro jeito.

– Espero que você possa "apenas entender" isso, Claus. – Retirei o anel de noivado.

– Não, Ana. – Seus lábios formaram as palavras sem emitirem um som.

– Também lamento por tudo. – Coloquei o anel na palma de sua mão e fechei os dedos ao redor. Em parte estava com pena dele. Lorie o enganara direitinho; jogara com cada um de nós. Mas eu não podia continuar com Claus depois de tudo que ele fizera.

– Lamento que Lorie tenha mentido para você, e lamento ainda mais que você tenha acreditado nela. Mas, a despeito das razões que ela tenha dado a você, foi errado da sua parte fazer o que fez. Não posso ficar com você, por mais que te ame. Deus sabe o quanto me arrependo por não ter ouvido minha mãe. E por ter ido morar na Alemanha... – *E por ter dormido com você – de novo. Por favor, Deus, que eu não esteja grávida.*

Ele fechou os olhos – aliviando a tensão das pálpebras por tempo bastante para libertar as lágrimas sem forma.

O barulho do trânsito aumentou, pois começava a hora do rush.

— Precisamos ir andando. — Respirei fundo e comecei a caminhar, sabendo que ele me seguiria.

Chegamos ao SUV de papai, e entrei do lado do motorista, aproximando o banco dos pedais e ajustando o espelho retrovisor.

— Aonde vamos? — perguntou Claus, em tom apático.

— Para a casa de Peter. — Liguei o rádio e procurei minha velha estação de música country. — Você vai contar a verdade a ele. E depois, voltar para a Alemanha. — Não consegui encontrar a estação, então liguei o CD-player.

Willie Nelson começou a cantar "Stardust". Abanei a cabeça. Nenhuma música seria adequada. Desliguei o CD-player e saí do estacionamento em silêncio.

Fomos avançando lentamente por uma dúzia de sinais, até finalmente chegarmos à estrada que levava para fora da cidade.

Claus rompeu o silêncio.

— E quanto ao teste e a *Praha*? — perguntou, olhando pela janela. — E quanto ao Met?

— Você pode dançar *Praha* com Luci. Ela ficaria eufórica. Ou Ekaterina. É outra que ficaria eufórica. Ela deve voltar da temporada em Berlim a tempo para o *Quebra-Nozes*, não? Tudo volta ao normal. Jakob pode ter de volta sua amada primeira bailarina, e ela pode ter você de volta. E esqueça o Met. — Tinha sido um sonho ridículo. Como toda a minha vida ridícula. Bati com o punho no volante e peguei a estrada.

Olhei para o horizonte, e a melancolia substituiu a raiva muito mais depressa do que pude impedir.

Além da verdade sobre o envolvimento de Claus nos fatos ocorridos durante o ensaio geral de *Romeu e Julieta*, outra verdade partira meu coração tão brutalmente que ele se tornara como pó de breu — um ou outro pedaço resistira, mas a maior parte se esfacelara.

Se não posso passar no teste em Wiesbaden sem a ajuda de Claus, também não vou conseguir passar em nenhum teste em Atlanta por meu próprio mérito.

Assenti em silêncio. *Já chega.*

— Já chega. Vou ficar muito ocupada construindo uma nova vida.

Claus olhou para mim.

— Já chega de quê? Como assim? Você tem uma vida real.

— Não quero mais dançar — eu me ouvi dizer, apenas ligeiramente surpresa com as palavras que saíram de minha boca.

Seus lábios se entreabriram, e a expressão se tornou vazia.

Enquanto me concentrava na estrada à frente, uma única lágrima escorreu pela face esquerda, uma lágrima que passara anos sendo gestada, lenta e constante, como a porta que se fechava em meu coração.

– Estou farta. Farta de dançar, farta de você, farta de tudo.

Já chega. Relembrei a foto do Met no vestiário, Lorie se gabando... Abanei a cabeça. *Já chega.*

Devia ter retirado a foto. Devia tê-la rasgado, queimado, qualquer coisa. Devia ter me livrado dela. Sonho estúpido.

Hora de fechar as cortinas pesadas. Já chega.

Capítulo 20

A estradinha que levava à casa de Peter era sinuosa, a floresta cerrada. Levantei a mão para proteger os olhos do sol poente que insistia em brilhar sobre as copas das árvores.

Chegamos à clareira e à casa, mas ele não estava.

– Vamos esperar. – Estacionei no gramado e desci do SUV.

Claus assentiu e desceu também.

Jäger saiu correndo de trás da casa.

– Vem cá, meu lindo. – Parei para fazer uma festinha nele. – Ué, que pelos brancos são esses? – Fiquei atônita ao ver seu focinho grisalho. *Não faz tanto tempo assim que fui embora. Talvez os pelos brancos já estivessem aí antes, e por algum motivo não os notei.*

Assim que ele passou a dar atenção a Claus, comecei a caminhar em direção ao lago.

Uma brisa irregular recortava o ar frio, e um amálgama de perfumes deliciosos me atingia em ondas enquanto eu seguia o som acalentador das folhas ramalhando.

Assim que contornei a varanda, vi a estufa de Peter. É nova? Eu sempre chamara sua estufa de feia por causa dos painéis brancos e lisos. Tinha me oferecido para plantar trepadeiras, mas ele recusara.

Ao me aproximar, percebi que era a mesma estufa. Ele substituíra os painéis da frente e das laterais por vidro, e um terço da estrutura já estava coberto por rosas amarelas, sua fragrância inebriante me convidando a chegar ainda mais perto.

Dei uma espiada no interior e notei que o aquecedor a gás agora estava montado na parede, e que ele instalara o painel solar e o gerador de dióxido de carbono que queria ter fazia algum tempo.

As duas bancadas de três andares e a prateleira ao fundo, repletas de enormes botões multicores, provavam que a reforma fora bem-sucedida.

Voltando a atenção para o lago, percebi que a estufa era apenas uma pequena parte da transformação que havia ocorrido em 676 Water Well Lane.

Trilhas de paralelepípedos naturais, margeadas por gérberas e zínias, uniam a varanda dos fundos a três espaços diferentes em uma área de quatro mil metros quadrados que antes não tinha nada além de grama bermuda. A parte onde o arvoredo encontrava o lago se tornara uma encantadora cozinha ao ar livre, à qual não faltavam uma grelha embutida e um conjunto rústico de mesa e cadeiras que se misturavam com a floresta. Uma ampla lareira de pedras empilhadas tinha as laterais em declive, tornando-se uma mureta. Ao lado, dedos-de-dama, esporinhas, gerânios e rosas cresciam em camadas, formando um enclave colorido.

A segunda trilha levava a um caramanchão simples, coberto de rosas, sobre um balanço rústico de jardim, em estilo campestre, e a terceira levava ao píer, onde ficava o pitoresco barco vermelho de Peter. Duas grandes espreguiçadeiras, da mesma cor do barco, haviam sido colocadas no extremo do píer.

Enveredei pela terceira trilha e entrei no barco. *A luz do dia ainda vai iluminar a água por mais uma hora no mínimo.* Retirei o cabo de atracação do gancho enferrujado, a fim de contemplar a criação de onde havíamos planejado.

Jäger estava na beira da varanda e ficou assistindo enquanto eu passava os remos pelas forquetas.

Nenhum sinal de Peter. Nem de Claus.

Posicionei as pás dos remos na água atrás de mim e os puxei com força antes de levantá-los, deslizando para longe da casa.

Plantadas em tinas na beira da água, as chamativas malvas-rosas me acusavam do alto de suas hastes inclinadas, ensombrecendo tudo que era bom em mim, até eu não poder enxergar mais nada além de culpa, nem sentir mais nada além de dor.

Uma travessa rajada de vento afastou o barco do píer mais depressa do que eu tinha esperado.

Abanei a cabeça e estendi a mão para a proa.

Uma boa respirada no ar puro de Pine Mountain me preparou para o trabalho. Tornei a mergulhar as pás na água, me inclinei em direção à proa e as levantei. Logo, tinha estabelecido um ritmo forte.

Pensei em parar para contemplar uma águia dourada que parecia estar planando com a intenção de atacar, mas preferi continuar remando, mantendo o impulso.

O conforto veio nas asas da decisão de parar de dançar e foi alimentado pela cadência do meu trabalho.

Eu matara um pedaço do meu sonho durante minha estada na Alemanha. Fora doloroso, mas eu conseguira.

– Está na hora de matar o resto daquele sonho estúpido – murmurei, apesar da águia que emergia da floresta, desafiando a aerodinâmica com sua presa enorme. *Do que mesmo Claus o chamou? Bobo e arbitrário?*

Continuei bracejando, vendo-a desaparecer no horizonte. *Pois é. Essa sou eu. Boba e arbitrária.*

Popa, proa, levanta. Popa, proa, levanta.

Mas já basta. Agora, vou ter uma vida real.

Com um ímpeto de energia, dei uma olhada para trás e calculei que precisaria de umas doze remadas para chegar aonde precisava ir.

O sol repousava por trás das árvores, mas sua luz ainda tingia de laranja as nuvens finas que continuavam no céu para introduzir o crepúsculo, e continuei remando, cercada por um lago igualmente alaranjado.

Chegando à pequena baía, abaixei os olhos.

Me ajude, amado Deus. Estou tão cansada.

Passei os dedos sobre os cabos dos remos, gastos onde as mãos de Peter haviam estado tantas vezes, e os levei ao rosto, dando vida à lembrança de seu toque.

Contemplando nosso romântico jardim de chalé do melhor ponto para pescar no lago Red Tree, a sensação de ter voltado para casa tomou conta de mim.

Dei boas-vindas à brisa da noite que acariciava cada folha e olhei para o céu, deixando que a luz restante do dia me acalmasse. Quando tornei a olhar para o outro lado do lago, vi que Claus caminhava em direção ao píer.

Ou será Peter? Comparei seu físico com o de Jäger. Aquele era Peter, em companhia de seu cão. Conhecia a aparência dos dois lado a lado.

Prendendo a respiração e virando o barco, remei o mais rápido que meus braços permitiam, certa de que devia estar parecendo uma idiota, mas sem me importar nem um pouco. Por que o barco não tinha um motor?

Após remar até o meio do lago, olhei para trás. Será que conseguiria ler o seu rosto? *Não. Longe demais.* Ele estava no final do píer, firme e imóvel, como que plantado, as mãos nos bolsos do jeans escuro e a camisa preta para fora da calça.

Assim que me aproximei, tornei a olhar. Mechas finas de cabelo castanho emolduravam a expressão que eu ainda não podia decifrar.

Atracando o barco com uma pancada alta, finalmente me virei para ele. *Por favor, me deixe ir para casa.*

Ele segurou minha mão e me ajudou a sair do barco. Sua mão se demorou na minha, e abaixei a cabeça.

Eu tremia por estar com frio – e com medo. Mas, acima de tudo, tremia porque estar com Peter ainda era simplesmente maravilhoso.

– Garota, você está péssima.

Levantando o rosto, meus olhos viram o que por tanto tempo tinham esperado ver – lá estava ele – o sorriso de menino que me encantara no nosso primeiro encontro, e em todos os outros que haviam se seguido.

– Estou, sim. – Assenti. – Estou péssima, Peter. – E me aproximei dele, hesitante.

Ele não se afastou.

– Estou péssima sem você. – Deixando que meu rosto tocasse seu peito, aspirei sua colônia. – Ah, Peter. Senti tantas saudades. – As palmas de minhas mãos também pousaram no seu peito, o tecido macio da camisa frio ao toque. Será que eu finalmente estava perdoada?

Ele me abraçou.

– Também senti saudades.

– Eu não estava tendo um caso – reiterei, sentindo-me quente e protegida no seu abraço.

– Eu sei.

Sabia?

– Claus vai contar tudo a você.

– Ele já contou. – A voz de Peter tinha a mesma tranquilidade da brisa preguiçosa da tardinha. Mas como podia ser? – Já mandei seu namorado pastar. Ele me disse tudo que eu precisava saber.

Onde estava Claus naquele momento? Um pedaço de meu coração doeu.

– Como ele foi embora? Nós viemos juntos de carro.

– A pé.

– A pé para onde?

– Como eu saberia, e por que você se importaria?

Meu corpo tiritou. Por que me importava? Haveria um momento para lamentar o fim de nossa relação, mas não era aquele, era?

– Ele contou a você que...

– Contou. – Peter segurou meu rosto entre as mãos.

– Mas você nem sabe o que eu ia perguntar.

– Não importa. Só quero ficar com você. – Seus olhos estavam cheios de ternura, o sorriso carinhoso. – Podemos fazer isso?

Assenti. Mas por que ele estava facilitando tanto a reconciliação para mim?

– Você comeu?

– Hein? – Se eu tinha comido? Eu havia passado sete meses fora, tendo saído do país nas piores circunstâncias possíveis, e agora, que estávamos finalmente cara a cara, ele só queria saber se eu tinha comido?

– Tenho uns bifes na geladeira. Vamos grelhá-los.

– Você não quer saber nada, nem perguntar nada?

Peter enfiou as mãos nos bolsos da frente, e uma tênue ruga se formou entre as sobrancelhas.

– Ana, esse pesadelo me consumiu durante os últimos meses. Não, não quero saber nem perguntar nada. Só quero acender a lareira para você e grelhar uns bifes, se concordar.

– Claro. – Ele quereria saber mais algum dia. Mas talvez fosse melhor começar devagar.

– Ótimo. – Envolvendo minha mão na sua, ele me levou até a área da lareira.

– Grama zeon zoysia? – perguntei, surpresa por não ter notado que a grama bermuda fora trocada.

– Isso aí. – Ele se agachou e arrancou dois talos finos da grama zoysia. – Sempre quis tê-la. – E me entregou os macios talos verdes.

Levando a delicada grama ao nariz, relembrei a tarde em que nos conhecêramos, o encontro em Callaway, no Azalea Bowl. A grama estava recém-cortada, e o ar cheirava a novos começos e novos horizontes. Como também naquele momento.

Parei para passar a mão na grama que era conhecida como o palco perfeito para o lazer da família. Alcançando Peter, sentei para vê-lo arrumar a tora de pinho e a primeira página do jornal de domingo na lareira.

Bem que mamãe disse que ele estava diferente... Não podia atinar com o que fosse, mas algo nele estava mesmo diferente.

O que seria? Um alheamento que não havia antes? Era como se parte dele estivesse cem por cento presente e participante, mas outra parte não; faltava todo um conjunto de emoções, toda uma dimensão. Não... A única dimensão que faltava devia ser o meu cérebro. Lembrei minha reação aos pelos brancos de Jäger. Não devia ser nada. Só a passagem do tempo. Ou talvez a mágoa que eu causara. Talvez ele ainda estivesse ressabiado.

– Gostou? – Ele levantou os braços como um maestro ao caminhar para a pilha de toras de nogueira que ficava depois da área que agora era a cozinha.

– Adorei... Está tudo perfeito. – Ele voltou com quatro toras. – É como uma pintura de Thomas Kinkade. Lembra aquela galeria no shopping em Atlanta a que fomos uma vez? Lembra quando diminuíamos as luzes ao redor de cada quadro e ele mudava?

– Claro que lembro. – Ele pareceu prestes a dizer mais alguma coisa, mas não disse.

– É tudo que esperei que fosse. – Vendo-o acender o fogo, um toque de melancolia tentou se insinuar. Lembranças da vida na Alemanha surgiram diante dos olhos, tediosas e sem vida, como um velho retrato que houvesse perdido toda a cor. Mas tinha sido tão vivaz. Como tudo podia ter terminado assim? Será que eu voltara à sensação de que nada jamais me bastava? Era o que parecia.

Minha cabeça se curvou sob o peso do dia, e imagens do rosto de Lorie invadiram minha mente sem serem convidadas. Eu tinha que dar um basta nessa loucura. Sob todos os aspectos. Parar de dançar era um começo, mas será que eu era mesmo capaz? Teria que ser... Columbus não era uma opção, nem Atlanta.

O crepitar do fogo chamou minha atenção. Peter pôs as mãos nos meus ombros, e ficamos observando as chamas juntos. Se ele pudesse imaginar o conforto e a coragem que sua simples presença me inspirava...

Cozinhamos juntos e curtimos a noite fresca, conversando sobre seu trabalho e minhas aventuras no paisagismo.

— Então esse casal alemão te pagou para fazer um jardim no terraço deles? — perguntou Peter, inclinando a cabeça.

— Pois é. — Peguei o tomate mais vermelho na cesta de vegetais para a salada. — E também teve o terraço da professora. — Decidi não mencionar o jardim de Claus. Nem o Thunderbird.

— Nunca soube que seu interesse pela jardinagem fosse além da vontade de me dar uma força. — Ele tirou um molho de alface e uma cerveja Samuel Adams de uma pequena frigideira debaixo da bancada.

A vibração sinalizando uma nova mensagem me assustou, mas decidi não olhar. Peguei a garrafa aberta que Peter me oferecia e bebi, imaginando por que passara a tomar uma cerveja mais encorpada.

— Pode sentar — disse ele. — Eu termino.

— Tá. — Escolhi a cadeira mais próxima do fogo e enchi os pulmões com o cheiro de carne grelhada que me cercava. Deveria dar uma espiada na mensagem? Para onde Claus tinha ido? Será que conseguira voltar para a casa de meus pais? Provavelmente, a mensagem era *deles* — na certa querendo saber que tipo de loucura eu estava fazendo. Será que aprovariam meu comportamento e minhas decisões? Ou papai faria o discurso "a vida não é preto e branco"? Ouvi sua voz na cabeça. *Você tem esse hábito terrível de querer que as coisas sejam pretas ou brancas, e raramente é o caso.* Por que não?

Peter colocou um CD de Tracy Lawrence no CD-player que trouxera da casa e terminou de preparar a salada. Eu me lembrava desse CD. Terminava com "Paint Me a Birmingham". Não seria perfeito se ele me convidasse para dançar? Será que dançaríamos a noite inteira, como costumávamos fazer?

Dei uma olhada no texto, por via das dúvidas, e vi que era de Claus.

Se Falou Sério Em Relação A Abandonar O Balé, Vamos Fazer Uma Despedida – Praha Em Columbus. Brian Disse Que Queria Uma Quinta Peça Para O Programa.

– Não – disse a mim mesma, guardando o celular. Bailarinas famosas tinham despedidas. Eu não era famosa. E agora, nunca, jamais, em tempo algum, dançaria Praha. Jamais.

Peter se virou, olhando para mim da cozinha.

– O que você disse?

– Nada. – Pelo menos, se Claus mandara uma mensagem sobre balé, devia ter chegado em segurança a algum lugar. Não havia nenhum outro texto ou chamada perdida, portanto, se estava na casa de meus pais, eles não deviam ter ficado escandalizados.

Outra mensagem chegou.

– Vou pegar mais uma cerveja. – Peter se levantou. – Quer uma também? – perguntou, recolhendo as duas garrafas vazias.

– Aceito. – Olhei o texto. Era de Claus novamente.

Se Não Quer Dançar Praha, Podemos Dançar Outra Coisa.

Mesmo que fosse outra coisa, a resposta certa ainda era não.

"Paint Me a Birmingham" começou. Peter certamente também odiaria a ideia de que Claus e eu dançássemos juntos pela última vez. Preciso de paz, não de mais complicação e tumulto... Já chega.

Peter colocou duas garrafas recém-abertas lado a lado sobre a mesa, gotas de condensação formando-se depressa no vidro.

– Quer dançar? – Ele segurou minha mão.

Como podia ser tão bom comigo?

– Sim, quero muito. – Antes de entrar na igreja, no dia em que ele me pedira para devolver o anel de sua mãe, eu olhara para a ponte do outro lado do lago Falls Creek, desejando poder estar lá, para que recomeçássemos. Este momento, aqui e agora, é aquele desejo se realizando. Nós vamos recomeçar.

Segurei sua mão e aceitei seu abraço carinhoso enquanto dançávamos lentamente diante da lareira. O cheiro amadeirado da fumaça se misturando ao seu aroma de almíscar me convidou a chegar mais perto. Minhas pernas estavam cansadas da aula da manhã, os braços cansados de remar, as mãos doíam, o coração doía... mas ali estava eu com um homem que não precisava que eu fizesse nada para merecer um lugar na sua vida, com quem eu podia apenas existir. Isso é que era vida. Esse era o modo como as coisas deveriam ser – para sempre.

– Acha que pode me dar outra chance?

– Certamente vou ter que tentar. Fiquei no bagaço sem você. – Seus lábios tocaram meu pescoço, a barba rala me fazendo cócegas. – Senti falta do seu gostinho salgado de balé.

– E eu senti falta de tudo em você. – Passei os dedos pelos seus cabelos e o puxei para mais perto. Ele gemeu, me fazendo derreter completamente, e o beijei como se nunca tivéssemos nos separado. Minha mão deslizou até seu peito. Sua mão encontrou a minha, e ele abriu meus dedos. Senti seu coração batendo na palma da mão, enquanto nos movíamos ao som da música.

Quando o CD acabou, continuamos juntos, ouvindo o fogo e nos embalando no ritmo do seu coração.

Os dedos de Peter acariciaram minha face.

– Me perdoe por não ter acreditado em você.

– Eu teria me sentido do mesmo jeito se estivesse no seu lugar. Sinto muito.

– Vai passar. – Ele respirou fundo antes de continuar. – Quando você estava com Claus, não retornou minha ligação. Nem respondeu à minha carta. Nem me procurou até terminar sua relação com ele, e isso significa uma coisa para mim. Significa que posso confiar que você não vai fazer nada pelas minhas costas e me magoar, assim como não fez nada pelas costas de Claus. Ele provocou a própria mágoa.

– Eu queria te procurar, mas sabia que não era certo. – O ar frio da noite arrepiava minha pele. – Se há uma coisa que aprendi com essa novela, foi a ser muito mais cautelosa e compreensiva em relação aos sentimentos e percepções das pessoas.

– Acredito em você. – Suas mãos esfregaram meus braços. – Você está gelada.

– Um pouco. – Um pato grasnou na escuridão, e o som me pareceu familiar. *Warmer Damm Park.* Os momentos que Claus e eu passáramos no parque tinham sido muito preciosos, mais preciosos do que a intimidade que compartiláramos.

– Vem, vamos entrar.

Talvez meus braços estivessem frios, mas as faces não estavam. E se eu não quisesse entrar? Ele dissera algo sobre ler a Bíblia em sua carta. Será que era de alguma religião que lia muito a Bíblia, e não havia alguma restrição nas Escrituras a que as pessoas dormissem juntas sem serem casadas? Talvez fosse uma desculpa.

– Estou com frio...

Ele me pegou no colo com facilidade e começou a caminhar em direção à casa.

– Você é o quê? – perguntei.

– O que eu sou? – Ele riu. – Não sei. Diz você.

Também ri.

– Eu quis dizer, de que religião? Você escreveu que "nunca, jamais" voltaria à igreja.

– Ah. – Ele tornou a rir. – Batista.

Claro.

– Da Igreja Batista do Calvário?

– Não. Da Graça. Por quê?

– Por nada. – Estávamos a alguns passos da varanda. – Você não tinha voltado a ler a Bíblia? Não tem alguma coisa lá contra... enfim, as pessoas ficarem juntas desse jeito?

– Eu *andei* lendo a Bíblia por um tempo... Ah. – Ele parou de caminhar e sua expressão perdeu a alegria. – Nós não precisamos fazer isso, se você não quiser... – Sorriu, mas abaixou os olhos.

Será que eu o estava magoando de novo? Não era minha intenção. E se ele mudasse de ideia em relação a me deixar voltar à sua vida, caso eu não permitisse que tudo voltasse ao normal – o nosso normal?

– Você é quem sabe. – Seu sorriso pareceu forçado.

Um aperto no coração me serviu de advertência. Não podia enfrentar sua rejeição – era um risco grande demais.

– Eu quero.

– Ótimo.

Uma pontada de melancolia que não cheguei a compreender, mas que senti intensamente, alfinetou meu coração, e aconcheguei a cabeça no seu peito, enquanto ele abria a porta dos fundos. *Preciso voltar a tomar a pílula.*

Capítulo 21

Mamãe me ligou pela manhã para dizer que Claus ainda estava na sua casa e queria conversar comigo e com Peter.

– Não sei não, mãe. – Parei de limpar a cozinha e me sentei perto da janela.

– É sobre balé? Você sabe?

– Sim, ele disse que quer conversar sobre o teste e sobre uma oportunidade de dançar em Columbus. Mas também quer falar com Peter. Presumo que isso signifique que você e Peter voltaram. O que aconteceu, Ana? Estou totalmente no escuro.

– Pergunte a Claus, ele vai te contar tudo. – *O que me salva de ter que admitir para mamãe que ela estava certa em relação ao envolvimento de Claus no incidente de* Romeu e Julieta.

– Bem, é óbvio que você ainda ama Peter, e ele a você, ou eu não teria um bailarino alemão curtindo dor de cotovelo no meu sofá.

– Acertou, mãe. – Por que não dar logo essa alegria a ela? – Vou ficar na Geórgia. Nós reatamos o noivado.

– Nossa! É uma mudança bem radical.

– É mesmo... – Agora ela somaria dois e dois, e ficaria toda prosa por ter acertado.

– Bem, então deixe Claus conversar com Peter. Claus merece um pouco de paz, não acha? Ele está em péssimo estado. Não acha que conversar seria bom? E quanto a essa oportunidade de dançar? Está interessada? Claus e Peter se dão?

– Não sei, mãe. Minha cabeça ainda está girando com tudo que está acontecendo. Dançar é a última das minhas preocupações. – Se ela tinha realmente somado dois e dois, não dissera nada. O que era incomum. Será que sabia que eu estava planejando parar de dançar? Será que Claus lhe contara alguma coisa do que havia acontecido?

– Tente definir o que você quer, e então fale com Peter e deixe que ele decida. Desse jeito ele não pode se queixar depois, e você vai saber com certeza se ele é capaz de enfrentar a situação.

– Isso também não parece certo. – Segui com o dedo os botões de cerejeira brancos na toalha de vinil. – Será que devo jogar esse fardo nas costas dele? – E será que devia colocá-lo numa posição em que teria de suportar ainda mais estresse depois de tudo por que já havíamos passado?

– É claro que deve. De que adianta dividir a vida com alguém, se não for para dividir os fardos também?

Deixar que ele decida?

– Fale com ele e depois me ligue, está bem?

Assenti, me levantando.

– Está bem.

– Boa sorte, Ana. Eu te amo.

– Obrigada, mãe. Ele foi a uma reunião, mas deve voltar logo.

Terminei de lavar nossos pratos de omelete aos quatro queijos e canecas de café.

Deixar que ele decida. Hum...

Vesti o casaco de flanela azul e laranja de Peter e abri a porta da varanda dos fundos para a manhã gloriosa de Pine Mountain – ensolarada, perfumada e luminosa.

Jäger, que saíra correndo à minha frente, inclinou a cabeça, como se perguntasse: "Por que o atraso?"

Enquanto me perguntava o mesmo, desejei estar com meu Novo Testamento de Praga, mas tinha ficado na casa de mamãe.

Será que a Bíblia de Lorie ainda está aqui? Fechei a porta e caminhei até a estante da sala. O nome "Lorie Ashley Allen" estava gravado em letras prateadas no canto inferior direito de uma Bíblia cor-de-rosa e roxa. Toquei as letras esmaecidas na capa gasta, enquanto Jäger arranhava a porta em protesto, querendo entrar também.

Peter detestava quando ele fazia isso.

– Vamos lá, garoto.

Caminhamos direto para a beira da água, e sentei no fim do píer com a Bíblia de Lorie de um lado e Jäger do outro. Abotoei o casaco de Peter quase até o pescoço e me deliciei com seu cheiro másculo, ansiosa para que ele voltasse para casa.

É melhor decidir o que quero fazer antes de desejar que ele volte. Peguei a Bíblia e juntei as mãos sobre ela.

Amado Deus, não sei o que fazer.

Claro, quero dançar. Sempre. É como respirar para mim, e Você sabe disso.

Se Você está aí, Você me fez, e, se Você me fez, Você sabe disso. Eu tenho que dançar.

Mas não posso mais fazer isso, Senhor. Parece errado. Tudo parece errado. Nem mesmo sei pelo que rezar.

Não posso decidir. Tomo decisões erradas. Nunca estou feliz.

E eu quase consegui ser – duas vezes. E, duas vezes, tudo desmoronou.

Apenas me diga o que fazer. É a sua vez. Não posso consertar minha vida. Você é que tem que fazer isso.

Por favor...

Olhei para o luminoso céu azul e resisti ao impulso de perguntar se Ele estava mesmo lá, se por acaso se importava e se estava ouvindo. Uma pequena poça úmida se formou na Bíblia de Lorie, e eu a enxuguei. Tentei secar a mancha com a manga de Peter, esperando que desaparecesse com o tempo.

Abri o livro com um suspiro profundo e uma serena esperança. *Primeiro Livro dos Reis? OK.* Capítulo três. Piscando devagar para limpar as lágrimas dos olhos, fixei-os na palavra SENHOR no versículo sete. *Agora pois, ó SENHOR meu Deus, tu fizeste reinar a teu servo em lugar de Davi meu pai; e sou apenas um menino pequeno; n*ão sei como sair, nem como entrar.

– Amém. – Quem disse isso? Procurei o contexto. – Ah, Salomão. – Voltei a ler o capítulo desde o começo.

Na metade, coloquei o livro aberto no colo e deixei que o queixo tocasse o peito, incapaz de prosseguir sob o peso que arrastava meu coração para baixo.

Deus, em um sonho, perguntara a Salomão o que queria. Como se fosse um gênio da lâmpada. Concederia um desejo. Salomão, que acabara de se tornar rei, não pediu riquezas, nem uma longa vida, nem vitórias militares. Ele pensou no seu povo, o povo escolhido de Deus, e se sentiu inepto para ser seu regente. Por isso, pediu a Deus um coração compreensivo, para julgar o povo.

Deus concedeu a Salomão a sabedoria que Lhe pedira, e ficou tão satisfeito com a natureza de seu desejo, que também lhe concedeu as riquezas e a honra que ele não pedira.

Abnegação. Balancei a cabeça devagar e ergui os olhos para o céu. *Estou pedindo abnegação, Senhor.*

O luminoso céu azul não pareceu mais tão vazio.

Me ensine, Pai.

Abri em outra página aleatória – do Evangelho de Mateus, no Novo Testamento.

– "E Zorobabel gerou a Abiúde; e Abiúde gerou a Eliaquim; e Eliaquim gerou a Azor; e Azor gerou a Sadoque; e Sadoque gerou a Aquim; e Aquim gerou a Eliúde..."

OK. É melhor ficar com o que temos – abnegação. Fiz uma festinha em Jäger, que me observava com ansiosos olhos castanhos.

Deixar que ele decida?
Sim.

Peter chegou na hora do almoço e me encontrou adormecida no balanço – à sombra perfeita de centenas de rosas vermelhas. Acordei com ele fazendo cócegas no meu nariz com uma rosa e me sentei, feliz por tê-lo de volta.

– Bom travesseiro. – Ele pegou a Bíblia de Lorie e sentou ao meu lado. – Quando foi que você começou a se interessar tanto por religião?

– Não sei. – Dei de ombros, as faces quentes.

Ele me devolveu o livro.

– É bacana. Não sabia. Só isso.

Coloquei a Bíblia no colo, com o nome de Lorie para baixo.

– Claus foi me ver hoje. – Os olhos de Peter observaram os meus.

– Foi? – Talvez não devesse ter ficado surpresa, mas fiquei. O que ele tinha dito? – Mamãe ligou mais cedo, dizendo que ele quer dançar... – Peter não poderia me ajudar a decidir, se não estivesse a par de todos os detalhes. – Ele disse a você que vou parar?

– Disse, mas não caio nessa. Tenho certeza de que foi o que você disse a ele, e talvez até seja o que pensa em fazer, mas eu te conheço. – Peter relaxou no balanço, com o cotovelo no encosto do assento e a cabeça pousada na mão.

Sim, ele me conhecia bem demais. Balanchine dissera uma vez: "Não procuro pessoas que queiram dançar, procuro pessoas que tenham que dançar." Eu decididamente era do segundo tipo, e, na minha cabeça, já estava ensaiando no palco do RiverCenter. Mas podia mudar, não podia? Tinha rezado, e abnegação era a palavra que me ocorrera; portanto, precisava ser abnegada. *Deixe que ele decida.*

– O que quer que eu faça? Quer dançar nesse programa misto? – Seus olhos se arregalaram e as sobrancelhas se levantaram.

– Seria estranho dançar com Claus, depois de tudo por que passamos. – Será que eu era capaz de fazer isso profissionalmente? Sem a menor sombra de dúvida. Mas devia submeter Peter a tal provação? Em hipótese alguma. *Deixe que ele decida.* – Não tenho que fazer isso, amor.

– Por que está falando em parar de dançar?

– Porque não está dando certo. – Um bolo doloroso se formou na minha garganta. – Não sou boa o bastante, só isso.

– Bobagem.

– Lucidez – rebati, a vontade de chorar tendo milagrosamente passado. – Em Wiesbaden, tive uma chance por causa de Claus. Sem ele, sou comum, na melhor das hipóteses.

– Os entendidos em Columbus discordariam, e eu também.

– Bem, não estou mais em Columbus.

– E quanto a Atlanta? – Peter passou a mão pelos meus cabelos. – O velho plano?

– A companhia lá é grande, como a de Wiesbaden.

– Você estava na companhia de Wiesbaden.

– Não propriamente. Não oficialmente. Eu ia fazer um teste agora, no fim do mês.

– Você passaria.

– Não exatamente. – Abanei a cabeça, sem saber como tocar na equação "coreografia + Met" de minha vida alemã.

– Como assim?

Se eu fosse ter um futuro com Peter, teria que ser honesta com ele. Já chegava de segredos, disfarces e ciladas. Tinha que lhe contar sobre a minha vida na Alemanha, mesmo que isso implicasse contar sobre Claus e os sonhos não realizados.

– Em meados do ano, a mestra de balé me chamou um dia e disse que eu não conseguiria passar no teste, mas que havia uma chance, com certas condições.

– Condições?

– Claus tinha andado falando em coreografar, mas não parecia motivado o bastante para começar nada. – Abaixei os olhos e esfreguei as palmas das mãos. – Então ela me disse que eu teria uma chance, se Claus criasse uma peça para apresentarmos imediatamente depois do teste.

– Nossa. E o que Claus fez?

Eu o deixei louco. Ele me deixou louca. E aí, ele me pediu em casamento.

– Ele fez a coreografia. Acho que conseguiu porque estava pensando no prêmio.

– Prêmio?

– O Met.

– O Met?

– A companhia dele vai dançar no Met, no começo do ano que vem. Eles iam incluir a coreografia no programa do Met, se gostassem dela. Acho que teria sido a estratégia de marketing perfeita para aumentar a venda de ingressos durante a recessão: "bailarino famoso coreografando para a esposa americana."

– Não brinca. – Ele se inclinou para mais perto. – Você? No Met?

— Ia depender de mil fatores, mas era a nossa esperança.

— Espera aí. Esposa?

— Nós íamos nos casar no Natal deste ano.

— Minha nossa, Ana. — Ele se levantou, passando os dedos pelos cabelos, as mãos se entrelaçando atrás do pescoço. — E você vai se conformar em não fazer isso?

— Dançar no Met ou me casar com Claus?

— As duas coisas.

— Já me conformei em relação a Claus. Sofro pelo que ele deve estar passando, mas você disse tudo, ele provocou a própria mágoa. Ainda não me conformo em abrir mão do Met, mas vou me conformar.

Peter olhou para mim, com um sorriso calmo e apropriado.

— Vou ficar bem. — Afastei o cabelo para trás da orelha e apertei os lábios.

— Ah, Ana, você vai passar a vida inteira pensando no que poderia ter sido.

— É verdade, mas veja, tudo era apenas uma possibilidade. Se eu já tivesse feito o teste, passado e ensaiado, aí seria mais difícil.

— Aí eu diria para você ir em frente.

— Ah, diria mesmo?

— Sim — afirmou ele, as faces coradas. — Diria.

Deixar que ele decida? Tentei ignorar as sensações que aquele homem alto e forte à minha frente tinha acabado de provocar.

— Ana, você está bem?

— Hum-hum. — Endireitei o corpo no balanço e dei impulso para trás, antes de abraçar os joelhos. — Sabe, passar a vida inteira pensando no que poderia ter sido não precisa ser tão mau assim. — Dei de ombros, olhando para o lago imóvel. — O que eu não teria sabido enfrentar seria se me dissessem que ainda não estava bom o bastante. Pode imaginar isso? Viajar a Nova York para vê-lo dançar com outra mulher a peça que ele coreografou para mim?

— Mas você teria conseguido.

— Só Deus sabe o que poderia ter sido. — Era o que Claus sempre dizia.

— Sinto muito, Ana. — Ele se recostou e deu tapinhas nas pernas.

— Eu também. — Encostei a cabeça na sua coxa e me enrosquei no balanço. — Eu também.

Uma brisa suave formou ondulações delicadas na superfície do lago e agitou as rosas apenas o bastante para tornar seu perfume subitamente mais forte.

— Você o ama? — Peter brincou com meus cabelos, a voz meiga.

Este seria o momento perfeito para uma mentira branca. Mas a parte das mentiras do programa acabou. Para sempre.

— Amo. Amo muito vocês dois. Muito, Peter.

Ele assentiu, calado e composto.

– Tem certeza de que quer ficar comigo?

– Absoluta.

– Como pode ter tanta certeza?

– Não sei, apenas tenho. A vida com você é descontraída e divertida. Somos totalmente opostos, e isso é empolgante para mim. – Como poderia lhe explicar o que eu mesma não entendia cem por cento? Seus olhos ainda estavam em mim. – Veja, quando não estou com você, eu fico agitada, frenética, me ocupo com mil coisas. Nunca me aquieto, nada me basta. – Era exatamente isso. Com Peter ao meu lado, existir me bastava. *Eu* me bastava. Nosso amor não se baseava em desempenho; era absolutamente incondicional. Com Claus, eu me sentia como se sempre tivesse que fazer alguma coisa para me sentir bem comigo mesma, mas não por causa de algo que ele tivesse dito ou feito; era apenas o meu modo de ser na sua presença. – Tenho certeza absoluta de que estou exatamente onde preciso estar.

– Precisa estar?

Cuidado, hein?

– Quero estar. – Levantei os olhos para ele. Não podia culpá-lo por ser cauteloso, podia? – Não perca o seu sono por causa disso. Tenho cem por cento de certeza de que quero ficar com você. Fiquei com você até o dia em que você me disse para ir embora. Quando você me aceitou de volta ontem à noite, eu fiquei. E estou aqui para ficar para sempre. Eu te amo *de verdade*.

– Também te amo. – Peter arrumou meu cabelo, prendendo fios soltos atrás da minha orelha para não ficarem caindo nos olhos. – E tem certeza de que não quer voltar para o Allen Ballet?

– Absoluta. Há muitas coisas que eu não sei, mas essa é mais uma das que sei com certeza absoluta. Já estou cansada do ciclo de esperança e decepção, e da farsa de ser feliz em segundo plano. Estou cansada de Columbus.

Peter assentiu.

– Talvez algum dia eu encontre outra companhia pequena, algum lugarzinho com boas ideias. Mas não agora, e não com os sonhos ambiciosos que andei tendo. Não suporto mais esse tipo de intensidade. Se voltar a dançar, vai ter que ser por prazer, não como profissional.

– Você daria aulas algum dia?

– Algum dia. – Dei de ombros, inconvicta.

– Bem, nesse caso, parece que você precisa de algum tipo de despedida.

Ele acariciou meu rosto, os dedos frios e suaves na minha face quente.

– Deixe Claus fazer isso. – Encostou a mão no meu peito. – Ele me disse que falou com Brian ontem à noite, e Brian disse que incluiria a peça no programa de outubro. A bilheteria anda fraca, e ele acha que você e Claus atrairiam uma multidão.

– Seria bom. – Olhei para o céu além das rosas. – Não piso num palco desde *Romeu e Julieta*, e aquilo foi tão tumultuado. Quero muito estar nessa apresentação. – Levei sua mão aos lábios e a beijei. – Obrigada.

– Acho que vai ser bom para todos nós – disse Peter. – Faz sentido?

Será que o ensaio geral de *Romeu e Julieta* fora sua última experiência no teatro? Assenti, concordando, sem fazer mais perguntas.

A pedido de Peter, Claus veio jantar conosco.

– Vou para a grelha, enquanto vocês combinam o plano de despedida – disse Peter, após os cumprimentos constrangidos.

Puxei uma cadeira para Claus e me sentei diante dele. Seus olhos estavam fixos em Peter, que arrumava as toras de nogueira de um lado da grelha, segundo a técnica das duas zonas de temperatura que aprendera com os homens da família de mamãe. O lado quente criaria a crosta e faria com que o sal kosher grudasse; o outro lado cozinharia o interior da carne à perfeição, deixando-a macia, suculenta e rosada.

Pense em algo para dizer... A comida, o tempo... Qualquer coisa!

Observando Peter à luz do fogo, eu me perguntei se essa despedida seria mesmo uma boa ideia. Certamente era boa em teoria, mas seríamos capazes de levá-la a cabo? Não estávamos conseguindo nem conversar.

Peter se virou e riu baixinho.

– Vocês dois vão ficar aí olhando para mim? Sei que a situação é muito estranha. Também é estranha para mim. Mas falar sobre dançar só pode ser melhor do que ficar me vendo manusear a grelha a noite inteira.

Ele limpou as mãos com um pano e se aproximou da mesa.

– Você parece ser um cara legal, Claus. E eu não tenho o menor desejo de pisar num homem que já está caído. Mas, para que a noite seja produtiva, tente se resignar com o fato de que o jogo acabou, meu amigo. Eu fiquei com a garota. Trate esse balé como um prêmio de consolação que só deixo você ter porque amo Ana e acredito que as sapatilhas dela merecem coisa melhor do que aquela cilada de *Romeu e Julieta* que você e Lorie armaram. Se isso é demais para você aceitar, talvez a companhia possa incluí-la em alguma peça que já esteja no programa.

– Desculpe – disse Claus, a voz grave. Seu maxilar se enrijeceu, e a expressão se tornou vazia.

Assenti, abaixando a cabeça.

Peter voltou para a grelha, e o cheiro das toras de nogueira foi pouco a pouco tomando conta do espaço.

– E então, o que vamos dançar? – Claus pigarreou. – Quer dançar *Praha*? Já está pronta, por isso seria mais fácil.

– Dançar *Praha* em qualquer lugar que não seja o Met seria deprimente. – *E esse é um balé sobre o começo da vida a dois de um casal apaixonado.* – Em hipótese alguma.

– A cena do balcão? – Os olhos de Claus se franziram.

Com o canto do olho, vi a cabeça de Peter se virar bruscamente em nossa direção.

– Não. – Inclinei a cabeça. Ele estava falando sério?

– Isso nos deixa duas opções. – Claus apoiou as pontas dos dedos. – Escolher um *grand pas de deux*, ou criar alguma coisa nova. Temos pouco mais de um mês, portanto há tempo bastante para fazermos qualquer uma das duas coisas.

Virei a cabeça para o fogo forte na lareira e pousei as pernas na cadeira ao lado.

– Que tal aquela música de Gallastegui que você andava ouvindo?

Ele torceu a boca.

– Um intermezzo?

– Tá, dadá dadá dadá dadá dadá dadá dadá, pá. Tá, dadá dadá dadá dadá dadá dadá dadá, pá. – Cantarolei a melodia com precisão, a mão traçando um círculo a cada "dadá" e terminando com uma ênfase, como um velho rotor de parque de diversão.

Ele assentiu, cantarolando comigo.

– Tenho andando obcecado com ela, mas é curta... e é música de aula.

– Não preciso de nada espetacular. Nem tem que ser o número de encerramento. Sou uma solista, não uma primeira bailarina.

– Podemos perguntar a Brian. Talvez ele tenha algum intervalo em que o pessoal esteja trocando de roupa, aí podemos nos encaixar, nos divertir e, de quebra, dar mais um tempinho para eles.

– Por mim, tudo bem. O que importa é a qualidade e não a quantidade, certo? Vamos torná-la especial.

Claus assentiu e fechou os olhos. Sua mão direita se moveu num gesto parecido com a da minha quando descrevera a música.

Meus olhos pousaram em Peter, que preparava os bifes. Ele me flagrou observando-o e sorriu, dando uma piscadinha.

– Que tal uma caixa de música? – Claus inclinou a cabeça. – Tipo, a bailarina magnética com o círculo aceso, um tutu dourado bem cheio, um espelho. Suas *bourrées* de tirar o fôlego, piruetas de dedo, *promenades* de todos os tipos. Boa ideia? Má ideia?

– Ahhh. Boa ideia. – Como a de minha avó...

– Me deixe amadurecê-la um pouco e falar com Brian.

Assenti, com um sorriso.

– Gostei da ideia.

– Ótimo. – Claus sorriu pela primeira vez desde que chegara.

Como se estivesse à espera da deixa, Peter trouxe um balde de gelo com uma seleção de cervejas americanas.

Cada um de nós escolheu uma garrafa e a ergueu num brinde silencioso. A despedida era *mesmo* uma boa ideia, e poderíamos levá-la a cabo. Perfeito. Da caixa de música de minha avó à caixa de música do palco, tudo finalmente se completaria após essa peça final. E eu estaria livre para começar o resto da minha vida.

– A casa está aberta. A casa está aberta.

O anúncio do teatro despertou as borboletas de sempre e a resposta de luta ou fuga que eu já aprendera a controlar.

Estava parecendo uma bailarina de antigamente no meu corpete em veludo ouro-escuro e tutu branco ondulado, em camadas de tule. O batom vermelho e o coque glamoroso realçavam o visual, e, dando uma olhada no espelho, pousei uma das mãos no ombro e estendi para cima o braço oposto, como a bailarina da caixa de música de minha avó.

Durante cinco semanas, Claus e eu havíamos ensaiado diariamente em Atlanta e terminado cedo todos os dias, para eu poder já estar em casa quando Peter voltasse do trabalho. As noites com meu noivo eram cheias de música, risos e planos para o casamento. Nossa relação parecia cem por cento certa – como eu sabia que seria – como havia sido no passado. Havíamos entrado nos trilhos.

Tínhamos decidido manter a data original do casamento, cinco de novembro, mas havíamos desistido da ideia de celebrá-lo na capela de Callaway Gardens, preferindo nos casar em casa.

Pela primeira vez na vida, eu tinha tudo.

Mas saboreava o sucesso com cautela, sabendo que minha glória no balé tinha prazo de validade. Esperava que minha última passagem pelo palco não fosse ser marcada pela luta com emoções difíceis. Mas, à medida que a apresentação daquela noite se aproximava, lutar com essas emoções exigia um esforço cada vez maior.

A aula que havíamos tido à tarde fora fácil para o corpo e difícil para a mente. Eu tinha começado a pensar coisas como: "Quantos *pliés* vou ter que fazer antes de me aposentar da dança profissional? Estou mesmo a horas dos meus últimos *grands battements*? Da última preparação para as piruetas?" Manter a calma se tornou um desafio, e tive que recorrer ao truque de contar – vinte poltronas no centro da primeira fila; dezenove na segunda; quatorze lustres pendurados no mezanino; setenta cordas de manobra no teto do teatro; quarenta e quatro bailarinos no palco.

Essa fora a minha experiência no teatro, até aquele momento, no meu último dia no RiverCenter for the Performing Arts.

E então, bateram à porta.

– Srta. Ana?

Reconheci a voz da encarregada do guarda-roupa e abri a porta.

– Bem na hora. – Dei meia-volta, deixei que ela fechasse o tutu e imediatamente senti seus dedos rápidos nas minhas costas. – Obrigada.

– Não vai vir para a área do palco? – Ela se calou, e segurei suas mãos. *Que senhora simpática.*

– Daqui a pouquinho. – O intermezzo seria a segunda peça após o intervalo, mas eu não queria passar a primeira metade do programa no camarim. Mas também não queria falar com as pessoas, portanto teria que encontrar um meio termo. Coloquei a delicada tiara dourada e me agasalhei toda para manter a musculatura aquecida.

Mas o que eu não queria mesmo era chegar perto de Lorie, quando ela tinha oportunidade de falar. Quando o Allen Ballet transferira as aulas e os ensaios para um teatro na semana anterior à apresentação, Claus e eu transferimos a nossa operação para lá também. Volta e meia Peter aparecia, e Lorie evitava a nós três, o tempo todo. Mas eu não queria dar a ela uma única oportunidade de estragar o meu dia.

As primeiras notas de *Les Sylphides* jorraram dos alto-falantes do camarim. *Hora de ir para a área do palco.* Queria ver uma jovem bailarina fazer sua estreia profissional ao lado de Lorie. Eu a notara durante as aulas. Tinha quinze anos, técnica impecável, corpo perfeito para o balé e carisma para realçar esses atributos. Como a elegância que mostrava no estúdio se traduziria em cena? Era o que eu queria ver. Com uma poderosa presença de palco, ela logo se tornaria primeira bailarina.

Ao pôr a mão na maçaneta, notei um pequeno envelope embaixo da porta. Continha um bilhete simples.

193

Você Sempre Foi Minha Bailarina Favorita. Boa Sorte Hoje À Noite.

– J.

– Ah, que amor. – A encarregada do guarda-roupa, cujo nome comprido era difícil de pronunciar, usava a inicial J. Qual seria seu nome? Mas minha mente estava totalmente em branco para qualquer coisa além do balé.

– A casa está cheia – comentou um homem que eu nunca tinha visto, quando cheguei à área do palco.

– Ótimo – sussurrei.

Não esperava ver Claus assistindo dos bastidores, mas lá estava ele.

A nova bailarina foi a primeira a chamar minha atenção quando parei ao lado dele.

Claus notou minha presença e apontou para a garota.

– Ela é fantástica. Olha só que formas.

– E graciosa. – Pus as mãos nos quadris. – Grande presença de palco... É como se fôssemos Lorie e eu enfiadas num corpinho jovem.

– Concordo. – Os cantos de sua boca se curvaram.

Ela precisa prestar mais atenção às espáduas. Estão um pouco tensas, e essa tensão está se transferindo para os braços.

– Daqui a dois anos, vai ser a primeira-bailarina da companhia.

– Também concordo.

Assistimos à primeira metade inteira – a metade clássica – em meio à escuridão dos bastidores, e passamos o intervalo no palco, tornando a nos aquecer e praticando com os dois casais de *Arcangelo*.

Pouco depois, Lorie e o parceiro apareceram prontos para *Closer*, e praticaram um levantamento perto do piano que havia sido posto no palco para a sua peça, composta para a marcante "Mad Rush", do compositor Philip Glass. Ela estava linda num vestido branco curto que realçava as pernas compridas e formas impecáveis, a parte inferior do corpo formando um número quatro perfeito com cada *passé*.

– Só para constar – Claus segurou minhas mãos –, estou com medo.

Apertei os lábios, assentindo.

– Eu também.

Ele não se referia à apresentação. As apresentações o deixavam, no máximo, empolgado e nervoso. A vida – essa, sim, é que era assustadora, e ambos sabíamos disso.

Claus voltaria com sonhos frustrados para um apartamento vazio. Eu também voltaria com sonhos frustrados, mas para uma vida totalmente diferente. Como poderia algum dia me livrar dessa frustração, e que sonhos a substituiriam? Não fazia a menor ideia.

Vendo Claus andar de um lado para o outro nos bastidores, desejei que as coisas tivessem terminado de outro modo para nós. *Espero que alguma coisa boa aconteça com ele. Espero que encontre uma pessoa legal.* Ele me flagrou olhando para ele, e voltei a atenção para o palco escuro.

Aquela noite seria um momento decisivo. Nada jamais voltaria a ser como antes. Era nosso último adeus e nossa última *révérence.* As cortinas pesadas se abriram e a segunda metade do programa começou.

Lorie e o parceiro se moveram como um único ser em *Closer,* pernas entrelaçadas e braços trançados que raramente rompiam o contato pele a pele, numa peça romântica de vinte minutos em que suas sombras misturadas formavam um terceiro personagem, com uma história própria, sem jamais sustar o fluxo, como uma frase de Virginia Woolf que começa casualmente e é linda demais para terminar.

Os aplausos que receberam foram entusiasmados e merecidos. E então, o palco ficou às escuras. A equipe veio montar o fundo da caixa de música e o espelho, e Claus seguiu comigo até o palco, para nos posicionarmos.

– Acho que chegou a hora – sussurrou ele ao meu ouvido, apertando minhas mãos frias.

Sim, chegou a hora, e vamos fazer bonito – pela última vez.

Quando o círculo âmbar e vermelho sob nossos pés se levantou, minha pose era daquelas bailarinas de caixas de música antigas: pernas em *passé,* mão esquerda no ombro, braço direito levantado. Claus segurava a mão do braço estendido, borboletas voando em formação no meu estômago – pronta para dar início a uma série vertiginosa de piruetas de dedo e *promenades* rápidos.

Durante os quinze minutos seguintes, eu seria girada, apoiada, levantada e carregada em movimentos delicados e belos, transportando a plateia à pureza da relação entre a bailarina e seu galã.

A circularidade do "Intermezzo" de Gallastegui evocaria o espírito da caixa de música – para as mulheres, o sonho da bailarina, e, para os homens, o amor das bailarinas.

Após os rodopios iniciais, usamos todo o espaço cênico para pintar um quadro da elegância e do cavalheirismo do mundo do balé. Ah, como eu sentiria falta desse mundo, com todos os seus costumes e civilidades – finezas totalmente perdidas para além das portas do teatro e do estúdio.

As palavras de Balanchine me voltaram à cabeça. *Pessoas que querem dançar... Pessoas que tem que dançar.* Como eu poderia parar?

A orquestra tocou mais depressa à medida que o final da peça se aproximava, e terminamos onde havíamos começado, no círculo, repetindo a série inicial de piruetas de dedo e *promenades* rápidos. Seriam os últimos de minha vida?

A música foi terminando gradualmente, as luzes de âmbar se enfraquecendo pouco a pouco, até o palco ficar completamente escuro.

Meu Intermezzo... Por favor, Senhor, abençoe o que virá em seguida.

– Bravo!

Claus me conduziu em direção à plateia, e fiquei aturdida em meio à chuva de flores e gritos de "bravo" da multidão que aplaudia de pé. Com o coração batendo alto e depressa, fiz uma reverência nos últimos momentos de minha carreira.

O calor do público, da orquestra e dos companheiros de balé encheu minha alma da mais comovida gratidão. Plantei um beijo nas mãos e o compartilhei com todos.

Brian veio até nós no palco, trazendo mais flores, e Claus segurou um buquê em pleno ar, reacendendo o fervor da plateia. Ele o ofereceu a mim e então segurou minha mão, para um último agradecimento.

Foi quando me dei conta de que provavelmente era a última vez que dávamos as mãos, e senti um bolo doloroso se formar na garganta. À minha frente, meus pais choravam, aplaudindo das poltronas na primeira fila, diante do fosso da orquestra. Peter estava com eles, lindo, sorridente, orgulhoso.

Em duas semanas, eu seria sua esposa.

E mal podia esperar.

As pesadas cortinas vermelhas se fecharam, e a equipe começou a se movimentar freneticamente para retirar as flores e montar o cenário de *Arcangelo*, com seu chão irregular, luzes ocultas, cortinas escuras e faixa lustrosa. A peça encerraria a noite com a pungência da música barroca.

Sorrindo para Claus, apertei sua mão, e então a soltei.

– Ainda te amo – disseram seus lábios sem um som, antes de ele se virar para os bastidores.

Seguindo na direção oposta, tentei apreciar educadamente o interesse dos que me parabenizavam. Quando a atenção de todos se voltou para a atração seguinte, eu me sentei.

Do outro lado do palco, em sua própria escuridão, Claus também se sentou.

No palco entre nós, oito casais entravam e saíam de camadas de escuridão num fluxo permanente, banhados por tons quentes de amarelo e dourado. Seus corpos, em escuros collants minimalistas, enlaçavam-se graciosamente em duetos íntimos, repletos de pés flexionados, *pliés* profundos e braços arqueados como asas de pássaros, lindamente contemporâneos e absurdamente clássicos.

Tudo vai dar certo.

"L'innocenza Paccando Perdeste", de Alessandro Scarlatti, anunciou o fim de *Arcangelo* e da noite. A voz de Deus, em magnificência de contratenor, prometeu um redentor com uma mensagem de amor e perdão que me tocou – não por compreender a mensagem, mas por acreditar na promessa. Naquele momento, eu estava em paz com tudo que acontecia. Cumprimentos e despedidas. O velho e o novo. Os amigos e os inimigos. *Sim, tudo vai dar certo.*

No instante em que um casal foi elevado aos céus por uma faixa de seda, enquanto outros três se mantinham imóveis no escuro chão do palco, notei que Claus havia ido embora.

Capítulo 22

—Se eu não te conhecesse, acharia que você está em dúvida em relação ao dia de amanhã. – Eu me aproximei de Peter, que estava na varanda dos fundos vendo três operários montarem o altar e o arco à beira do lago para o nosso casamento.

Seu cenho franzido logo deu lugar a um sorriso sincero.

– Mas você me conhece.

Passando os braços ao seu redor, senti o resto da tensão se dissipar.

Ele deu um beijo no alto da minha cabeça.

– No máximo, gostaria que já estivéssemos casados.

Rimos juntos.

– Que bom. – Seu olhar era bem-humorado, mas com um toque sombrio. O que o estaria perturbando?

– Quero tocar uma coisa para você, Ana. – Ele tentou pegar o violão Gibson, mas por algum motivo não conseguiu segurar o braço, só acertando na segunda tentativa.

Meus olhos continuaram na sua mão, e eu recuei, para lhe dar espaço. Havia um leve movimento nos dedos que não era normal.

– O que há de errado com a sua mão?

– Nada. Deve ser o nervosismo. – Os lábios se curvaram, ele posicionou os dedos compridos na escala e se preparou para tocar, as mãos finalmente firmes.

Devia ter sido o nervosismo, como ele dissera. *Véspera do grande dia.*

Seus olhos se fecharam, e ele começou a tocar lentamente.

Mas havia alguma diferença no estilo da interpretação, uma reverência que eu nunca tinha visto. E me senti enternecer, encostada à balaustrada escura da varanda, ao reconhecer o último movimento da Cantata 147 de Bach.

Amanhã, a esta hora, vou estar me arrumando para o meu casamento. Fechando os olhos, eu me concentrei na música – a música que escolhera para caminhar até o altar e começar o resto da minha vida. A melhor parte dela, conforme esperava. *Já chega de competição. Já chega de ficar me mudando. Já chega de ficar correndo atrás de homens. Só paz. E felicidade. Com Peter ao meu lado, sou capaz de tudo.*

Quando ele terminou, pousou a palma da mão sobre as cordas, interrompendo a vibração.

– Obrigada. – Fora perfeito.

– Foi um prazer. – Ele se sentou numa das cadeiras de balanço e colocou o violão no chão. – Fiquei surpreso por você não escolher "Lá Vem a Noiva" para caminhar até o altar.

Sentei ao seu lado e segurei sua mão.

– O "Coro Nupcial" de Wagner seria excessivo para uma cerimônia pequena, ao ar livre. Não acha?

Ele deu de ombros.

– Talvez. Só não quero que você perca nada. Pensei que todas as garotinhas ensaiassem o dia do casamento ao som de Wagner.

Dei uma risadinha.

– É verdade. Mas a música precisa se adequar à atmosfera. – *Uma vez bailarina, sempre bailarina... Não posso dar passos tão grandes ao som da música errada.*

Ele assentiu.

– Se você diz...

– Digo. – *Claro que o "Coro Nupcial" é maravilhoso, mas é para cerimônias formais, na igreja. Coisa que teríamos tido, se não fosse pela minha ideia brilhante de ir morar na Alemanha.* Respirei o ar seco do outono. Uma brisa leve trouxe até nós uma fragrância de rosas inglesas e peônias. *As coisas estão perfeitas desse jeito.*

Peter tornou a levar minha mão aos lábios.

– Mal posso acreditar que você aprendeu a cantata de Bach tão depressa – comentei, rompendo o silêncio.

– Eu já a conhecia há algum tempo. – Ele esboçou um sorrisinho meigo. – O título popular é "Jesus, Alegria dos Homens". Minha mãe a cantava na igreja.

– Mas é uma peça nupcial. Já a ouvi um milhão de vezes.

– Ela se tornou uma peça nupcial, mas não foi concebida como tal.

– O que ela diz? Conhece a letra?

Ele fez que não, os lábios apertados.

– Alguma coisa sobre as almas irem para a luz e as pessoas buscarem a verdade. Sei lá. Deus dando alegria a elas... – Tornou a fazer que não. – Já faz muito tempo.

Meus olhos se encheram de lágrimas. Será que Deus plantara essa música na minha cabeça para que eu a escolhesse para o meu casamento?

– Esse lance de Deus ainda está encucando você, não está?

– Não sei se "encucar" é a palavra certa. – Dei de ombros. – Mas há alguma coisa, e tenho a sensação de que não posso evitá-la para sempre.

Peter assentiu.

– Eu me sinto como se Deus estivesse atrás de mim, entende? – *Não acho que ele entenda.* – Como essa peça nupcial. Não era minha intenção caminhar até o altar ao som de uma música que fala de Jesus, mas foi o que aconteceu.

– Achei que você sabia que é um hino.

– Não, nem sonhava. Enfim... – Não queria mais discutir esse assunto. –... hino ou peça nupcial, a música é linda e perfeita. Estou feliz. – Em seguida me levantei para observar os operários, que já tinham quase terminado de montar o arco. – Está tudo indo bem por lá.

Peter não respondeu e, quando me virei, parecia distante.

– Você está daquele jeito de novo – observei. – Parece tenso.

– Desculpe.

– Que é, amor? É por causa da sua família?

Ele deu de ombros e franziu os olhos para o sol que faiscava nas ondulações da água além do píer. Tinha me dito que a mãe morrera de falência cardíaca aos quarenta e poucos anos, e que fazia mais de dez que não falava com o pai. Mas arrancar qualquer outra informação dele foi impossível. Eu não podia compreender o alheamento e o sigilo. Simplesmente não podia.

– Você devia ligar para o seu pai. – Meus olhos estudaram os dele.

– Ana, tem uma coisa que eu quero te contar. – Ele se levantou e passou os dedos pelos cabelos.

– O que é? – Caminhei em passos lentos até ele. – Eu posso enfrentar. – *Certo?*

Ele não disse nada; os olhos continuavam fixos na água.

– Ele está na prisão?

– Não. Não é isso.

– Tem um laboratório clandestino de metadona?

– Não – disse ele, a voz mais alta.

– Desculpe. – *Por que eu tinha que bancar a engraçada?*

– Tudo bem. Por que não entramos para fazer as malas? É nisso que precisamos pensar, não é? Na lua-de-mel...

– Ah, por favor, me conta. – *Devia ter ficado de boca fechada.* Pousei a mão no seu braço.

– Não, não quero estragar as coisas.

– Peter, você não vai estragar nada. Às vezes você me deixa doida, sabia?

– Às vezes? – Ele deu um beijo no meu pescoço e me apertou. – Você me deixa doido o tempo todo.

– Você entendeu o que...

Uma horrível cacofonia de buzinas se aproximou da casa, e nos entreolhamos, perplexos, antes de darmos a volta em direção à entrada.

– Caramba – murmurei, ao ver papai numa caminhonete vermelha, de tamanho médio, novinha em folha.

Ele desceu e olhou para mamãe, que já estacionara o SUV e estava quase chegando a nós.

– Para mim? – Abri um sorriso, olhando as chaves que ele estendia em minha direção.

– Querida, você tem que dirigir alguma coisa, e não sei se vale a pena consertar o Thunderbird e mandar trazê-lo de navio. – Ele enfiou as mãos nos bolsos. – Portanto, aqui está o seu novo quatro-rodas.

– Adorei, pai. Obrigada.

Papai passou o braço pelo meu ombro e me mostrou a caminhonete.

– Tem espaço para você transportar flores, terra, sacolas de mercado e o que mais quiser.

– Até crianças. – Dei uma risada e cutuquei o peito de papai, dando uma olhada no espaçoso banco traseiro.

– Sim. – Papai corou, e então murmurou: – Até crianças, claro.

De onde é que saiu isso?

– Bem, obrigada, pai. – Passei os braços ao seu redor. – É perfeito. – Olhei nos seus olhos antes de ir dar um abraço em mamãe.

Ainda bem que voltei a tomar a pílula logo.

No dia seguinte, estava parada na beira da varanda por um momento, curtindo o cenário de meu casamento antes de tomar parte dele.

Não, não estávamos numa igreja. Mas havia uma elegância refinada em nossa romântica cerimônia. Mesas de fazenda com porcelana antiga e guardanapos de linho criavam um charme rústico. Jacintos laranja-claros, peônias azuis e rosas-chá inglesas decoravam cada mesa, a ampla passarela, o altar e o arco.

Cada um de nós tinha aproximadamente quinze convidados. Nem damas de honra, nem padrinhos. Eu não tinha amigos íntimos, e os pais de Peter não estavam presentes. Nossos convidados se sentavam em fileiras curtas de cadeiras com encosto em X decoradas com faixas de tule pêssego e creme. Quase todos se conheciam bem, e conversavam animadamente.

O quarteto de cordas, quatro senhoras elegantes em vestidos pêssego sentadas à esquerda do altar, terminaram o prelúdio e começaram a tocar o último movimento da Cantata 147 de Bach.

Papai se dirigiu a mim, as conversas se interromperam e as cabeças se viraram. Minha família e nossos convidados se levantaram.

Todos olharam para mim, em meu vestido de noiva marfim com decote de coração e saia rodada, e dezenas de sorrisos me alegraram e encorajaram. Eu havia ganhado um quilo e meio desde que parara de dançar, mas não me sentia culpada, e sim bela e feminina. Tinha desejado uma nova vida – uma vida diferente. *Bem, aqui está. Vida nova, lá vou eu.*

Quando desci os degraus da varanda, a saia farta do vestido de cetim dançou em meio à brisa fresca e perfumada, e, olhando para Peter, meu coração também dançou.

A distância física entre nós me relembrou o dia em que eu voltara ao sítio – o dia em que o avistara do barco e me perguntara se era mesmo ele. *Obrigada por me deixar voltar. Obrigada por me deixar ficar.*

Papai segurou minha mão.

– Você está tão bonita.

– Obrigada, pai.

– Vamos. – Ele me ofereceu o braço.

Enquanto caminhávamos, eu quase podia ouvir as vozes estridentes das mulheres do Celtic Woman que vira no YouTube antes de ir dormir. Queria saber sobre o que era "Jesus, Alegria dos Homens" antes de caminhar até o altar ao som de seus acordes.

A letra da versão em inglês é bonita, mas não cheguei a identificar um tema que unificasse suas partes. Uma tradução quase literal do poema original em alemão não correspondia à versão em inglês comum, mas, embora o texto fosse irregular, o tema era claro e me tocou o coração: uma amizade íntima com Jesus. Uma amizade simples, constante e familiar.

Quinze metros de finíssima grama zoysia eram tudo que me separava de Peter e de meu final feliz. *Jesus, eu quero o que o poeta teve – tem –, ou o que quer que funcione. Sei que não é só um monte de coincidências. Sei que não está só na minha cabeça. Assim que tudo voltar ao normal, vamos encontrar uma igreja.*

Cumprimentei mamãe com um sorriso e um aceno carinhoso, antes de dar os últimos passos em direção a Peter.

Ajude-nos, Jesus. Abençoe o nosso casamento.

Peter se levantou, exibindo o costumeiro sorriso de menino, mas havia uma satisfação em seu rosto e uma confiança em sua postura que eram peculiares. Ele parecia estável – quase como que plantado no chão, como uma árvore centenária.

Tinha parecido sombrio na noite anterior, o que me preocupara, mas sua tranquila felicidade de dia de casamento me tranquilizou e me deixou feliz também. O que quer que o estivesse perturbando nas horas anteriores à cerimônia, parecia ter ficado para trás.

– Quem dá a mão desta mulher a este homem?

– A mãe dela e eu. – Papai deu um beijo no meu rosto e se sentou ao lado de mamãe.

Segurei a mão de Peter. Ele estava lindo num terno bege de três peças, camisa marfim e gravata bege. O conjunto suavizava os olhos azul-escuros, deixando-os mais claros. Os cabelos castanhos ondulados estavam penteados para trás, e ele usava uma leve e agradável fragrância cítrica.

– Oi – sussurrou ele, ao se posicionar a meu lado.

– Oi – sussurrei, pousando a mão no seu braço forte. *Sou a mulher mais sortuda do mundo. Em apenas alguns minutos, vou ser a Sra. Peter Engberg. Sra. Engberg. Ana Engberg. Ah, como adoro o som desse nome. Engberg. Engberg. Engberg. A procura acabou. A dor acabou. É isso. Este é o melhor dia da minha vida.*

– Ana, você aceita esse homem, Peter, como seu legítimo esposo, de acordo com o sagrado decreto de Deus? Promete ser uma esposa amorosa e leal, apreciá-lo e ficar ao seu lado na doença e na saúde, e, ignorando todos os outros homens, ser fiel somente a ele enquanto os dois viverem?

– Sim.

Vinte e quatro horas depois, estávamos bem agasalhados, num barco a remo, flutuando no lago Stow, em São Francisco.

– Nunca tinha visto tantos patos num só lugar. – Atirei as últimas migalhas de pão na cintilante água verde. – Olha aqueles ali. – Apontei para um grupo de patos de olhos vermelhos com penas verdes e roxas separadas por listras brancas. – São de que espécie?

Peter, que observava atentamente a vegetação na margem, deu uma olhada na água.

– Patos-carolinos. Devem estar de passagem, a caminho do sul, onde vão passar o inverno.

– Talvez esses nos sigam até a Geórgia. – Meu coração se enterneceu com a ideia.

– Provavelmente, não. – Ele tocou meu rosto. – Estamos na rota migratória do Pacífico, e na Geórgia a rota é a do Atlântico.

– Sério? É como se os patos tivessem estradas?

– Pode-se dizer que sim. É o que eles fazem. – Ele deu de ombros.

– Não podem pegar um atalho e ir para a Geórgia, só de curtição?

Ele abanou a cabeça, rindo.

– Não sou nenhum ornitólogo, mas acho que não.

– Me deixa adivinhar... Essa é a versão feminina? – Apontei para duas patas marrom-acinzentadas com manchas brancas em forma de gota ao redor dos olhos escuros.

Peter concordou.

– Em breve, vão formar casais. De vez em quando eles aparecem em Callaway. Depois, na primavera, os casais voltam para casa, prontos para chocar os ovos, e talvez seja essa a razão por que o pato-carolino é o único pato norte-americano que produz duas ninhadas por ano. – Ele deu de ombros. – Cultura anserina inútil.

– Que legal. – Francamente, aquela conversa sobre casais, acasalamento e ninhadas me fez pensar no que Peter dissera a papai quando eu ganhara a caminhonete.

– Não vou mais chatear você com isso.

– Não está me chateando, juro. – Toquei sua mão. – Mas estou curiosa para saber por que você disse a papai que não estamos prontos para ter filhos.

Ele riu, batendo as mãos.

– Como foi que pulou de patos para bebês?

– Você estava falando de acasalamento e ninhadas.

– Tudo bem, mamãe pata. – Peter riu e balançou a cabeça. Deu tapinhas no espaço ao seu lado e segurou minha mão enquanto eu me movia com cuidado para sentar perto dele.

– Pode me dar um ou dois anos? – Ele começou a traçar círculos na palma da minha mão.

– Claro... – Encostando a cabeça no seu peito, aspirei seu cheiro. – Mas por que esperar?

– Só não quero fazer nada às pressas. Ainda me sinto meio criança.

Provavelmente não é um bom momento para mencionar que ele já entrou na casa dos trinta, e há bastante tempo.

– Mas você quer ter filhos?

– Quero. – Seus lábios tocaram o alto da minha cabeça enquanto ele brincava com uma longa mecha do meu cabelo castanho. – Mas não agora.

Não há nada de errado em esperar, acho eu.

Meus olhos se voltaram para três tartarugas que apanhavam sol sobre um tronco, e me lembrei das que havia no laguinho na Alemanha. Muitas coisas no lago Stow me lembravam do Warmer Dann Park diante do Hessisches

Staatstheater, em Wiesbaden.

– O que vamos fazer à noite? – A voz de Peter me trouxe de volta ao presente e ao barco.

– Fisherman's Wharf? Jantar no Alioto's?

– Boa pedida. – Ele me abraçou. – Podemos ir até lá de bonde.

– Pendurados nos estribos, ao estilo de Doris Day? – Plantei um beijinho no canto de sua boca.

– Por que não? – Rimos. – Vem cá e me dá um beijo de verdade. – Os cantos de seus olhos se franziram, e ele bateu nos lábios.

Um beijo de verdade? Sentei no seu colo com cuidado e o abracei, provocando seus lábios com os meus até ele gemer e me puxar contra si. Enquanto me abandonava ao seu cheiro másculo e calor protetor, fui transportada a um lugar no coração aonde não ia havia tempo, o lugar onde os sonhos tomam forma e crescem. Podia fazer isso para sempre. Tinha um novo sonho. Ele estreitou o abraço, em meio às folhas de outono que dançavam ao som de uma brisa constante. Gemi contra seus lábios, segurando-o com ambas as mãos. *Quero amar você, como amo agora, para sempre.*

Quando saímos da casa de barcos, Peter deu de ombros.

– O que foi? – Será que meu beijo não tinha sido de verdade, ou as horas passadas no lago não tinham sido agradáveis?

Ele olhou para mim, confuso.

– Você deu de ombros.

– Não dei, não.

– Deu, sim.

Ele negou com a cabeça e me deu a mão, enquanto caminhávamos em direção ao hotel.

Passadas quase duas semanas no norte da Califórnia, voltamos ao sítio com grandes lembranças de Fisherman's Wharf e do lago Stow, apaixonados por Sausalito e trazendo na bagagem dez pequenas sequoias de uma loja de plantas próxima a Muir Woods. Peter insistiu que era possível fazer com que sequoias costeiras crescessem muito bem no sul, por isso as trouxemos para casa e plantamos nove perto do arvoredo à margem do lago e uma no Azalea Bowl de Callaway.

A vida de casada me fez bem. À medida que o outono dava lugar ao inverno, já quase não pensava em Claus, na Alemanha, no Met ou em qualquer outro aspecto da vida que não tinha, sentindo-me muito satisfeita com a que tinha.

Em novembro, ajudei mamãe a limpar do jardim as flores murchas da primavera e do verão, e plantamos alguns arbustos resistentes para servirem de fundo às flores que ela plantaria em estações futuras.

Ela escolheu amores-perfeitos amarelos e vermelhos, e o lindo colorido de ambos deu nova vida à sua casa cinzenta.

Os vizinhos que nos viam trabalhando pediam conselhos, e eu me oferecia para ajudá-los. Até o Natal, já tinha feito projetos paisagísticos para quatorze casas na vizinhança de mamãe, e todos continuaram me pedindo orientação nos meses da primavera.

Não precisávamos do dinheiro, mas era um trabalho que me agradava, por isso passei a segunda metade do inverno pesquisando revistas de jardinagem e folheando os livros da faculdade de Peter em busca de ideias para os meses quentes.

Em uma noite de sexta no fim de fevereiro, Peter e eu estávamos em casa assistindo a *Noites de Tormenta* quando, de repente, tive uma sensação de peso estranhíssima nos seios. É a primeira vez. Ao cruzar os braços, eu me lembrei das duas pílulas que tinha pulado no final de dezembro.

Não pode ser. Só pulei duas. Uma mulher pode demorar seis meses ou mais para engravidar depois de tomar pílula por muitos anos, como era o meu caso. Eu só fizera um intervalo de dois meses, já no fim de minha estada na Alemanha. Não devia ser nada.

Mas e se...?

Olhei para Peter. Ele trouxera o filme, rosas vermelhas e um vinho seco do norte da Geórgia que conseguira com o chef executivo do restaurante principal do parque. *Ele me ama. Certamente ficaria feliz se eu engravidasse, não? Uma gravidez imprevista, prematura para ele, mas, ainda assim, uma grande alegria, não?* Mais de uma vez, eu o flagrara com lágrimas nos olhos ao ver pais brincando com os filhos em Callaway. *Eu sei que ele gosta de crianças.*

De repente, entrei em pânico. *Claus. Não, não pode ser dele.* Tinha voltado a tomar a pílula logo depois que reatara com Peter. *Quando foi a última vez que estive com Claus? Começo de setembro? Não, meados de setembro.* Fiz as contas. *Meados de outubro, meados de novembro, meados de dezembro, meados de janeiro, meados de fevereiro. Impossível, eu estaria de cinco meses.*

Ganhara quase três quilos e precisara comprar calças novas, mas o ganho de peso devia ser por estar dançando muito pouco, preparando pratos calóricos todas as noites e almoçando na casa de mamãe quase todos os dias. *Não posso estar grávida de cinco meses.* Não pulei nenhuma menstruação – nem uma única vez.

Olhei para Peter. *Não estou grávida de cinco meses.* Ele percebeu meu olhar e deu uma piscada, a expressão afetuosa. É de Peter e é recente.

Isso se for, de fato.
Tem que ser de Peter.

No dia seguinte, o desconforto passou, mas, até o fim de fevereiro, eu tinha ganhado mais meio quilo e pulado uma menstruação.

– Já chega de ficar em dúvida – resmunguei na manhã em que passei o calendário para o mês de março.

Quando Peter foi trabalhar, dei um pulo na farmácia e comprei um teste.

De volta a casa, manuseei a embalagem e li a bula. *Não pode ser tão complicado assim. Vamos fazer isso de uma vez.* Embora contar a Peter fosse ser difícil, esperei que o resultado desse positivo. Provavelmente ele ficaria furioso no começo, mas acabaria gostando da ideia. *Isso se eu estiver grávida.*

Antes mesmo de ter tempo de colocar o teste na bancada, o resultado já era óbvio. As duas linhas cor-de-rosa que mudariam nossa vida se materializaram bem diante dos meus olhos, em minhas mãos, quando tornei a tampar a ponta do teste. Talvez, se esperasse os três minutos recomendados, o resultado mudasse. Coloquei o teste na bancada e esperei. *Não acho que possa mudar.*

Os três minutos se passaram. Não mudou.

É isso aí. *Positivo.*

– Uau – sussurrei. – Vou ser mãe. Uau. – Um sorriso cresceu nos meus lábios, e saí girando pela casa afora, cantarolando a "Valsa da Bela Adormecida".

– Pa-ra-ra-rarararara-rara-rará. Pá...

– Então é isso que você faz na minha ausência – disse Peter, sorrindo diante da porta da sala.

Parei, caindo na risada.

– O que está fazendo em casa?

– Vim pegar uma bandeja na estufa. – Ele colocou a correspondência e as chaves em cima da cristaleira e se aproximou.

Por que não contar logo?

– Tenho uma grande notícia – comecei, me remexendo. – Quer saber?

– Hum... Não sei.

Inclinei a cabeça.

Ele riu.

– É claro que eu quero saber. O que é?

– Não foi exatamente como planejamos, eu sei, mas aconteceu...

– O que aconteceu?

– Você vai ser pai.

– Ah, não. Por favor... não. – Ele gemeu e saiu pela porta dos fundos.

Mas o que é...? Abri a porta e corri atrás dele.

Ele parou ao lado do balanço.

Cheguei ao seu lado e pousei a mão hesitante no seu ombro.

– Por favor, não me toque agora.

– Tá. – Recuei.

– O que aconteceu, Ana? – Seus olhos se fixaram no lago. – Pensei que você estava tomando a pílula.

– E estou. Comecei pouco depois que voltamos.

– Então, o que aconteceu? – Dessa vez, ele me olhou. – Como pode estar grávida?

– Não sei. Voltei a tomar a pílula dois ou três dias depois de reatarmos, portanto houve esses dias iniciais, mas a gestação teria que estar muito mais avançada, e eu duvido que esteja. – *Por favor, não me pergunte sobre Claus.* – Meu palpite é de que foi no Ano Novo; eu pulei duas pílulas por aqueles dias. – Estremeci. – Desculpe.

– Ana, por que não me contou? Nós podíamos ter usado outro tipo de proteção.

– Desculpe. – *Por que ele está fazendo esse drama? Não entendo.* – Nós íamos nos casar, e depois nos casamos. Sei que concordamos em esperar, mas simplesmente aconteceu. Não planejei engravidar. Juro.

Ele abanou a cabeça.

– Já conversamos sobre isso. Eu disse a você que não estava pronto. – Ele tornara a fixar os olhos no lago.

– Eu não fiz de propósito... – *Ele não está me contando toda a verdade. Não mesmo. Tem muito mais nessa história.* – Sinto muito, Peter. Sinceramente.

De repente, sua cabeça se virou em minha direção.

– Espera aí. E Claus? Você não estava dormindo com ele?

Lá vamos nós. Abaixei os olhos e soltei o ar com força.

– Claus e eu estávamos tentando ter um bebê.

– Você só pode estar brincando comigo.

– Não estou.

– Então, esse bebê pode ser de Claus?

– Não é. – *Não pode ser.* – Pareço estar grávida de cinco meses? – Ele nunca mais voltara a mencionar meu peso, mas eu tinha certeza de que o notara.

Peter deu de ombros.

– Não sei.

Resposta segura.

– O que está realmente acontecendo? Você tem mais algum motivo para querer esperar? Não quer ter filhos?

– É claro que quero.

– Pois não parece.

– Eu quero, sim! – Ele socou a estrutura do balanço.

Dei um passo atrás e pousei a mão na barriga.

– Desculpe. – Ele abanou a cabeça, como se tentasse acordar de um pesadelo. – A culpa é minha.

– Como assim? – Abri os braços. – O que está acontecendo? Não estou entendendo absolutamente nada.

Ele tornou a desviar os olhos.

– Fale comigo. Peter, eu te amo. O que quer que seja, vamos encontrar uma solução. – Eu me aproximei e pousei a mão no seu braço, insegura. Ele não reclamou.

– É doença de Huntington, Ana – murmurou, cobrindo minha mão com a sua. – Eu sofro da doença de Huntington. – Olhou nos meus olhos.

– O que é doença de Huntington?

– É uma doença genética. – Deu um passo atrás e passou os dedos pelos cabelos. – É um mal terrível, incurável. Com o tempo, a pessoa perde o controle dos movimentos, esquece as coisas, não pode tomar decisões, não pode controlar as emoções, não pode controlar nada. Ela fica totalmente incapacitada e morre.

– O quê? – *Não pode ser.* – E por que você acha que tem isso?

– Porque é de família. Fiz um teste quando tinha vinte e poucos anos, mas o resultado foi inconclusivo. – Ele não estava mais olhando para mim.

Inconclusivo. Provavelmente, ele não tem essa doença, e estamos nos estressando sem motivo.

– Você disse que é de família. Foi por isso que sua mãe morreu cedo?

Ele assentiu.

– Ela tinha a doença.

– Isso tem alguma coisa a ver com sua relação com seu pai?

Ele tornou a assentir.

– Ele não quis que eu fizesse o teste quando mamãe recebeu o diagnóstico. Eu tinha nove anos. Ele precisava autorizar o teste, e se recusou. – Ele apertou os olhos com as mãos largas e se virou para mim. – Desculpe por não ter te contado antes, Ana. Eu tentei, na véspera do casamento, mas...

– Não se desculpe. – Cobri sua boca e relembrei sua tensão aquele dia. *Agora, tudo faz sentido.* – Olhe, eu prometi amar você na alegria e na tristeza, na saúde e na doença. E essa é a minha intenção. Nós vamos enfrentar a situação, se for preciso. – *Mas não será. Certamente ele não tem essa tal de doença de Huntington.*

Mas e se tivesse? Toquei a barriga novamente. *Será que o bebê pode tê-la? Qual será a probabilidade? É melhor não perguntar agora...*

– Ana, vamos submeter o feto a um teste.

– Podemos fazer isso?

– Podemos. – Ele assentiu, e então abriu a boca como se fosse acrescentar alguma coisa, mas continuou em silêncio.

Eu não tinha certeza se queria saber antes do tempo se nosso filho iria desenvolver uma doença incurável em adulto, mas Peter não parecia disposto a debater o assunto.

Ele se remexeu.

– E podemos aproveitar para ter certeza de que o bebê é meu.

Senti um abatimento horrível, mas concordei, envergonhada.

– Adianta saber antes do tempo se um bebê tem doença de Huntington? Ou você só quer que o nosso filho saiba para não crescer em dúvida, como aconteceu com você?

Ele cravou em mim um olhar vazio que me assustou.

– O que é? – *O que foi agora?*

– Ana, se o bebê tiver a doença, nós não vamos tê-lo.

– Peter, não seja ridículo.

– Não fui eu que decidi engravidar.

– Eu. Não. Decidi. Engravidar. Já disse a você. – Respirei fundo e me sentei no balanço. – Como poderia ter adivinhado tudo isso?

– Eu já pedi desculpas.

– Eu também.

Peter cruzou os braços e se encostou à estrutura do balanço.

– Você devia ter me contado sobre a doença. – Massageei a têmpora. – E devia ter dito que não queria ter filhos.

– Eu quero ter filhos.

– Então, por que está falando em abortar este? Não faz sentido.

– Eu pensei que nós fôssemos planejar a gravidez, e aí, quando a ocasião chegasse, eu te contaria sobre a possibilidade de eu ter a doença.

– Mas e daí? – Dei de ombros. – Que diferença teria feito?

– Nós faríamos fertilização in vitro, testaríamos os embriões e implantaríamos um sem a doença.

– Muita engenharia envolvida, não?

– É a solução responsável. – Seu tom foi objetivo como o de um médico.

– Responsável ou conveniente?

– Responsável. Para o seu governo, acho o procedimento muito inconveniente.

– Provavelmente os embriões não escolhidos concordariam com você quanto à "inconveniência". – Cruzei os braços também, lamentando não estar de casaco. – Ou você tem um plano responsável para eles também?

Peter tirou o blazer e o colocou nos meus ombros.

– Os outros embriões?

– Sim, os outros embriões. O que faria com eles no seu grande plano de reprodução?

Ele deu de ombros.

– Guardaria os saudáveis para futuras gestações.

– E os outros?

– Não sei. – Ele jogou as mãos para o alto.

– Não se engane, Peter. – Apontei para minha barriga. – Você mandaria matá-los. Plano muito responsável, o seu.

Ele negou com a cabeça.

– Não posso ter um filho com DH. Por favor, não seja irracional.

Não sou eu que estou sendo irracional.

– Não vamos fazer o teste. – Tive um lampejo de otimismo em meio à discussão mórbida. – Vamos levar a gravidez em frente.

– E torcer pelo melhor?

– Por que não?

– Não posso. Você não entende.

– Tem razão. Não entendo. É tudo novo para mim, e me dói muito que você tenha tido que enfrentar isso desde os nove anos, e que tenha perdido sua mãe por esse motivo. Não sei como é. Mas uma coisa eu sei. – Fiquei ao seu lado. – Eu te amo muito. E fico feliz por seus pais não terem te abortado.

– Você não entende, Ana.

Dei de ombros.

– Lamento que não esteja feliz. – Contive o impulso de chorar. – Mas eu ainda estou, porque vamos ter um bebê.

– Nós *talvez* tenhamos um bebê.

Apertei os lábios, sem a menor vontade de continuar com essa conversa, e convicta de que o bebê nasceria, custasse o que custasse. *Eu vou ter esse bebê.*

Peter também apertou os lábios. Em seguida caminhou até o píer, entrou no barquinho vermelho e se afastou, remando a golpes largos, deslizando com facilidade sobre a água plana.

Ouvi dois gemidos antes de entrar em casa, abanando a cabeça.

Em cima da fria bancada bege do banheiro, o teste de gravidez debochava de mim. *Eu sempre perco, por mais que me esforce.*

– Arghhh! – Atirei o teste no chão com violência. – Qual é a próxima novidade? – Olhei para os pedaços quebrados do First Response espalhados pelos ladrilhos, me lembrando de quão rápido os sonhos podem ser dados e tirados.

Capítulo 23

Fazia uma hora que Peter saíra, e eu passara a maior parte do tempo sentada diante da ampla janela da sala olhando para o lago imóvel, esperando.

Esperando por um pedido de desculpas que sabia que viria.

Esperando por lucidez.

Esperando para reagir.

Jäger me seguiu até a cozinha. Fiquei de joelhos para fazer uma festinha na sua farta pelagem preta e me dei conta de que fazia muito tempo que não pensava em Barysh.

Essa dor também vai passar.

– Garoto, você precisa de um banho. – Lavei as mãos para retirar a poeira e a morrinha de cachorro criado ao ar livre. – Mas acho que isso pode esperar. Vou pelo menos te dar uma boa escovada amanhã, combinado?

Preparei um sanduíche de peito de peru e queijo e peguei um saco de minicenouras na geladeira. A prateleira de cervejas chamou minha atenção, mas acabei pegando uma garrafa de água na despensa.

Levei meu almoço para a sala de jantar formal e o coloquei ao lado do notebook, que deixara de lado havia semanas. Já ia me sentar, quando ouvi Peter dar a partida na picape.

Quando abri a porta, ele já estava longe de casa.

Sério?

Olhando para o céu azul, abanei a cabeça.

– Você não gosta mesmo de mim, não é, Deus? O que quer de mim? – Olhei para o dia luminoso mais uma vez antes de bater a porta. – Obrigada por coisa alguma. Para que você serve?

Liguei o notebook e me sentei.

– Eu e eu mesma. O que mais há de novo? Aqui estou eu com os meus sonhos desmoronando outra vez, e quem vai me ajudar? Uma multidão de ninguéns. Só eu. – Minha cabeça doía. – Devia estar lendo *O que Esperar Quando Você Está Esperando*, e não fazendo uma pesquisa sobre a doença de Huntington.

Meu estômago estava embrulhado, mas me forcei a comer e resisti ao impulso de pedir desculpas a Deus pelo rompante.

Não me desculpo. Já estou cheia de ver todo mundo fazendo tudo que quer e sendo muito feliz. Estou fazendo o melhor possível, e o que recebo em troca? Isso não é justo.

– Está me ouvindo? Não é justo.

Levei os restos do sanduíche para a cozinha e lavei as mãos para me livrar do cheiro de manteiga, que, de repente, me incomodou. *Farta desse cheiro.*

Ao voltar para a mesa, percebi um livro que nunca tinha notado, uma coletânea de pinturas de flores. Reconheci a capa: *Rosas e Girassóis*, de Vincent Van Gogh, uma seleção de flores brancas dominadas por meia dúzia de rosas brancas e quatro girassóis. Eu vira o original na Alemanha com Claus no Kunsthalle de Mannheim, e tínhamos decidido que aquelas seriam as flores do nosso casamento.

– Hum... – Toquei a capa e engoli em seco. – Não. Não, Deus. Nada de sinais. Nada de coincidências. – Coloquei o livro debaixo de *Landscape Graphics*, de Grant Reid. – E nada de ficar com pena de mim mesma.

Abri o browser e comecei com o básico sobre a devastadora doença que poderia levar meu marido e meu bebê. Pulei os sintomas e estudei os avanços em direção à cura.

Os cientistas pareciam otimistas quanto à possibilidade de encontrar modos de retardar ou mesmo deter a progressão da DH num futuro próximo, mas a pesquisa sobre a cura da doença e a reconstrução do cérebro danificado me pareceu incompleta.

Será que quero ler e assistir a depoimentos? Eu preciso. Preciso ver pessoas reais falando sobre a sua realidade.

O depoimento de uma mulher em particular me ajudou a compreender a angústia de Peter.

Meu Marido Está Passando De Um Estágio Intermediário A Um Mais Avançado De DH. Faz Muito Esforço Para Falar, E Acho Tão Difícil Compreender O Que Ele Diz, Que Ele Já Quase Não Se Dá Mais Ao Trabalho De Tentar. Ainda Consegue Se Vestir Sozinho, Com Ajuda. Sua Capacidade De Se Locomover Vem Se Deteriorando Depressa, E Ele Está Prestes A Começar A Usar Uma Cadeira De Rodas Para Percorrer Longas Distâncias.

Ele Leva Tombos Todos Os Dias. Não Chega Ao Banheiro A Tempo. Concordou Em Usar Absorventes Geriátricos, Mas Não

Adiantam Quase Nada. Espero Que Isso O Convença A Usar Fraldas. Ele Não Quer Tomar Banho, Mas, Depois Que Já Está No Chuveiro, Até Gosta.

A Alimentação Está Ficando Cada Vez Mais Difícil, Pois Ele Tem Muita Dificuldade Em Engolir As Seis Mil Calorias Que Gasta Em Movimentos Involuntários, O Equivalente A Correr Uma Maratona Diária. Já Perdeu Quase Quinze Quilos Este Ano, E O Tubo De Alimentação, Que Antes Eu Achava Horrível, Passou A Ser Uma Bênção. Quando Descobrimos Que Ele Tinha Dh, Há Doze Anos, Eu O Fiz Prometer Que Me Deixaria Cuidar Dele Em Casa Até O Fim. Não Sei Se Ele Esqueceu O Acordo Ou Se Finge Ter Esquecido, Para Me Poupar.

Precisamos De Ajuda. Está Semana Ele Vai Ser Internado Numa Clínica. Escolheu A Mesma Onde Sua Mãe Passou Os Últimos Dois Anos De Vida. Vou Ficar A Maior Parte Do Tempo Lá E Ainda Fazer A Maior Parte Do Trabalho. O Local Tem Um Belo Jardim, Com Um Lago Grande E Um Chafariz. Sempre Gostamos De Jardins. John Disse Que Posso Levá-Lo Na Cadeira De Rodas Ao Jardim Todos Os Dias, E Que Este Será O Nosso Momento Especial – Um Momento Para Nos Esquecermos Da Clínica E Da Doença E Nos Concentrarmos Na Vida E No Amor Que Ainda Nos Une Nestes Anos Finais.

Se Peter carregasse o gene, quanto tempo ainda teríamos?

Não, eu não podia pensar assim. Precisava me manter positiva. *Não sabemos se ele tem, e há muitas cabeças inteligentes trabalhando na cura.*

Peter apareceu na hora do jantar, e Jäger o levou até mim.

Eu ainda estava na sala de jantar, os olhos vermelhos, mas bem. Não me sentia mais sozinha – havia outras pessoas no mundo enfrentando a doença de Huntington. Havia uma comunidade de apoio em vigor. Nós seguraríamos a onda. Eu tinha certeza disso.

– Sinto muito. – Ele ficou de joelhos e me abraçou, encostando a cabeça no meu colo.

— Eu sei.

— Me perdoe por minha reação, Ana. Me perdoe por não ter contado antes, e me perdoe por ter arrancado você de uma vida perfeita com Claus para envolvê-la nesse pesadelo.

— Eu estou onde quero estar. Mas não fuja mais de mim. Sou forte. Tudo que preciso de você é de um pouco de otimismo.

Ele assentiu em silêncio e pôs as mãos na minha barriga, antes de beijá-la. *Nossa pequena família. Ah, esse bebê tem que ser de Peter. Por favor...*

— Veja, estou tentando não ser pessimista — disse ele, a voz pouco acima de um sussurro —, mas você entende que, se o bebê for positivo, isso significa que eu também sou, não entende?

Assenti devagar. *Sempre gostamos de jardins.* As palavras da mulher ecoaram na minha cabeça, lágrimas me escorrendo pelo rosto contra a minha vontade.

— Shhh. Você tem razão. Nós vamos segurar a onda. Só temos algumas escolhas difíceis a fazer.

— Eu quero o nosso bebê, Peter. Não me importo com o que ele tenha. Tem que haver uma cura durante a vida dele.

— Como há uma cura para o câncer?

— Para o câncer não, mas hoje muitas pessoas vivem com AIDS. Lembra como no passado era uma sentença de morte? Os cientistas parecem estar muito otimistas quanto à possibilidade de deter a progressão da CH num futuro próximo. Eu li muito a esse respeito.

— Cientistas bem-sucedidos são otimistas por natureza. Sabem como conseguir financiamento, e financiamento se consegue com otimismo. — Ele se agachou. — Parabéns para eles. Mas a realidade é que uma cura, ou qualquer medicamento útil, ainda é um sonho, Ana. Eles precisam de alguma descoberta revolucionária, que ainda não foi feita. — Ele beijou minhas mãos e olhou para mim. — Sei que você tem um bom coração, mas o risco é grande demais.

— Você não acha que sua vida vale a pena ser vivida... mesmo que tenha que desenvolver DH algum dia?

— Acho. Mas a ideia de morrer, depois de anos de desintegração física e mental, joga um balde de água fria em tudo. Você quer um bebê; eu vou te dar um bebê. Mas não um bebê com DH. Não gosto da ideia de um aborto mais do que você, mas acontece mil vezes por dia, e sem um bom motivo. Nós temos um bom motivo.

Não, não temos. Fechei os olhos e respirei fundo.

— Podemos parar de falar sobre DH? Vamos fazer o teste, e depois vemos como fica.

– Sim. Podemos. Também não quero mais discutir. Mas, por favor, tenha expectativas realistas.

– Estou com fome, e não cozinhei nada. Quero jantar fora. Pode me levar ao Aspen's Mountain Grill, ou essa é uma expectativa pouco realista?

Ele se levantou.

– É uma expectativa justa. – Ele me puxou de pé para os seus braços. – Eu te amo, Ana.

– Também te amo.

Eu não sabia se a DH seria uma realidade para nós. Mas, naquele momento, não importava. Naquele momento, naquele lugar, minha pequena e perfeita família de três pessoas era tudo de que eu precisava.

Três dias depois, fomos a Atlanta para fazer a biópsia de vilo coriônico que decidiria o nosso destino. Um ultrassom guiaria o cateter que coletaria uma amostra de células da minha placenta em desenvolvimento.

– O senhor saberia dizer quando o bebê foi concebido? – perguntou Peter ao médico.

Enrubesci.

O médico aplicou um gel morno na minha pele.

– Sem dúvida. É a primeira coisa que vamos fazer.

Fechei os olhos e respirei fundo, consciente da presença de Peter ao meu lado.

O médico movimentou o transdutor de um lado para o outro, e então parou.

– Dez semanas e quatro dias. É o que queremos.

Sim, é o que queremos. Abri os olhos, satisfeita por abafar a vozinha irritante que explorara uma possibilidade fantasiosa.

– No Ano-Novo, em Callaway. – Peter olhou para mim.

Concordei, relembrando como Peter estava lindo aquela noite, no seu terno escuro Jack Victor.

– Ah, olha só – exclamei, ao ver a silhueta completa do bebê aparecer na tela. Com o canto do olho, observei Peter dando seu primeiro sorriso de pai orgulhoso.

– É cedo demais para saber se é menino ou menina?

– Um pouco – disse o médico. – Mas, baseado no ponto em que sua placenta está, tenho fortes suspeitas.

– Quão fortes? – Peter franziu os olhos para a tela.

– Noventa e sete por cento.

Peter olhou para mim, e assenti.

– O que acha que é? – Seu tom animado refletia o brilho oculto nos olhos que tentava aflorar.

– Um menino.

Trocamos sorrisos, e então ouvimos um som semelhante ao de uma locomotiva acelerada.

– É o coração. – O médico apontou um objeto branco que se movia na tela.

– Saudável, com cento e sessenta e sete batimentos por minuto.

Peter apertou minha mão, e retribuí o aperto.

Estamos seguros. Ele não vai insistir em fazer parar um coração que viu e ouviu – o coração do seu filho.

A orientadora genética ligou cinco dias depois, avisando que o resultado da biópsia tinha chegado e que ainda podíamos escolher não receber a informação.

– Se decidirem que não querem saber, não venham – disse ela. – Não precisam nem telefonar.

– Será que eles podem tornar a coisa ainda mais dramática? – comentei, encerrando o telefonema. – O resultado chegou. A mulher disse que não precisamos ir buscá-lo.

– Vamos lá. – Peter pegou as chaves.

Entramos na picape e dirigimos a cento e vinte por hora até a clínica, chegando em menos de uma hora.

Eu tinha evitado pensar na doença, mas saber que o resultado estava disponível me deixou num estado de absoluto desespero durante todo o trajeto, um desespero que só piorou na sala de espera.

Fomos chamados depois de oito minutos, que mais pareceram oito séculos.

Procurei sinais de preocupação ou alegria na expressão da orientadora genética, mas não consegui decifrá-la.

Ela se sentou e abriu a nossa pasta.

– O tamanho da repetição CAG está dentro dos parâmetros normais. – Seus olhos se demoraram no papel por mais um momento.

– Yes! – Peter deu um soco no ar, como se tivesse acabado de marcar um gol.

– Então, isso é bom? – perguntei. – É o que queremos?

Ela sorriu para mim e assentiu.

– Significa que o seu bebê não carrega a mutação genética da doença de Huntington e, portanto, não corre o risco de desenvolvê-la.

Cobri o rosto e soltei o ar. *Graças a Deus!*

– Está vendo? – Peter pôs as mãos nos meus ombros. – Agora, tudo vai dar certo.

Balancei a cabeça, entre risos e lágrimas, cobrindo a boca como uma criança que tenta ficar quieta, mas acha impossível.

– É mesmo uma notícia maravilhosa. – A orientadora tornou a olhar para nossa ficha, e então para Peter. – Não quero estragar o momento, mas é meu dever perguntar. O senhor disse que fez um testa na década de noventa, mas teve um resultado inconclusivo. Gostaria de fazer um novo teste?

– Não – respondeu Peter, sem pensar. – Não aguentaria enfrentar o estresse de outro teste, só para ter um resultado insignificativo de novo.

– Agora o senhor está com trinta e nove anos. – Ela olhou as informações dele. – Já se submeteu a um exame neurológico para...

Peter ergueu a mão.

– Passei a primeira metade da minha vida querendo saber. Agora, não quero mais. Mas agradeço a sua preocupação.

– Compreendo, Sr. Engberg. – Ela observou as mãos de Peter, e eu segui o seu olhar.

Será que tinha visto alguma coisa de anormal?

– Parabéns aos dois pelo bebê, e lembrem-se de que estamos aqui para ajudar, se decidirem ter mais filhos.

– Obrigado. – Ele apertou a mão dela.

Ela me olhou brevemente ao apertar minha mão, mas parecia mais interessada em observar Peter, seu olhar nos ombros dele.

Quando saímos da sala, nos abraçamos, em silencioso alívio.

Na volta para Pine Mountain, concordamos em dar uma passada na casa de meus pais. Eles ainda não sabiam da gravidez.

– Vou mostrar a foto da ultrassonografia quando ela abrir a porta. – Dei um sorriso radiante, e Peter notou minha euforia.

– O que acha de Gabriel?

– Quem é Gabriel?

– Como nome para o nosso filho. Gabriel. – Peter levantou as sobrancelhas.

– Ah. Eu gosto. O que quer dizer?

– Não sei. Só me pareceu um nome bom, forte.

– Tá. – Contanto que não significasse nada de esquisito.

– Você não parece convencida. – Peter torceu os lábios.

– É que eu não sei o que significa.

– É o nome de um anjo.

– Tá. – Tentei soar mais convincente dessa vez. Gabriel, Miguel ou Maria, não fazia diferença para mim. Íamos ter um bebê, e finalmente nós dois estávamos felizes por isso. O nome não era tão importante assim.

Ele apertou minha mão, e toquei minha barriga. *Oi, Gabriel.*

– Tenho um presentinho para você. – As sobrancelhas de Peter se ergueram. – Está no porta-luvas, debaixo do manual da picape – instruiu, e comecei a procurar por alguma coisa destoante ali dentro.

Desembrulhei o CD *Greatest Hits II*, de Clint Black. Não o conhecia muito bem, mas gostava da maioria dos artistas country.

– Obrigada.

– Põe aí. – Ele me entregou seu canivete. – Vai para a faixa quatorze.

– "Little Pearl and Lily's Lullaby" – li no verso da capa, enquanto uma melodia suave e risinhos de bebê enchiam o Silverado.

Peter aumentou o volume e improvisou um dueto com Clint Black, um dueto sobre o mundo do bebê e os preparativos para uma nova vida.

Quando terminou, secou uma lágrima no meu rosto. E o seu sorriso encheu meu coração com um calor maravilhoso e a promessa de um novo começo.

Capítulo 24

—Bem, agora o bebê está em apresentação pélvica – disse o médico, tocando minha barriga durante a consulta de nove meses e duas semanas.

– O que isso quer dizer? – Será que o bebê estava seguro? O médico continuou a tocar partes diferentes da minha barriga com ambas as mãos, fazendo ligeira pressão perto das costelas. *Fale logo de uma vez.*

– A cabeça estava para baixo, mas agora ele trocou de posição. – Suas mãos voltaram à parte inferior do abdômen. – Isso aqui é o bumbum dele. A cabeça está perto do seu coração.

Peter esfregou a testa.

– Isso é mau?

– Não é mau, mas talvez tenhamos que fazer uma cesariana.

– E quanto ao meu plano de parto e a minha doula? Já arrumei minhas coisas para o parto.

– Planos mudam. – O médico deu tapinhas na minha mão, a voz reconfortante.

Virei a cabeça em direção à ampla janela que dava para a floresta.

– Podemos tentar inverter a posição dele manualmente, pressionando o abdômen, mas sem qualquer garantia.

– É seguro? – A voz de Peter também estava calma, e tentei permitir que a tranquilidade dos dois me contagiasse.

– Não é confortável, mas é seguro. Eu monitoraria o bebê enquanto tentasse a versão externa, e, se algo desse errado, nós levaríamos Ana para o centro cirúrgico e o bebê nasceria desse modo. – Ele cruzou os tornozelos à sua frente. – Não se preocupem. De um jeito ou de outro, vocês terão seu filho nos braços em breve.

Não me preocupar? Será que eu poderia estalar os dedos e tê-lo nos braços naquele momento? Parecia valer a pena tentar a versão externa...

– A rotação manual costuma dar certo?

– Duas em três tentativas são bem-sucedidas.

– Quer tentar? – Meus olhos se voltaram para Peter.

– Não sei. – Ele jogou o peso do corpo sobre a outra perna, e um vinco profundo se formou entre as sobrancelhas.

Tive vontade de lhe pedir que parasse de tamborilar com os dedos no meu braço, mas decidi não fazer isso. Nos últimos tempos, vivia tamborilando com os dedos – no volante, na mesa de jantar, no travesseiro, e agora no meu braço. O que estaria deixando-o tão tenso assim ultimamente? Ele não gostava que eu perguntasse, portanto fiquei calada.

– Vou dar a vocês um tempo para conversarem. – O médico saiu da sala e nos deixou a sós.

Quando seus passos se silenciaram, o olhar de Peter se fixou na foto de uma praia na parede à sua frente. Será que não se sentia seguro em relação à... Como era mesmo que se chamava? Versão externa?

– Ana, o que acha de simplificar as coisas e marcar uma cesariana?

– Simplificar? – Será que Peter tinha noção do que uma cesariana implicava?

– Desculpe. Você sabe o que eu quis dizer.

Não, não sabia.

– Mas a rotação manual parece segura, e bem simples. Por que não experimentá-la?

– Não sei.

– Por favor, Peter. Vamos tentar. Sim?

Ele parou de tamborilar no meu braço e juntou as mãos, cotovelos nos joelhos, cabeça baixa. Mas, então, começou a bater com os pés.

– Por favor, pare de bater com os pés.

Ele assentiu sem olhar para mim, e suspeitei que ficaria de mau humor pelo resto do dia, a despeito do que decidíssemos fazer em relação ao bebê.

No começo do verão, ele tinha começado a sofrer alterações de humor perceptíveis. Eu brincava com ele, dizendo: "Você deve estar naqueles dias." Mas, depois de um tempo, esses comentários começaram a deixá-lo ainda mais azedo, e aprendi a ignorar seu comportamento. *Deus, nos ajude a tomar uma boa decisão – uma decisão sábia, como li há algum tempo. Foi Salomão? Sei que não tenho rezado nem lido muito ultimamente, e ainda acho que as coisas que acontecem comigo às vezes não são justas, mas preciso de Você. Por favor, nos ajude.*

Será que eu conhecia alguém que tivesse feito uma cesariana? Sabia que era muito comum, mas e o meu plano de parto? Uma cirurgia não fazia parte dele.

Planos mudam. Sim, o médico tinha razão.

– Tudo bem, vamos tentar. – Peter se pôs de pé e endireitou os ombros.

– Ah, que bom! – *Yes! Obrigada, Deus.* Segurei as mãos de Peter, e seus lábios tocaram a minha testa quando o médico entrou.

Marcamos a versão cefálica externa para três dias depois, na segunda-feira, e fomos para casa curtir aquele que poderia ser o nosso último fim de semana sem um bebê nos braços.

Depois de um jantarzinho sossegado, parei diante da janela do quarto de Gabriel e observei um gavião-de-rabo-vermelho bater as asas e então planar perto do arvoredo. Fazia quase um ano que nossas sequoias vinham crescendo bem, e já estavam mais altas do que Peter.

– Desculpe, tenho andando meio mal-humorado. – Ele entrou no quarto.

– Eu também. Desculpe.

– Você está grávida de quase nove meses, e passou o verão inteiro carregando um bebê pesado na barriga. Tem que estar mal-humorada, mesmo. – Ele puxou a cordinha do móbile, fazendo com que os quatro anjos prateados voassem em círculos sobre o berço vazio. – Vamos dançar.

Minha mão segurou a dele, e, enquanto nos movíamos ao som de "When You Wish Upon a Star", meus olhos se ergueram às primeiras estrelas do céu que anunciavam o crepúsculo sobre o lago. Tudo daria certo. Gabriel estava quase chegando.

Passei o fim de semana tentando me imaginar como mãe e lendo os capítulos sobre a cesariana dos dois livros sobre o parto que tínhamos comprado, por via das dúvidas. Será que eu daria uma boa mãe? *Será, Gabriel?* Envolvendo a barriga entre os braços, eu me dei conta de que ele já estava na posição certa para ser abraçado – com a cabeça para cima, perto do meu coração.

Peter estava mais calado do que de costume e saiu para fazer longas caminhadas tanto no sábado como no domingo, mas, na segunda, parecia nervoso e inquieto outra vez. Quando chegamos para a consulta, a agitação piorou ainda mais.

Uma enfermeira apareceu com um aparelho de ultrassonografia, e o médico entrou logo atrás dela.

– Vamos dar uma olhada rápida aí dentro para ter certeza de que nada mudou desde sexta, e em seguida levamos você para fazer a versão externa.

Peter segurou minha mão, enquanto o médico aplicava o gel morno na minha barriga e estudava a situação. Colocou mais gel.

– Hum.

– Está tudo bem? – Peter apertou minha mão.

– Sim, mas não vamos poder proceder como planejado. – Ele interrompeu o exame. – Na sexta o seu líquido amniótico estava normal, mas hoje não está.

– O que fazemos agora? – Meu coração batia tão alto que me perguntei se ele podia ouvir o som através do peito. Minha boca ficou seca e tive uma súbita vertigem.

– Vamos para a sala de pré-parto e preparamos você para uma cesariana.

– Hoje? Agora? – Não podíamos esperar até que eu chegasse às quarenta semanas no fim do mês?

– Agorinha! Precisamos tirar esse bebê daí. Seu líquido está muito baixo, o que é perigoso. Detectamos o problema bem a tempo. Se você não tivesse essa consulta hoje, não se pode saber o que teria acontecido. – Ele se virou para Peter. – Está pronto para ser pai?

Ele abriu um sorriso e meus olhos se encheram de lágrimas. *Vou ser mãe. Hoje.* Não deveria sentir medo? Estava prestes a ser submetida a uma cirurgia de grande porte. *Vou ser mãe. Hoje.*

Quatro horas mais tarde, Gabriel nasceu com grandes olhos castanhos e uma cabecinha coberta de cabelos cor de mel.

Gabriel tinha exatamente um mês e duas semanas quando o levei a Columbus para visitar a companhia.

Naturalmente, eu queria que as pessoas o conhecessem, mas essa não era a única razão por que tínhamos ido até lá. Havia algo que eu precisava fazer.

Em meio aos *oh* e *ah* do grupo que nos cercou quando entramos, vi Lorie passar por nós. Precisava encontrar um jeito de falar com ela em particular.

– Agora, temos uma segunda bailarina principal – contou Brian. – Uma jovem. Só tem dezesseis anos.

– Eu a conheci, não? Foi solista em *Les Sylphides*?

– Sim, exatamente. No programa do fim do ano passado. Vamos produzir *Giselle* para ela no começo do ano que vem. Lorie vai ser Myrtha.

Dei uma risadinha, mas, ao mesmo tempo, me senti triste por Lorie. Myrtha é um ótimo papel. Ela é a rainha dos espíritos traídos que se erguem dos túmulos à noite para se vingar dos homens. Mas, depois que você é Giselle, quer ser Giselle para sempre. Será que a carreira de Lorie já chegara ao apogeu?

– Não tivemos oportunidade de conversar depois da sua despedida. – Brian fez cosquinhas em Gabriel. – Você e Claus montaram uma grande peça. Se algum dia quiser coreografar, me avise. Veremos o que você é capaz de criar sozinha.

– Obrigada, Brian, mas estou muito ocupada em Pine Mountain. – Respirei fundo e dei uma olhada no lugar que fora o meu segundo lar. – Estou indo bem na minha nova vida, e até encontrei uma escola em LaGrange. Tenho dançado desde o verão, embora falte muito às aulas. Mas vou voltar daqui a duas semanas.

– Bem, fico feliz que tudo esteja dando certo para você. E não se esqueça de que nossas portas estão sempre abertas. – Ele me abraçou, e então deu um passo atrás quando nossas barrigas se encostaram.

Levando a mão à barriguinha pós-parto, fiz uma expressão exagerada de constrangimento.

Brian abanou a cabeça, e caímos na risada.

– Muito bem. Vai pra casa, mamãe.

Depois que fizer mais uma coisa. Fui esperar Lorie na calçada.

Ela saiu do prédio da companhia e ficou paralisada quando me viu parada ao lado de um parquímetro, encarando-a.

Abri a sacola de fraldas debaixo do carrinho, peguei sua Bíblia atrás do trocador e a exibi para ela.

Ela sorriu ao ver a capa cor-de-rosa e roxa e se aproximou.

A mancha de minhas lágrimas ainda estava lá – as lágrimas que eu chorara ao dizer a Deus que não sabia como me fazer feliz. Será que Lorie descobrira como ser feliz? Será que conseguira escapar do que quer que a houvesse aprisionado?

Ela pegou a Bíblia e abanou a cabeça para o céu, os olhos se enchendo de lágrimas.

– Obrigada – disse, olhando para mim. – Achei que você ainda estava com raiva de mim e ia me dar uma tapa ou algo assim... hormônios maternos. Nunca se sabe. – Ela começou a rir.

Abanei a cabeça e ri também. Ela parecia estar de bom humor – ainda mais para alguém que agora dividia a posição principal da companhia.

Lorie meneou a cabeça em direção ao RiverCenter.

– Tenho que ir. Foi bom ver você. – Ela abraçou o livro, parecendo uma colegial, lembrando a Lorie que eu conhecera, que fora minha amiga.

– Também gostei de ver você. – Fragmentos do versículo que diz que "todas as coisas conspiram para o bem", que eu lera em Mallorca, me assaltaram a lembrança inesperadamente. *Epístola aos Romanos...* Lorie acenou e deu as costas.

– Bebê fofinho – ouvi-a dizer.

– Obrigada. – Será que todas as coisas conspiram mesmo para o bem? Fiquei olhando enquanto ela se afastava. Seus passos eram rápidos e leves, e logo um louro bonito lhe deu um beijo e passou o braço pelos seus ombros. Na mão, um estojo de violino. Era *ele* – o europeu da sinfônica – o cara que ela andara namorando antes de *Romeu e Julieta*. Que bom para ela.

Lorie encostou a cabeça no ombro dele e diminuiu o passo.

Talvez tudo conspirasse para o bem.

Na volta para casa, ouvi a "Méditation" da "Thaïs" de Massanet no rádio. A cada nota prolongada, eu me dei conta de que estava feliz, e, com essa conscientização, veio o medo.

Será que eu finalmente descobrira como me fazer feliz?

Será que Deus decidira me ajudar, embora eu não estivesse fazendo nada para merecer o seu favor? Ou estaria prestes a perder algo? Ou tudo?

A ideia tornou a respiração difícil, e engoli em seco.

Mas então, me lembrei de uma coisa que Brian dissera quando estávamos trabalhando nas piruetas no dia seguinte à última apresentação de *Romeu e Julieta*.

Fiquem no ar!, dissera ele. *Não se preocupem com a aterrissagem. Vocês vão aterrissar, mais cedo ou mais tarde. A gravidade se encarregará disso, prometo a vocês. Preocupem-se em ficar lá no alto, em relevé! É um lindo lugar para estar.*

Capítulo 25

No começo da primavera, eu já tinha terminado de projetar jardins para dezesseis casas e estava à procura de novas ideias para mais cinco, por isso fui com Gabriel e Jäger ao Instituto de Reabilitação Roosevelt de Warm Springs para dar uma olhada no trabalho de meu paisagista favorito – meu marido. Fazia pouco mais de um mês que ele vinha trabalhando lá como voluntário.

Em Callaway Gardens, seu trabalho era marcadamente diferente, lembrando a descrição dos canteiros que plantara com a mãe na infância. Havia harmonia entre as formas, alturas e texturas das flores, mas as cores se chocavam sem a habitual unidade subjacente, criando um efeito dramático que me agradava. Alguns canteiros pareciam escândalos contidos, enquanto os maiores tinham uma qualidade de grito bem-educado.

– Vamos ver o que ele fez aqui – sussurrei, avistando a entrada do instituto.

O campus era muito maior do que eu tinha esperado e lembrava uma faculdade tradicional, onde é comum que edifícios de estilo arquitetônico grego se misturem a outros de linhas arrojadas sem justificativa.

Passei pelos prédios que abrigavam a administração, os escritórios, as clínicas, os dormitórios e a capela, à procura de cores e canteiros primaveris que pareciam não existir. Os gramados, as árvores e os arbustos eram bem distribuídos e cuidados, mas era tudo que eu podia ver: gramados, árvores e arbustos – nada que refletisse o amor de Peter pela cor e as plantas floríferas.

Continuei dirigindo e procurando, até me sentir tão tonta que tive de parar. *Respire. Onde está o trabalho dele?*

Levantando a cabeça e abrindo as janelas, vi duas palavras numa seta de madeira que apontavam para uma estrada longe dos prédios.

– O que é Camp Dream? – perguntei a Gabriel e a Jäger. *Talvez seja lá que ele está plantando.* Levei a mão à mudança num gesto decidido e tornei a pôr a caminhonete em marcha.

Segui por uma estrada silenciosa e sinuosa através de um alto pinheiral, passando por um cervo, uma pequena cabana e dois coelhos. Para meu alívio, um segundo cartaz indicando o acampamento apareceu.

– A-há. – Cheguei a um grande lago e avistei vários canteiros lindos a distância. – Agora, sim. Esse é o trabalho dele.

Mas não fizera nada de original. Os padrões eram os mesmos usados em Callaway na primavera anterior: tulipas vermelhas, íris amarelas, jacintos roxos e ásteres brancos. Bonito, mas previsível, e em absoluta harmonia.

Dei a volta ao lago e procurei mais amostras de seu trabalho, apreciando o calor do dia. O reflexo de delicados pinheiros simetricamente espaçados à beira da água acalmou meus nervos. Cabanas e pavilhões rústicos exibiam canteiros parecidos, e no píer de pesca a mesma combinação se encontrava nos contêineres de diferentes alturas. O abrigo de canoas parecia especialmente pitoresco com os canteiros nas janelas e as cestas penduradas de Peter. No entorno, pedalinhos vermelhos e amarelos coloriam a margem do lago, à espera da multidão de campistas que o verão certamente atrairia.

Mas esse não era um acampamento comum. Cada prédio, ponte e trilha tinha um belíssimo design, com espaçosas rampas de acesso para acolher todos os visitantes. Gabriel se remexeu no banco traseiro, me lembrando de que esse poderia ter vindo a ser seu acampamento de verão, se ele tivesse a doença de Huntington.

Uma sensação de peso apertando o peito como uma jiboia fez meu coração doer e entrecortou a respiração. Imaginei as dificuldades das crianças e seus pais em Camp Dream. Por que tínhamos sido poupados?

Meus pulmões se esforçavam para se encher até o limite, e com o mal-estar veio um profundo desejo de ajudar. Teria sido esse o motivo por que Peter resolvera trabalhar ali como voluntário? Por gratidão? E o que *eu* poderia fazer? Talvez devesse dar uma passada lá no verão para ver que tipo de trabalho era feito e que tipo de ajuda era necessário.

Mas ainda não chegara a época do acampamento de verão, e o lugar estava deserto.

– Vamos para casa, meninos – falei, usando o estacionamento da piscina para dar a volta.

Mas a agitação de Gabriel se tornou mais forte antes que eu chegasse à estrada para sair de Camp Dream. Não havia a menor hipótese de conseguir chegar a Pine Mountain sem uma mamada e uma troca de fraldas. Dei uma olhada no relógio. Onze e doze.

– Bem, vamos dar uma parada.

Sentei com ele num barco à sombra de uma alta magnólia, e me lembrei das magnólias de Warmer Damm Park, diante do Hessisches Staatstheater, em Wiesbaden. *Minha antiga vida.* Imagens de aulas de balé, ensaios, viagens e teatros famosos se desenrolaram aos meus olhos, enquanto Jäger corria atrás de pombos e patos, e eu amamentava Gabriel.

Será que uma parte de mim sempre sofreria pelo velho sonho do balé? Lágrimas quentes me escorreram dos olhos.

– Vem cá, Jäger. Sabe afugentar velhos fantasmas do balé?

Ele veio até mim, abanando o rabo.

– É claro que sabe. – Uma sedosa pétala rosada de magnólia caiu sobre a manta de Gabriel, e logo uma brisa perfumada e travessa a soprou. – Viu? Já foram.

Atirei longe um peludo botão de magnólia para desviar sua atenção da minha tristeza e de volta às suas divertidas brincadeiras de cão. Mas ele encontrou o botão e o trouxe.

Um Toyota Corolla cor de vinho estacionou ao lado da minha caminhonete, e sequei o rosto com um lenço higiênico de Gabriel antes de colocar a guia em Jäger.

A motorista, uma mulher da minha idade ou talvez um pouco mais velha, saiu do carro e arrumou o belo vestido de verão. O vestido era um tom mais claro do que os cabelos cor de mel, logo despenteados por uma leve rajada de vento que também agitou as folhas e fez cair uma chuva de pétalas de magnólia em cima de mim.

Ela caminhou até o lago com os olhos fechados e o rosto inclinado para o sol.

A mulher me parecia familiar. Torci a boca, tentando identificá-la entre pessoas cujos jardins havia projetado, gente de Callaway, gente do balé em LaGrange... mas não me lembrei de ninguém.

Ela tocou a água, como se traçasse desenhos na superfície, e então olhou para trás, só agora consciente da minha presença.

E, a mais de dez metros de distância, reconheci seu sorriso.

Por algum motivo, eu a imaginara mais jovem. *De quando será o retrato que vi?*

Ela se aproximou de nós, os passos agora inseguros.

– Oi.

– Oi. – Jäger se levantou e esperou que ela se aproximasse. – Shhh – fiz eu com firmeza. Ele se deitou com um grunhido, o rabo batendo com força na grama verde.

Reposicionando Gabriel, enfiei a mão por baixo da capa de amamentação bege e coloquei o dedo no canto de sua boca para que ele soltasse meu seio.

– Não precisa parar. Eu amamentei todos os meus filhos. – Seus olhos observavam Jäger.

– Ele já está mesmo pegando no sono. – Arrumei a blusa antes de retirar a capa. Qual era o nome dela?

– Ele é tão lindo. Tem quantos meses?

— Obrigada. Sete meses. — Seus olhos estavam em Jäger de novo. — Ele não vai a parte alguma. Pode sentar, se quiser.

Seu peito subiu e desceu quando ela sentou.

— Desculpe, quero gostar de cachorros, mas já tive muitas experiências desagradáveis.

— Ele não vai machucar você, mas eu entendo.

Ela penteou os cabelos cheios com os dedos, afastando-os do rosto e torcendo-os numa espiral que se desfez assim que a soltou. Havia uma ponta de exaustão nos olhos, mas as sardas claras iluminavam o rosto bonito.

— Você tem algum parente aqui?

— Não. — *Será que ela vai se assustar se eu disser que sei quem ela é?* — Meu marido faz trabalho voluntário. Ele é diretor de projetos paisagísticos em Callaway Gardens. Plantou todas essas flores que você está vendo no acampamento.

— Que bacana. Adoro Callaway, e também adoro as flores daqui... e as de lá.

— Obrigada. — *Eu devia dizer a ela.*

— Vocês vivem em Pine Mountain?

— Vivemos.

— Nós também. — Ela tirou uma garrafinha de água da bolsa e bebeu metade. — Tenho certeza de que já nos vimos na cidade antes.

— Talvez. — Ri baixinho, abanando a cabeça.

— O que foi?

— Você não vai acreditar nisso, mas eu te conheço.

— Conhece? Da igreja? — Ela inclinou a cabeça. — Costumo ter boa memória para rostos, mas não acho que já tenha te visto antes. Não estou mesmo me lembrando. Desculpe.

— Não, você não me conhece. Eu é que conheço você de um retrato. Conheci sua sogra numa igreja em Praga há dois anos.

— Eu me lembro daquela viagem. Ela estava visitando alguns dos nossos missionários.

— Ela me deu uma brochura. — Procurei-a na sacola de fraldas. — Ainda a uso para marcar as páginas no Novo Testamento que ela também me deu. — Retirei o livro gasto e mostrei a ela o retrato.

— Ah, não precisava desmarcar a sua página — disse ela, ao ver que eu tirara a brochura de dentro da Bíblia sem abri-la.

— Eu sei onde estava. — *A minha graça te basta, porque o meu poder se aperfeiçoa na fraqueza.*

— Estamos tão jovens aqui. — Ela segurou o papel com um sorriso. — É um velho opúsculo.

— É uma boa foto.

– Obrigada.

– Do que foi mesmo que você o chamou? – Apontei para a brochura.

– De opúsculo?

Assenti. *Isso.*

– Aqui. – Ela me devolveu o velho opúsculo e retirou da bolsa o que parecia ser um mais novo. – Caso esteja procurando uma igreja.

– Obrigada. Talvez dê uma olhada. – *Se não fosse totalmente tapada para a religião, ou sei lá o quê.* – Gosto da ideia de ir à igreja, mas acabo nunca tomando a iniciativa, apesar das boas intenções.

– Bem, talvez agora tome. – Seu entusiasmo era cativante. – Você já me conhece, e aposto que vai encontrar outros conhecidos por lá. Temos vários funcionários de Callaway entre nossos membros.

– Talvez. – Provavelmente, eu jamais iria.

– Você costumava ir à igreja quando era mais jovem?

– Não muito. – Aquela conversa não levaria a nada de novo ou produtivo. Ou levaria? Mas ela era simpática. – Fui criada como católica, e gostava muito em criança, mas depois perdi o interesse.

– Também fui criada como católica.

– É mesmo? – *Bem, agora estou mais interessada.* – E por que trocou?

– É uma história meio longa. – Ela sorriu com o canto da boca, e as faces ficaram cor-de-rosa. – Uma história de amor.

Uma história de amor que termina em conversão à fé batista?

– Sou toda ouvidos.

– Tudo bem. – Ela se endireitou, olhos brilhando, e mordeu o lábio. – Eu namorava um ótimo rapaz, com quem já estava desde o primeiro ano do ensino médio. Ele era a única pessoa que eu já tinha namorado, e era maravilhoso. Mas, à medida que nos aproximávamos do fim do ensino médio, alguma coisa mudou.

Ela falava depressa e movia as mãos com energia enquanto me contava sua história. Qualquer que tivesse sido a mudança, não parecia mais perturbá-la.

– Ele queria ser advogado, como o pai, e tinha várias opções de universidade. Eu nem mesmo me candidatara a uma vaga numa universidade, e, embora ele nunca tivesse dito isso, eu percebia que era algo que o incomodava. Durante a Semana Santa, ele decidiu que queria ir para a Notre Dame depois de se formar, por isso comecei a pensar em me mudar para Indiana com ele, para ficar na mesma área. Ele gostou da ideia, mas disse que estava esperando que a nossa relação...

Ela abaixou o rosto, brincando com o vestido, e tive uma boa ideia do rumo que a história tomaria.

– Ele disse que estava esperando que a nossa relação avançasse e nós dormíssemos juntos, para saber se gostávamos um do outro nesse aspecto antes de decidirmos nos mudar.

– O que você fez? – E, se ela não queria ir para uma universidade, o que pretendia fazer?

– Eu disse que precisava de tempo para pensar, mas a formatura chegou e passou, e ainda não tínhamos feito nada. Duas semanas depois de começar o verão, os pais dele o levaram para passar uma longa temporada na Europa, e ele ficou na expectativa de que eu tomasse uma decisão antes de ele voltar: ou a relação amadureceria, ou apodreceria.

Isso é que é pegar pesado. Será que os caras ainda faziam isso? Parecia tão errado. E onde estava a história de amor que ela prometera?

– E o que você decidiu?

– Eu o amava e já podia me imaginar tranquilamente como esposa de um advogado numa bela casa cercada de filhos, por isso a possibilidade de perdê-lo nem me passava pela cabeça. Estava pronta para permitir que a nossa relação avançasse, como ele tinha dito, assim que voltasse.

E fez mesmo isso?

– Mas, antes de ele voltar, conheci Mark. – Ela corou de novo, e dessa vez as sardas quase desapareceram. – Meu marido...

– Ahhh. – Abri um sorriso e me remexi no banco, pronta para ouvir mais.

– Dizem que o Príncipe Encantado não bate à nossa porta, não é? – Ela riu. – Pois bem, o meu bateu. Era o último ano dele em casa antes de ir para a Escola Bíblica, e estava indo de porta em porta com o pai.

– Indo de porta em porta?

– Visitando as pessoas para falar sobre a salvação através de Jesus.

– Ah, sim. – Relembrei todas as pessoas que tinham batido à porta de mamãe durante anos. Será que essa mulher fazia isso também? Parecia normal demais para sair por aí batendo nas portas dos outros, falando de Jesus.

– Meu irmão mais velho tinha vindo passar o verão em casa. Ele andava frequentando uma igreja batista com a namorada em Chapel Hill, por isso, quando eles vieram passar um tempo conosco, foram a uma igreja batista e preencheram um cartão de visitantes. Foi assim que Mark e o pai acabaram indo parar na minha soleira.

– E você se apaixonou loucamente por ele assim que o viu?

– Quase. Posso dizer que ele causou uma profunda impressão em mim.

– E o seu namorado? Quando ele voltou?

– Mark foi à minha casa num sábado. Eu fui à igreja com meu irmão na manhã de domingo. Justin, meu namorado, voltou na noite de segunda.

– Você viu Mark na igreja?

– Ele me viu chegar com meu irmão e me convidou para ir a uma igreja de adolescentes com ele. Nós sentamos juntos. – Ela tornou a corar. – Mais tarde, ele me disse que tinha orado a noite inteira para que eu fosse.

– E aí, o que você fez?

– Conhecer Mark foi o bastante para que eu pusesse o plano de dormir com Justin em banho-maria, mesmo que ele terminasse comigo. Mas, para minha surpresa, Justin pareceu não se importar quando eu lhe disse que não estava pronta.

– Então ele estava blefando?

– Acho que sim. – Suas sobrancelhas se uniram. – Foi um momento muito difícil para mim, porque eu ainda estava com Justin, mas pensava em Mark o tempo todo. Havia alguma coisa diferente nele, uma masculinidade que não sei explicar. Ele é capaz de comunicar um milhão de palavras só pelo modo como posiciona o corpo. É um homem gentil, mas assertivo. É dono do seu território. Já faz quase vinte anos, e eu ainda não entendo, mas é uma das coisas que mais amo nele. Enfim... Desculpe. Eu saí do assunto.

– Você disse que era uma história de amor. – Pisquei para ela. – Portanto, ainda está no assunto.

Ela assentiu.

– Certamente é uma história de amor com Mark, mas também foi o começo da minha história de amor com o Senhor. Foi Ele quem mandou Mark à minha porta para impedir que eu cometesse um grande erro; eu teria me arrependido de dormir com Justin.

Pensei na minha velha história em Praga e compreendi o que ela queria dizer.

– E então, quando não sabia com qual dos dois devia ficar, Deus me mostrou o caminho.

– Como? – Peguei uma pétala de magnólia que havia caído em Gabriel.

– Eu estava na biblioteca pesquisando sobre poços para um projeto comunitário do meu grupo de jovens. A pesquisa acabou sendo muito mais complicada do que eu tinha esperado, e logo comecei a pensar em Mark. Mas estava me sentindo mal, porque era namorada de Justin, por isso pedi a Deus que me mostrasse o caminho. Será que era certo trocar de namorado assim? O que exatamente era um batista? Era alguma esquisitice, como meus pais tinham insinuado?

– E aí uma vozinha veio de cima.

– A vozinha já tinha vindo e me dito o que fazer, mas eu era jovem e precisava de algo mais concreto. E, assim que disse "me mostre o caminho", em menos de um minuto um voluntário que estava me ajudando a encontrar mais informações sobre poços de baixo custo veio me trazer uma revista profissional dizendo que havia uma nova técnica chamada "perfuração batista".

– Não.

– Sim. – Ela riu. – Isso foi no começo da década de noventa, e as pessoas ainda usam a tecnologia batista de perfuração de poços sobre a qual li aquele dia. Mark disse que mandou uma carta agradecendo ao missionário que a desenvolveu.

– Nossa. Que legal.

– Mas veja, eu poderia ter dito que foi só uma coincidência. Poderia ter ficado na minha zona de conforto. Mas não fiquei. Essa foi a primeira vez que dei um salto de fé, e fui muito abençoada.

– Se alguma coisa assim acontecesse comigo, eu daria um salto de fé, como você disse.

– Já aconteceu. Você recebeu um opúsculo da nossa igreja em Pine Mountain enquanto visitava Praga, e agora me encontrou aqui.

Verdade. Senti um nó se formar na garganta. *Não podia ser uma coincidência.*

– Dê o seu salto de fé.

– Mas eu não sei como fazer isso.

– Me deixe perguntar uma coisa. Se você fosse morrer hoje, neste exato instante, tem certeza absoluta de que iria para o céu?

Ih, começou.

– Acho que sim. Quem pode ter certeza, não é?

– A Bíblia diz que você pode ter certeza... Desculpe, não perguntei seu nome.

– Ana.

– Sou Jacqueline.

– Sua sogra não é Jackie?

– Sim, nós duas nos chamamos Jacqueline, e damos um trabalhão para o meu pobre marido.

– Aposto que sim. – Ela riu e seus olhos brilharam... Mais do que eu já tinha visto os de alguém brilhar. Certamente havia alguma coisa especial nessa mulher.

– Ana, pode ter certeza. Você sabe que Deus a ama e que você não pode salvar a si mesma, não sabe?

– Eu conheço a Estrada dos Romanos. Fica no fim da Bíblia verde. – Apontei para a sacola de fraldas.

– Então sabe que Jesus já pagou pelos seus pecados. Tudo que você precisa fazer é aceitar esse fato. Não perca seu tempo tentando pagar uma conta que já foi paga. Quando alguém em quem você confia te oferece um lindo presente, você deve apenas aceitá-lo. Agradeça e aceite. Vai fazer isso hoje, Ana?

– Hoje não, mas estou me empenhando. – Essa era a conversa que eu não queria ter. Tinha muitas perguntas sem respostas. Era melhor fazer com que ela falasse sobre si. – Por que você veio a Camp Dream? Tem algum parente aqui?

– Minha filhinha sofre de paralisia cerebral.

– Lamento muito. – Não sabia ao certo do que se tratava, mas me lembrava de ter notado algo em sua postura no velho opúsculo. – *Pergunte, ela vai compreender.* – Mas está vendo o que quero dizer? Por que você não pode viver sem sofrimento depois de todos esses anos que dedicou a Deus? – *E por que Ele me deu um grande sonho sem me dar um talento à altura? Xô, fantasma. Xô.*

– Deus fez muitas promessas, mas Ele nunca prometeu uma vida livre de lutas. Pelo contrário. Jesus disse aos discípulos que as pessoas tinham que abandonar o seu egoísmo para segui-Lo. "Tome a cada dia a sua cruz", foi o que Ele disse.

– Mas então, que sentido faz?

– Que sentido? O que me diz de ir para o céu algum dia? De aplacar aquela sensação de ansiedade com que nascemos e que nenhuma quantidade de drogas, álcool, viagens ou carros de luxo jamais vai poder aplacar? De adotar uma definição de felicidade capaz de trazer um profundo senso de realização?

– Pelo visto, a pessoa tem que abrir mão de muitas coisas, e o que recebe em troca é um tanto abstrato. – *Por que não digo logo de uma vez que nem isso, nem ela podem me ajudar?* – E paralisia cerebral. – *Não, não devia ter dito isso.* – Desculpe.

– Eu entendo.

Seu sorriso gentil era sincero. Aspirei o perfume adocicado das flores da magnólia acima de nós e resisti ao impulso de falar.

– Você precisa saber que por trás de cada "não" de Deus há um "sim" muito maior. Precisa confiar nas escolhas d'Ele para a sua vida, sabendo que Ele enxerga a situação inteira e você não. – Uma súbita brisa brincou com seus cabelos, e ela afastou uma mecha do rosto. – E às vezes Deus só quer que nos mostremos dispostos a abrir mão de uma coisa. No momento em que abrimos mão, ela volta para nós, como aconteceu com Abraão e o filho, Isaac.

Qual era a história de Abraão e Isaac?

– Mas veja, posso ficar sentada aqui o dia inteiro te dizendo essas coisas, e, até que você sinta o chamado no coração, vão ser só palavras. Nenhum homem jamais disse "decidi seguir o Cristo porque cheguei a uma conclusão lógica".

– Por que a religião não pode ser uma conclusão lógica? Deveria ser.

– Porque Deus não quis que fosse. É o que está na Bíblia. A razão humana traz o orgulho. Deus odeia o orgulho, por isso decidiu destruir "a sabedoria dos sábios" e a "inteligência dos inteligentes" com a simples doutrina da cruz.

– Ele tornou a crença das pessoas impossível, isso sim. – Abanei a cabeça.

– As pessoas creem todos os dias. – Jacqueline deu de ombros. – Mais e mais gente adere à fé todos os dias.

– Gente esquisita... – Levantei as sobrancelhas. – Não você, claro.

Ela sorriu.

– Ainda gostaria de poder compreender Deus.

– E pode, convidando Jesus a entrar na sua vida e se tornando uma estudiosa da Bíblia. Vai aprender bem depressa que Ele não é o Deus que queremos que seja ou achamos que deveria ser. Ele é quem Ele é. – Seus olhos brilhantes se avivaram, e as mãos se agitaram no ritmo das palavras. – Seu comportamento é consistente, e Seus desejos em relação a nós são claros. Você vai compreendê-Lo se tentar.

– Para ir direto ao ponto: preciso resolver questões difíceis como o sofrimento, a infelicidade e a pobreza. Por que Ele permite essas coisas? – Abanei a cabeça. – É muito difícil. Impossível de compreender. – *Ah, como gostaria de ter a fé que ela tem.*

– Difícil, sim. Impossível, não. Vou dizer uma coisa que pode te ajudar. Lembra-se da razão por que tantos judeus rejeitaram Jesus?

– Não. – Não me lembrava, porque também nunca tinha compreendido.

– Eles O rejeitaram porque esperavam que o Messias prometido fosse um rei conquistador, como Davi. Queriam um Jesus que os libertasse da opressão romana, não que morresse na cruz.

– Por que Ele não derrotou os romanos para eles?

– Porque essa não era a Sua missão. Ele veio "buscar e salvar o que se havia perdido"... Oferecer às pessoas uma solução eterna para o problema do pecado.

Aonde ela queria chegar com tudo isso?

– Veja, essa é a mesma razão pela qual muita gente rejeita Jesus hoje em dia. Ainda querem um Jesus que derrote os romanos, mas agora são os romanos modernos: a pobreza, a violência, a doença, o desemprego, a paralisia cerebral. E, como isso não acontece, acham que ou Ele não é real ou não é bom, e abandonam a fé.

Meu coração se apertou no peito. Essa era eu. Esperava que Ele derrotasse os romanos. Apertei Gabriel, inspirando o cheirinho de sua pele macia de bebê.

– Jesus não mudou e nunca mudará; isso eu te garanto. Ele ainda está interessado em soluções eternas para os problemas da humanidade.

– Mas Ele curou a paralisia cerebral quando esteve na Terra.

– Ele pode derrotar um ou outro romano ocasionalmente; Ele sofre com o nosso sofrimento, mas, quando morreu na cruz, havia mais gente precisando de uma cura. Ele não adiou o derramamento de Seu sangue para obrar mais curas. Morrer por nós e nos proporcionar uma solução eterna para os nossos problemas foi a Sua missão.

Eu precisava assimilar tudo isso.

– Confie no Seu amor e no Seu sacrifício hoje, Ana.

– Ainda não, mas agradeço por tudo que está dizendo. Estou captando.

Ela assentiu, e apertou os lábios.

Peguei uma folha de magnólia no banco e deixei que sua maciez tocasse meu nariz enquanto inalava seu perfume delicado.

Jacqueline respirou fundo e fechou os olhos.

– Posso mostrar uma coisa na sua Bíblia?

Quando a entreguei, ela a abriu na Segunda Epístola aos Romanos e, por um momento, achei que iria para o capítulo doze, mas, em vez disso, foi para o capítulo seis.

– Ótimo. Está sublinhado. Eu tinha me esquecido de como esses Novos Testamentos com "mapas do tesouro" são organizados.

– Que engraçado. É assim que eu chamo também.

Ela deu de ombros com um sorriso antes de ler.

– "Eis aqui agora o tempo aceitável, eis aqui agora o tempo da salvação." – Manteve o livro no colo, o dedo marcando a página. – Não espere, Ana. A hora é agora. Quando morrer, será tarde demais, e a nenhum de nós foi prometido um amanhã.

– Olhe, eu gosto de você. Há alguma coisa em você que até mesmo invejo. Mas meu coração não está pronto para tudo isso.

Jacqueline deu de ombros, fechando os olhos e respirando fundo.

– Tudo bem. – Retirou uma caneta da bolsa. – Se importa se eu escrever na margem? – Apontou para a passagem que havia lido.

– Fique à vontade.

– Não quero forçar você a acreditar. Não é assim que se faz. Mas quero ter certeza de que vai poder entrar em contato comigo se quiser conversar de novo qualquer dia desses. – Anotou um número local numa caligrafia de menina e passou o novo opúsculo da frente do gasto volume do Novo Testamento para uma página mais próxima do fim. – Me liga se precisar de alguma coisa, tá?

Assenti, olhando para o que ela havia marcado. A Epístola aos Hebreus.

– É um bom livro – disse Jackie, se levantando.

Jäger, que estava cochilando, levantou-se e se espreguiçou antes de olhar para mim. Levantei o dedo, e ele ficou onde estava.

– Continue lendo, Ana, e deixe que o Senhor fale ao seu coração... antes que seja tarde demais. Não lute contra isso.

– Você acha mesmo que eu iria para o inferno se morresse hoje?

– Jesus disse que Ele é o único caminho para o céu. – Ela apertou os lábios. – Acreditar que existe outro é o mesmo que acreditar que Jesus estava errado quando fez essa afirmação. E acho que é justo dizer que Ele conhece o caminho que leva à Sua cidade natal, você não?

– Mas eu sou uma boa pessoa. Certamente não iria para o inferno.

– A Bíblia diz outra coisa. Se não quer acreditar, é melhor encontrar outro livro para carregar por aí na sua sacola de fraldas.

Essa é forte. Não pode ser verdade.

– Você não pode escolher quais verdades bíblicas lhe convêm e quais não convêm – disse ela. – Ele é quem Ele é, lembra? Não quem você acha que Ele deveria ser. A Bíblia diz que não existe ninguém bom: todos pecaram e foram destituídos da glória de Deus. Madre Teresa, o Papa, eu, meu marido, o seu, você, todo mundo. Essa é a verdade.

Inferno? Será mesmo?

– Podemos rezar antes de eu ir embora?

Ela não se fez de rogada. Suas mãos buscaram as minhas, e eu as segurei, notando a manicure recente.

– Pai amado e misericordioso, por favor, fique com Ana e trabalhe no seu coração enquanto ela Te procura. Que ela Te encontre a tempo, para poder gozar a eternidade em Ti, criar o filho para Ti e ser usada em Tuas grandes obras. Precisamos de mais gente que irradie o Teu amor, amado Deus. Em nome de nosso Senhor Jesus, oramos. Amém.

– Obrigada por me dizer todas essas coisas, e por rezar comigo.

– Não tem pelo que agradecer. – Ela apertou minhas mãos antes de soltá-las. – Até mais.

– Até mais.

Coloquei Gabriel no seu assento e ajudei Jäger a entrar do lado do carona. Será que meu relógio estava certo? Meio-dia e quarenta? Era melhor ir para casa.

Uma mulher de meia-idade, cabelos louros curtos e pijama de enfermeira com estampa da Dora Aventureira estacionou duas vagas adiante e desceu do seu carrinho mais depressa do que eu entrei na minha caminhonete.

– É bonito aqui, não? – perguntou ela, andando até o lado do carona de seu carro.

– É, sim. – Fiquei olhando enquanto ela descalçava as sapatilhas e pegava um par de tênis simples no interior do carro. – Muito bonito.

Já ia lhe desejar um bom-dia, mas ela falou primeiro:

– O jovem que plantou todas essas flores é paciente daqui. Está no estágio inicial da doença de Huntington.

Tive que me encostar à caminhonete. *Não pode ser.*

– A senhora está bem?

Meus olhos se fixaram no banco em que eu conversara com Jacqueline, o assento agora coberto de pétalas de magnólia.

Calçando uma só sapatilha, ela veio mancando até mim e me ajudou a entrar na caminhonete.

– Quer que eu chame alguém?

Olhei para a sacola de fraldas.

– Não, obrigada. Vou ficar bem. – Mas será que ficaria?

Capítulo 26

—Vamos levar Gabriel ao "Fantasy in Lights" – sugeriu Peter, quando terminamos de decorar a casa para o Natal. – Podemos tirar fotos bobas com Papai Noel, tomar chocolate quente e passear de bondinho pela floresta para ver as luzes...

Será que ele tinha consciência de que já havíamos estado no show de luzes de Callaway Gardens duas vezes desde que fora aberto para a estação? Não, não achei que tivesse. A vida com Huntington era difícil – mas ir a um lugar bonito várias vezes seguidas não era, por isso decidi ignorar a repetição.

– Claro. – Dei um beijo no seu rosto. – Vou pedir a mamãe e a papai que nos encontrem aqui. O dia ainda está claro o bastante para curtirmos um tempinho a sós no parque enquanto eles brincam com Gabriel. Boa ideia?

– Ótima ideia. – Ele me abraçou e encostou a cabeça na minha, num raro momento livre dos movimentos involuntários.

Durante os sete meses que haviam se passado desde minha visita a Camp Dream, tínhamos aprendido a aceitar a realidade que não podíamos mudar. Os sintomas iniciais da DH, como os movimentos involuntários e a agitação, haviam se tornado uma constante para ele, a tal ponto que, no primeiro aniversário de Gabriel, no outono, todos já podiam notar que ele estava com algum problema de saúde.

Ver o seu corpo ter dificuldades era perturbador e doloroso, mas me acostumei. Agora, ver a sua mente ter dificuldades era quase impossível para mim, e eu nunca, jamais me acostumaria. Ele fora um paisagista brilhante, com trabalhos fotografados para algumas das melhores revistas profissionais do mundo, mas esses dias haviam passado.

A qualidade de seus arranjos em Callaway declinara durante o verão. O trabalho em si era excelente, mas sempre lembrava combinações que já usara. Não havia nada de inovador nele – a centelha criativa se fora.

Assim, no outono, quando me perguntou se eu o desprezaria caso se demitisse, só faltei dançar para comemorar a vitória. Ele tinha decidido tirar o time de campo enquanto ainda estava vencendo, e fora exatamente o que eu andara pedindo em minhas orações.

Minha relação com Deus não melhorara muito durante esse período, mas eu aprendera a detectar a Sua mão na minha vida. Meus sentimentos em relação a Ele geralmente espelhavam os que eu nutria em relação a minha mãe – sabia que os dois costumavam estar certos – Deus, provavelmente, sempre –, mas às vezes meu coração rebelde achava difícil reconhecer a sua sabedoria.

Mas eu era obrigada a reconhecer que fora Deus que pusera no meu coração o desejo de plantar, e que fora um gesto brilhante de Sua parte. Plantar não era a minha praia e nem parecia exatamente servir a um propósito – até começar a servir. Quando Peter se demitiu do parque, eu assumi sozinha a autoria de projetos para vinte e três casas. Mas, de repente, não estava mais plantando sozinha – tinha um parceiro.

Tínhamos nos tornado um negócio de família, indo trabalhar na minha caminhonete e levando Gabriel e seu cercado. Estudamos juntos sobre design e instalação de tanques, e em pouco tempo já os havíamos instalado em doze jardins. Em preparação para a estação do plantio, Peter me ensinou tudo que sabia sobre jardinagem, para afugentar as pragas e atrair as borboletas. Ele se sentia importante, e eu, abençoada. Considerando tudo, estávamos passando por uma fase maravilhosa, e, a despeito da DH, tanto ele como eu tínhamos vidas ótimas.

Quando chegamos a Callaway, meus pais levaram Gabriel para o centro das borboletas, enquanto Peter e eu fomos dar uma volta no Azalea Bowl.

Algumas pessoas não gostam das azaleias porque elas florescem lindamente durante mais ou menos um mês, e, no resto do ano, são arbustos bem desinteressantes. Mas eu gostava. Elas eram resistentes, como eu teria que ser nos próximos anos. Quão difícil minha vida se tornaria? E será que haveria estações de flores para nós? Eu não sabia.

Segui o reflexo dos arbustos de azaleias contornando o lago quieto, e avistei um segundo casal caminhando do outro lado da água. Estavam olhando para nós. Ou talvez para Peter, observando sua dificuldade ao caminhar. Provavelmente pensavam que estivesse bêbado. Se pudessem imaginar...

– Lá está. – Peter avistou a sequoia da trilha principal.

Apertei sua mão. Passados apenas dois anos, nossa árvore já estava com uns três metros e meio, quase o dobro da altura de Peter.

– Daqui a um ano, as raízes já não vão descer tanto, e vão começar a se espalhar mais. Eu li que o desenvolvimento lateral das raízes é tão forte, que uma sequoia de grande porte pode ter uma área de influência de dezesseis mil metros quadrados.

Olhei ao redor, tentando imaginar os sistemas radiculares por baixo de tudo que víamos, sem saber como a nossa sequoia se estabeleceria.

– Não se preocupe. A maior parte do sistema radicular é composta por raízes alimentadoras minúsculas, finas como fios, que se estendem das raízes maiores, perto da base.

– Ah. – Caminhamos por entre os arbustos e nos aproximamos da nossa árvore. Nossas mãos tocaram a casca que ia ficando cada vez mais espessa, antes de nos sentarmos no chão, ao lado do tronco.

– Ana, você gosta mesmo de plantar?

– Gosto. Por quê?

– O negócio está se ampliando, e daqui para frente vai crescer cada vez mais. O que vai fazer quando eu não puder mais trabalhar com você?

– Não quero pensar nisso.

– Mas tem que pensar. Eu quero que pense.

– Peter, por favor.

– Por que não participa do *Quebra-Nozes*?

– Porque sou uma pessoa ingrata. Não consigo apreciar o que tenho. Tudo que faço é me lamuriar pelo que não tenho. Por isso, estou feliz tendo aulas três vezes por semana. É só o que vou fazer. Nada de papéis. Nada de palco. Nada de me preparar para o fracasso.

– Você tinha grandes sonhos. Não seja tão dura consigo mesma...

Assenti, sem poder falar. Ele sempre tivera tanta fé e confiança em mim. Por que eu não podia ter também?

Peter passou o braço pelos meus ombros.

– Vamos plantar com força total na próxima primavera, mas, depois disso, você deve dançar mais e plantar menos.

– Não.

– Por quê?

– Porque me faz sentir como se você já estivesse se despedindo, quando fala assim. Nós estamos tendo tanto prazer. Vamos só continuar enquanto for possível. Não faça isso, Peter.

– Você precisa cuidar de si mesma e pensar no que realmente a faz feliz, Ana. Você tem uma longa jornada pela frente.

– Por favor, pare de falar assim. *Nós* temos uma longa jornada, e *nós* vamos ficar muito bem.

– Prometa que vai pensar no assunto. Isso também é por mim, para que eu fique em paz quando sentir que meu corpo e meu cérebro estão se deteriorando a ponto de eu nem entender mais o que acontece à minha volta. Vou precisar ter certeza absoluta de que você e Gabriel estarão bem.

Tornei a assentir.

– Você vai se casar de novo.

– Não. Você não está morrendo.

– Estou.

– Mas não agora. Por favor, pare. – *Não posso viver sem você.*

Ele se recostou na árvore e esquadrinhou o céu que escurecia acima de nós. Observamos o mesmo gavião-de-rabo-vermelho em silêncio.

– Quero ser aquele gavião. – Peter agora parecia menos intenso. – Planando nas térmicas, suspenso nas correntes ascendentes. Nenhuma preocupação na vida.

– Quer levar um vidão de gavião?

– É isso aí. Quero levar um vidão de gavião.

Levantei e estendi a mão para ele.

– Vamos lá.

– Olhe, eu não quis te entristecer, Ana, mas dizer essas coisas foi importante para mim. Só tenho mais uma para pedir, e eu prometo a você, de coração, que nunca mais vou falar assim.

– Lá vem. Manda.

– Quando eu me for, seja daqui a cinco anos ou vinte, lembre-se de mim como um homem forte.

– Facílimo. Você é um homem forte.

– Traga Gabriel aqui e lhe mostre essa árvore. Veja-a crescer forte e pense em mim. Quem sabe ela não se torna a árvore mais alta do mundo algum dia? – Ele lançou um olhar à copa em crescimento. – Acho que já te disse que o nome científico é Sequoia Sempervirens, que em latim significa "sempre verdejante", ou seja, uma perenifólia. Você sempre encontrará sombra aqui.

Uma vida inteira inundou seus olhos – a sua vida que era atalhada. Tive que fazer um esforço para manter os lábios firmes, meus olhos também nadando em lágrimas.

– Não sou essa doença, Ana. Não quero jamais ser definido pela CH. Não sou a DH. Sou só Peter, um plantador, um amante, um pai. Um homem forte. Construí uma boa vida para mim, e tenho tudo que sempre quis. Mesmo que apenas por um momento.

Assenti e engoli em seco. Queria dizer a ele que iríamos enfrentar a situação e que haveria uma grande descoberta científica a tempo de salvar o seu cérebro. Mas ele já sabia o que eu pensava a respeito. Não era preciso dizer. Ele sabia. Ele me conhecia.

– Então, vai trazê-lo aqui?

– É claro.

A dor deu lugar a um brilho de paz nos seus olhos azuis, uma paz que eu ainda não sentia totalmente. Ficamos nos embalando em silêncio, dançando ao som das folhas que haviam restado, ainda sopradas pelo vento frio.

Será que poderíamos ainda ir à igreja juntos antes de ele piorar demais? Eu já lhe perguntara antes, mas ele dissera que não. Talvez agora? Nunca havíamos ido a uma missa, ou que nome os batistas dessem a suas reuniões.

– Sabe aquilo que você sente em relação a dançar? Que deveria estar feliz, mas não está?

– Sim.

– É como eu me sinto em relação a Deus. Em teoria, eu deveria estar feliz. Cresci frequentando a igreja. Conheço a Bíblia. Eu a entendo. Mas não sinto. Não mais.

– Então, você não acredita mais?

– Acredito. É tudo muito real. Deus é real. Jesus é real. Ele é o meu Salvador. – Peter abanou a cabeça, e seus pensamentos pareceram vagar a outra parte por um momento. – Mas a religião não funciona para mim. Acho que não capto o espírito da coisa. Muito sofrimento na minha vida.

– Devíamos experimentar só uma vez. – Talvez eu devesse lhe dizer o que Jacqueline dissera sobre Jesus não derrotar os romanos por estar interessado em soluções eternas, mas ele já devia saber disso. Suas palavras ecoavam na minha cabeça: *Cresci frequentando a igreja. Conheço a Bíblia.*

– Não estou pronto, Ana.

– Mas eu preciso disso, e não posso fazer sem você.

Seu peito subiu e desceu num rápido suspiro.

– Vou fazer uma proposta. Você pensa em plantar menos e em dançar mais, e eu penso em ir à igreja.

– Ah, um ultimato?

– Chame do que quiser. Eu te disse o que é importante para mim, e você me disse o que é importante para você. Se cada um de nós ceder um pouquinho, os dois podem ter o que querem. – Suas sobrancelhas se ergueram. – Você também precisa aposentar aquele exemplar do Novo Testamento e comprar uma Bíblia de verdade, completa.

– Eu gosto da minha Bibliazinha.

Ele deu de ombros, mas não percebi se o gesto fora ou não intencional. Foi quando me dei conta de que seu corpo tinha se relaxado de modo atípico na proximidade da sequoia. *Talvez esse seja o nosso lugar especial para esquecer a doença.* Relembrei o depoimento que havia lido quando estava grávida.

O local tem um belo jardim, com um lago grande e um chafariz. Sempre gostamos de jardins... Este será o nosso momento especial – um momento para nos esquecermos da clínica e da doença e nos concentrarmos na vida e no amor que ainda nos une nestes anos finais.

Ainda tínhamos muitos anos. Tínhamos que ter.

— Vamos procurar o pessoal — disse Peter. — Está escurecendo.

Fomos ao encontro de minha família e fizemos o que havíamos planejado: tiramos fotos bobas com Papai Noel, tomamos chocolate quente e passeamos de bondinho pela floresta para ver as luzes.

Gabriel deve ter olhado para dois milhões de luzes, dos oito milhões que ornamentavam o trajeto de oito quilômetros, até que a noite e o sacolejo do bondinho levaram a melhor sobre ele. Quando chegamos à exibição do Vale dos Flocos de Neve, já estava no décimo sono.

Mamãe se virou para trás e entregou um cobertor a Peter, e usei minha mão livre para ajudá-lo a estendê-lo sobre nossos colos.

— Se todos os cordões de pisca-piscas fossem emendados, eles se estenderiam daqui a Baltimore, em Maryland — ouvi a mulher do outro lado de Peter dizer.

— Que bom que não são — sussurrou ele ao meu ouvido.

Pus o dedo nos lábios e ri.

Atrás de nós, um garotinho fofo cantava ao passar pela exposição do Lago dos Cisnes e do Chafariz do Beija-Flor. *Bate o sino pequenino, sino de Belém... Já nasceu o Deus menino para o nosso bem...*

E, enquanto passávamos em silêncio da última exibição ao estacionamento, envoltos pela escura noite da Geórgia, eu me perguntei como seria um mercado de Natal na Alemanha. Claus sempre dissera que o de Wiesbaden era lindo e prometera que passaríamos num estande de *Glühwein* todas as noites da estação para nos aquecermos a caminho de casa. Fazia muito tempo que eu não pensava nele. *Por que agora?*

Mas só Deus sabe o que poderia ter sido... E que coisa mais cruel para pensar. Xô.

Quando o Bondinho Alegrinho parou, mamãe passou os braços por Gabriel, que ainda dormia no meu colo, e me ajudou a descer. Peter teve dificuldade para se levantar do banco e descer do bondinho, mas papai o ajudou.

Sorri ao me lembrar dele pulando do bondinho e se declarando em outra noite fria, três anos antes, enquanto eu aquecia Gabriel nos braços.

Eu pensaria em voltar ao palco por ele, e ele pensaria em ir à igreja por mim. Parecia justo. Podia ser feito. Mas eu não podia parar de plantar. Meus olhos se encheram de lágrimas quentes. Imagens de nós dois fazendo projetos paisagísticos em família me encheram a cabeça.

— Eu te amo tanto, Peter.

– Também te amo. – Sua mão pousou em meu ombro enquanto voltávamos para a caminhonete.

Capítulo 27

Novikova estava terminando o último solo. *Don Quixote* chegava ao fim. Dei uma olhada no celular. Quatro e quinze. *Por favor, Deus.* Minhas mãos tremiam, as palmas úmidas. *Não o tire de mim.*

E foi então que ouvi a campainha. Prendi a respiração.

Ninguém jamais vinha a nossa casa sem se anunciar. *Não, Deus. Não.* Talvez ele esteja ferido. *Não o tire de mim.*

Abri a porta e deparei com dois policiais. A garoa fria atingiu meu rosto, e ouvi o latido distante de nosso cachorro. Mas ele estava perto de mim. Teria mesmo latido? Vi a boca de um dos policiais se mexer, mas não entendi as palavras.

Lembranças do dia de nosso casamento e de nossa vida a dois me assaltaram.

– Não posso perdê-lo de novo – sussurrei.

Voltei a mim no sofá da sala.

– Oi, senhora – disse o policial. – Eu estava perguntando se podíamos entrar, quando a senhora desmaiou. A senhora está bem?

– Desculpe. – Só então vi o outro policial. – O que aconteceu?

– O Sr. Peter Engberg é seu marido?

Assenti, o coração doendo. *Não...*

– Lamento muito, senhora. Ele sofreu um acidente, mas não...

– Hum-hum – interrompi o policial antes que pudesse terminar a frase. Se ele não dissesse as palavras, Peter ainda poderia passar por aquela porta.

Mas talvez ele estivesse apenas ferido e precisasse de mim. Eu precisava ir até ele.

– O que aconteceu?

– A picape Silverado que ele dirigia bateu num carvalho na State Route 18.

– Onde ele está?

O policial abanou a cabeça.

– Ele não resistiu, senhora.

– Ah, meu Deus. – *Será verdade?* Que dificuldade para respirar. – Ah, meu Deus. Ah, meu Deus. O que aconteceu? Ele foi levado para o hospital? – *Ah, meu Deus.*

– Ele não sofreu, senhora. Morreu instantaneamente.

Ah, meu Deus. Me ajude...

– Lamento muito.

Me ajude.

– Há alguém para quem possamos telefonar?

Assenti e já ia me levantar, mas ele me impediu.

– Me deixe ajudar a senhora. Precisa do telefone?

Assenti de novo, apontando para a bancada.

– E da minha bolsa – acrescentei, a voz quase inaudível.

Folheando o Novo Testamento, encontrei o segundo versículo do sexto capítulo da Segunda Epístola aos Coríntios. Ao lado, estava o número do telefone de Jacqueline, e apontei para ele.

O policial assentiu e fez a ligação, enquanto eu folheava até o fim do livro.

Ao olhar a oração de encerramento, percebi que já a sabia de cor.

– A hora é agora – declarei quando Jacqueline chegou e se aproximou o bastante para ouvir a voz mais forte que pude emitir.

– Como isso aconteceu? – Ela segurou minhas mãos.

– Podemos rezar primeiro? Estou em rota de colisão com este momento há muito tempo. Preciso fazer isso agora. Por favor?

– Claro. – Ela fechou os olhos. – Amado Senhor...

– Não – interrompi-a. Nossos olhos se encontraram. – Desculpe. Eu quis dizer que eu é que vou rezar. Quero ser salva. Sei o que fazer.

Fechei os olhos e comecei:

– Amado Pai, sei que sou uma pecadora, perdida e condenada ao inferno. Mas o Senhor Jesus Cristo morreu pelos meus pecados e ressuscitou. E, neste momento, por fé, eu recebo Jesus Cristo no coração como meu Salvador, confiando que somente Ele poderá conceder o perdão de meus pecados e minha vida eterna. Obrigada por me salvar; obrigada por fazer de mim Sua filha; obrigada por me dar um lar e um céu. Agora, me ajude a viver por Você deste dia em diante. Amém.

– Muito bom. – Ela passou os braços ao meu redor. – Boa decisão.
– Ele disse que Jesus era o seu Salvador. Ele disse. Meu marido. Ele... –
Pressionei os lábios. Tive vontade de contar os livros sobre a cornija da lareira,
mas não contei. – Meu marido morreu hoje.
    – Eu sei, Ana... Lamento muito;
    – Eu vou vê-lo de novo, não vou?
    – Você vai vê-lo de novo. Ele agora está com o Senhor.
    Assenti e peguei o lenço de papel que ela me oferecia.
    Ele está com Deus... Vou vê-lo de novo. Minha graça basta, mas como? Ó Deus,
me ajude.

    Nos dias que se seguiram ao acidente, duas perguntas me atormentaram
mais do que todas as outras, e uma voz insistente as refazia toda vez que eu
começava a sentir o mais leve vestígio de paz.
    Será que ele fizera de propósito? Papai falava diariamente com a polícia
de Pine Mountain, na esperança de obter uma resposta, mas o diálogo não
parecia promissor. O mais provável era que eu tivesse de viver para sempre com
aquela dolorosa incerteza – eternamente fazendo a segunda pergunta que me
atormentava mais do que todas as outras: será que eu poderia ter feito alguma
coisa diferente naquela chuvosa manhã de quinta?
    No domingo, fui à Igreja Batista do Calvário. Recusei todas as ofertas das
pessoas que quiseram cozinhar para mim e tomar conta de Gabriel. Mas quis me
batizar e, assim, com meu pai de um lado e minha mãe do outro, ouvi o marido
de Jacqueline pregar sobre o poder da oração antes de dar o mergulho final.
    – Por que está tentando viver a vida com suas próprias forças, cristão? –
perguntara ele à congregação. – Não perca seu lugar em Lucas, mas venha comigo
ao quarto capítulo da Epístola aos Filipenses. Paulo escreveu no sexto versículo:
"Não estejais inquietos por coisa alguma; antes, as vossas petições sejam em tudo
conhecidas diante de Deus pela oração e súplica, com ação de graças."
    Mas Ele já não sabia?
    – Ele não precisa que lhe digam, mas então saberá por nós. E quando fizermos
isso e formos a Ele para aliviar a mente de um fardo ou buscar orientação ou
ajuda, com o coração agradecido, vejam o que acontece no versículo sete: *"E a*
paz de Deus, que excede todo o entendimento, guardará os vossos corações e os vossos
pensamentos em Jesus Cristo."

De madrugada, eu me ajoelhei ao lado da cama de Gabriel.

Amado Deus, sou alguém que despertou um pouco tarde. Eu sempre desperto tarde, sabe? Obrigada por não me abandonar. Me ajude a encontrar paz e orientação. Não posso fazer isso com minhas próprias forças. Não sei como vou seguir em frente, mas agora sei que Você sabe. E, para mim, isso é bom o bastante. Amém.

Na manhã de segunda, antes de eu sair para reconhecer o corpo, Jäger brincava em volta da caixa com os pertences pessoais que a polícia encontrara espalhados dentro e ao redor da picape após o acidente. Na véspera, eu dera uma espiada, mas só olhar para os óculos quebrados e o CD *Greatest Hits II* de Clint Black em pedaços foi o bastante para me impedir de continuar.

– Você agora virou cão farejador? – Peguei a caixa no chão da sala e a coloquei na mesa da cozinha. Ainda não queria olhar o conteúdo, mas algo me impeliu a fazer isso, e prestei atenção.

O cheiro de óleo, gasolina e queimado era fortíssimo, e, após manusear alguns itens, notei um resíduo escuro nos dedos. Joguei tudo na mesa e lavei as mãos, enquanto olhava de soslaio para a sacola de loja, outrora branca, o único objeto destoante.

O conteúdo – dois livros e um delicado par de luvas de jardinagem decoradas com ramos de árvores – estava intacto. Levei ao nariz as luvas cinzentas e cor de vinho e pus o recibo de lado. Havia um vago odor de óleo, mas o cheiro de couro novo era muito mais forte, a maciez intacta. Dei uma olhada no recibo. Ele as comprara no parque, no dia do acidente.

Sabia o que eram os livros, e sorri. O primeiro tinha uma capa cor-de-rosa, mole e aveludada, e o nome ANA ENGBERG gravado a ouro no canto inferior direito. A primeira página continha uma dedicatória. Ele usara um lápis para preencher os espaços, e as várias tentativas apagadas ainda estavam visíveis.

A Bíblia Sagrada. Presenteada A Minha Esposa, Ana. Por Seu Marido, Peter. No Natal De Dois Mil E Onze, Em Que Começamos Uma Nova Caminhada.

Impresso ao pé da página estava o segundo versículo do segundo capítulo da Primeira Epístola de Pedro:

Como Crianças Recém-Nascidas, Desejem De Coração O Leite Espiritual Puro, Para Que Por Meio Dele Cresçam Para A Salvação.

O outro livro também era uma Bíblia, com uma capa preta simples e o nome "Peter Engberg" no canto inferior direito, também em ouro. A página da dedicatória estava em branco.

Presenteada A Gabriel Engberg. Por Seus Pais, Peter E Ana Engberg. No Natal De Dois Mil E Onze, Em Que Começamos Uma Nova Caminhada.

– Foi um acidente – sussurrei, apertando a Bíblia. – Foi um acidente. Fechei os olhos e soltei um longo suspiro de alívio. *Obrigada, Deus.*

Sentada diante da ampla janela da sala, pousei os olhos no lago calmo e, quando meu coração se sentiu pronto, abri a nova Bíblia na Epístola de Paulo aos Filipenses e li, me preparando para o reconhecimento do corpo.

No dia seguinte, Peter foi enterrado em um cemitério-jardim na periferia da cidade. Lá, um projeto paisagístico elegante complementava as suaves colinas da Geórgia, e os canteiros de inverno continham a esperança da primavera. As águas claras de um riacho pedregoso passavam preguiçosas por uma ponte de pedra arqueada, visitavam dezenas de túmulos e então desembocavam num lago onde patos-carolinos passavam o inverno e formavam casais. Teriam vindo do lago Stow? Peter havia dito que era improvável, mas eu ainda achava possível.

Pássaros que pegaram um atalho. Não é p*orque alguns* pássaros não *seguem padrões que isso os torna menos pássaros.*

Um mês depois, eu estava no Azalea Bowl, caminhando até a sequoia.

Meus pais estavam com Gabriel, e iríamos nos encontrar à noite para visitar a exibição de Natal. A *National Geographic* acabara de publicar os dez melhores espetáculos de luzes do mundo. Ao lado de destinos famosos como a Dinamarca, a Áustria, a Bélgica e outros países, estava o Fantasy in Lights de Callaway Gardens, em Pine Mountain, na Geórgia. O parque estava mais cheio do que nunca, e havíamos comprado os ingressos pela internet, com uma semana de antecedência, para garantir nossos lugares no Bondinho Alegrinho.

Avistei a copa verde da nossa sequoia assim que cheguei à trilha principal que contornava o parque. Ela crescera dois metros e meio aquele ano, um índice de crescimento maior do que nos dois primeiros anos, e eu já me perguntava se isso tinha algo a ver com o espalhamento das raízes.

Peter saberia...

Minha mão sentiu o calor do casaco de matelassê e varou o ar frio e cinzento em direção ao ponto onde a dele deveria estar.

Peguei a trilha, que agora exibia um projeto paisagístico, até a base da árvore e vi o banco em ferro trabalhado que o parque instalara com uma placa. *Em memória de Peter Engberg – plantador, amante e pai.*

Toquei a fria placa de metal e tracei seu nome.

Lembre-se de mim como um homem forte...

O vento frio soprava mais forte do que de costume no Azalea Bowl. Um gavião-de-rabo-vermelho soltou um grito áspero – *kiii-iiiiii-arrr*. Esquadrinhando as nuvens prateadas do fim de tarde, eu o encontrei planando alto, acima do Lago Falls Creek.

Sentia tantas saudades dele. E sempre sentiria. Tantas...

Dance mais e plante menos, ele dissera. Só participei do Quebra-Nozes *no ano passado por causa dele. Vou dançar por ele. E pelas meninas. Mas e depois? Quero plantar nesta primavera. Quero plantar um milhão de coisas. Plantar menos?*

Abanei a cabeça e voltei à trilha principal. *Cedo demais para pensar. Um dia de cada vez. É assim que vamos fazer isso.*

Amanhã eu penso. Hoje eu recordo.

Recordei o dia em que conhecera Peter. A capela, o organista tocando "As Quatro Estações" de Vivaldi e a garotinha de sandálias brancas que deixavam à mostra os dedinhos fofos, o vestido esvoaçando enquanto corria. Recordei o calor dos perfumes deliciosos daquele lindo dia de primavera. Dobrando uma curva, meus olhos procuraram a ponte onde tínhamos nos visto pela primeira vez.

Lá estava ela – mas, na minha lembrança, não era mais inverno.

Era primavera, o apogeu da estação das azaleias – Callaway Gardens em seu esplendor primaveril. Os cheiros da terra e da floresta invadiram minhas narinas sem esforço, e não precisei recordar o calor das estações mais exuberantes. Eu *estava* quente, e milhares de azaleias chamavam minha atenção com seus brancos brilhantes e vermelhos fogosos, rosados intensos e roxos vibrantes. E Peter estava lá, na ponte.

Ele se virou para mim com seu sorriso de menino. *Amor...*

Usava a camisa preta que era a minha favorita, e estava com o velho violão Gibson ao lado.

Mais uma vez, tive que me apoiar na balaustrada de metal para me firmar. Ele era lindo e forte, e estava esperando por mim. Fiz menção de me aproximar, mas ele abanou a cabeça e empunhou a guitarra.

O som era limpo, o instrumento perfeitamente afinado. Ele tocou "Honey Bee", marcando os compassos fortes com o salto das botas, dedilhando e cantarolando com abandono – cantando sobre duas pessoas que eram totalmente diferentes, mas que se completavam das maneiras mais simples e maravilhosas.

– Lindo – falei quando ele acabou. – Você é lindo.

Ele abriu um sorriso e abaixou os olhos, o rosto vermelho.

– A gente se vê do outro lado. – Beijei os dedos e os ergui em sua direção num último *até breve*.

Capítulo 28

Sentei na varanda após o serviço da Páscoa na Igreja Batista do Calvário e fiquei vendo Gabriel brincar no novo trepa-trepa. De quatro cestas penduradas, pequenas pétalas de gerânios trepadores brancos caíam ao chão em filetes delicados. Meu sininho de vento em espiral, presente de Natal de mamãe, tocava as notas de abertura de "Sweet Hour of Prayer" no ritmo lento do ar perfumado de rosas que sempre envolvia o sítio nos dias de calor.

Era bom poder relaxar. Eu andara plantando tanto, e para tanta gente, que até minhas luvas novas pareciam cansadas. Mas conseguira terminar cada projeto, e avisara a todos que não pretendia mais atuar na área do paisagismo.

Jacqueline estava me ensinando a abrir mão dos velhos sonhos e a encontrar o propósito de Deus para minha vida. O balé fazia parte desse propósito, ou Ele não teria me dado o dom, mas eu também sabia que os frutos de minha antiga maneira de encará-lo haviam se destituído de Sua glória.

Eu não estava mais dançando para me sentir justificada – Cristo me dava todas as justificativas de que eu precisava, e a liberdade decorrente de não mais ansiar pela aprovação de uma plateia foi simplesmente maravilhosa. Um passo à frente imenso, libertador.

Eu estava dançando para descobrir o propósito e a alegria que sabia existirem, pedindo para serem descobertos – finalmente – depois de todos aqueles anos. Por isso, aceitei projetos e ideias que teria preferido rejeitar, e refleti cuidadosamente sobre o valor daqueles que tanto desejava abraçar. E fazia questão de que cada esforço fosse original e me levasse a um novo lugar.

A primeira leva de mudanças viera imediatamente após o feriadão de Natal. Eu começara a ter aulas de balé todas as manhãs, e, nas terças e quintas à noite, dava aulas e ensaiava o La Grange Youth Ballet, que fazia parte da escola.

A Sra. B. me convidara a produzir *Paquita* para a companhia e a fazer o papel principal, e eu estava pensando seriamente em aceitar.

Também dava aulas para a filhinha de Jacqueline, e sua alegria me inspirou a criar um programa de balé para Camp Dream. Eu trabalharia lá como voluntária, duas vezes por semana, no verão.

– Mãe! Carro! – Ouvi um ronco à distância e Gabriel correu à varanda. – Carro! – Ele olhou para mim e apontou para a floresta que escondia a entrada de carros.

– É, filhote, um carro. – Segurei sua mãozinha e prestei atenção ao som abafado de um motor familiar.

Ele saltou um degrau ao ver o Thunderbird.

– Carro!

Claus estacionou ao lado da caminhonete e tirou os Ray-Ban quadrados condizentes com seu status de astro do balé. Estava com a capota arriada, ouvindo a "Ária" de Johann Sebastian Bach.

Os cantos de seus olhos se enrugaram e os lábios se curvaram. Ele estava lindo, com um corte de cabelo mais curto, camisa azul-marinho e meu suéter de cashmere branco favorito sobre os ombros.

Gabriel se escondeu atrás de mim.

Sorrindo, ele caminhou até mim com uma dúzia de girassóis num belo buquê redondo.

– Oi – disse, subindo os degraus.

– Oi. – Peguei o buquê e notei minha velha echarpe amarrada à base. Enquanto desatava o chiffon azul-celeste, Gabriel inclinou o corpo por trás do esconderijo, para olhar as flores.

Claus se agachou para ficar da sua altura.

– Você deve ser o Gabriel. Tenho uma coisa para você. – Tirou do bolso da camisa um cavaleiro Ostheimer.

Gabriel sorriu e levou o brinquedo novo para o trepa-trepa.

– Ele é a cara de Peter.

– Não é mesmo? – Enrolei a echarpe no pescoço. – É um bom menino.

– Comprei o castelo completo para ele. – Apontou para o cavaleiro, que agora deslizava pelo pequeno escorrega verde. – Está na casa de sua mãe. Estou hospedado lá.

– Está?

Ele assentiu.

– Também trouxe aquele retrato de você com Barysh, e mais algumas coisas que achei que deviam estar te fazendo falta.

– Foi por isso que você veio? Para trazer minhas coisas?

Ele fez que não e retirou um pedaço de papel da camisa.

Reconheci o papel amarelo do velho bloco que ficava na mesa da cozinha de Peter. Desdobrando o bilhete, tracei as palavras com os dedos. A primeira parte era um velho bilhete. Ele tinha usado uma caneta e a caligrafia estava intacta. Só depois acrescentara um parágrafo sob seu nome, a lápis. Tivera que apagar e reescrever a maioria das palavras. Ao relembrar suas mãos imensas, senti um bolo se formar na garganta.

CLAUS,

NÃO SEI SE VOU CHEGAR A PÔR ESTA CARTA NO CORREIO ALGUM DIA. CERTAMENTE NÃO TENHO O MENOR DESEJO DE ESCREVÊ-LA. MAS PRECISO FAZER ISSO, ENQUANTO POSSO.

SOFRO DE DOENÇA DE HUNTINGTON. PODE PESQUISAR OS DETALHES, SE QUISER, MAS EIS O ESSENCIAL: VOU TER UMA MORTE LENTA, E ISSO VAI SER DIFÍCIL PARA ANA.

ELA ESTÁ PRESTES A DAR À LUZ NOSSO FILHO. GABRIEL NÃO HERDOU A DOENÇA. NÓS FIZEMOS O TESTE NO COMEÇO DA GRAVIDEZ.

QUANDO EU MORRER, QUERO QUE TOME CONTA DELES. QUERO QUE ELA TENHA UM FUTURO, E GABRIEL, UM PAI PRESENTE EM SUA VIDA. SEI QUE VOCÊ É A MELHOR CHANCE QUE ELES TÊM.

A PARTIR DO DIA EM QUE RECEBER ESTA CARTA, MANTENHA-SE EM CONTATO COM A MÃE DE ANA PARA SABER COMO ESTOU PASSANDO.

PETER

P.S. ELA GOSTA DO "CORO NUPCIAL" DE WAGNER.

VOU REENCONTRAR MINHA FÉ E REZAR POR UMA CURA, MAS, SE UMA CURA E UMA VIDA DECENTE NÃO FOREM A VONTADE DE DEUS, VOU REZAR PARA QUE VOCÊ POSSA CONTINUAR O QUE COMECEI.

– Lamento muito, Ana.

Senti seu braço em volta dos meus ombros enquanto lágrimas quentes ardiam em meus olhos. Gabriel se aproximou de nós e Claus o levantou nos braços, girando-o, enquanto cantarolava o que pareciam ser canções infantis alemãs. Caminhei até a beira da varanda ao som dos risos de Gabriel.

Peter conhecia minha tendência a ser avara comigo mesma. Tinha medo de sonhar de novo, até certo ponto. Não sabia se seus planos para mim dariam certo. Tinha parado de plantar. Estava dançando mais. Mas queria que ele ainda estivesse conosco. Sentia sua falta. O que Peter quisera dizer com "continuar o que comecei"? A família?

– Adivinhe quando recebi essa carta. – Claus se aproximou de mim em passos lentos.

Olhei para trás e vi Gabriel deslizando com o cavaleiro de novo.

– Quando? – Minha voz saiu rouca.

– Quando comecei a frequentar aquela igreja americana em Wiesbaden.

– A Igreja Batista do Calvário?

Ele fez que sim.

– Quando foi isso?

– Há um ano, mais ou menos.

Aquela última visita ao Fantasy in Lights.

– E como você foi parar nessa igreja?

– O cara que consertou seu carro me convidou.

– Deve ter usado de muita lábia.

Ele fez que não.

– Na verdade, foi bem acanhado. – Abaixou os olhos. – Mas tinha havido muitas coincidências. Eu tinha que ir dar uma olhada.

– Aquele velho opúsculo ainda estava no seu quadro de avisos, onde eu tinha colocado?

– Sim. – Ele riu. – Estava.

– Que engraçado.

– Ir lá fez com que eu me sentisse próximo de você, por isso me tornei membro e comecei a frequentar regularmente. Tem sido bom.

– A Calvário tem sido boa para mim também.

Ele pareceu confuso.

– Lembra aquela senhora da igreja católica em Praga?

– A que te deu a Bibliazinha verde?

– O filho dela é pastor aqui.

– É mesmo?

Fiz que sim.

– Ele é ótimo. A mulher dele se tornou uma amiga muito querida. Ela está me ajudando na minha caminhada.

– É uma história incrível. Você teve que sair da Geórgia, ir morar na Alemanha e viajar a Praga para conhecer uma igreja na Geórgia onde um dia você encontraria a fé. Hum. – Seus olhos azul-rei brilharam.

Ah, como eu tinha sentido falta desses olhos.

Ele pegou a carta, dobrou-a e tornou a guardá-la no bolso.

– Agora eu entendo que, se a gente tenta fazer as coisas acontecerem do nosso jeito, em algum ponto do futuro, haverá problemas. – Ele acariciou minhas mãos. – Lamento, Ana. Sinceramente.

– Eu sei.

– Eu finalmente abri mão dos meus sonhos de ter uma vida com você. Foi difícil, mas consegui. E então Deus me trouxe aqui, e tenho uma chance de ficar com você... nos termos d'Ele. – Claus beijou meus dedos. – Agora sei que podemos ser felizes.

– É difícil esquecer...

– Espero poder ajudar.

– Já ajudou.

Sabia que estava corando, mas não me importei. *Ele está corando também?* Ele virou o rosto, com um sorriso.

– Vejo que está cultivando seus próprios girassóis. – Ele notara a pequena plantação alguns metros adiante da varanda.

– Tentando. – Dei de ombros, olhando para as doze plantas que cresciam fortes para o começo da primavera. – Suas sementes. Lembra?

Ele segurou minha mão e fechou os olhos. Nós nos abraçamos e nos embalamos aos sons lentos do sino de vento. Encostei o rosto no seu ombro e senti a maciez do cashmere branco.

Amado Pai Celestial, obrigada por trazer Claus de novo para os meus braços. Agora, lá vai. Hoje de manhã eu não me sentia pronta. Peço perdão por me zangar e achar que Seu dom não me bastava. Obviamente, que eu me torne uma primeira bailarina e dance no Met não fazem parte do Seu desejo para a minha vida. Eu já havia aberto mão desses sonhos na minha mente, e agora estou abrindo mão deles no coração. Estou abrindo mão dos velhos sonhos e criando espaço para que Você plante os Seus. Guie meus passos, Pai. Em nome de Jesus, eu oro. Amém.

Uma rajada de vento fez o sino tocar forte.

– "Sweet Hour of Prayer"? – sussurrou Claus.

Assenti. *Eu te amo, Senhor.*

261

Capítulo 29

Claus e eu comemorávamos em casa nosso segundo aniversário de casamento, enquanto Gabriel e Emma, nossa bebê, passavam o fim de semana com meus pais. Eu os pegaria no domingo, antes de ir para a igreja.

Terminamos cedo os ensaios de sábado e passamos o resto daquele primeiro dia de verão à beira do lago. Claus fez um churrasco alemão num grill suspenso, fabricado na região de Mosel, que eu tinha encontrado na internet, e eu preparei meu prato favorito: aspargos brancos com manteiga derretida, batatas assadas e uma generosa porção de morangos plantados em casa.

Estava limpando a cozinha e ouvindo o iPod shuffle que Claus carregara com noventa e nove músicas lindas. Ele prendera o iPod, além de um bilhete, a um lindo buquê de rosas vermelhas e frésias-bailarinas brancas.

Carregado. Porque Alguém Como Você Jamais Deveria Ter Que Parar Para Fazer Coisas Mundanas Como Transferir Músicas Para Um Ipod. Continue Com Suas Atividades, Querida Menina, E Eu Sempre Continuarei Tomando Conta De Você. Feliz Aniversário.

Ele tinha pensado em me levar a Nova York para comemorarmos. O American Ballet Theatre ia dançar *Le Corsaire* no Met, e um dos solistas do ABT era seu amigo, por isso ele sabia que poderia me levar ao palco depois do espetáculo.

Mas eu andava ocupada com os ensaios de *Les Sylphides* em LaGrange, e passar uns dias sossegados em casa era um presente muito melhor. Eu me tornara dona de estúdio pouco depois de dançar *Paquita* com Claus, quando a Sra. B. falecera, deixando a escola e a companhia para mim.

Claus também estava ocupado. Iria dançar *Les Sylphides* comigo dentro de duas semanas, e estava dançando o *Lago dos Cisnes* em Atlanta. Também estava coreografando lá, e uma parte de seu trabalho já começava a ser incluída no repertório de companhias importantes nos Estados Unidos e na Europa.

Em outubro, dançaríamos uma peça nova que ele estava coreografando para nós, mas não começaríamos a ensaiar até o programa de verão em Camp Dream. Mesmo assim, eu tinha a impressão de que o novo balé teria que esperar ainda mais. Eu estava onze dias atrasada.

– Pronto, a cozinha está limpa – sussurrei, inspecionando a área. Recostei-me à bancada para dar mais uma respirada e sentir o delicioso perfume cítrico das delicadas frísias e das rosas vermelhas.

O castelo de Gabriel estava na mesa da cozinha, mas ele o deixara arrumado. Adorava inventar enredos mirabolantes para Emma, que sempre assistia do conforto do cadeirão enquanto comia pedacinhos de uvas de todas as cores e tamanhos. Ele deixara o príncipe e a princesa lado a lado nos degraus da torre. Retirei o cavaleiro de brinquedo e seu cavalo do canhão e os coloquei no portão do castelo, pus o iPod na mesa e apaguei a luz da cozinha.

As primeiras notas da cena do balcão de *Romeu e Julieta,* de Prokofiev, chegaram até mim do som na sala.

Eu relera *Romeu e Julieta* enquanto o encenava para a companhia. Sim, os desafortunados amantes se beijavam durante o baile de máscaras, mas fiquei surpresa ao constatar que não há nenhum beijo na cena do balcão concebida por Shakespeare. Aquele momento era simplesmente uma escolha apreciada no teatro e no balé – uma escolha que as pessoas haviam passado a esperar.

Como esse detalhe podia ter me passado despercebido da primeira vez que lera a peça? *Uma escolha.* Seis anos antes, eu fizera uma má escolha no balcão de Julieta. Uma pontada de culpa alfinetou meu coração – a velha jiboia me apertou com força. *E de seus pecados e de suas prevaricações* não *me lembrarei mais.* Meus pulmões se encheram ao limite contra a sensação.

Claus me viu entrar na sala e estendeu a mão para mim.

– Dance comigo, Ana.

Abri um sorriso, e meu coração bateu alto e forte. Segurei sua mão, e seus braços me envolveram num abraço carinhoso. Dançamos lentamente em meio à paz da casa às escuras, iluminada apenas pela lua cheia acima do lago e das sequoias.

Um perfume de violetas me surpreendeu – o perfume que ele tinha usado em Praga, e fui imediatamente transportada ao *Natal.* Seus lábios tocaram os meus, que se entreabriram. A música lírica de Prokofiev encheu a noite. Uma vez o compositor dissera: "Há tantas coisas bonitas a serem ditas em dó maior." É a mais pura verdade.

– *Ich liebe dich* – sussurrou Claus ao meu ouvido.

– *Ich dich auch.* – Senti seu coração batendo contra o meu e fechei os olhos. *Feliz aniversário.*

Epílogo

The Metropolitan Opera House, Nova York
Dois Anos Depois
Dance Times

Nova York Acolheu O Rhine-Main Ballet Com Entusiasmo, Nesta Celebração Da Arte Do Bailarino Alemão Claus Vogel Gert Em Doze Obras, Seis Clássicos Que O Tornaram Famoso E Seis Peças Por Ele Coreografadas.

O Sr. Gert, Que É Primeiro-Bailarino No Atlanta Ballet, Mostrou-Se Consistente Em Todas Elas, E Seu Vigor É Impressionante Para Um Profissional Com Vinte Anos De Carreira. Seu *Tema E Variações* Foi Impecável, E No *Pas De Deux* De *Le Corsaire* Ele Terminou Piruetas Em Equilíbrio, Pulou Alto E Aterissou Sem Esforço.

Como Coreógrafo, Ele É Conhecido Por Se Concentrar Na Artisticidade E No Lirismo, E Muitas De Suas Obras Têm Lugar De Destaque No Repertório Das Maiores Companhias De Balé Do Mundo.

A Tão Esperada Estreia De *Praha*, Uma Celebração Do Amor Criada Para O Largo Da "Sinfonia Do Novo Mundo" De Dvorak, Foi Impecável, Fluida, E Fez Com Que A Espera De Oito Anos Valesse A Pena. A Peça Foi A Primeira Que O Sr. Gert Já Criou, E Vê-Lo Dançá-La Ao Lado De Sua Esposa, Ana, A Bailarina Que Claus Chama De "Sua Fonte Permanente De Inspiração", Foi Um Prazer Especial.

Eles Também Dançaram Um Fantástico *Pas De Deux* Da Cena Do Balcão De *Romeu E Julieta*, Que Me Fez Desejar Vê-Los No Balé Completo. A Alegria Que Compartilham É Palpável E Encantadora, E O Público Reagiu Com Gritos De "Bravo" Normalmente Reservados Aos Desempenhos Mais Acrobáticos.

"Sweet Hour Of Prayer", Coreografia Para Uma Belíssima Versão Instrumental Do Hino Tradicional, Encerrou A Noite. A Peça Me Lembrou Da Escola Dominical Com Meus Pais Na Virgínia Rural – Um

Tempo Em Que A Alma Se Sentia Mais Completa E Em Casa. Era O Hino Favorito De Minha Mãe, E Quase Pude Ouvi-La Cantando. Quando O Sr. Gert Passou O Braço Pelos Ombros Da Esposa E Os Dois Se Curvaram, Eu Também Rezei.

Depois De Nova York, Eles Apresentam O Programa Com O Rhine-Main Ballet No Le Palais Garnier, Em Paris, No Coliseum De Londres E No Teatro Nacional Tcheco, Em Praga, Encerrando A Turnê Europeia Com Duas Apresentações Em Wiesbaden, Antes De Retornarem À Geórgia, Onde O Casal Dá Aulas Para Crianças Portadoras De Deficiências E A Sra. Gert É Dona De Um Estúdio, Ao Qual Não Falta Uma Companhia De Balé Juvenil.

Nota da Autora

Não cresci num lar evangélico, mas, durante a maior parte de minha vida, acreditei que devia haver algum deus no universo, e que ser uma boa pessoa era importante. Até que, em 2012, sentindo-me cansada e solitária, decidi que a ideia de um deus amoroso era absurda. Não havia nenhum deus amoroso, se é que havia um deus.

A autogratificação se tornou o objetivo principal de minha existência, e eu procurei a felicidade e a satisfação em mil e um lugares diferentes. Mas não encontrei nada digno de ser guardado, e, ao final de cada busca, ainda me sentia cansada e solitária – e, dessa vez, dominada por um abatimento e uma desesperança que eram novos e extremamente assustadores.

Foi então que Jesus apareceu, e, onde eu vi o fim, Ele viu o começo. Ele lutou por mim, me tirou do que em pouco tempo se tornara uma existência sombria e amarga, e me trouxe para Sua luz perfeita. Eu renasci em janeiro de 2013, durante a confecção deste romance (para mais detalhes, veja "Um Tempo de Dançar: O Livro que Me Escreveu").

Compartilho tudo isto aqui para lhe dizer, leitor, que, se não reconhece Jesus como seu salvador pessoal, ainda assim Ele está lutando por você neste momento – ou você não estaria lendo este livro. Ele está lutando por você, como lutou por mim e por Ana. Ele está aparecendo na sua vida. "Eis aqui agora o tempo aceitável, eis aqui agora o tempo da salvação" (2 Coríntios, 6:2).

O sofrimento de Jesus foi tamanho nos dias que antecederam Sua crucificação, que Ele chegou a suar sangue. Sabia que Sua morte seria brutal e sentia horror por ela, mas a suportou mesmo assim. Ele sofreu porque não queria que você sofresse. Esse foi o Seu presente para você. Não vai aceitá-lo?

Se você acredita que Jesus morreu pelos seus pecados e que Deus O ressuscitou dentre os mortos – vitorioso sobre o pecado e a morte –, diga isso em oração como Ana fez e milhões de pessoas no mundo inteiro vêm fazendo há quase dois mil anos. Convide-o a entrar na sua vida e no seu coração. "Porque todo aquele que invocar o nome do Senhor será salvo" (Romanos, 10:13).

"Amado Pai, sei que sou um pecador, perdido e condenado ao inferno. Mas o Senhor Jesus Cristo morreu pelos meus pecados e ressuscitou. E, neste momento, por fé, eu recebo Jesus Cristo no coração como meu Salvador, confiando que somente Ele poderá conceder o perdão de meus pecados e minha vida eterna. Obrigado por me salvar; obrigado por fazer de mim Seu filho; obrigado por me dar um lar e um céu. Agora, me ajude a viver por Você deste dia em diante. Amém."

Há anos que tenho orado por vocês, leitores deste romance, e continuarei orando por anos a fio.

Se você foi abençoado por este livro, por favor, escreva uma resenha na Amazon ou no Goodreads para ajudar outras pessoas a encontrá-lo. As resenhas que escrevo costumam ter no máximo uma frase – ocasionalmente, duas. O tamanho não importa, e sim o número de opiniões.

Muito obrigada por ler o que escrevo. Adoraria que entrasse em contato comigo!

www.patriciabeal.com
www.facebook.com/patricia.beal.author
www.twitter.com/bealpat
www.pinterest.com/patriciasbeal
www.goodreads.com/bealpat

Guía para Leitura em Grupo

Curta este guia de leitura como se estivesse batendo um papo com Patricia Beal. Ela o concebeu com o objetivo específico de abrir totalmente o seu coração e mergulhar fundo nas múltiplas camadas desta história com você, querido leitor.

1. No começo da história, um jovem chamado Josh {forma abreviada de Joshua} ajuda Ana a descer do alto da marquise do teatro e a coloca em segurança no chão. Esse é o primeiro salvamento da história. O significado do nome Joshua (em português, Josué) em hebraico é "Jeová é a minha salvação". Joshua também é a forma original do nome grego Jesus.

   Que outros pequenos salvamentos ocorreram antes da conversão de Ana? De que modo a mão de Deus foi visível nas vidas de Peter, Claus, Ana, Lorie e outros, no começo da história?

2. Ana disse que Peter era sua rocha, e que ao lado de Claus, na juventude, se sentira "a mulher de mais valor no mundo, por causa de seu amor". Ela também disse que dançar no Met era um objetivo atingível – seu "santo graal". Ela tenta preencher a lacuna no coração criada pela falta de Deus com Peter e Claus, com o balé e o Met, mas termina por compreender que uma relação com Deus é o único modo de levar uma vida realizada. Se tivesse sido uma bailarina melhor ou se sua vida amorosa não tivesse passado por tantos altos e baixos, será que teria sido feliz o bastante para não notar a busca de Deus por ela?

3. Dois homens com personalidades diferentes são importantes na jornada de Ana. Ela diz que com Claus era como se sempre precisasse fazer algo para se sentir bem consigo mesma, e com Peter se sentia mais relaxada e feliz por "apenas existir".

   De qual dos dois você gostou mais, de Peter ou de Claus? Por quê?

4. Muitos personagens que Ana encontra em sua jornada para Jesus têm o nome e/ou o sobrenome começando por J – Jill, Josh, a Srta. Jimenez, John, Jakob, Jack, Judah, Dra. Janice, Jackie, Frau Jutta Jöllenbeck, Jovana, Jacqueline – e Ana foi Julieta.

   Isso aconteceu comigo durante minha jornada para Jesus. É como se Ele estivesse aos pulos, acenando e dizendo: "Eu! Ainda sou eu a resposta."

   Já aconteceu alguma coisa assim com você?

5. Já o nome de Luci é outra história. É uma forma abreviada de Lúcifer, porque ele a usou para pôr ideias destrutivas na cabeça de Ana – ideias que fizeram com que Ana e Claus dormissem juntos antes de se casarem. Até então, Ana aceitava que dormissem em quartos separados, mas, por causa de Luci, tomou a iniciativa de dormir com ele em Praga – uma decisão de que se arrependeu pela manhã, na ponte.

   O que estava se passando na cabeça de Ana naquela ponte? Que problemas ela reconheceu? Que coisas você percebeu antes dela?

6. Depois da cena da ponte, temos o dia chuvoso na igreja de Praga. Ana chega de táxi sob um céu escuro, insegura em relação a tudo e um tanto receosa. Ela sai com um mapa (uma Bíblia!) e um tímido sol tentando brilhar por entre as nuvens ralas, e começa a caminhar em direção ao rio.

   De que modo isso assinala uma reviravolta na história de Ana?

7. Qual é o papel da pureza – ou da falta de pureza – no romance? No começo, quando Ana e Claus conversam, ela lhe pergunta se as coisas teriam sido diferentes se não houvessem dormido juntos na juventude. O que você acha? Ele teria acabado voltando para Hanna na Alemanha de um jeito ou de outro, como diz a ela?

8. A relação de Ana com Peter provoca mudanças fundamentais em *Tempo de Dançar*. Essa relação, já abalada pelo envolvimento de Ana com Claus, é desafiada mais uma vez pelo seu diagnóstico de doença de Huntington.

   Onde Peter se encaixa no plano de Deus? A relação de Peter e Ana foi uma bênção no fim, apesar do sofrimento no começo? De que modo ele foi abençoado na vida? E a morte dele? Você tem tanta certeza quanto Ana de que foi acidental?

9. E quanto à jornada de Claus? Ele comete erros graves, arma uma cilada para Ana e mente a respeito. Ele aprende lições importantes e amadurece? De que modo?

10. Ana é muito apegada ao seu cão, Barysh, como muitos de nós aos nossos pets. Escrevi sobre Barysh com o coração sangrando, pois estava perdendo meu primeiro cachorro da mesma maneira – uma boxer chamada Kyllian. Ela também fora deixada para trás quando sua primeira família se mudara para a Alemanha, por isso, quando meu marido e eu fomos morar lá, nós a levamos.

Na vida real, após uma luta de um ano em que ela perdeu quase quinze quilos de músculo, tive de pedir à veterinária que a sacrificasse quatro meses antes de meu marido voltar de um destacamento. De nada adiantou desejar intensamente que ela tivesse uma morte natural. No romance, dei a Barysh a morte que gostaria que Kyllian tivesse tido. Para Barysh, a morte veio "suave e confortante, como uma quente noite de luar trazendo a paz".

Como você se sente em relação à jornada de Barysh, sua ida para a Alemanha e seu enterro no Reno? Barysh enriqueceu a jornada de Ana no romance? De que modo?

11. Ana tem uma relação afetuosa com os pais, mas volta e meia se desentende com a mãe. No começo da história, ela diz que detesta quando a mãe tem razão, e há algumas conversas tensas entre as duas.

Você já experimentou algo semelhante? Quando Ana descobre que Claus realmente mentiu, ela pensa que a mãe dirá "eu avisei", mas não diz. Você acha que ela teve vontade de dizer, mas preferiu se calar? Acha que aquela conversa mudou a relação das duas? De que modo?

12. Ana não tem muitas amigas íntimas na maior parte da história, e as duas que teve, Lorie na juventude e Luci na Alemanha, terminaram tendo um impacto negativo em sua vida. O que você acha das amizades de Ana? E as suas? Já teve algum (a) amigo (a) que criou problemas para você, ou que a (o) traiu abertamente?

13. O que achou da jornada de Lorie? Muitas vezes ela diz verdades em meio a frases e atos irracionais, e no fim parece fazer as pazes com seus erros, com o namorado e com Deus. Por que ela estava com tanta raiva de Deus? O que acha que aconteceu com ela?

14. Com qual personagem você mais se identificou? O que achou da esposa do pregador, Jacqueline? E da sogra, Jackie?

Você achou que a cena de Camp Dream foi cheia de luz por causa da paixão e da fé de Jacqueline? Se não, como a descreveria? Deveríamos ser mais parecidos com ela? Somos luz para o mundo?

15. Você gostou de conhecer o mundo do balé de Ana? O que mais a (o) surpreendeu nesse mundo? E o desejo dela de ser melhor do que era como bailarina e de dançar no Met? Você achou que ela iria conseguir? Por que ou por que não? O que achou de como e quando aconteceu?

16. Símbolos são importantes em *Tempo de Dançar*. A echarpe azul-claro com estampa de cerejas simboliza sua relação com Claus. Como Ana a deixa com ele toda vez que se ausenta, será que ele deveria ter se preocupado quando ela a deixou enrolada na foto de Barysh, na Alemanha, durante sua viagem para a Geórgia?

17. As sementes de girassol de Ana são um símbolo de crescimento. Elas tinham amadurecido, mas é "cedo demais para colhê-las" quando eles vão para os Estados Unidos, e no fim as sementes foram plantadas, e os girassóis estão crescendo bem. De que outro modo as flores e o ato de plantar refletem a ação na história?

18. A história inteira de Ana está oculta num parágrafo aparentemente insignificante:

O alarme de um carro disparou. Uma mulher ajudou um homem a atravessar a rua. Uma garotinha saiu correndo à frente do pai. "Não solte a minha mão", disse ele, agachando-se para ficar da sua altura quando a alcançou – os dedinhos teimosos ainda tentando se livrar da mão muito maior. O alarme parou. A garotinha deixou que o pai segurasse sua mão.

A ideia por trás do parágrafo acima é mostrar o fim da jornada de Ana em *Tempo de Dançar* – da volta para Peter, passando por sua morte e as dificuldades que enfrenta, até, finalmente, sua relação com Deus.

Quando Ana reflete sobre o passado e suas lutas, verá que cada passo errado tinha um propósito e a aproximou de onde precisava estar? Ou desejará ter feito as coisas de outro modo?

19. A história começa com crianças, mas Ana não quer dar aulas. Está concentrada exclusivamente em dançar profissionalmente e em sua relação com Peter. A história termina com crianças – ela dá aulas para crianças portadoras de deficiências com Claus e se torna dona de um estúdio, "ao qual não falta uma companhia de balé juvenil". O que mudou, e o que foi redimido?

Tempo de Dançar: O Livro que Me Escreveu

Quando escrevi a primeira linha do meu primeiro livro, em janeiro de 2011, queria que fosse publicado porque estava desesperada para me sentir importante.

Terminei de escrever *Tempo de Dançar* no final daquele ano e contratei a coach Gloria Kempton, da comunidade Writer's Digest, para dar uma olhada no trabalho e me dizer se tinha valor.

E ela viu potencial na história da bailarina profissional que tem grandes sonhos, mas explicou que eu precisava de um objetivo mais claro, detalhes mais reveladores, cenas mais bem estruturadas, maior equilíbrio entre as sequências e as cenas dramáticas. Comecei a frequentar o grupo crítico online de Gloria e passei um ano reescrevendo o livro.

Naquele mesmo ano, meu marido foi transferido de Fort Benning, na Georgia, para a Alemanha (de onde seria transferido novamente, pela sexta vez, logo depois de nos estabelecermos numa cidade encantadora chamada Idar-Oberstein).

Quando terminei de reescrever o livro, Gloria disse que estava bom e que tinha tudo que uma história precisava ter. Mas...

– Ainda falta alguma coisa. Não sei o que é. Já pensamos em tudo!

Naturalmente, fiz o que faria qualquer escritor desesperado por aprovação: respondi que não faltava nada e que estava na hora de tentar publicá-lo. E contratei um serviço para oferecer o livro a mil e uma editoras. Eu sei, uma vergonha. Mas Deus usou isso.

O Plano de Deus: Primeira Fase

Uma proposta acabou no inbox da Sra. Joyce Hart, da Hartline Literary. O livro não era cristão; eu não era cristã. Ela não devia ter recebido uma proposta da minha parte. Mas recebera. E me mandou um email dizendo que gostava da sinopse, mas que, em romances cristãos, a protagonista não pode viver com seu amado sem ser casada com ele. Foi muito gentil, e acrescentou que, se não tinha entendido direito e o livro era mesmo cristão, que eu tornasse a entrar em contato, explicando a questão de os personagens viverem juntos.

Quando li isso, caí na risada e revirei os olhos. Comecei a digitar uma resposta condescendente: os cérebros cristãos eram muito ingênuos, eu vivia no mundo real, etc., etc., mas decidi não enviá-la.

Dias se passaram. Uma semana. Um mês. E eu só colecionando recusas. Comecei a me sentir amarga. No começo, amarga e triste. Depois, amarga e desencorajada. Por fim, amarga e feia. Nunca tinha sido feia antes. Não desse jeito.

Porque, até aquele momento, eu tinha acreditado que havia algum tipo de "deus", e que, em algum lugar, por algum motivo, ser bom era a coisa certa e compensava. Mas, com as decepções da jornada de publicação, essas crenças se tornaram uma piada para mim. Eu estava no meio da minha cozinha vazia na Alemanha – marido na guerra, filhos na escola, meu primeiro cachorro morto há pouco tempo – olhei para a caixa de entrada cheia de recusas e declarei para quem ou o que estivesse lá em cima: "Deus está morto."

Uau. Certamente eu disse isso para o "deus" da minha imaginação, não o Deus real – o Deus que Se revela na Bíblia. Mas sei que Ele estava comigo naquela cozinha. E a segunda fase de seu plano estava prestes a começar.

Lucas, 22, 31-32: "Disse o Senhor: Simão, Simão, Satanás vos pediu para vos joeirar como trigo: mas eu roguei por ti, para que tua fé não esmoreça: quando te converteres, pois, fortalece teus irmãos."

O Plano de Deus: Segunda Fase

Enquanto eu perdia todo o autocontrole e me tornava a pior versão de mim mesma, Deus me tirou da verdejante cidade alemã.

Depois de menos de um ano e meio na Alemanha, fomos mandados de volta para os Estados Unidos, para o deserto de Chihuahua, no oeste do Texas. Para um lugar chamado Fort Bliss (o nome traduzido é algo do tipo Forte das Bênçãos!), do qual se avista uma montanha mexicana com os dizeres: "Cd. Juárez, La Bíblia es la verdade. Leela." Em português: "Cidade de Juárez. A Bíblia é a verdade. Leia-a." Dá pra acreditar? Deus é pai.

Durante os primeiros seis meses nos Estados Unidos, fui a duas conferências de escritores leigos e sofri outra rejeição, e outra, e outra, e muitas outras. Meu descontrole e meu egoísmo não estavam me fazendo nada bem. Queria começar uma terapia. Queria um emprego. Ainda sonhava com aquele contrato que devia estar prestes a aparecer. Queria, queria...

Mas nada acontecia, por mais que eu tentasse conseguir ajuda, ser feliz e encontrar qualquer tipo de alívio para a dor que sentia. Nada. Acontecia. Em toda a minha vida, nunca tinha visto tantas portas fechadas – batidas, na verdade. Até o terapeuta marcava consulta e quando eu chegava outra pessoa tinha o meu horário. Ou eu chegava e o consultório tava fechado. Ninguém entendia. Era ridículo.

A Grande Porta Aberta

Quando Deus plantou nossa família no deserto, Ele nos pôs a dois quarteirões de uma amiga dos tempos de Fort Benning. Uma amiga que era conhecida por visitar mil igrejas toda vez que o exército obrigava sua família a se mudar. Pois bem, pedi a ela que me levasse consigo na primeira quarta-feira de janeiro de 2013.

E me joguei nos Seus braços. Totalmente entregue, vencida e dependente. Ou, como Deus prefere dizer: pronta. Renasci duas semanas depois e fui batizada no primeiro domingo de fevereiro.

O "falta alguma coisa" de Gloria

Eu já estava com passagem comprada e tudo marcado para a conferência do Writer's Digest que se realizaria em Nova York em meados do ano, quando, em março, algo me ocorreu: "Mas que mulher boba. Escreveu uma história de salvação... sem a salvação!" Minha primeira coach, Gloria Kempton, estivera certa desde o começo. Faltava mesmo alguma coisa!

Tempo de Dançar não é apenas a história de uma bailarina professional que sonha em dançar no Metropolitan de Nova York e seu envolvimento com os dois homens que a amam. É também a história de uma mulher tentando desesperadamente preencher a falta de Deus no coração com projetos profissionais e românticos equivocados.

Deletei o e-mail da Sra. Hart naquela semana. Sim, ainda estava na minha caixa de entrada. Bom trabalho, Sra. Hart!

Agora, eu tinha muito a fazer. Passei o ano inteiro de 2013 e a primeira metade de 2014 reescrevendo o livro. Cinco amigas da escola dominical foram lendo capítulo após capítulo à medida que eu os produzia e me animando durante o terrível processo. Eu não teria conseguido sem o apoio delas. Deus é pai.

Jeff Gerke revisou o livro no final de 2014 e me fez ler *The Search of Significance: Seeing Your True Worth Through God's Eyes,* de Robert McGee. Deus é pai.

Fui à primeira conferência de escritores cristãos, a ACFW de 2014, em St. Louis. O agente literário Les Stobbe se ofereceu para me representar, e conheci Marisa Deshaies que em 2016 foi promovida a gerente editorial da Bling! Romance e decidiu publicar o *Tempo de Dançar* nos Estados Unidos. Deus é pai.

Minha família também foi salva. Meu marido em julho de 2013. Nosso filho em dezembro de 2013. Minha mãe na segunda metade de 2014. E nossa filhinha em meados de 2015. Deus é um pai maravilhoso.

("*Tempo de Dançar*: O Livro que Me Escreveu" foi publicado originalmente no blog International Christian Fiction Writers.)

Sobre Patricia Beal

Patricia Beal nasceu no Brasil e emigrou para os Estados Unidos em 1992. Ela se apaixonou pela língua inglesa enquanto trabalhava lavando pratos no McDonald's, e aprendeu o bastante para passar no TOEFL (Test of English as a Foreign Language). Conseguiu custear os estudos na Universidade de Cincinnati, em Ohio, graças a um emprego num posto de gasolina, e em 1998 concluiu o bacharelado em literatura inglesa magna cum laude. Ela foi editora de notícias do jornal da universidade por dois anos.

Após um estágio no Pentágono, trabalhou como oficial de assuntos públicos para o exército norte-americano durante sete anos. Foi porta-voz de cinco generais, fazendo pronunciamentos para a televisão, o radio, e a imprensa.

Patricia esteve na Baía de Guantánamo, em Cuba, quando chegaram os primeiros combatentes da Operação Liberdade Duradoura, e as histórias que escreveu durante os primeiros dias da operação de detenção receberam atenção nacional. Escrevendo do Iraque no primeiro ano da Operação Liberdade do Iraque, ela escreveu sobre o cotidiano dos soldados para os jornais do exército, e seu artigo sobre um dia na vida do "Bad Luck Squad" lhe valeu o prêmio Keith L. Ware da imprensa.

Durante uma temporada em Fort Bragg, Patricia se apaixonou por um belo paraquedista do exército, casou-se com ele, e deixou de escrever discursos para o comando de operações especiais para ser mãe dos seus filhos.

Tempos depois, surgiu o desejo de também ter filhos literários. Gloria Kempton e Jeff Gerke, da Writer's Digest, foram seus grandes professores e mentores. Patricia é membro da American Christian Fiction Writers, foi semifinalista do concurso Genesis em 2015 e finalista do First Impressions no mesmo ano. Ela se converteu ao cristianismo e escreve sobre a busca por Deus com bom humor, compaixão e tolerância.

Patricia estudou balé desde pequena, e já se apresentou com companhias semi-profissionais na América do Sul, na Europa e nos Estados Unidos. Sua experiência como bailarina, acrescida do fato de ter morado na Alemanha em duas ocasiões, confere grande encanto e autenticidade à história do primeiro livro, *Tempo de Dançar*.

Além de publicar seus livros, Patricia deseja promover a conscientização sobre o autismo: ela e o filho tem Síndrome de Asperger, um transtorno no espectro do autismo.